茂吉秀歌『赤光』百首

tsukamoto kunio
塚本邦雄

講談社文芸文庫

目次

酸《さん》の湯に身はすつぽりと浸りゐて空にかがやく光を見たり（同前）　九六

遠天《をんてん》を流らふ雲にたまきはる命《いのち》は無しと云へばかなしき（同前）　九九

山ゆゑに笹竹の子を食《く》ひにけりははそはの母よははそはの母よ（同前）　一〇二

なげかへばものみな暗《くら》しひんがしに出づる星さへ赤からなくに（おひろ　其の一）　一〇六

ひつたりと抱《だ》きて悲しもひとならぬ瘋癲學の書《ふみ》のかなしも（同前）　一〇九

うれひつつ去《い》にし子ゆゑに藤のはな搖《ゆ》る光りさへ悲しきものを（おひろ　其の二）　一一三

わが生《あ》れし星を慕《した》ひしくちびるの紅《あか》きをんなをあはれみにけり（同前）　一一五

この心葬《はふ》り果てんと秀《ほ》の光る錐《きり》を疊にさしにけるかも（おひろ　其の三）　一一九

念々にをんなを思ふわれなれど今夜《こよひ》もおそく朱の墨するも（同前）　一二三

平凡に涙をおとす耶蘇兵士《やそへいし》あかき下衣《ちよつき》を着たりけるかも（きさらぎの日）　一二五

まぼしげに空に見入りし女《をんな》あり黄色《わうしよく》のふね天馳《あまは》せゆけば（同前）　一二八

あかねさす朝明けゆゑにひなげしを積みし車に會ひたるならむ（口ぶえ）　一三三

にんげんの赤子《あかご》を負へる子守《こもり》居りこの子守はも笑はざりけり（吳竹の根岸の里）　一三五

雪のなかに日の落つる見ゆほのぼのと懺悔《さんげ》の心かなしかれども（さんげの心）　一三八

腹ばひになりて朱の墨すりしころ七面鳥に泡雪はふりし（同前）　一四三

現身《うつしみ》のわが血脈《けちみやく》のやや細り墓地にしんしんと雪つもる見ゆ（雪ふる日）　一四五

あま霧《きら》し雪ふる見れば飯《いひ》をくふ囚人《しうじん》のこころわれに湧きたり（同前）　一四八

＊莊嚴《しやうごん》のをんな欲《ほつ》して走りたるわれのまなこに高山《たかやま》の見ゆ（宮益坂）　一五三

馬に乗りりくぐん將校きたるなり女難の相か然《しか》にあらずか（同前）　一五五

ゴオガンの自畫像みればみちのくに山蠶《やまこ》殺ししその日おもほゆ（折に觸れて）　一五八

ゆふ日とほく金《きん》にひかれば群童は眼《め》つむりて斜面をころがりにけり（青山の鐵砲山）　一六三

神無月空の果てよりきたるとき眼《め》ひらく花はあはれなるかも（ひとりの道）　一六五

いのち死にてかくろひ果つるけだものを悲しみにつつ峽《かひ》に入りけり（同前）　一六八

火葬場に細みづ白くにごり來《く》も向《むか》うにひとが米を磨ぎたれば（葬り火　黄涙餘録の一）　一七三

上野《うへの》なる動物園にかささぎは肉食ひゐたりくれなゐの肉を（同前）　一七五

自殺せる狂者《きやうじや》をあかき火に葬《はふ》りにんげんの世に戰《をのの》きにけり（冬來　黄涙餘録の二）　一七八

わが目より涙ながれて居たりけり鶴《つる》のあたまは悲しきものを（同前）　一八一

除隊兵寫眞をもちて電車に乘りひんがしの天《あめ》明けて寒しも（同前）　一八五

かの岡に瘋癲院のたちたるは邪宗來《じやしゆうらい》より悲しかるらむ（柿乃村人へ　黃涙餘錄の三）　一八八

郊外に未《いま》だ落ちゐぬこころもて螇蚸《ばつた》にぎれば冷《つめ》たきものを（郊外の半日）　一九三

かすかなる命《いのち》をもちて海つもの美《うつく》しくゐる荒磯《ありそ》なるかな（海邊にて）　一九五

くれなゐの三角の帆がゆふ海に遠ざかりゆくゆらぎ見えずも（同前）　一九八

ゆふされば青くたまりし墓みづに食血餓鬼《じきけつがき》は鳴きかゐるらむ（狂人守）　二〇二

ものみなの饐《す》ゆるがごとき空戀ひて鳴かねばならぬ蟬のこゑ聞《きこ》ゆ（土屋文明へ）　二〇五

むらさきの桔梗のつぼみ割りたれば蘂《しべ》あらはれてにくからなくに（同前）　二〇八

屈《かが》まりて腦の切片《せつぺん》を染めながら通草《あけび》のはなをおもふなりけり（折々の歌）　二一三

みちのくに病む母上にいささかの胡瓜《きうり》を送る障《さは》りあらすな（同前）　二一五

曼珠沙華ここにも咲きてきその夜のひと夜の相《すがた》あらはれにけり（同前）　二一八

萱草《くわんざう》をかなしと見つる眼にいまは雨にぬれて行く兵隊が見ゆ（同前）　二二三

にはとりの卵の黃味の亂れゆくさみだれごろのあぢきなきかな（さみだれ）　二二五

胡頽子《ぐみ》の果のあかき色ほに出づるゆゑ秀《ほ》に出づるゆゑに歎かひにけり（同前）　二二八

長鳴くはかの犬族《けんぞく》のなが鳴くは遠街《をんがい》にして火は燃えにけり（犬の長鳴）　二三三

はるばるも來つれこころは杉の樹の紅《あけ》の油に寄りてなげかふ（木こり　羽前國高湯村） 二三五

しろがねの雪ふる山に人かよふ細ほそとして路見ゆるかな（木の實） 二三八

赤茄子の腐れてゐたるところより幾程《いくほど》もなき歩みなりけり（同前） 二四三

紅蕈《べにたけ》の雨にぬれゆくあはれさを人に知らえず見つつ來にけり（同前） 二四五

＊現し身の瞳《ひとみ》かなしく見入りぬる水はするどく寒くひかれり（睦岡山中） 二四八

水のべの花の小花の散りどころ盲目《めしひ》になりて抱《いだ》かれて呉れよ（或る夜） 二五三

よにも弱き吾なれば忍ばざるべからず雨ふるよ若葉かへるで（うつし身） 二五五

青山の町蔭の田の水《み》さび田にしみじみとして雨ふりにけり（同前） 二五八

くわん草は丈《たけ》やのびて濕《しめ》りある土に戰《そよ》げりこのいのちはや（同前） 二六一

おのが身をいとほしみつつ歸り來る夕細道《ゆふほそみち》に柿の花落つも（うめの雨） 二六五

かぎろひのゆふさりくれど草のみづかくれ水なれば夕光《ゆふひかり》なしや（同前） 二六八

くろく散る通草《あけび》の花のかなしさを稚《をさな》くてこそおもひそめしか（同前） 二七三

汝兄《なえ》よ汝兄《なえ》たまごが鳴くといふゆゑに見に行きければ卵が鳴くも（同前） 二七五

死にしづむ火山のうへにわが母の乳汁《ちしる》の色のみづ見ゆるかな（藏王山） 二七八

少年の流され人はさ夜の小床に蟲なくよ何の蟲よといひけむ（秋の夜ごろ） 二八一

蟋蟀の音にいづる夜の靜けさにしろがねの錢かぞへてゐたり（同前） 二八五

はるばると星落つる夜の戀がたり悲しみの世にわれ入りにけり（同前） 二八八

さにづらふ少女ごころに酸漿《ほほづき》の籠《こも》らふほどの悲しみを見し（同前） 二九一

照り透るひかりの中《なか》に消ぬべくも蟋蟀と吾《あ》となげかひにけり（折に觸れて） 二九四

とほき世のかりようびんがのわたくし兒田螺はぬるきみづ戀ひにけり（田螺と彗星） 二九八

ためらはず遠天に入れと彗星の白きひかりに酒たてまつる（同前） 三〇一

*南蠻《なんばん》のをとこかなしと抱《いだ》かれしをだまきの花むらさきのよる（南蠻男） 三〇四

木のもとに梅はめば酸しをさな妻ひとにさにづらふ時たちにけり（をさな妻） 三〇八

*公園に支那のをとめを見るゆゑに幼な妻もつこの身愛《は》しけれ（同前） 三一一

はるばると母は戰《いくさ》を思《も》ひたまふ桑の木の實は熟みゐたりけり（折に觸れ） 三一四

蠶《こ》の室《へや》に放ちしほたるあかねさす晝なりければ首は赤しも（螢） 三一八

凱旋《かへ》り來て今日のうたげに酒をのむ海のますらをに髯あらずけり（折に觸れて） 三二一

月落ちてさ夜ほの暗く未だかも彌勒《みろく》は出でず蟲鳴けるかも（蟲） 三二四

茂吉秀歌　『赤光』百首

『赤光』解題

『赤光』は齋藤茂吉の第一歌集である。登載歌數八百三十四首、制作期間は明治三十八年より大正二年までの九年間、作者二十四歳より三十二歳までの年月に當る。跋文《ばつぶん》に「偶然にも伊藤左千夫先生から初めて教をうけた頃より先生に死なれた時までの作」と述べてゐるが、左千夫に師事したのは明治三十九年ゆゑ、正確には、根岸短歌會の機關誌「馬醉木《あしび》」の存在を知り、左千夫の作品に出會つた年から、と記すべきだらう。翌年、左千夫は小說「野菊の墓」を「ホトトギス」に發表してゐる。

明治末年、すなはち二十世紀初頭は、まことに日本のルネサンス期であつた。かたみに呼應するかに世に出た詩歌の書等を、一瞥して、手當り次第に書き竝べても、次のやうな絢爛《けんらん》たる眺めとなる。

一九〇一（明治34）年　晶子『みだれ髮』鐵幹『紫』獨步「牛肉と馬鈴薯」

一九〇二（明治35）年　水穗『つゆ艸』

一九〇三（明治36）年　信綱『思草』

一九〇五（明治38）年　敏『海潮音』空穂『まひる野』
一九〇六（明治39）年　漱石「坊っちゃん」「草枕」晶子『舞姫』藤村「破戒」清白『孔雀船』
一九〇七（明治40）年　漱石「虞美人草」
一九〇八（明治41）年　牧水『海の聲』杢太郎「緑金暮春調」直哉「網走まで」荷風「あめりか物語」
一九〇九（明治42）年　白秋『邪宗門』晶子『佐保姫』鷗外「ヰタ・セクスアリス」
一九一〇（明治43）年　勇『酒ほがひ』啄木『一握の砂』寛『相聞』牧水『獨り歌へる』鏡花「歌行燈」潤一郎「刺青」
一九一一（明治44）年　白秋『思ひ出』牧水『路上』潤一郎「少年」秋聲「黴」
一九一二（明治45／大正1）年　啄木『悲しき玩具』夕暮『陰影』
一九一三（大正2）年　**茂吉『赤光』**白秋『桐の花』憲吉・赤彦『馬鈴薯の花』荷風『珊瑚集』鷗外「阿部一族」秋聲「爛」

　茂吉の左千夫師事、數年後の離反、死別あるいはまた根岸派からアララギ派に到るまでの沿革や「寫生」の意味を論じ、その中で茂吉の人間像と作品の特質を捉へるのも、一つの方法ではあらうが、もつと重要なのは、右の明治ルネサンス年代表にも明らかなやうに、新しい文藝思潮の勃興と、その目覺ましい發展、藝術各ジャンルの交流と切《せつ》磋《さ》琢《たく》磨《ま》の中から、『赤光』が生れるべくして生れ出たその必然性を見極めることであらう。

作者の樸訥《ぼくとつ》極まる自解の辯や歌論の文言からは、熱氣を帯びた、當時の文藝復興から爛熟に到る機運、雰圍氣はほとんど窺ひ得ぬ。だが、作品は決して僞らない。アララギの「寫生」の枠内で、次のやうな歌が生れるかどうか、また何に觸發され、何に刺戟されて、かういふ作品が創られたか、一九〇一年以降十三年のクロニクルに列記した證人が、有力な示唆を與へてくれよう。

めん雞《どり》ら砂あび居《ゐ》たれひつそりと剃刀研人《かみそりとぎ》は過ぎ行きにけり
にんげんの赤子《あかご》を負へる子守《こもり》居りこの子守はも笑はざりけり
ゴオガンの自畫像みればみちのくに山蠶《やまこ》殺ししその日おもほゆ
神無月空の果てよりきたるとき眼《め》ひらく花はあはれなるかも
赤茄子の腐れてゐたるところより幾程《いくほど》もなき歩みなりけり
とほき世のかりようびんがのわたくし兒田螺はぬるきみづ戀ひにけり
木のもとに梅はめば酸しをさな妻ひとにさにづらふ時たちにけり

一首一首の主題、意圖するところは各論に詳述するとして、わづか七首を見ても、これが近代短歌、否《いな》近代文學の劃期的な收穫であつたことはおのづから明らかであらう。またそれは、「近代」のみならず、「現代」に於ても重要な意義を持ち、影響するところは大きい。滅びの詩歌であつた短歌は、その最後の炎上を、この天才の誕生によつて試み、以後われわれの見るのは、ことごとく餘燼《よじん》ではないかとさへ、私は時として考へるのだ。『赤光』は勿論《もちろん》茂吉の到達點ではない。これ以後、彼はこれに續く大正六年までの作品を『あらたま』と題して大正十年に上梓した。作風は更に簡潔かつ斬新《ざんしん》になり、人によつては、これを最高と見なすだらう。第三歌集以後の標題を列記すれば『つゆじも』『遠遊《ゑんいう》』『遍歴《へんれき》』『ともしび』『たかはら』『連山《れんざん》』『石泉《せきせん》』『白桃《しろもも》』『曉紅《げうこう》』『寒雲《かんうん》』『のぼり路《ぢ》』『霜《しも》』『小園《せうゑん》』『白《しろ》き山《やま》』『つきかげ』となり、『赤光』を含み計十七を數へる。晩年、敗戰直後の詠『白き山』にこの天才の到り得た歌境、全人格の投影を見るとする人もあり、優劣など俄に決し得るものではない。ただ『つゆじも』以後も、茂吉は常に試み、革《あら》め、湧躍《ゆやく》して止まなかつた。

洋傘《かうもり》を持てるドン・キホーテは淺草の江戸館に來て涙をおとす　『寒雲』
むらさきの葡萄《ぶだう》のたねはとほき世のアナクレオンの咽《のど》を塞《ふさ》ぎき　同
オリーヴのあぶらの如き悲しみを彼の使徒《しと》もつねに持ちてゐたりや　『白き山』
不可思議の物のごとくに見入りたりCöln《キヨルン》渡りの石鹼《せつけん》ひとつ　同

『寒雲』の歌は昭和十三年五十七歳、『白き山』の作品は昭和二十二年六十六歳、たとへばアトランダムに抄出したこれら四首にも、『赤光』の、あの戰慄《せんりつ》を伴ふ詩心は脈脈と生き續けてゐることを知る。

『赤光』の標題は「淨土三部經」の中の「佛說阿彌陀經」に現はれる極樂國土の描寫の一部に使はれた言葉だ。

又《う》舍利弗《しやりほつ》極樂國土《ごくらくこくど》有《う》七寶池《しちぼうち》八功德水《はつくどくすい》充滿《じうまん》其《ご》中《ちゆう》池底《ちたい》純《じゆん》以《に》金沙《こんしや》布《ふ》地《ぢ》四邊階道《しへんかいだう》金銀瑠璃玻瓈《こんごんるりはり》合成《がふじやう》上《じやう》有《う》樓閣《ろうかく》亦《やく》以《い》金銀瑠璃玻瓈硨磲《こんごんるりはりしやこ》赤珠《しやくしゆ》碼碯《めなう》而《に》嚴飾《ごんじき》之《し》池《ち》中《ちゆう》蓮華《れんげ》大《だい》如《によ》車輪《しやりん》青《しやう》色《しき》青《しやう》光《くわう》黃色《わうしき》黃光《わうくわう》赤色《しやくしき》赤光《しやくくわう》白色《びやくしき》白光《びやくくわう》微妙《みめう》香潔《かうけつ》

跋文によれば作者が童形の頃この音讀を耳にし、中學二年にして初めて文字に接したといふ。茂吉の原色愛好、殊に赤と黑の跳梁《ちやうりやう》は、この歌集のみならず、生涯にわたつて注目すべきであらうが、標題にも明らかなやうに、佛典からの影響の少からぬことを同時に忘れてはなるまい。

『赤光』は大正十年、數多削除改訂の上、七百六十首所收の「改選版」上梓を見た。著者はこれを定本としてゐるが、私は削除された作品の性質にも鑑《かんが》み、單純な誤記、誤植の修正以外は「初版」に據つた。作者が「實際に、ありのままに」と稱へつつ、自在奔放に視、感じ、描き盡した幻想の王國、不思議の國を、他の鑑賞家、研究家とは異つた方法で、別のコースをたどつて探検してみよう。ちなみに、初版『赤光』は逆年順で過去へ過去へと溯《さかのぼ》る仕組になつてをり、改選版はこれが制作年順に改められてゐる。

『赤光』百首

ひた走るわが道暗《みち》しんしんと堪《こら》へかねたるわが道くらし

「悲報來」

「悲報來」は逆年順編輯の初版『赤光』の巻頭作品であり、一聯《れん》十首の構成で、作品成立の事情を要約した次のやうな詞書《ことばがき》を持つ。「七月三十日信濃上諏訪に滞在し、一湯浴びて寝ようと湯壺に浸つてゐた時、左千夫先生死んだといふ電報を受取つた。予は直ちに高木なる島木赤彦宅へ走る。夜は十二時を過ぎてゐた。」いささか事實を補足するなら、大正二年のこの時、茂吉の逗留《とうりう》してゐたのは布半《ぬのはん》旅館、悲報打電者は在京の古泉千樫《こいづみちかし》、茂吉は三十二歳で、死んだ左千夫は五十歳だつた。

また背後の事情を考慮に入れるなら、前年この師弟は、作歌理念の微妙な齟齬《そご》から意見對立、一時彼らの據《よ》る牙城、歌誌「アララギ」の發行さへ停頓《ていとん》するほどの危機を孕《はら》んでゐた。七年前、左千夫は未知の茂吉の歌を一二度見たのみで、「貴兄の作歌の傾向は甚だ面白く候。貴君は一種の天才なる事を自覺し、今の儘にて眞直に脇目ふらずにやつて貰ひたく候。云云」と書き送つた。茂吉は名伯樂《めいはくらく》を得たのだ。歌人も亦おのれを知る人のために死ぬ。後世この弟子にしてこの師ありと謳《うた》はれるその二人の間も、その後「アララギ」を創刊、茂吉は左千夫の選歌を受けぬやうになり、激烈な論爭を展開するに到る。

論争の動機は、新人層の作風をめぐつての見解の相違とはいへ、二十五歳で初めて詠草を送り、披見を乞うて以来の恩師に、嚴しい駁論《ばくろん》を試みることは、階級、すなはち年功序列が最優先する結社内では、下剋上擬《げこくじやうもど》きの事件であつたらう。ともあれ、ひややかな對立狀態のさ中に、突如師の逝去の報を受けたとすれば、弟子たる茂吉の胸中は、單なる哀惜や悲歎のみではなかつたはずだ。「わが道くらし」の疊句《ルフラン》は、その心理を如實に反映してゐる。反映どころではない。詞書の傳へる次第や背後の事情を越えて、讀者を一瞬立ちすくませるやうな氣魄《きはく》、憤怒《ふんぬ》と苦痛を交へた激情が、否應《いやおう》なく迫つて來る。「道」さへ、地理的な、作者の今走りつつある「道路」を意味する以上に、彼の人生とその進路を指してゐるやうに思はれる。更に言へば、この一首はなまじつかな詞書などなくとも、暗澹《あんたん》として凄じく、しかもなほ茂吉のエラン・ヴィタールを浮彫にしてゐる。生の躍動、思へば茂吉は、この一聯に限らず、その一代の作品を通じて、人の死、滅びを作品の主題としつつ、みづからの、あるいは萬象《ばんしやう》の生を活寫する名人であつた。事、『赤光』に關しても、これに先立つて、彼の名を高からしめた秀作「死にたまふ母」があり、かつ「葬り火」や「おくに」の各聯等、負を媒體として正を輝かす作品例は夥《おびただ》しい。問題の詞書は、改選版では「七月三十日夜、信濃國上諏訪に居りて、伊藤左千夫先生逝去の悲報に接す。すなはち予は高木村なる島木赤彦宅へ走る。時すでに夜半を過ぎゐたり。」と韻文體に直し、第四句の「堪《こら》へかねたる」も「怺《こら》へかねたる」と文字遣ひを改めた。これは賢明な措置《そち》に屬する。改選版の取捨選擇、改訂を、私は必ずしもすべて是とするものではないが、この場合は口語散文體詞書の舌たるい感じが拂拭《ふつしよく》され、「堪へ《こら》」も誤用ではないが「怺へ《こら》」の方が視覺的に嚴しく映るだらう。なほ詞書が初版では一聯の終りに、改選版では冒頭に置かれてをり、これは初版の方が好ましからう。一首目の不意討で氣を呑まれ、何事かと目を瞠《みは》つて讀み進むうちに一聯の最後に到り、ふと左を見れば、韻文體の簡潔で沈痛な詞書があるのを、私は理想とする。

「ひた走るわが道《みち》」は、晩夏深夜の草いきれと、降りそめた夜露のにほひが漂ふ。いかなる月夜か星月夜か、はたまた曇天かは知らね、その道は彼自身の心の道に似て、模糊《もこ》と、白白と目路《めぢ》の彼方へ續いてゐただらう。そのさだかならぬ道を、ましくらに、しかしながら躓《つまづ》きがちに駈ける、駈けねばならぬ心が「暗し」「くらし」と繰返させた。たとへ滿月の深更であつたとて、作者には、この「道」はただただ暗く、痛惜と慙愧《ざんき》の念は彼を苛《さいな》む。今は一刻でも早く、島木赤彦にこの訃《ふ》を傳へ、悲しみを分ちあふべく、走りかつ走る他はなかつた。

「しんしんと」も彼の作品に頻出する副詞で、深深、森森、駸駸、あるいは沈沈《しんしん》、いづれをも當て得る。修飾されるのは勿論「暗し」なる形容詞であるが、「堪へ《こら》」にも微妙にかかると考へてよからう。すなはち、道の二義性は「しんしんと」にも關るのだ。この副詞の頻用については作者自身も意識してゐたらしく、大正四年の『童馬漫筆』中に、『曠野《あらの》集《しふ》』における荷兮《かけい》の句「しんしんと梅ちりかかる庭火かな」などを引き、何やら口籠りがちに言及してゐる。「一寸をかしいのもある」とのことだが、いづれの場合も、茂吉なればこそ何らかの意味で奏效してをり、他の副詞に代へるすべもないやうだ。

すべての但書《ただしがき》抜きで讀んでも、これは激情に駈られた若人の歌であり、A音十一、I音十の響きあふ調べに乘つて、むしろ爽《さは》やかに、人の心に訴へるものがある。

ほのぼのとおのれ光りてながれたる螢《ほたる》を殺すわが道くらし　　同前

「悲報來」の第二首、遣場《やりば》の無い鬱屈《うつくつ》に、息彈《はづ》ませてひたすら走りつつ、折しも草蔭から光を曳いて目の前を飛ぶ螢を、むんずと摑《つか》み、力餘つて掌に握り潰《つぶ》してしまふ。一瞬の間の出來ごと、衝動的な、無心の仕業《しわざ》とはいへ、不吉な後味は否《いな》めまい。「おのれ光りて」闇を照らす螢は、暗い暗い作者の「道」の一縷《いちる》の明るみでもあつたらうものを、殺して後は、更に更に暗い。結句で念を押すやうに三度目の「わが道くらし」を聞かせたのも、それを意味したのだ。

七月盡《じん》の夜氣《やき》には、潰れた螢の、あの腥《なまぐさ》い、揮發性の異臭が漂ふ。一つの魂の燈《ひ》が消えても、彼方の闇からはまた一つの螢火が尾を曳《ひ》いて作者の胸もとをかすめ去る。「螢《ほたる》を殺す・わが道くらし」「螢《ほたる》を殺すわが道・くらし」と二つに讀め、また意味の上でも取らうと思へば取れる。「殺す」は勿論《もちろん》連體形であらう。それは承知しつつも、四句切を連想し、錯覺させるところに味がある。正確には、「光りつつ流れて來た螢を殺してしまつた」のであり、ここには微妙な「時」の錯綜が生じる。それをあへて「殺す」と現在にしたところに、四句切風な調べが生れるのだ。そして、第五句の「わが道」は前の一首の道以上に抽象性を深める。かくて、ふたたび三度、作者は道の暗きを嘆きつつ、掌の死せる螢を眺める。

すべなきか螢《ほたる》をころす手のひらに光つぶれてせんすべはなし

第三首は初句疑問形切、結句否定形斷言といふ特異な構成である。「すべなきか」「すべはなし」の照應は、一見不安定で冱えない。普通の上手なら「光つぶるるせんすべなきか」と同語反復を試みるところだらう。それはそれで通る。卒讀《そつどく》の印象なら、この方が響きも強く、作者の自問自答の苦《にが》みも鋭く傳はつて來る。しかし茂吉は改選版でも、一言半句の修正も施してはゐない。「せんすべはなし」の、殊に「は」の思ひ入れの弱さを、私は、惜みつつ最終的には採らざるを得ない。遠方には師なる人の死、掌上には無辜《むこ》の昆蟲の死、殺す意識も無く殺したあへなさとうしろめたさ、それを思ふ時、「せんすべはなし」の不安定な措辞《そじ》は、搖《ゆら》ぎつつ据《す》わつてゐる。茂吉は後後この歌を自己分析した際「どうにか纏《まとま》つたやうにもおもふ」と記してゐるが、なかなか含みのある「も」だ。ぴたりと決つた表現ではない。その齒切の惡さこそ、作者の心理そのままなどと言へば贔屓《ひいき》の引倒しにならう。

　私は二首の螢に、蒼白《さうはく》の火と、不吉なにほひと共に、例の赤い首筋を無意識に思ひ描く。夜目には蟲の色も形も見えない。しかし「螢」の文字はそれを見させる。茂吉の意圖は知る由もないが『赤光』の赤はここでひそかに準備され、この一聯に點滅するその赤色閃光《せんくわう》の、これは魁《さきがけ》に他ならぬ。二首の中、先の一首は「螢《ほたる》を殺す」、後のは「螢《ほたる》をころす」と表記を異にしてゐるのも、決して單なる出來心ではあるまい。後者は下句に、同じ行爲の結果である「光つぶれて」が、殊更に添へられるのだ。ここで私はあの冷《ひやや》かな透明の血の迸《ほとばし》りを見、鋭い異臭の漂ふのを感じ、掌をぬるりと傳ふ液汁を思はずにはゐられない。微かな嗜虐感《しぎやくかん》、ひそかな殺戮《さつりく》行爲、作者はかつて「螇蚸《ばつた》」を握り、「蟹《かに》」の死を見、「燈火《ともしび》の蟲」や「山蠶《やまこ》」を殺したことがある。心の底にひそむ彼の小兒期退行傾向《インファンテリズム》と言へば、精神病醫であつた故人が苦笑することだらう。尤もこの傾向は勿論茂吉一人には限るまい。天才と他稱される人人には多かれ少かれ免れがたい嗜好《しかう》であつた。對象は蟲に止まらぬ。魚に、鳥に、獸に、更には人にと擴げて行くなら、思ひ半ばに過ぎるものもあらう。狂氣は藝術の父や母ではなかつたにせよ、濃い血で繋《つなが》る伯父や叔母のたぐひではあるまいか。

茂吉が好んで用ゐる動・植物名を數へ立てるなら、すぐ十指に滿ちるだらう。そしてこの「螢」も、その五位までにランクされよう。そもそも初めは、明治三十九年の「螢」で、芭蕉の句をサブタイトルに飾り、人口に膾炙《かいしや》した「蠶《こ》の室《へや》に放ちしほたるあかねさす晝なりければ首は赤しも」他一首を收めてゐる。そしてその後も、間歇的《かんけつ》にこの可憐な呪《じゆ》物《ぶつ》は、彼の歌の無明《むみやう》の世界に、淡く儚《はかな》い燈《ひ》を點滅させ續ける。かくて、彼は『あらたま』の大正三年の部に所收の、これまた有名な「草《くさ》づたふ朝《あさ》の螢《ほたる》よみじかかるわれのいのちを死《し》なしむなゆめ」を作り、かつ大正十四年改造社刊自選歌集の名を「朝の螢」とした。そして『白き山』の昭和二十一年に「螢火」と題して「螢火《ほたるび》をひとつ見いでて目守《まも》りしがいざ歸りなむ老の臥處《ふしど》に」と、悲しい歸去來《ききよらい》の辭《じ》を草し、それ以後ふたたびは、この愛する蟲を歌つてはゐないやうだ。歸去來の螢こそ、そのかみ彼が殺したものの裔《すゑ》であつた。

氷《こほり》きるをとこの口《くち》のたばこの火赤《あか》かりければ見て走りたり　　同前

27　氷きるをとこの口のたばこの火赤かりければ見て走りたり

酷暑《こくしよ》深夜《しんや》闇中《あんちゆう》の氷室《ひむろ》の氷と、採氷人夫の煙草火、映畫の一カットとしても秀抜である。私は端なくもエリア・カザン作『エデンの東』の氷の倉庫の中での、ジェームス・ディーンとジュリー・ハリスの媾曳《あひびき》シーンを思ひ浮べた。眞晝の闇に、琥珀《こはく》色に透き翳《かげ》る氷の斷面と二人の息づかひを。ここには二人の代りに男、恐らくは屈強な荒くれ男の群がある。濃いぬばたまの暗がりには、煙草の香と汗の臭ひが漂つてゐたことだらう。しかも作者は「喪《も》」にある。出來過ぎたやうなシークエンスだ。

上諏訪布半《ぬのはん》旅館から下諏訪高木村の島木赤彦宅まで、茂吉がいかなる道を「ひた走」つたか、何時間を要したか、詞書の「夜は十二時を過ぎてゐた」は出發時か途中か、螢を殺したのはどの地點か、氷の貯藏庫はいづこに實在したのか、搬出し、切られた氷はいづこに持ち去られたか、男の吸つた煙草の銘柄は何か。これらの考證は今日までに、奇特の士によつて種種試みられてゐることだらう。事實偏重であらうと瑣末《さまつ》趣味であらうと、はたまた事大《じだい》主義であらうと、數多《あまた》ある享受《きやうじゆ》方法の中の一つと考へればよい。私は必ずしもこの的外《まとはづ》れに見える穿鑿《せんさく》を嗤《わら》はうとは思はない。

だが私にとつて興味のあるのは、この訃音《ふいん》傳達の途次、夥《おびただ》しく目に觸れたであらう事物風光、數限りなく生じたであらう彼自身の擧止動作の中、茂吉が選りに選つてまづ螢を、次には採氷人夫を、その次に彼の煙草火を、かくも鮮やかにクローズアップしたといふ、その「選び」の冱えた感覺と異常な切味《きれあぢ》である。問へば、作者は事實だ、見たままを、その感動を正直に傳へたのだと、例によつて例のごとく、いかにも素樸な口調で力説するだらう。私は寫生の説はともかく、このやうな「選び」の根據、茂吉獨自の美學を説く直截《ちよくせつ》な論こそ、何を置いても聞きたかつた。勿論、そこまで突込んだとて、彼は彼の職業の祕密を意識してゐなかつたかも知れず、意識してゐたらなほさら回答を避けただらう。

「赤《あか》かりければ」も亦場面に即應して、特異で強引な語法である。これも通例ならば「赤かりしかば」あるいは「赤しすなはち」くらゐで濟ますところだらう。だが作者の取つた語法は、この第四句に不思議な辛《から》みを帶びさせる。勿論《もちろん》E音連續によつて生ずる印象だが、それがまた「をとこの口《くち》のたばこ」と見事に照應する。

　氷室《ひむろ》より氷《こほり》をいだす幾人《いくにん》はわが走る時ものを云はざりしかも

これは掲出歌に先行する一首、すなはち「悲報來」の第四首目である。歌としては格別のものならず、一聯の中の地歌《ぢうた》に屬するが、螢から一轉して闇の中に朧《おぼろ》に浮び上る氷貯藏庫を捉へ、その前に群る男らの無言のたたずまひを描くところ、やはり竝竝ならぬ技倆といふべきだらう。私はまざまざと思ひ描く。この深夜に、夜目にも血相を變へて駈け過ぎる一人の男を、何事かと注視し、見送る數人の男、氣づかずに氷運びを續ける他の男、裸電球に照らされた氷は鋸屑《おがくづ》にまみれつつ蒼白く光つてゐる。男らの表情は鈍い。

「わが走る時ものを云はざりしかも」、男らはかたみに言葉を交さなかつたし、走る茂吉に向つて呼びかけもしなかつた。第四句十音といふ破格の字餘りは、當然一首に相當な澁滞感を生じさせる。殊に「を」は普通なら除くところだらう。だがこの不様《ぶざま》に口籠つた調べは、この場面を傳へてまさに迫眞的だ。小さな黒い颶風《つむじ》のやうに、訃報を抱いて走り去る茂吉、何かは知らね、異様な空氣を感じて彼を見、顏を見交す男ら。兩者の、一瞬の、息を吞むやうに不吉なディスコミュニケーションが、この一見ごたごたした下句によつて表現されたのだ。とある注釋には「氷室から氷を搬出してゐるかたはらを一氣に走り過ぎた。四、五句にその運動感覺のあざやかな表現を見る」と解してゐるが、私は逆に運動感覺を殺した高速度撮影の數カットを見るやうに思ふ。

「をとこの口《くち》のたばこの火赤《あか》かりければ」、この殘酷なくらゐ美しい幻像はどうであらう。第二の赤のモティーフは螢に比べて遙かに強い。「をとこの口《くち》の」の「口」はいかにもくどい。だからこそ、煙草火の火明りに、刹那浮ぶ濡れた脣の朱さへ聯想させる。茂吉の不敵な言語感覺の表れである。放心狀態で、息せき切つて走りつつ、掌には螢を握り潰し、目には男の口の煙草火を見る。以外の見聞所業は一切切棄てて歌はず、赤彥の家へ到著するまでの事件は、感動は、この二點に集約したかたちである。平凡極まる、同時に異常な二つの幻像は、六十數年を經た今日でも、驚くばかり新鮮で、感動もいささかも古びてはゐない。その上歌は、歳時記から食《は》み出した、生き生きとした季節感にさへ溢れてゐる。

赤彦《あかひこ》と赤彦が妻吾《あ》に寝よと蚤とり粉《こな》を呉れにけらずや　同前

訃《ふ》音《いん》飛《ひ》脚《きやく》の次第については、後後作者自身回想してゐるが、途中で人力車を雇つて、下諏訪の高木村へ走らせ、島木家へ著いた時は、一時も大分廻つてゐたといふ。赤彦、不二子夫妻は就寝直後だつた。赤彦は茂吉の報を受けて「先生はえらい事をしたなあ、えらい事をしたなあ」と繰返した由であるが、「大變なことになつた」の意であらうか。蚤取粉は夫人が手づから布團の上に振りかけてくれたとの記述もあり、事實とは小うるさく味氣ないものだ。事實はともかく「蚤取粉《のみとりこ》」ならぬ「蚤《のみ》とり粉《こな》」なる一語は、山村の濕つた疊や脂《あぶら》の微かに臭ふ布團、立てつけの悪い戸障子や土間《どま》の暗がりまで聯想させてくれる。このもの懐しくしみつたれた小道具は、この一首のみならず、挽歌の前觸としての悲愴《ひさう》な一聯に、そこはかとない諧謔《かいぎやく》を漂はせる。掲出歌は七首目であり、これに先立つて左の一首がある。

死にせれば人は居《ゐ》ぬかなと歎《なげ》かひて眠り藥をのみて寢んとす

左千夫逝去に關るもろもろの事どもを語り、語り盡きず、ともあれ他は明日のことと、島木夫妻や客の茂吉が就寢した頃は二時を過ぎてゐただらう。動顚《どうてん》した心はやうやく鎭《しづ》まりつつあるものの、胸の中には先師にまつはる愛憎が去來して容易に眠れはしない。しかしながら、どう思はうと、いかに論《あげつら》はうと、その人はもうこの世のものではない。「死にせれば人は居《ゐ》ぬかなと」、この初句二句に、私はあのA・サラクルーの戯曲「ルノワール群島」中の名科白《めいせりふ》「死者は死んだ！《ラ・モール・エ・モルト》」をふと聯想する。當然過ぎる措辭《そじ》の底に澱《よど》む苦い怒りと寂しさと、微かなをかしさ。この一首も勿論地歌であり、地歌ながらに重要な役を果してゐる。催眠藥が散劑か錠劑かは知らね、舌の根に沁む苦みは、痛恨の味をいやさらに蘇らす。「歎《なげ》かひて」「のみて」の同助詞連續も、意地惡く咎《とが》めるなら歌病《かへい》の一種なのだが、ここでは一一溜息をつく趣と取つても差支へはあるまい。

それにしても固有名詞とは、歌の中では不可思議な働きを見せるものだ。それはある時靈妙とも言ふべき效果を齎《もたら》す。たとへばこの歌の上句で繰返される「赤彦」など、實在でありながら創作以上のおもしろさを生む。これが「島木氏とその妻」であつたら一首の價値は半減する。「千樫《ちかし》」でも「百穗《ひやくすい》」でも「麓《ふもと》」でも、あるいはまた「白秋」でも「鐵幹」でも、いづれ劣らぬ、風趣、雅致《がち》に溢《あふ》れた名であり、「赤彦」とはそれぞれに好對照となり得る。だが、しかし、この歌では皆失格だ。事實云云の問題ではない。意識的にか偶然にか、赤彦の「赤」は『赤光』初版巻頭作における、第三番目の赤色暗示に他ならぬゆゑにである。

　無意識であらうはずはない。茂吉は、ありのままに事實を歌つて、しかも「螢」「たばこの火」に次ぐ第三の赤が顯示できたことに、思はず舌舐めずりをしたことだらう。「吳れにけらずや」、くれはしなかつたか、否《いな》くれたのだ、かういふいささか抑揚の強過ぎる反語が、深更《しんかう》就寢後の、それもひそかな反芻《はんすう》的思索を言ふのに、果してふさはしいものだらうか。この一捻《ひとひね》りした表現を支へるのはすなはち「赤彦《あかひこ》と赤彦が妻」なる減張《めりはり》の際《きは》やかな初句であつた。原因は結果になつて明暗共に濃く、好《よ》き照應を見せる。

　島木赤彦は茂吉の六歳年長、この時三十八歳、左千夫とは十年以前から師弟關係にあつた。左千夫が「馬醉木《あしび》」を創刊した時から彼は作品を寄せ、また同年、先に發刊した「比《ひ》牟呂《むろ》」を送つて激賞されて以來の交りである。二人はその翌年明治三十七年晩秋、上諏訪で初めて會見する。五年後「アララギ」が左千夫の手で創刊されれば、「比牟呂」を廢刊して馳せ參ずる。茂吉との交友もこの頃からであり、意氣投合するところがあつた。問題の大正二年七月に、彼は中村憲吉との合著歌集『馬鈴薯の花』を久保田柿人名で上梓《じやうし》する。下旬、長男の眼病治療のため上京、入院先に左千夫は訪れ談論風發の體であつた。三十日夜行列車で歸郷、一息つく暇もなく、茂吉の飛脚で師の逝去を知る次第である。左千夫の死は午後六時、腦溢血による。彼は當時諏訪郡視學、夫人、久保田不二子も「アララギ」の歌人として聞えてゐる。

信濃に住みながら左千夫とは親近し、暇乞《いとまごひ》に近い會ひさへ果して來てゐる赤彦と、在京の身でありながら近來疎遠になつてゐた茂吉は、この、遙かな空間を隔てての、ひそかな通夜《つや》の夜の更《ふけ》、思ひは盡きぬ。殊に茂吉には「赤彦《あかひこ》と赤彦が妻」のかばかりのいたはりさへ身に沁む。催眠藥の利《き》きはじめた朧《おぼろ》な識閾《しきゐき》に、友の名の「赤」はあたかも曇天の月のやうに潤《うる》み、漂つてゐた。

罌粟《けし》はたの向《むか》うに湖《うみ》の光りたる信濃《しなの》のくにに目ざめけるかも　　同前

この歌こそ「悲報來」十首の中から特に抄出し、單獨で鑑賞しても十分美しく、時間を超えていつも新しい。由由しい附帶條件や成立事情のつきまとはぬ方がむしろすがすがしいくらゐだ。一讀、雛罌粟の緋《ひ》の花が、小さな火花のやうに網膜に爆《は》ぜ散る。その瞬間の赤を近景に、彼方には藍青《らんじやう》の湖。「信濃《しなの》」なる地名が、そこへ凜乎《りんこ》とした印象を添へる。「信濃《しなの》のくにに目ざめけるかも」、この詠歎も自然である。ああ、ここは信州なのだといふ感慨、旅人一般の旅愁と取つても一向《いつかう》差支へないし、さて一聯の中へ返せば、昨夜《ゆふべ》の今朝《けさ》、服喪の思ひ沈沈《しんしん》たる趣も、歌の底に微かに幽《ひそ》かに漂うてゐる。「光りゐる」ではなく「光りたる」であることも、刹那の描寫ゆゑであらうし、さすればよく考へられた用法である。「螢」「たばこの火」「赤彥と赤彥が妻」そして「罌粟」と、赤のモティーフの排列は、いよいよさりげなく、しかも巧妙に進められて行く。

しかし、果してこの「罌粟」を赤と決めてよいのだらうか。「罌粟《けし》はた」とあるのみで、如何様にも想定は可能である。ことわり、條件に類する言葉は「はた＝畑・畠」のみで、これに從へば、鑑賞用の花園ではなく、果實の收穫を目的とした農業用の一區劃といふことになる。果實から採らうとするのは、あの甕《かめ》狀の罌粟坊主の微粒の種子か、未成熟の罌粟坊主か。前者は食用と工業用、後者は藥用である。食用は麪麭《パン》、菓子の他料理にも用ゐ、工業用は搾油《さくゆ》して油繪具、石鹼に配する。藥用は勿論阿片《あへん》だ。だが、本邦では阿片採取用の罌粟 Papaver somniferum *L.* は、白花種と決められてをり、他の紅、紫、淡紅、これらの八重咲はまづ絶對に植ゑない。しかも、これの栽培には嚴格な法令、罰則、監視がつきまとふから、限られた地區が指定され、通例一般民家の裏を阿片罌粟栽培用地に當てることはない。恐らく、鑑賞をも目的の一部として赤花種を一畝《うね》か二畝蒔《ま》いたのだらう。現在ではこの種の、同目的の栽培も普通には禁止されてをり、晩春初夏には監視員が巡回して、違反者は嚴罰を受けるとか聞くが、明治末年、大正初年の、それも信州あたりなら、何を作らうと野暮《やぼ》な咎《とが》めだてはされなかつたのだらう。雛罌粟《ひなげし》の實は、餘りにも微小で加工できるものではなく、また多年生の鬼罌粟などは花卉栽培の半玄人《はんくろうと》あたりが樂しむ品種でこの歌に關りはない。花季は雛罌粟が四月下旬から約一箇月、罌粟が五月中旬から約一箇月とされてゐるが、寒冷地の信濃では、七月下旬にまだ咲き殘つてゐることもあつたのだらう。そして「罌粟はた」とある限り、花が殘つてゐなくとも、實、もしくは葉柄《えふへい》等、それと一目で判別できる印が殘つてゐればよいのだ。だが、そこまで退く必要はない。單純に罌粟畑＝赤と直感して差支へはなかつたのだ。種明しめくが、茂吉の回想がそれを證する。すなはち、「思出す事ども」の中に「赤い花を付けた罌粟畑が續いてゐて、その向うには諏訪の湖がもう日光を受けてかがやいてゐた」と記してゐる。尤も、この「赤い花を付けた罌粟畑」でも品種は判明しない。茂吉も知らなかつたのだらう。そして最終的には、阿片罌粟の赤花種でも、鬼罌粟でも、はたまた稀稀に晩夏まで咲き殘つた雛罌粟でもかまふことはない。直感の「赤」が過《あやま》たねば、以《もつ》て瞑《めい》すべしだらう。

　諏訪のうみに遠白《とほじろ》く立つ流波《ながれなみ》つばらつばらに見んと思《おも》へや

　あかあかと朝焼《あさや》けにけりひんがしの山竝《やまなみ》の天《あめ》朝焼けにけり

これが「悲報來」掉尾《てうび》の二首である。そして最後の「赤」は朝焼けの天を以て示した。最早このモティーフが、念念の結果であることは疑ふべくもない。固有名詞をも含めた赤のしたたりは歌の間隙に現れ、あるいは消え、ここに集り、めくるめく暁紅《モルゲンロート》に昇華した。

二首いづれも朗朗誦するに足る萬葉調だが、さして斬新《ざんしん》な歌柄ではない。冒頭の緊迫感と照應すべく、豪宕《がうたう》、かつ悠悠たる大景を歌つたのだらうが、やや常凡の感は免《まぬか》れまい。「つばらつばらに見んと思《おも》へや」の詠歎的反語も、挽歌前奏曲中のものとして、意中推察する他はなからう。ここに來て、この湖の漣《さざなみ》を、放心狀態で、つくづく眺めようとは思ひもしなかつたとみづからに言ふ。茂吉はこの歌に注して「今はただの旅ではない」「それをば沁沁と見てゐられるやうな場合ではない」と繰返してゐる。

亡師への挽歌と言ふべきものは、八月二日作の「墓前」と題する二首、殊に「ひつそりと心なやみて水かける松葉ぼたんはきのふ植ゑにし」なる先の一首であらうが、これとて、あの肝膽相照《かんたんあひて》らしたこともある師弟の弟が、葬斂《さうれん》直後に捧げる悲歌にしては、餘りにも淡淡として、慟哭《どうこく》などには程遠いことを驚かずにはゐられない。

「屋上の石」

鳳仙花城《しろ》あとに散り散りたまる夕《ゆふ》かたまけて忍び逢ひたれ

鳳仙花《ほうせんくわ》はこの歌の制作時期七月下旬なら、信濃にしても盛りをやや過ぎた頃だらうか。あの眞紅の、あるいは淡紅の、朱と白の入りまじつた、脆《もろ》く傷つき易い花は、微風にも「散り散りたま」つてゐた。下葉の蔭には夙《つと》に薄綠の紡錘狀《ばうすいじやう》の實も兆《きざ》してゐただらう。人家の垣根や花壇の隅ではなく、「城《しろ》あと」といふのなら、恐らくは獨《ひとり》生《ば》えの、野生化した、それゆゑにひ弱い莖であり、花の色も淡淡しかつたのではあるまいか。

和名「爪紅《つまくれなゐ》」、この花の紅色の花瓣を揉《も》み潰《つぶ》し、その液汁で爪を染めると、たしかに一二度手を洗つたくらゐでは褪《あ》せない。漢名の發音も何やら唐渡《からわた》りめき、華やかでいささか玄妙な字面《じづら》もおもしろい。熟した實は微かに指を觸れただけでもたちまち爆《は》ぜ割れ、魚卵さながらの微粒は八方に散る。かつ、この果實は幾分の毒を含む。茂吉の好みに合ふのか、この花は他の歌にも重要な素材として扱はれてゐる。否、好みで使つたのではない、茂吉は大正二年七月の末近く、すなはち「悲報來」の前に、城跡で媾曳《あひびき》し、そこには實際に鳳仙花が云云と、實證主義の研究家は申立てたいところだらうが、甚だ殘念ながら、この一聯の背後の事實に關しては、現在に到るまで一切不明である。ただ、茂吉が空想で鳳仙花を引張り出すやうな器用な眞似をする歌人ではないとは言ひ得よう。鳳仙花もさることながら、他の事も諸說紛紛《ふんぷん》、城にしたところで、甲府か松本か上田かとんと判らず探るてだてもない模様である。茂吉のことだから、邸跡を城跡と創作するやうな器用な眞似はすまい。であるなら、いつそのこと、意地になつて、可能性のある城全部をリスト・アップし、そのいづれに、七月末、鳳仙花が咲いてゐたかを調べればよからうではないか。尾花や鴨跖草《つきくさ》ではあるまいし、五つなら五つの城跡の全部に鳳仙花が咲いてゐたなどといふ事實は浮ぶはずがない。それも出來ぬとなら、實證といひ確證といひ儚《はかな》いものだ。すべてこの密事《みそかごと》めいた媾曳《ランデヴー》の、憚《はばか》りあるプライヴァシーによるのだ。この歌の、鳳仙花よりも寂しく華やぎ、華やぎつつうしろめたいたたずまひ、そのあはれは心に沁む。「散り散りたまる」その如實の息づかひ、「忍び逢ひたれ」の不安な已然形切、「たり」で結ぶべき末句は、「こそ」を先立てもせず、さりとて「と」を從へもせず、已然形のままで夕闇に溶け滲《にじ》む。人の名も言はず、その場所も時間も明示せず、事實の言葉尻を濁し、「ありのまま」の姿をも晦《くら》まし、茂吉はまこと本意《ほい》なくも、虚構擬《もど》きの相聞歌をものする他はなかつた。

　しら玉の憂《うれひ》のをんな戀ひたづね幾やま越えて來《きた》りけらしも

「しら玉の憂《うれひ》のをんな」こそ「忍び逢ひ」の相手、後に現れる「おひろ」と推定する向もあり、それを否定する人もゐるとか、それはそれで興味津津《しんしん》たるロマネスクではあらうが、この歌の本質に始めから闕りのないことだ。成立事情によつて事實の明瞭さを缺くといふ不如意は、この歌の、あるいはこの一聯の、戀歌に讀人不知《よみびとしらず》的なニュアンスを與へ、恐らくは悲戀であらう相聞《さうもん》に、いやさらに哀切な趣を漂はしめる。

「白玉の憂」は左千夫がかつて愛した言葉の一つで、茂吉もこの言葉を他の歌や文章に用ゐ、言はば師弟相傳のヴォカブラリーであつた。この王朝風で枕詞的な美稱によつて、「をんな」の幻像は讀者の想像の中で、限りなく淨化され透明になつて行く。眞珠色のしつとりした肌、瞠《みは》つた眸《ひとみ》はいつも涙を湛《たた》へたやうに憂はしげで、逢引《あひびき》のその數刻も、胸に面を伏せて一言も語らぬ。そのたをやかな全身に漲《みなぎ》る悲しみを知るゆゑに、離れてゐればひねもすよもすがら、目交《まなかひ》に顯《た》ち、百里二百里の山河をものともせず逢ひに來たのだ。この思ひが讀者にひしひしと傳はつて來る。それで十分ではあるまいか。白珠が事實かありのままかは問題ではない。彼女が一部の人の臆測通り宿の女中であらうが、「屋上の石」一聯が彼女に逢ふための旅の所産であらうがなからうが、讀者、少くとも私には興味の他だ。「來《きた》りけらしも」とみづからの行爲を推量歎息してみせるのも、茂吉獨特の心理描寫表現だが、亞流が眞似たら鼻持ならぬ嫌《いや》みにならう。

白珠の憂ひを含む女、薄幸の處女《をとめ》に配するに、あの華やぎつつあはれな鳳仙花を以てすることも、茂吉の直感の鋭さであらう。それが事實であつても、晩夏、黄昏《たそがれ》の、ちりぢりの花であることも、おのづから戀愛の行末を暗示してゐると言へよう。勿論《もちろん》、さればこそ彼はこの花を思ひ起し、かく美しく用ゐたのでもあらう。「散る」とは言つても鳳仙花は合瓣で、花一輪がくづほれるのだ。かつまたこの花には香が無い。それが「をんな」の體質や、脂粉《しふん》抜きの姿をも感じさせて、私にはおもしろい。

天そそる山のまほらに夕《ゆふ》よどむ光りのなかに抱《いだ》きけるかも　　同前

「屋上の石」に見られる相聞歌は、「しら玉の」「鳳仙花《ほうせんくわ》」及びこの「天そそる」の三首である。いづれも纖細で初初しく、しかもいささかも病的な翳《かげ》や、甘つたるさも感じられない。この一首など、眺めの雄大さは例によつて萬葉歌を思はせ、調べも大らかだ。同時代の、たとへば白秋あたりと、くつきりと一線を劃する所以であり、いづれが優か劣かは別として、茂吉の個性の輝かしさは隱れもない。それは最早「才」を越える。

「天そそる山のまほらに夕《ゆふ》よどむ光りのなかに」、初句から第四句まで二十四音を費し、言ひ得たのは嬶曳の場所のみと言へぬこともない。抱擁の舞臺裝置をこれだけものものしく、これだけ悠悠と描寫しながら、抱いた相手のことにはちらりとも觸れてはゐない。聯作の中ゆゑに、これすなはち「しら玉の憂《うれひ》のをんな」と取るのが自然ではあらうが、ここには「鳳仙花」のやうに、「をんな」のイメージを觸發する手がかりもない。

しかしこの仰仰しい舞臺裝置も、その情景の中に分け入り、心を遊ばせれば、讀者はやがてこの世のものならぬ恍惚感に浸れるだらう。その邊のしみつたれて煽情《せんじやう》的な戀愛小說など色を喪《うしな》つて姿を隱すに違ひない。のしかかつてくるやうに壯大な自然、その中、そ

41　天そそる山のまほらに夕よどむ光りのなかに抱きけるかも

の下の罌粟粒《けしつぶ》ほどの人間の愛のいとなみ、それこそ茂吉が、この時、無意識に表現しおほせた、まことの、歌の「あはれ」でもあつた。ロマンティシズムとは、『みだれ髪』や『桐の花』の耽美主義もさることながら、かかる天地《あめつち》の間に、つかの間の生《せい》を生きて、しかも愛し合はずにはゐられぬ人間の、命を視つめることであつた。しかし一方、私はこの一首を『萬葉』の相聞歌中のとある一首になぞらへるよりは、やはり、たとへば『海潮音』中の、ダンテ・ガブリエル・ロセッティの「春の貢」、そのクライマックスの名譯數行と比べたい氣がする。

されど卯月《うづき》の日の光、けふぞ谷間に照りわたる。
仰ぎて眼《まなこ》閉ぢ給へ、いざくちづけむ君が面《おも》、
水枝《みづえ》小枝《こえだ》にみちわたる「春」をまなびて、わが戀よ、
溫かき喉《のど》、熱き口、ふれさせたまへ、けふこそは、

茂吉が『海潮音』に學ぶところがあつたか否かは知らぬ。杢太郎《もくたらう》の影響を受けた跡が、ありありとうかがはれるやうには、西歐頽唐の詩の薫染《くんせん》は見られない。そのやうな手離しのロマンティシズムなど新體詩の昔、今日は晶子や白秋の領分と、ひそかに拒んでゐたかも知れない。更に推測するなら、短歌においては、「仰ぎて眼《まなこ》閉ぢ給へ、いざくちづけむ云云」などと、くだくだしい饒舌《じやうぜつ》を弄せずとも、それ以上の陶醉《たうすい》が、如實に表現できる

ことを、彼は本能的に知つてゐたのではあるまいか。まことに、「忍び逢ひたれ」「抱《いだ》きけるかも」なる結句七音以外に、愛人同士の愛の營みについて觸れてはゐない。しかもこの七音の何と敏感で雄辯なことか。しかも、この黃昏抱擁の朧《おぼろ》な映像は、そのままであらゆる可能性を讀者に示唆《しさ》する。讀者はいかやうに補足し、發展させることもできる。灼《や》けるやうな接吻に一瞬身を任せたのみで「しら玉の憂《うれひ》のをんな」は、愕然《がくぜん》と作者を突き放ち、後をも見ずに駈け去り、それ以後、二度と相見《あひまみ》えることはなかつたといふのも、私の想像の繪詞《ゑことば》百葉の中の一つである。

一首の中で「抱《いだ》き」なる動詞一つが、含羞《がんしう》のために赤らみ、顫《ふる》へてゐる。「天そそる」「夕《ゆふ》よどむ」のおごそかにしておどろな形容詞も、この大景をよく描いてゐる。「まほら」は言ふまでもなく「眞秀《まほ》ら」で、「まほろば」同様、秀れた處の謂《いひ》だが、別の一説「眞《ま》洞《ほら》」、すなはち洞窟と解した方が、この歌の場合は、より自然で、かつ陰翳にも富んでゐる。窟の入口にしばし漂ふ夕光、それを背に相抱く二人を、私はありありと思ひ浮べる。

初句は勿論「あまそそる」と訓《よ》むべきであらうが、殊更にか他意なくか振假名が施されてゐない。改選版にも高名な注解書にも無い。大體に、『赤光』に限らず、茂吉の漢字使用とその振假名は恣意《しい》で、不統一で、意圖を量りかねるものも少くない。表記全般にはかなり神經を使ひ、印刷效果も豫想してゐるらしいのに、この點はやや片手落だ。この四首目までに限つても、誤訓の懼《おそ》れのまづ無い「城《しろ》」や「夕《ゆふ》」にはわざとルビを振り、「鳳仙花」は放つてある。「鳳仙花」は常識レヴェルを少しく越えた植物名漢字表記だし、「天そそる」は「あめそそる」と訓んでも差支へなく、またさう訓ずる人も多多あり得る。「悲報來」の「道《みち》」「口《くち》」が振假名つきで「諏訪」に無しといふのもこの類だ。尤もこれらなど序の口で、「黴毒」や「瘋癲學」にもルビは無い。自分本位なこと夥《おびただ》しく、氣紛《きまぐ》れも亦ここに極れりだ。ちなみに、第四句の「光り」が、改選版では「光」と修正されてゐる。

屋根にゐて微《かそ》けき憂《うれひ》湧きにけり目《ま》したの街のなりはひの見ゆ　　同前

「屋上の石」一聯八首は、「山のまほら」の媾曳《あひびき》とこれに關る歌四首、諏訪近邊の旅館と覺しい場所での嘱目四首から成つてゐる。先行四首の最初、すなはち一聯の冒頭は「あしびきの山の峽《はざま》をゆくみづのをりをり白くたぎちけるかも」で、山川の白い水泡は、二首目の「しら玉の憂《うれひ》」と微かに照應し、水のたぎちはすなはち作者の騒ぐ胸と取るなら、相聞《さうもん》の先觸《さきぶれ》としてゆかしからう。

後半四首には戀の餘波《なごり》も愛の翳《かげ》りもない。拭《ぬぐ》ひ去つたやうに跡形もない。「あしびきの山の峽《はざま》」に入つた時、既に作者は長野縣に入つてゐるはずなのに、第五首目、その旅館の屋上らしいところに立つて、始めてその感懐を明らかにする。勿論《もちろん》第一首を信濃以外の山としてもよからうし、城跡の城も、たとへば甲府あたりとすれば、つじつまは合はう。いづれにしてもこの題自體、いかにもよそよそしく妙な据ゑ方だ。茂吉にはもともと、標題も作品のうち、などといふ創作理念は全く無いやうだが、そしてその一種の蠻カラ風な無造作さも、一部のファンにとつては結構な眺めだらうが、それにしても、この一聯に「屋上の石」では、いかにも前半の戀歌に顏を背けたやうな、微妙なこだはりを、却つて感じさせてしまふ。

掲出の「屋根にゐて」は掉尾の一首であり、左の三首の後に續いて現れる。いづれも矚目であり寫生である。後後の彼の論と歌を統《す》べる「寫生」、その無限に増殖、擴張される詩論の中の、狹義の「寫生」の、好惡兩様の意味での典型となりさうな歌の前驅でもあらう。

屋上《をくじやう》の石は冷《つ》めたしみすずかる信濃のくにに我は來にけり
屋根の上に尻尾動かす鳥來りしばらく居つつ去りにけるかも
屋根踏みて居ればかなしもすぐ下《した》の店《みせ》に卵を數へゐる見ゆ

戀歌三首の鮮烈な印象に比べると、いかにも地味で調べも平凡である。勿論例によつて一首一首どこかに會心の微笑を、わづかに誘ふかの、目立たぬ勘所《かんどころ》があり、それに殊更

45　屋根にゐて微けき憂湧きにけり目したの街のなりはひの見ゆ

に意味を持たせれば、いくらでも深讀みはできようし、迎へた解釋も可能だらう。

　標題の出所となつた一首の枕詞にしろ、必ずしも成功とは言へまい。たとへば白秋の「みすずかる信濃の駒は鈴蘭の花咲く牧に放たれにけり」に於ける颯爽《さつさう》たる效果を一方に思ひ浮べる時、いかにも取つてつけたやうで、折角のI音S音の清冽《せいれつ》な語韻も、一首を救濟するほどには響かぬ。「冷《つ》めたし」の斷定も、第三者、讀者には突然で、それがたとへそのままの正直な寫生的感懷であつたとしても、一向に訴へるものはない。冷たければこそ信濃に來た實感が湧く、それも七月下旬、晩夏のことゆゑと迫られても、私は俄《にはか》に同じがたい。晩夏であるとしても時間は不明だし、感動は作者だけのものに過ぎまい。地歌として讀み過すべきだらう。

「屋根の上に尻尾動かす鳥」は多分鶺鴒《せきれい》の族で、尻尾を上下に動かす種類だらうが、茂吉が鳥の名を、まこと知らずにかう詠んだのか、知りつつわざと、ふくらみを持たせたかは輕率に斷じられまい。うつろな目、索漠たる心で、鳥の來て去るまでを、見るともなく見てゐたのだらうが、よほど迎へて鑑賞してもおもしろみは少い。劣れる亞流がかういふ歌を寫生の眞髓と錯覺して、模倣にこれ努めた形跡は、その後隨時隨處に見受けられたやうだし、さういふ弊害の源となりさうな作ではある。

　三首目に來て茂吉の囑目はやつと陰翳を濃くする。人なるわれが、人の棲み、生を營む地上を俯瞰した時の、かすかな躊躇《ちうちよ》と羞恥心と。その營みが「卵を數へゐる」様子といふのもおもしろい。偶然であり、ありのままなら、さういふ場面を特に見下す機會に恵まれたのも茂吉の才能であらう。「屋上に在れば」などと言はず、「屋根踏みて居れば」としたのも巧である。屋根を足裏に踏まへ、仄白《ほのじろ》い累卵《るいらん》を數へつつある人の姿を見る、それは、しかし「かなしも」では盡せまい。かやうな感情表現など無い方が餘程味はひは深かつたらう。ついでながら「すぐ下《した》の店《みせ》に」も説明の域を出てゐない。

先行三首の心引く要素をすべて織込み、しかも同工異曲の嫌ひなく、深い味はひを持つのが、掲出の「微《かそ》けき憂《うれひ》湧きにけり」の歌、結びの一首である。卵を數へるといふ生きいきとした具體描寫より、抽象的な「なりはひ」なる通り一遍の語が却つてあはれを誘ふのも、歌の調べの不可思議であらう。三句切、結句用言止め、何か不安定な、そのくせ流露感のある韻律が、讀者の心を側面から搖《ゆす》るのだ。人知れず人の世を覗き見下すためらひ、白晝ホテルの窓から裏街を眺める時、私もふと思ひ出でてこの歌を口遊《くちずさ》むことがある。

めん雞《どり》ら砂あび居《ゐ》たれひつそりと剃刀研人《かみそりとぎ》は過ぎ行きにけり

「七月二十三日」

制作の日附をそのまま標題としたこの一聯五首は、土岐哀果《ときあいくわ》編輯「生活と藝術」創刊號に發表され、掲出の一首は冒頭に見える。發表當時からかなり世評に上り、話題となつたいはゆる問題作であり、また後の世でも、この一首を拔きにして『赤光』を云云し、茂吉を語ることはあり得ぬくらゐ高名な歌である。だが、これを著名にしたのは、萬人の心を搏つ高い調べでも、技、神に入るばかりの精妙な修辭でもない。奇異な題材を扱つた不敵な構成の作品として、不氣味な靜寂と緊迫感を祕めた歌として、注目を浴びたのであり、それも亦この歌の忘れてはならぬ功績に違ひあるまい。「アララギ」内部のみではなく、大方の歌人が、無意識にしろ、それまでの短歌には考へられなかつた、素材の不條理な配合、それから生れる禍禍《まがまが》しい氣配、すなはち、あり得べき新しい歌の姿を豫感したのだ。

題材主題の奇異妖美《きいえうび》を論《あげつら》ふなら、既に明治末年近く、白秋の『邪宗門』に『思ひ出』、あるいはその先驅と見られる杢太郎の「黑船」「諧音」「淺草寺」更には「綠金暮春調」等も續續と世に問はれ、ここには南蠻繪からアール・ヌーヴォーまでを含む異國の萬華鏡《まんげきやう》的な物象風俗が、絢爛たる手法で鏤《ちりば》められてゐた。語彙《ごゐ》の華麗を言ふなら明治三十年代に晶子の『みだれ髮』『小扇』『戀衣』『舞姬』が衆目を集めつつあつたが、この方は新奇とは言へ王朝美學の現代的復活とプレ・ラファエリズム憧憬の趣があらはであつた。茂吉はそれぞれに注目し、あるいは好み、あるいは反撥を覺えてゐたことだらう。就中《なかんづく》、杢太郎とはゆかり淺からず、一種身内《みうち》のやうな親愛感で、その作品に接してゐたことと思はれる。

短歌の世界の後進性は今も昔も變りはない。『みだれ髪』の後の『桐の花』も、大部分の歌人は西歐かぶれの頽廢《たいはい》趣味、空想の咲かせた徒花《あだばな》などと顰蹙《ひんしゆく》してゐたのだ。茂吉自身にもその傾き、決して無しとは言へぬ。それゆゑ牝雞《めんどり》と剃刀研人《かみそりとぎ》の配合なども、茂吉にとつて一つの冒險であつたらうし、これを受入れる「アララギ」なる禁欲的な集團內部の人人にもかなりの違和と反撥があつたらう。まこと今から思へばささやかな神聖醜聞のたぐひであつた。作者が茂吉でなかつたら、殊に「アララギ」の歌人たちは、さんざんに貶《おとし》め、あるいは默殺したかも知れない。今日《こんにち》の評價にしろ、「茂吉だから」是《ぜ》とし、他者ならば認めぬ風の傾向はなほ強い。

さまざまの成立時の事情や特殊要因は拔きにして、虛心にこの歌に向ふ時、ありのままの姿が判然とする。この白晝夢めく空間と時間は、そこに配慮された生物は、明らかに近代の、智慧の力によつて生れたものだ。白晝夢、作者は晝とはことわつてゐない。「七月二十三日」といふ無愛想で無神經なタイトルを勘定に入れねば、眞夏であることも判りはしない。しかし、この情景は、眞夏眞晝の、人人も死に絕えたやうな一刻、まさにめくめく逢魔《あふま》が時であらねばならぬ。「ひつそりと」は無論「剃刀研人《かみそりとぎ》」の擧動にかかるのだが、視る人、彼をも容れたこの小世界は烈日に照らされ、ものみな漆黑《しつこく》の影を曳き、じつと息をひそめてゐる。白秋風に言ふなら、子等は人さらひを懼《おそ》れ、大人たちは疫病の豫感に戰《をのの》く。牝雞の砂浴びといふ些細な動作、それによつて生ずるひそかな物音が、却つて不氣味な靜寂をクローズアップする。その假眠《まどろみ》と覺醒《めざめ》のあはひを剃刀研人は足音も立てずに過ぎて行く。屋臺車か自轉車を引いてゐるとしても、その車輪の音も蜂の羽音ほどの響きであらう。しかし「ひつそりと」は必ずしも無言を意味しない。「鋏、庖丁、剃刀の研ぎ直し云云」と、多くは初老の男が、寂《さ》びた鹽辛《しほから》聲で一くだり觸れつつ歩き、あとは暫く無言、引いた聲の餘韻の全く消えた頃、彼は既に遙か數町先で、また同じ文句を繰返す。後には雞の羽搏く音が忘れた頃に聞えるのみ。世はすべて事もない。だが、神は空にしろしめし給はぬ。邊《あたり》には危機が充滿してゐるやうだ。陽光に漉《こ》される砂埃《すなぼこり》も火藥に似、時折きらりと光るのは、あの男が翳《かざ》す剃刀の刃の反射だらうか。

いささか『邪宗門』的な聯想だが、この歌が白秋の「ひいやりと剃刀ひとつ落ちてあり鷄頭の花黄なる庭さき」を本歌とするのだらうといふ說も既にある。茂吉はこの光景が自室の前の裏通りの、連日の、ありのままの囑目であり、「ひつそりと」の表現には殊に苦心した旨を後年力說してゐるが、それがすなはち先蹤《せんしよう》と無關係といふ證《あかし》にもなるまいし、たとへ本歌取であつたとしても、いささかもこだはる要はあるまい。問題なく茂吉の歌の方が傑《すぐ》れてゐる。茂吉＝精神病醫＝狂人に刃物＝剃刀といつた解釋もあるらしいが、これは人間茂吉の餘談の一つにしておくがよい。そこまで考へるなら牝雞には特定の女性を、剃刀研人通過には代理殺人の期待を推量してみるのもおもしろからうではないか。

たたかひは上海《しやんはい》に起り居《ゐ》たりけり鳳仙花紅《あか》く散りゐたりけり　同前

鳳仙花《ほうせんくわ》と上海動亂、この二物衝擊、二者の意外な出會によつて生ずる美的空間は、近代短歌の中でも、『赤光』一巻の中でも、瞠目《だうもく》に値《あたひ》しよう。はつとするくらゐ新しい、緊張と戰慄を伴つた短歌など、かつて誰が豫想し、誰が實踐して見せてくれたらう。別にロートレアモンやブルトンを擔《かつ》ぎ出すことはない。しかし、短歌では、ふと彼らを想起したくなるほど劃期的な作品ではあつた。そして、今日見てもなほ、別の問題を提出してくれさうだし、少しも古びてはゐない。

この歌も、「剃刀研人」と竝んで有名であり、「アララギ」の內、外を問はず、難解などと稱して、こもごも論議されたやうだ。一方、後年には「寫生」の説をも援用して至極深遠な注釋も加へられた樣子である。無論、發表當時、茂吉は「寫生」といふ特殊なプロソディを未だ、かりそめにも標榜《へうばう》してはゐなかつた。しかし、その用語自體、一般に考へられる「寫生」とは甚だ本質を異にしてをり、說き來り說き去る言言句を大膽にパラフレーズするなら、「象徵」と呼んでも差支へないやうな節《ふし》も多多あるから、この一首を一つの典型として飾るのも、あながち無理とは言へまい。また牽強附會《けんきやうふくわい》は教祖よりもその信者の好むところであり、傑作はいかなる形の榮冠もかぶりこなすものだ。二要素の突然の邂逅《かいこう》、とは言ふものの、作者はそのやうな尖鋭《せんえい》で西歐的な解釋はほとほと迷惑だと、顔を蹙《しか》めることだらう。いつものことだが、全く私的で單純な動機がこの歌を生んだやうである。上海動亂は日日《ひび》新聞に報道され、彼はそれに關心を持つてゐたからであり、鳳仙花も、あたかもその頃眼に觸れるところに、實際散つてゐたのだといふ。上、下句が別別な感じにできてゐるので、寓意があると思ふ人もゐるやうだが、このまま受取つてくれといふ意味のことを、茂吉は訥訥《とつとつ》と語つてゐる。とんだ肩すかしで苦笑する他はないが、たとへば無内容な作品を前に、滔滔《たうたう》と高踏的な手前味噌を竝べられるよりはよほどすがすがしい。鳳仙花はしかし、茂吉が短期間にかうして二首の秀作問題作の中に選んだほどの花ゆゑ、結果的には一種の呪物となりおほせてゐる。城跡もさることながら、東京の彼の住居や勤務先に、鳳仙花以外の植物が無かつたはずはあるまい。ダリアも百日草も夜顔も、晩夏の花は歌の素材に事缺かぬ。その中からなぜ鳳仙花を選んだかを、茂吉は決して明さない。私もそれをあへて聞きたいとは思はぬ。ただ多くの注釋者は花の色、すなはち、赤、淡紅と、戰爭との脈絡を感じ取りたげな口吻であるが、勿論、表面上は何の關りも無く、無いからこそおもしろいのだ。もし強ひて關聯を求めるなら、花より花の蔭に尖《とが》る青い果實、その一觸卽發のあやふい構造を思ひ浮べねばなるまい。作者に代つてでも、それを感じてこそ鑑賞といふものだらう。誤解も正解も氣にすることはない。

作者に當時の隣國支那の政情を憂ひ、戰禍を慮《おもんぱか》るほどの深い關心があつたかどうかは、大いに疑問であらう。「起り居《ゐ》たりけり」は通り一遍の感慨に過ぎまいし、それで惡いといふいはれもさらさら無い。散る鳳仙花、あるいは彈《はじ》け飛ぶ夭果《えうくわ》に觸發されて、ふと意識に上つた對岸の火事の、その火の色であつた。第三句結句共に「ゐたりけり」といふ流動的で、いささか不安定な構成も、當然意識したものであつたらうし、この詠歎がさほど深刻でないところにこそ、一首のこよなき持味がある。事事しく憂慮の體を示されてはぶちこはしになり、折角の鳳仙花も嫌らしくなる。對岸の火事、さはれ他人事《ひとごと》とも思つてゐられぬ微かな不安、そして晩夏の脆《もろ》い花。社會と個人兩兩に翳《かげ》り匂ふ季節感を味はふなら至れり盡せりで、それ以上の鑑賞はあるまい。

一説によれば、この歌も白秋の「薄らかに紅《あか》く孱弱《かよわ》し鳳仙花人力《じんりき》車の輪に散るはいそがし」を本歌とするといふ。白秋歌集には「上海」と記した扇繪があり、繪は俥《くるま》を引く中國人と散る鳳仙花だと、この證言はなかなか念入である。これまた「剃刀研人」の場合同樣、だからと言つて拘泥《こうでい》する要は更にあるまい。茂吉の歌はこの度も明らかに、本歌を越えてゐる。比較するのも無慙《むざん》と思はれるまでに本歌は纖弱でくだくだしい。

夏休日《なつやすみ》われももらひて十日《とをか》まり汗をながしてなまけてゐたり
十日なまけけふ來て見れば受持の狂人《きやうじん》ひとり死に行きて居《ゐ》し

「剃刀研人」と「上海」に前後して右の二首はある。一種の平談俗語調で、茂吉の時折見せる素顔の一面だ。心酔者には格別の味もあらうが、私は諧謔《かいぎやく》も感慨も感じられず、地《ぢ》歌《うた》としても調子が低過ぎるやうだ。

ひた赤し煉瓦の塀はひた赤し女《をんな》刺しし男に物《もの》いひ居れば

「麦奴」

「麥奴《むぎのくろみ》」一聯十六首の終りには「殺人未遂被告某の精神状態鑑定を命ぜられて某監獄に通ひ居たる時、折にふれて詠みすてたるものなり」と詞書がある。精神病醫として、東京帝國大學精神病學研究室に助手として勤務してゐた作者の、特殊な職業詠で、――この間の状況を前提として讀まねばならないが、それだけにドキュメンタル・ポエム風のおもしろさも加はる。この歌の異様な色彩效果、胸に直擊を試みるやうな激しい聲調は、茂吉の大膽な歌ひ振には馴れてゐる者にも、かなり刺戟的だ。

初句の「ひた赤し」を第三句で繰返す手法も、またかと思ひつつ、生きて働いてゐることを認めぬわけには行くまい。「女《をんな》刺しし男」といふ語法も一見滞《とどこほ》つた感じだが、そのくせ妙な迫眞性がある。犯人に語りかけてゐることと、煉瓦塀の赤いことを「ば」で關係づけてゐる強引さにも反撥を覺えず、何となくその條件法に從ひたくなるのも不思議だ。思へば、茂吉の歌の魅力の一面は、さういふ傍若無人《ばうじやくぶじん》の、獨善性にもあるやうだ。尤も茂吉は常のごとく、殺人未遂犯への問診《もんしん》も、赤煉瓦の塀が雨上りで特に赤かつたのも嚴然たる事實で、それを「ありのまま」に歌つた。それがすなはち「寫生」、別に強引でも傍若無人でもない、何が獨善かと嘯《うそぶ》くだらう。

しみじみと汗ふきにけり監獄のあかき煉瓦にさみだれは降り
監房より今しがた來《こ》し囚人はわがまへにゐてやや笑《ゑ》めるかも
巻尺《まきじやく》を囚人のあたまに當て居りて風吹き來しに外面《そとも》を見たり
ほほけたる囚人の眼のやや光り女を云ふかも刺し女を
光もて囚人の瞳《ひとみ》てらしたりこの囚人を觀《み》ざるべからず
けふの日は何も答《いら》へず板の上に瞳《ひとみ》を落すこの男はや

一聯冒頭に「しみじみと」が現れ、次の三首は掲出の「ひた赤し」に續き、他の二首はやや間を置いて現れる。特殊な條件設定とはいへ、私は傑《すぐ》れた短篇記録映畫を見るやうな氣がする。この種の映畫の緊張したカットの連續が、時として前衞映畫的な美を生むやうに、この一聯も、恐らくは茂吉の事務的と言つてもよい「ありのまま」の描寫が、冱《さ》え冱《ざ》えとしたシーンを生んでゐる。「ひた赤し」に先んずる次の二首なども、その意味では注目に値しよう。無意識に残酷な、異常な美を創つてゐるやうに見える作者の、抒情的な横顔が新鮮だ。

　飯《いひ》かしぐ煙《けむり》ならむと鉛筆の秀《ほ》を研ぎて居《ゐ》て煙《けむり》を見るも

　病監の窓の下びに紫陽花《あぢさゐ》が咲き、折をり風は吹き行きにけり

　地歌《ぢうた》といへばそれまでだが、映像中心に鑑賞する時など、相當重要な、作者の心理描寫技法として印象に殘る。「紫陽花《あぢさゐ》が咲き、」の第三句七音讀點《とうてん》添記といふのは實に珍しい例だが、躓《つまづ》いたやうな、獨特の調べと潤《うる》んだ色感は棄てがたい。ところが、惜しむべし改選版では折角の讀點を省いてゐる。

一聯の標題「麥奴」は、十首目の歌から採られた。

　まはりみち畑にのぼればくろぐろと麥奴《むぎのくろみ》は棄てられにけり

　この歌など時折茂吉がものする童謠調の趣もさし添ふが、たとへば大正元年の「青山の鐵砲山」に見られるやうな初初しさや心の彈《はつ》みには缺ける。上句なども初出は「まはり道畑《はた》をのぼればまはりみち」なる川柳紛《まが》ひのものを、歌集に入れる時改めてゐるといふ。またこの度も標題は一聯の主題からすらりと身をかはしたが、深讀みすれば黒穗《くろほ》病の麥は、殺人未遂の精神病患者を暗示してゐるとも言へよう。作者の目は問診を試みつつ、外の煉

瓦塀を眺める。靜脈を循《めぐ》る血のやうな暗紅色がべつとりと視野を遮《さへぎ》る。「赤し・赤し・刺しし」といふ棘狀の語韻も、偏執《へんしふ》的で讀者の神經を逆撫《さかな》でする。茂吉の識、不識とは別に、これは近代短歌における野獸派美學の生誕と見てよからう。底に、囚人への憐憫《れんびん》が湛《たた》へられてゐる點は、さすがこの作者のものだと思ふところだ。

この一聯は作者にとつてあくまでも「詠みすてたるもの」のつもりであつたのか、改選版では掲出の「ひた赤し」を含む八首を捨てをり、詞書も消された。だが、私の目には消された八首と殘された八首は、ほぼ等價値の佳作としか見えない。

ダアリヤは黑し笑ひて去りゆける狂人は終《つひ》にかへり見ずけり　「みなづき嵐」

一聯十四首より成る「みなづき嵐」の掉尾の歌である。終りに掲げただけに、一讀慄然たるものあり、獨特の奇異な雰圍氣と心理をさまざまな角度から捉へた、この群作のエッセンスが、殊にこの一首に漲《みなぎ》つてゐる。「麥奴《むぎのくろみ》」とほぼ同じ時期、精神病棟囘診の折に生れた作品であり、異常な持味といふ點ではいづれ劣らぬ。そして茂吉はその異常性を衒《てら》つたり、趣味的に弄《もてあそ》んだりすることは決してない。その意味でならまさに、「ありのまま」

に歌つた、場所と人間が、たまたま異常であつたに過ぎぬ。しかし、ダリアを「黒し」と観じる目は、決して單に、ありのままなどを映してはゐない。この花に勿論《もちろん》黒は無く、有るのは黒に近い臙脂《えんじ》だ。「黒し」の強引な斷定が、振返らぬ狂人との照應上不可避《ふかひ》であつた。振返らぬことを確認したのは、すなはち作者が終りまで、相手の後姿から目を離さなかつたといふことだらう。加ふるに、去り際のうつろな笑聲はなほ耳に殘つてゐた。

日を吸ひてくろぐろと咲くダアリヤはわが目のもとに散らざりしかも
かなしさは日光のもとダアリヤの紅色《くれなゐ》ふかくくろぐろと咲く
たたなはる曇りの下を狂人《きやうじん》はわらひて行けり吾を離れて

掲出歌の前にはこの三首がある。一聯のエッセンスはともかく、この三首を湊合壓縮《そうがふ》した趣は「ダアリヤは黒し」の一首に明らかだ。黒が濃い紅であることは豫斷の通りで、作者のこの花から受けた印象はかなり強烈であつた。「かなしさは」など、むしろ實感を薄め弱めてゐるとしか考へられない。

ダリア、和名天竺牡丹《てんぢくぼたん》、オランダ人によつて日本に齎《もたら》されたのが一八四二年、といへば渡來後まだ七十年ばかり、全國で栽培されてゐただらうが、やはり奇異な洋花の一つであつた。昭和に入つてからでも門徒は決して供華《くげ》に使はず、現在でも茶道では禁花に數へられてゐる。ダリアを素材とするだけで、短歌はたちまち妖美な色合を帶び始める。『桐の花』にも「紅《くれなゐ》の天竺牡丹《てんぢくぼたん》ぢつと見て懷姙《みごも》りたりと泣きてけらずや」や「烏羽玉《ぬばたま》の天竺牡丹咲きにけり男手に取り涙を流す」等があるが、やや常識的にこの花を詠みこんでゐる嫌ひがなくもない。茂吉の場合もダリアと狂人の配合は、あまりにも出來過ぎてゐて、下手をすれば興冷めになるところを、破格の修辭によつてやつと凄味《すごみ》を漂はせたといつたところだ。この花も亦全く香を持たぬゆゑに、姙婦や哭男《なきをとこ》より狂者を配する方がおもしろい。

わが體《たい》にうつうつと汗にじみゐて今みな月の嵐ふきたれ
みなづきの嵐のなかに顫《ふる》ひつつ散るぬばの玉の黑き花みゆ
狂院の煉瓦の角《かど》を見ゐしかばみなづきの嵐ふきゆきにけり

標題の「みなづき嵐」はこれら三首に卽してつけられたのだらう。じつとしてゐても汗のにじみ出るやうな曇天、竝の人でも躁鬱《さううつびやう》病的なみだれを來《きた》しかねない季節の、いらだたしく惱ましい胸中が、ダリアを媒體としてあいふ表現に籠められたのだらう。「黑き花」が何かは不明である。ダリアなら「顫ひつつ散る」ことはない。暗紅、暗紫共に「黑」と言ひくるめる癖のある茂吉ゆゑ、濃い紫の鬼罌粟《おにげし》あたりを想像するのが無難だらう。

ダリアや狂人とかけ離れて、この「みなづき嵐」一聯には、異樣異質の歌が混つてゐる。勿論これらも、この憂鬱な季節ゆゑに生れたのであらうが。

わがいのち芝居《しばゐ》に似ると云はれたり云ひたるをとこ肥りゐるかも

茂吉の歌を芝居氣の產物と諷《ふう》したのはその師左千夫である。左千夫は短軀《たんく》で肥り肉《じし》だつた。その發言者本人を前に置いたかの、憤懣《ふんまん》をこめた、侮蔑《ぶべつ》を交へた一首が、「嵐ふきたれ」と「黒き花みゆ」の間にさりげなく插入されてゐる。肉體的な外觀をいふなら醜男《ぶをとこ》に類する茂吉が、左千夫の肥大漢振を云云するのも妙な話だが、師と弟子、否、男と男、知識人同士といへども争へばこのやうに感情的になる醜い例を見て、思ひ半ばに過ぎるものがある。改選版にも除かれてはゐない。この歌も恐らく「事實をありのまま」に歌つたのだらう。そして翌月末、「ひた走るわが道《みち》暗し」も、決して僞りではなかつた。否いやさらに悔いは深かつたのであらう。

ひろき葉は樹にひるがへり光りつつかくろひにつつしづ心なけれ

「死にたまふ母　其の一」

悲歌「死にたまふ母」は四部作、その第一部冒頭の作品であり、前奏の調べとして忘れがたい一首だ。かつまた、一首切離して見ても、晩春初夏の落ちつかぬ身心を、息づかひあらはな律調で生き生きと寫してゐる。しかも、この歌の後に何かが起り、何かが變るやうな豫感、いささかの危惧を交へた期待もおのづから生れよう。それは茂吉獨特の聲調技法の齎《もたら》すところだ。すなはち、「光りつつ」「かくろひにつつ」といふ存續反復の助詞を、殊更に繰返し、末句を「無き」の已然形「なけれ」で、結ぶといふよりは切つてしまふあたり、常套手段とも言へるものの、やはり、ここでも成功してゐる。今一つ、その不安な已然形切の末句が八音であることも、微かなためらひとたゆたひを感じさせて效果的だ。「ひろき葉」、すなはちその闊葉樹の名を、作者はこの歌で明示してゐないし、一聯の他の歌をチェックしても推測できるやうな言葉は出て來ない。「屋上の石」における「尻尾動かす鳥」同樣、作者の知識不足か、漠たる印象を與へるためにわざと名を擧げなかつたのかは知る由もない。いづれにしても少少ひつかかるところだが、石原純の「短歌連作試論」中、この歌に觸れ、詳細を極めた部分にも、この件に關しては終始知らぬ顏である。私は、遠目には、ただきらきらと吹かれて騷ぐばかり、桐か梧桐《あをぎり》か、はたまた篠懸《すずかけ》か菩提《ぼだい》樹《じゆ》か判然としない狀態だつたと解釋しておくのが妥當かと考へる。尤も、この遠望のゆゑの無名樹なら、寫實派の歌人は制作以前に、必ず近づいて確認するものだ。非寫實主義の人ならば、樹の名を知る知らぬには拘らず、その作品に最もふさはしい樹名を歌ひこむだらう。茂吉はいづれでもない。恐らく、種種の意味で判別不能だつたし、その狀態で亂反射する樣が、挽歌前奏にはよしと考へたのだらう。この時茂吉の生母守谷いくは五十九歳、山形縣南村山郡堀田村大字金瓶に病んでゐた。既に明治四十三年頃から中風に罹《かか》り、病狀ははかばかしくなかつた。五月十六日、作者は危篤《きとく》の報を受けて、ただちに馳せ歸るのだ。彼女は茂吉を二十八歳で生んだ。『念珠集』に所載の「母」の記述によれば「私の母は家附の娘で、父は入婿に來たのであつた。母系の祖父は酒客であつたので、母は比較的若くて中症になつた。その中症になるまで、母は農婦として働き、農婦として私等同胞を育てあげたのであるから、つひに、仙臺も見ず、無論《むろん》東京も見ずにしまつた」とのことである。父が酒客であると娘が若くから中症になるとは一體どういふことなのか、専門家の言葉だけに私はなほさら理解に苦しむが、それはさておき、この簡潔で、無器用で、抑へた文體、文脈の底を流れる、哀惜と慰撫《ゐぶ》の情はおそらくかりそめのものではなかつたらう。

　茂吉はそのかみ、明治三十八年に「はるばると母は戰《いくさ》を思《も》ひたまふ桑の木の實は熟みゐたりけり」「けふの日は母の邊にゐてくろぐろと熟《う》める桑の實食《は》みにけるかも」など初初しい母戀の譜をものしてゐる。詳しくは明治三十七年、二十三歳の夏、歸省の折の歌であらうといふ。この年、彼は歌を志した。そして、この初心が、九年後の、「死にたまふ母」にも、なほ脈脈と息づいてゐることは、「其の二」あたりでより明らかになるだらう。

　茂吉は翌三十八年七月一日、齋藤紀一次女てる子の婿養子として入籍してゐる。醫家を繼ぐべくさだめられ、かつ決意してのことであつた。養子縁組を目睫《もくせふ》の間に控へた五月、友人宛の書簡に、「今の病院を受けつげば目が廻る程多忙ならむ、斯くて小生は骨を砕き精を灑《そそ》いで俗の世の俗人と相成りて終る考へにて又是非なき運命に御座候云云」としたためてゐる。歌人としての使命感を持して、ひたすら精進すれば、その情熱を冷ますやうな對立も紛糾《ふんきう》も、望まずして生じ、つひには、一度は師と仰いだ人をも、呪詛《じゆそ》せねばすまぬやうな事態に陥る。國手としての矜恃《きようぢ》は、つひには「俗の世の俗人」となり、病院經營に專念することで、けしとんでしまふだらう。歌人と醫師の雙面《ふたおもて》の使ひ分けも竝竝の苦勞ではない。そのいづれでもないただの男子に還つた彼に、無償の愛をふりそそぎ、抱擁してくれるのは慈母いくのみではなかつたらうか。他家へ養子に遣つた實子は殊にあはれのかかるものであらう。息子も亦同樣、嫁に行つた娘とはいささか趣を異にしつつ、實家の母は戀しいと、これは世の人の言ふところだ。

この慈母渴仰、悲母哀惜の情が、稀有《けう》の名作四聯五十九首を成さしめたのだらう。危篤の報を手にした時、作者は動顚する胸を抑へつつ、茫然と外面に目を向ける。闊葉樹は遙かに風に翻《ひるがへ》り、かつ日に煌《きら》めく。都は既に青葉の候、故郷の出羽の國は春酣《たけなは》、あの山野は一日一日萬綠を成しつつあらう。その滴る翠《みどり》の底に、母は病み、病み衰へ、死に瀕してゐる。無音がちであつただけに、作者はゐたたまらぬ思ひであつたらう。

白ふぢの垂花《たりはな》ちればしみじみと今はその實《み》の見えそめしかも　同前

藤は既に花季の終りにある。殘り咲く幾房かも花は乏しい。五月も半ば過ぎのことなら、それでも晩生《おくて》の方だらう。普通種なら四月下旬が花盛り、五月上旬には散り始めてゐる。早く咲き終つた花房には、初初しい早綠《さみどり》の實の形が見える。やがて蠶豆大《そらまめだい》の莢《さや》になるのだ。若葉の故郷、あの山里では左巻の蔓の山藤が、雜木の間に咲いてゐる頃だらう。白妙の藤、若紫の藤、その彼方の峽《かひ》には母の病む家がある。藤の花の實となり終るまで母は存《なが》へてはくれまい。

「死にたまふ母　其の一」第二首、これも危篤を知つて後の感懐であらう。母の病は四年越し、重症が續けば、あるいは町の病院にでも入つて加療してゐれば、もつと早く駈けつけてもゐたらう。長患ひ、一進一退の慢性症狀ゆゑ、心にかかりつつも見舞は怠りがちになる。養子婿《むこ》の身、舅《しうと》姑《しうとめ》への氣兼の有無は別として、勤めの多忙にかまけてゐたのが悔まれてならぬ。胸騷ぎを抑へて立つたまま刻刻が過ぎる。闊葉煌《きら》めく遠樹から、作者の目は藤棚に移る。「しみじみと」に籠めた思ひは深い。

たとへ一首獨立してゐたとしても、讀者はこの第三句に何事かを感じ取るだらう。花散り實を兆《きざ》す白藤にかくもかなしみを頒《わか》つのは、事、生死に關り、愛に絡《から》む何かが起りつつあつたはずだと、推し量るのが當然だ。そして歌自體はこの程度の淡淡《あはあは》しさが好ましい。藤が散れば散るで母の上を憂ひ、實が兆せば兆すで母に思ひを馳《は》せるなどと、切切の情を述べられると、却つて食傷氣味になる。淡淡しくはあつても、「今は」の「は」にも溜息に似た響きがある。藤の他にも金雀枝《エニシダ》、萩、合歡《ねむ》と、荳科《まめくわ》植物の木本《もくほん》は、花の美しいものほど終りが儚《はかな》く、結實も亦あはれ、まこと淺い夢からはつと覺めたやうな思ひもする。そして、その覺醒は疎遠に過しがちであつた病母への思ひに重なるのだ。

石原純は二首目が「稍稍沈靜的に過ぎてゐる」などと遺憾《ゐかん》の意を表してゐるが、冒頭の歌の動を受けて二首目の靜は、聯作における當然の配慮であり、これくらゐの沈思の體こそふさはしからう。第三首目は、一轉して、作者が上野驛へ駈けつける時の作である。

みちのくの母のいのちを一目《ひとめ》見ん一目見んとぞいそぐなりけり

すなはち動と動に挾まれた歌ゆゑに「白ふぢ」は靜中の靜であらねばならなかつた。「一目《ひとめ》見ん一目見ん」には、「悲報來」の「わが道くらし」のルフランの先驅が見られる。この歌に續いて、上野驛到著までには、いささか過剩と思はれるまでの、歸心矢のごとしといつた趣の繰返しが現はれる。不幸に直面した時、人は突如言葉を喪ひつつ、内なる口は饒舌になるものである。

うち日さす都の夜《よる》に灯《ひ》はともりあかかりければいそぐなりけり

ははが目を一目を見んと急ぎたるわが額《ぬか》のへに汗いでにけり

灯《ともし》あかき都をいでてゆく姿《すがた》かりそめ旅とひと見るらんか

「みちのくの母のいのち」の末句は「ぞ」を受けて當然「いそぐなりける」と連體形で結ばねばなるまい。「ぞ」が無い時は、例によって已然形切と解してもよいが、この場合はさうもゆくまい。その誤りを認めてか、改選版では「ただにいそげる」と修正してゐるが、變り映えはしない。都の灯の「あかかりければ」は「悲報來」の煙草火と軌を一にする強引な因果關係設定で、獨特の響きを生んでゐる。

茂吉は動き出す汽車の中から、遠離る都の燈火を見遣《みや》る。單調な振動音は彼の緊張を解きほぐし、うとうととまどろみに入る。ふと目が覺める。みづからは元の身、母の危篤は紛れもない事實である。やがて白雪輝く吾妻山《あづまやま》が見え、列車は母の國山形縣に入る。病む母に刻一刻と近づいて行く。危篤の母に逢はねばならぬ。車窓には桑畑が見える。車中で曉を迎へ、朦朧たる目にも、桑の葉に煌めく忘霜《わすれじも》がいたいたしい。それでも汽車は走る。

沼の上にかぎろふ青き光よりわれの愁《うれへ》の來むと云《い》ふかや

上《かみ》の山《やま》の停車場に下り若《わか》くしていまは鰥夫《やもを》のおとうと見たり

末尾の二首である。一方は一瞬白秋を聯想するやうな細みの、感傷に溢れた歌であり、一方はこれも養子に行つた實弟直吉への、樸訥《ぼくとつ》な感慨を籠めた歌だ。

死に近き母に添寝《そひね》のしんしんと遠田《とほた》のかはづ天《てん》に聞《きこ》ゆる

「死にたまふ母　其の二」

人麻呂が亡妻のために「泣血哀慟《なきかなし》みて作れる歌」や、俊成が妻の、定家が母の死に寄せた哀傷歌などをはじめとして、古典には悲歌の秀作が數多《あまた》見られるが、近代になると茂吉の「死にたまふ母」が斷然群を抜き、今日に到るまで比肩すべき作品は容易に見當らない。「死にたまふ母」四部作、中でも臨終を歌つた「其の二」は、殊に讀者の肺腑《はいふ》を抉《あぐ》るばかりの悲調に溢れ、記念すべき秀作が多い。地歌《ぢうた》と見られる歌、すなはち母の死からやや隔たつた繫《つな》ぎの歌さへも、題名を離れ、一首抜いて見て、なほ十分鑑賞に耐へる。

彼の生涯に一度の非常の際《きは》、悲歎ただならず、後日その激情再現のみぎりも、恐らくは歌はねばならぬことの數多は腦裏に犇《ひしめ》き、茂吉の唇からは秀句がさんさんと迸《ほとばし》り出たことであらう。さう思へるほど、この部分には一讀瞼《まぶた》の熱くなるやうな秀作が連なる。

おほよそ挽歌といへば、心剰《あま》つて言葉が足りぬ、いかにももどかしい歌や、言葉ばかり

67　死に近き母に添寝のしんしんと遠田のかはづ天に聞ゆる

獨走して、悲しみが一向こちらに傳はらぬそらぞらしい作品が多い。客觀視できるやうな悲歎なら始めから高の知れたものだし、主觀の高揚をそのまま感動には變へ得ぬ。その至難の技を茂吉は完璧に近いまでなしとげた一人であつた。

この一首の要《かなめ》、點睛《てんせい》となるのは、第三句の「しんしんと」であらう。作者自身、これは「添寝《そひね》」にも「かはづ」にも作用するが、前者に、より強く響かせたかつたといふ意味の述懐を殘してゐる。その意圖はまさしく「添寝《そひね》の」の「の」によつて十分に盡されてゐる。潤みを帶びた夜氣は雜草《あらくさ》や早苗や木木の花の匂を含み、蒲團《ふとん》の洗ひ晒《ざら》しの木綿の肌觸《はだざは》りも、さやさやと初夏のものながら、どこか微かに濕つてゐる。

仄暗《ほのぐら》くひつそりした病室には、藥香《くすりが》と長患ひの老母のにほひが籠つてゐる。饐《す》えた汗と脂と、そしてあの乳の臭ひ、他人には異臭惡臭のたぐひであらうとも、子にとつては手繰り寄せたいやうな懷しいにほひであつた。血に繋るその悲しいにほひに、屍臭《ししう》の混る刻の、さほど遠からず到ることを、醫師である作者は知つてゐたことだらう。しかし、さう思ふことすら今は耐へがたい。私は「添寝《そひね》のしんしんと」にそのやうなにほひを嗅ぐ。強ひて迎へて嗅ぐのではない。にほつて來ない讀者は、たらちねの母の死に遭《あ》つたことのない鼻聾《はなつんぼ》であらう。

部分的になら、この一首の本歌的役割をなした歌もあらう。だが事事しく手柄顔に書き立てることもあるまい。たとへば、明治三十八年三井甲之の作「道おほふ細竹《しぬ》の葉そよぎ風起り遠田の蛙天《あめ》に聞ゆも」を、紛《まぎ》れもない本歌とする説などもあるが、このやうな本歌こそ取られたことを光榮とすべきだし、蛙の聲の天に谺《こだま》する様などあへて倣《なら》はねば歌へぬものでもあるまい。母の死の近きを天に告げてゐるやうな、切切たる蛙の聲を詠んだか詠まなかつたかが問題なのだ。

母戀の歌を歌ひ續けて、母より先に逝いた白秋には、「稚《をさ》なさび坐《ま》す母聞けば身の老のたちまちにいたり子はも泣かえつ」「母坐《ま》さぬいかならむ世かおもほえね月照るしろき辛夷《こぶし》この花」「現《うつつ》まさぬ母をたのめて病む身には朝とよみあはれ夕とどろきあはれ」などの、心に沁む秀作を『牡丹の木』に殘してゐる。腦軟化症で倒れ、正氣を喪《うしな》ひ、幼兒に還つてしまつた母をすら、なほ「たのめて」といふそのあはれに、私は涙ぐむ。涙ぐみつつもその母を置いて先立たねばならぬ逆縁に、むしろ暗然とする。そのかみ「クリスチナ・ロセチが頭巾《づきん》かぶせまし秋のはじめの母の横顏」と歌つたその母と思へば、なほさらいたましい。茂吉はむしろ幸福であつた。

はるばると藥《くすり》をもちて來《こ》しわれを目守《まも》りたまへりわれは子《こ》なれば
寄り添へる吾を目守《まも》りて言ひたまふ何かいひたまふわれは子なれば

茂吉の馳せ歸つたのは五月十七日の朝であり、母の死は五月二十三日であつた。中風につきものの言語障害のために、母はわが子を視つめるばかり、もどかしげに唇を顫《ふる》はせても言葉にはならぬ。だが作者には萬事傳はる。ああ、ともかくも死目《しにめ》には逢へたといふ安堵と、母の死に立ち合はねばならぬ懼《おそ》れは、彼の胸の底にさざなみ立つ。「われは子なれば」は籍を分《わか》つた子ゆゑになほ切實だ。長じても母の膝下にあり、家を嗣いだ子《こ》ならば、母の死に臨んだとてこの言葉は浮ばなかつたらう。藥は氣休めに過ぎぬ。專門家の茂吉なればこそ、それでも藥を土産にせざるを得なかつた。今更何の藥效を頼めよう。醫師でありながら救ひ得ぬこの子の、私の不孝を宥《ゆる》したまへと彼は母に謝する。はたまた天に謝する。蛙の聲はおもふに、人なる茂吉の贖宥《しよくいう》の禱《いの》りに和する歌でもあつた。

死に近き母が目《め》に寄《よ》りをだまきの花咲きたりといひにけるかな　　同前

瀕死の母、意識も朧になりつつある母に面《おもて》を差し寄せて、庭前にも過《あやま》たず春は周り、晩春の、あの苧環《をだまき》の薄紫の花が咲いたと告げてやる。母なる人も昔からこの花を愛する、といふより心にかけてをり、息子なる茂吉の記憶にもそれが浮んだのであらうか。告げられたとて濡縁《ぬれえん》まで這ひ出て、それを愛《め》でられる身ではない。母は目で頷《うなづ》き、茂吉の言葉の彼方に、苧環の白緑の葉と古代紫の花の遠《をち》に、ひるがへる柿若葉、仄《ほの》赤い楓《かへで》の花、萌黄《もえぎ》にけぶる桑畑を思ひ描いたであらう。否、母には、既に息子の言葉を識別することもできなくなつてゐたのではなからうか。たとへ意識溷濁《こんだく》を知つてゐても、茂吉は告げただらう。あたかも李太郎の詩のやうに「春になれば　草の雨　三月櫻　四月すかんぽの花のくれなゐ　また五月には杜若《かきつばた》」と。出羽の國には草の雨から杜若までが一纏《ひとまと》めにやつて來る。その昔、農婦であつた母は、眠る暇もなかつた季節である。やつと手足を伸ばしたと思へばそれが死の床《とこ》、見られるものなら見せてやりたい。外の、光溢れる酣《たけなは》の春を。傳はらぬのは承知の儚《はかな》い言上《ごんじやう》であれば、それゆゑになほ、この一首は聲高《こわだか》な哀傷よりも心を搏つ。

山いづる太陽光《たいやうくわう》を拜みたりをだまきの花咲きつづきたり
死に近き母が額《ひたひ》を撫《さす》りつつ涙ながれて居たりけるかな

揭出歌は「其の二」の七首目であり、「をだまきの花」は既に四首目の「山いづる太陽《たいやう》光《くわう》」で描かれてゐたのだ。背戸の畑へ往く道か、前栽を圍ふ垣根の下にか、この家の苧《を》環《だまき》は年年あちらに三株、こちらに五株と小群落を作つてゐたのだらう。宿根草でありながら、艶のある漆黑《しつこく》の微粒の實をまめやかに結び、これがこぼれ、芽生えると三年目くらゐには花をつける。鳥兜《とりかぶと》、牡丹、金鳳華《きんぽうげ》などを含む毛茛《うまのあしがた》科《くわ》の中では、最も優雅なたぐひに屬するが、ここに歌はれたのは、當今の、飛燕草《ひえんさう》紛《まが》ひの西洋苧環などとは違ひ、恐らく原種の深山《みやま》苧環に近い、風趣に富んだものだつたらう。ダリア、鳳仙花、木通《あけび》と竝んで茂

71　死に近き母が目に寄りをだまきの花咲きたりといひにけるかな

吉の歌に出て來る頻度の高い花である。彼はそのかみ、異國情趣横溢《わういつ》する一聯の歌の中にも「南蠻《なんばん》のをとこかなしと抱《いだ》かれしをだまきの花むらさきのよる」と歌つた。故郷の、生家の庭の花ゆゑ、また多分その母なる人のゆかりもあつて、忘れがたいものがあり、時あつて蘇つたのだらう。そして、不思議なことに、この花にも香がない。

涙は流れてやまぬ。母の澁紙色に灼《や》けてゐた顏も、長患ひでやや蒼白くなり、それほどの年でもないのに刻まれた皺は深い。母は顧みておのが一生《ひとよ》に悔はなかつたらうか。男の子を一人、また一人と養子に遣り、寂しくはなかつたか。母も納得づくのことながら、さうする他に立身の道の無かつたのは承知の上のことながら、母はやはり唇を噛んで、一言の愚癡《ぐち》も洩らさず耐へてゐたのではなからうか。

朝日を拜むといふ素樸な習慣も、東京に出て以來、久しく忘れてゐた。母は五十九年の來し方、病に倒れるまでただの一朝《ひとあさ》も缺かしたことは無かつた。この朝朝の禮拜は、果せぬ母に代つてのもの、否、母を救はせたまへ、叶はぬまでも安らかに眠らしめたまへと祈つたのだ。紫潤《うる》む苧環こそ、その切切たる連禱への供華《くげ》として咲き出たのだ。念じ續けて病室へ歸つて來れば、母は薄目を開き、その目の焦点も定まらぬ。唇は乾き、小刻みな鼻翼呼吸を繰返す。腑甲斐《ふがひ》ない息子は、ただ手を束《つか》ねて最期の時を待つばかりなのか。彼は手を差し伸べて、小さな母の額を撫《な》でてやる。涙は頰を傳ふ。あるいはふと正氣に還つた母の頰にも、一瞬一すぢの涙がしたたつたのではあるまいか。涙は讀者の頰をも濡らさう。母の死に遭つた經驗のある者、平素は忘れるともなく忘れ、死に臨んで馳せ歸り、危く死水《しにみづ》を取つた者、あるいは然るべき事情に阻《はば》まれてつひに最期を看《み》とつてやれなかつた者ならなほのこと、このあたりで胸にこみ上げて來るものがあらう。私も、ある。

「死に近き母」なる初句は「遠田《とほた》のかはづ」で既に使つてゐた。しかもなほ彼は一首を隔てて七首目に、この「をだまきの花」に、同じ言葉を繰返す。胸に溢れる悲しみを咽喉《のど》もとで堰きつつ歌ひ、つひに堰きあへず迸《ほとばし》つたのがこの初句ではあつた。この一聯がいづれも一首獨立しての鑑賞にも耐へ、かつ愛誦される所以であらう。

「撫《さす》りつつ」から「涙ながれて」に移るところなど、散文ならば一言も二言も補足を必要としよう。このままなれば「涙ながして」とつい續けてしまふところだ。おのづから滂沱《ばうだ》と涙下る様は、この茂吉の語法で始めて活寫された。われにもあらぬ、人には見られたくない涙を、今は、母の邊で憚《はばか》りもなく流す作者であつた。

母が目をしまし離《か》れ來て目守《まも》りたりあな悲しもよ蠶《かふこ》のねむり　　同前

「其の二」十首目、始めて養蠶《ようさん》室が現れる。蠶は繭籠《まゆごも》る前の、すなはちいづれは死に繋る

73　母が目をしまし離れ來て目守りたりあな悲しもよ蠶のねむり

變身の前の、浅く安らかな眠りを眠る。作者は後年この作に注して語つてゐる。「私の家も養蠶をするので、何處の部屋も蠶で一ぱいであつた。藏座敷《くらざしき》に臥して居る母の側を暫く離れて來て、蠶を飼つてをる部屋に立つてゐると、蠶は二眠か三眠に入つて、桑を食ふことをやめて頭をあげて眠つてゐる。これも何とも云へず悲しく感ぜしめる。云云」茂吉の言葉はそれ以上、母と蠶のことをアナロジカルに語らうとはしてゐない。意識溷濁してただ眠りに眠る病人と、「頭をあげて眠つてゐる」蠶、一種あはれで、何となくグロテスクな二者の嗜眠《しみん》状態を、ちらりと心の片隅に思ひ描くらゐで止め、作者のこみ上げて來る悲哀を推察するのが妥當な享受方法ではあるまいか。

蠶は四眠の後、身體が次第に透きとほり、微かに絲を吐き始める。母はその營みをあまたたび見て生きて來た。養蠶室の仄暗いもの陰には、ふと母の後姿の立つやうな心地さへする。「蠶《かふこ》」正しくは山蠶《やまこ》に對しての「飼蠶《かひこ》」、これに關るものにはすべて、母の汗と涙と笑《ゑま》ひがまつはつてゐる。だからこそ彼は歌つた。

　桑の香の青くただよふ朝明《あさあけ》に堪《た》へがたければ母呼びにけり

これが六首目に置かれてゐる。養蠶室にもその桑の葉の青いにほひは漂つてゐたらう。否、桑の葉はやや萎《しな》びかつ蒸れて、蠶の排泄物《はいせつぶつ》と共に異臭を放つてゐた。都會育ちの者には、一瞬嘔吐《おうと》を催すばかりの臭ひだが、幼時から嗅ぎ馴れてゐた茂吉には、これも懷しい故郷のにほひ、引いては母のにほひであつた。「香の青く」は潔《いさぎよ》い修辭である。感覺の冱えとまで言ふこともあるまいが、決して「青臭く」ではなく、通り一遍の若葉の香でもない、その懐しいにほひが、作者を堪へがたいまでに悲しませ、母よと叫ばせたのだ。

母はもう二度と蠶に桑を遣ることもあるまい。二度とこの國の、殊に美しい晩春初夏の風光を眺めることもないだらう。母あつてこその故郷の、愛《かな》しく輝く春も、これが見納めとなるのだ。この桑の香は、家に近い桑畑から、朝風と共に流れこむものか、蠶のために籠に摘み溜めた葉が露ながらにほふのか、あるいは養蠶室の、蠶の食みつつある葉のにほひが洩れるのか、いづれにせよ、「其の二」後半のクライマックスを導き出さうとするライト・モティーフであつた。死を賜るものの悲しいさだめの香とも言へようか。

「母が目をしまし離《か》れ來て」の「目」は「母が目《め》に寄《よ》りをだまきの」の場合と同じく、目すなはち貌、引いては母の邊《ほとり》を意味するのみなのだが、この歌では、心なしか、無意識ながら霞む目で、心細げに、縋りつくやうに、病室を出て行く子の後背《うしろせ》を逐《お》つてゐるやうな感さへある。彼は、その母の目、生前の母の目を、離《か》れ、あるいは逃《のが》れて來た養蠶室へ、絶命の直後また訪れてゐる。すなはち、「其の二」十四首目、掉尾に次の歌がある。

ひとり來て蠶《かふこ》のへやに立ちたれば我《わ》が寂しさは極まりにけり

一聯の締《し》め括《くく》りとしてはやや弱い感もあるが、高音の絶唱が目白押しに竝んでゐることでもあり、二番煎じめくがこの程度で却つて救はれもする。そして一首切離すと時間が曖《あい》昧《まい》になるが、この度獨《ひと》り逃れて來たのは、母の臨終に集つて來た親類縁者の、生者《せいじや》たちの目に耐へなかつたゆゑであらう。作者は人目を離れて、思ひ切り哭《な》きたかつたのだ。「極まりにけり」には、その意味でなら萬斛《ばんこく》の涙が、その言葉の影に湛へられてゐる。

既に第二首の「寄り添へる」にもその先驅を見たやうに、揭出の「母が目を」も、三句、四句、五句で、切切の息遣ひを寫すやうにぷつぷつと斷たれ、結句は深い歎息に似る。「目守《まも》りたり・あな悲しもよ・蠶《かふこ》のねむり」と、その中心には、最上級表現に近い感歎句を据ゑてゐる。必ずしも、いつも成功するとは限らぬ危い手法であり、茂吉獨特の語法、「目守りたれ」「目守りたれば」などをここで用ゐたら、却つて感銘は薄れたらう。

病母の潤む目は作者を逐つてゐたか。否、彼は昏睡に近い眠りを見定めて席を外した。後髪《うしろがみ》を引かれつつも、引くその手を、目に見えぬ絆《きづな》を、涙ながらに振拂つてゐた。先刻彼は涙潸然《さんぜん》と下りつつ母の額を撫でてゐた。迫り來るつひの別れの刻、それは、かうして養蠶室に逃れて來たこのしばしの間にも、あるいはと思へば、心は亂れる。蠶は頭をもたげて、無明長夜《むみやうぢやうや》の睡りに入らうとしてゐるのか、あるいは眠りから醒めようとするのか。

我《わ》が母よ死にたまひゆく我《わ》が母よ我《わ》を生《う》まし乳足《ちた》らひし母よ　　同前

「其の二」のクライマックスをなす一首の中の、先行する一首である。初句から結句まで、三十一音これ歔欷《きよき》の感がある。そしてこの悲調は、たとへるならチェロの音色であらうか。高音へ一途に啜り上げて行くその旋律が、ヴァイオリン・ソロの飽くまでも纖細澄明な趣ではなく、より太太と、底籠《そこごも》りつつ、讀者の魂を搖《ゆす》ぶるところ、チェロさながらであり、それがいかにも茂吉らしい。初句切、三句切、末句は三句と同じ感歎助詞、この切目切目はまさに嗚咽《をえつ》の噦《しやく》り上げる息遣ひそのままだ。終始手離しで母よ母よと呼び、しかも感傷の甘さを帯びないのは偉とするに足りよう。凡手が眞似たなら、鼻持ならぬ過剩敍情に陥つたことだらう。その例は後後いやと言ひたいくらゐ見られるし、皆單なる口說《くどき》文句に墮してゐる。茂吉の歌が成功したのは、樣樣の要因が有效に働いたからであり、單に悲歎を「ありのまま」吐き出した結果などではあるまい。

わが愛する母よ、われを愛したまひし母よ、などと、抽象的な、綺麗事《きれいごと》に類する修辭を廢し、我を生み、乳を與へ、はぐくみたまうた母よと、ある意味では聖なる動物の牝である「母性」を高らかに謳つた。さればこそこの歌には、不透明な、無類の勁《つよ》さが生れた。

「乳足《ちた》らひし」は、作者の言を待つまでもなく、「垂乳根《たらちね》、足乳根《たらちね》」から派生させた彼獨特の造語であるが、よくこれが罷《まか》り通つて今日まで來たものだと、小首を傾《かし》げたくなるやうな強引な用法だ。その強引さ、好い意味の舌足らずも亦、この作品に關する限り、却つて魅力になつてゐる。死者が父で、「乳の實の父よ」などと歌つても、この歌の十分の一のおもしろみもあるまい。「たらちねの」と、『萬葉』寫しの枕詞をそのまま用ゐず、語源を蘇らせ、具象性、現實性を帯びさせ、しかも、古調は決して棄てなかつたところが作者の才の稀なることを證《あか》すだらう。人の子を生み、わが身に代へ、おのが身を削つてでも生かしめたその人は「死にたまひゆく」母であるところに、この作品內部の重く氣高く壓倒的な主題がある。

この歌の韻律は至極變則的だ。すなはち下句は、常識的に讀み下《くだ》すなら「わをうまし＊＊／ちたらひしはは・よ」となり、五音八音のいびつな音數だし、「わをうまし・たらひしははよ」と句跨《くまたが》りの六・七音に誦するなら、少少舌を嚙みさうになる。最初はまづ氣づかない。讀みつつ何か引つかかる節《ふし》を感ずる程度である。一《いつ》に、母よ母よの呼びかけに心を奪はれるせゐだらう。「我《わ》を生《う》まし乳《ち》」まで來て立止る。「乳《ちち》」であつたら語割れの嫌ひはあるものの調べは徹る。だが、作者は、あへて「乳足《ちた》らひし」を採り、殊更に破調を作つた。上句の高揚した謳ひ文句が、口の先だけに終らぬやうに、ここに心と舌に逆なリズムを、造語を据ゑたのだ。結果的にはしたたかな企みに他ならぬ。

不審な語法は他にもある。「死にたまひゆく」を人は當然のやうに讀み過してゐるが、「死にゆく」を兩斷して一方を敬語化するのは、隨分破格の措置《そち》と言はねばなるまい。「語り繼ぐ」「算《かぞ》へ剩《あま》す」「馳せ參ず」などに、もしこの敬語語法を踏襲《たふしふ》するなら、珍妙な結果になることは自明であらう。この場合も「死にゆきたまふ」とするのが順當だ。「乳足らひし」も、母の所業ゆゑ「乳足らはしし」もしくは「乳足りたまひし」と、尊敬の意を加味するのが妥當だつた。このままでは片手落といふものだらう。茂吉の語法ゆゑ不可觸といふのなら、それは嗤ふべき神話のたぐひだ。をかしい箇處はあくまでをかしい。歌ゆゑ變則は許容され、少少の誤用は目鯨《めくぢら》を立てぬものと言ふのなら、それはそれでよからう。中途半端な敬語も、この場合のあるにもあらぬ作者の心理を代辯して妙と言ふなら、それにも異議は稱へまい。短歌は缺けつつ滿ちる不思議な言葉の器であり、私も亦缺きに缺きつつ滿ち溢れさせて來た張本人なのだ。

　いのちある人あつまりて我が母のいのち死行《しゆ》くを見たり死ゆくを

一聯中にあつて最も苦みのある、異樣な一首である。ここでは卽物的に「死」を捉へ、それを見てゐる人人、恐らくは親族血緣の一群を、客觀的に歌つてみせた。下村槐太《しもむらくわいた》の「死にたれば人來て大根《だいこ》煮《た》きはじむ」一歩手前の、いささか憤《いきどほ》りをすら交へた歌ひ振ではある。率然と一聯中に見る時は、身も世もなく慟哭するのは茂吉のみ、他は單なる事件として臨終に立合つたとでもいつた風に取れぬこともない。さうではあるまい。「いのちある人」の中の一人は作者であり、共に死ぬこともかなはぬ身は、つひに、母の死を傍観する他はないその口惜しさを、このやうに、あへて聲高《こわだか》に、叩きつけるやうに歌つてゐるのだ。「我が母の」に、その無念さが響く。

79 のど赤き玄鳥《つばくらめ》ふたつ屋梁《はり》にゐて足乳《たらち》ねの母は死にたまふなり　同前

「死にたまふ母」の「其の二」は前半に「遠田《とほた》のかはづ」、後半に掲出の「玄鳥《つばくらめ》ふたつ」と、比類稀なる絶唱を持つ。この四部作は爲に名高く、他の作品はいざ知らず、この二首を記憶せぬ人はまづあるまい。全作五十九首中一首をと迫られるなら、私はつひに玄鳥一首を選ぶかも知れない。大方の見る目も等しからう。

巣の燕《つばめ》と瀕死の母の照應は衝擊的な美しさだ。あへて美と言はう。それも崇高、敬虔な美とは必ずしも言へぬ。これも亦あへて言はば殘酷な美の一つであらう。一首の急所は、疑ひもなく初句「のど赤き」にある。人はこの一語で、常にはしげしげと見たこともない燕の咽喉《のど》の色を「赤き」と信じる。否應《いやおう》なく生きいきと腦裏に描かしめられる。それくらゐの魅力と暴力を、この第一句は祕めてゐる。事實を言ふなら、燕の咽喉部は、外側から見る時、赤褐色の短毛に覆はれてをり、絶えず開く嘴《くちばし》の奥には暗紅色の口腔がちらつくが、勿論《もちろん》咽喉まではうかがへない。手に載せてピンセットでこぢ開ければ多分桃色の襞《ひだ》くらゐ見えようが、下から、梁上の燕の口腔の奥までは見えぬ。例によつて首の羽毛の咽喉の部分を、單純に「赤き」と言ひ切つたのだらう。これも「寫生」の要諦《えうたい》の一つであり、「ありのまま」なる現象も、それを見る人の目次第で、黑が赤にもその逆にも變り得ることを忘れてはなるまい。ちなみに口中《こうちゆう》の赤は、母鳥の母性本能を唆《そそ》り立てると言ふ。

しかし、一應さう解釋した上で、私はこの「のど赤き」に「口赤き」の印象の重なるのを拒み得ない。梁《はり》の煤《すす》けた横木に造つた巣の外で、間なく暇なく鳴き交す雌雄の燕の、可憐にして無氣味な生の營みと、除外例無き死に直面し、刻刻と滅びつつある母。この二者のあやふく、微妙なかかはりあひを、一瞬息詰めて眺めるのだ。「屋梁《はり》にゐて＝死にたまふなり」といふ情景設定と斷定の二要素を繫ぐものは何もない。「て」の働きはそのくせ量り知れない。他の歌では、かういふ時、茂吉は三句切にすることもあつた。「て」ある限り、生は死に翳《かげ》を落し、死は生を照らすことわりのあはれを掬《きく》すべきか。

　長押《なげし》なる丹《に》ぬりの槍に塵は見ゆ母の邊《べ》の我《わ》が朝目《あさめ》には見ゆ

鴨居《かもゐ》の下の丹塗《にぬり》の家傳の槍《やり》と、その下に病臥する家刀自《いへとじ》、側に寄添ふ作者。舊家の象徵である槍の、目には見えぬ重みを、死の際まで母は支へてゐるのか。瀕死の母が霞む目に仰ぎつつある槍の赤、燕の咽喉の赤、ここでも茂吉はこの歌集の核であり、シンボル・カラーである「赤」を隠顕させてゐる。そして「死にたまふ母」の「死」は、その「赤」ゆゑに、いかに精彩を帯びることか。強引な赤、超寫生の燕、さうではあるまいか。偶然燕が飛來して、それを歌つたとならば「漆黑の」でも「腹白き」でも、あるいは「鳴き交す」でもよかつたらう。槍にしたところで必ずしも「丹《に》」を強調しなくてもよかつた。赤と死の交感、それには何の必然も理由もない。しかし、茂吉の刻薄なまでに冱えた直感は、ためらはずに、しかも何氣なく、この配合を試みた。

　だが、いつもの通り、作者はそのやうな選びの一切を明らかにはしない。あの素樸極まる口調で語る。「もう玄鳥が來る春になり、屋梁に巣を構へて雌雄の玄鳥が竝んでゐたのをその儘あらはした。下句はこれもありの儘に素直に直線的にあらはした。さてこの一首は、何か宗教的なにほひがして捨てがたいところがある。世尊《せそん》が涅槃《ねはん》に入る時にも有象《うざう》がこぞつて歎くところがある。私の悲母が現世を去らうといふ時、のどの赤い玄鳥のつがひが來てゐたのも、何となく佛教的に感銘が深かつた」。これは、六十歳をよほど過ぎてからの自歌注解とは言へ、いささか興冷めで讀まねばよかつたと悔《くや》みたくなる。「その儘」「ありの儘」も度重なると肩すかしめいて業腹《ごふはら》なものだし、慈母入寂の涅槃圖《ねはんづ》幻想など、「作歌四十年」執筆當時の、殊更な溯行《そかう》思考の臭ひがする。作者は「何となく」後からさう思ひこみたくなつたのだらう。また、燕の配合については、白樂天の「燕詩示劉叟」等の影響も云云されてゐるやうだが、この傳で數へ立てるなら茂吉も驚倒するくらゐの先蹤《せんしよう》や疑似《ぎじ》本歌が續出するだらう。『田植草紙』にも「つばくらに翅生《はね》え揃はば遠く立てや。やしなふ親の身はくるしみ云云」の名文句を以て聞える「つばくら」歌がある。「アララギ」巻頭を飾り、一時は賞讃の的となつたこの名作も、たちまち亞流らが寄つて集《たか》つて模倣の餌食にし、その拙劣な歌と同列に置かれ、かつての心醉者まで愛想盡《あいそづ》かしを書送つて來たと、後年茂吉自身苦苦しげに囘顧してゐる。名作、否、秀歌、劃期的な手法の、必ず一度は甘受せねばならぬ榮光の罰ではあるまいか。時はその受難による創痍《さうい》をも、すべて癒《い》やすものだ。

「死にたまふ母　其の三」

おきな草口《くち》あかく咲く野の道に光ながれて我《われ》ら行きつも

「其の三」は葬送の章である。この葬送行進曲《フユーネラル・マーチ》風鎭魂曲《レクイエム》の、何とうららかで、無心で、牧歌調《パストラール》であることか。「其の二」の終りで「我《わ》が寂しさは極まりにけり」と聲を顫《ふる》はせた作者は、通夜《つや》に續いて葬斂《さうれん》の準備、弔問客の應對に、悲歎に身を委ねる暇もなく、やつと野邊の送りに臨んで、文字通りの挽歌《ひきうた》を歌ひ、亡き人の魂と、同時にみづから心を鎮める。小暗い藏座敷の病室や養蠶室、若葉明りの澱《よど》む居間、納戸《なんど》のあたりを足音を忍ばせて往來《ゆきき》し、聲をひそめて出入しつつ、一週間は過ぎた。連日連夜、ただ禱りかつ願ふのみの明暮だつた。今、亡骸《なきがら》を柩《ひつぎ》に納め、その傍に立つ時、涙は新たに溢れながら、微かな安らぎも湧く。一週間、その間にも戸外は速やかに春は移ろひ、靜かに初夏が兆しつつあつた。柩は進み、葬送の人人は囁《ささや》き交しつつこれに從ふ。人の死に關りなく、草木の翠《みどり》は煌《きら》めき、蟲も鳥も孜孜《しし》としてその生を營む。母の枕頭にあつた時、夙《つと》にその様は思ひ描いたことだ。

　春なればひかり流れてうらがなし今は野《ぬ》のべに蟆子《ぶと》も生《あ》れしか

野良《のら》にゐる者には忌はしいあの吸血昆蟲さへ、晩春の景色の中に置いて思へば懷しい。これは「其の二」の「死に近き母が目《め》に寄《よ》りをだまきの花咲きたりといひにけるかな」の次に見える歌であるが、野邊の送りの路にも、蟆子は目つぶしのやうに飛び交ひ、葬送者の腕や腓《こむら》の血を吸つたことだらう。

　楢《なら》わか葉照りひるがへるうつつなに山蠶《やまこ》は青《あを》く生《あ》れぬ山蠶は
　日のひかり斑《はだ》らに漏りてうら悲《がな》し山蠶は未《いま》だ小さかりけり

葬《はふ》り道《みち》すかんぼの華《はな》ほほけつつ葬り道べに散りにけらずや

これら三首に導かれて掲出の「おきな草」は現れる。看病に疲れ、あるいは鬱鬱たる思ひに堪へず、逃れて行つたあの養蠶室には、飼蠶《かふこ》が羽化の前の、間もなく半透明になる白い身をまるめて、こんこんと眠つてゐた。今この葬り路に添ふ野の楢《なら》や櫟《くぬぎ》の枝枝には、萌黄色の山蠶《やまこ》が生れ出でて微小な命を生きてゐる。葉洩れ日、木漏れ陽《こも》に斑《まだら》に染まり、このあはれな蟲は、どこかへ遁れ出ようとするのか一心に這ひ廻る。茂吉は蠶、殊に山蠶に幼い日一つの夢を託したこともあつた。「百姓をしながら山蠶でも飼はうか」と林中に寝轉んで空想に耽つたその晩春の日が、恐らくこの葬送の折も蘇つてゐたことだらう。「みちのくに山蠶《やまこ》殺しし」と前《さき》の日に歌つたのもその少年の日のことであつた。織り成される回想は春空に陽炎のやうにはためき、その幡《はた》はしなやかに、しかもふつふつと節《ふし》のある紬ではなかつたか。

道の邊には山國の雑草が生ひ茂つてゐる。酸模《すかんぼ》の淡緑に紅斑を交へた小花も闌《た》けて、その粒粒を道に散らす。路傍の花、それは同時に亡き母への供華《くげ》であつた。「華《はな》」なる表記にはその心が滲《にじ》む。まづしい、取るにも足りぬ花なればこそ、雑草の花なればこそ、母に供へるにふさはしい。同じ季節の花でも、牡丹やカトレヤを供へられるなら、母はむしろよそよそしいと躊躇しただらう。

野道に茅花《つばな》は白く絮《わた》を吹き、蒲公英《たんぽぽ》の實は幻の毬をふくらませ、虎杖《いたどり》も褪紅の芽を伸ばし切つてゐた。そして、作者の目はそれらもろもろの中から「おきな草」を選ぶ。なぜなら「口《くち》あかく」咲くゆゑに。實際にそこへ來てゐたから「のど赤き」燕を發止《はつし》と捉へた彼ならば、百草の中から翁草をありのままに採るのは當然だらう。すべて事實であり毫《がう》も作意は無いと言ふに決つてゐる。それはそれとして、翁草の花の、あの暗紫色の内部を「口《くち》あかく」と言ひ切つた作者の獨斷の鮮やかさに、私は改めて脱帽したい。葉も莖も花自體も白銀の短毛に覆はれた異装の草を、供華としてではなく、みづからの道連れとして選んだことを嘉《よみ》しよう。「光ながれて・我《われ》ら行きつも」も亦「屋梁《はり》にゐて＝死にたまふなり」同樣、微妙な「て」に繫がれた句であつた。

茂吉の眼は病めるもの、滅ぶもの、消え行くものの彼方に、常に「赤」を視、あるいは現出せしめる。たまたま實際そこに在つたとならば、あらしめた念力を懼《おそ》れよう。現實とは創られるものであり、眞實とは想像力の產物であることを、天才茂吉は誰よりもよく識《し》つてをり、識ればこそ決して語らなかつたのだ。「光ながれて我《われ》ら行きつも」とは、悲しみの末に、仄かなやすらぎを得て、生者の魂も今はかろやかに宙を行く姿であらうか。「我らは行くも」でも「我らは行けり」でもなく「我《われ》ら行きつも」と口籠るかに歌ふあはれに、私は差含《さしぐ》む。

さ夜ふかく母を葬《はふ》りの火を見ればただ赤くもぞ燃えにけるかも　　同前

悲母焚葬《ふんさう》に寄する連禱とも言ふべき作品が、第二部の中ほどに六首連《つら》なり、哀切を極めた調べは、總《すべ》ての讀者を搏《う》つてやまぬ。ここでも亦、死を莊嚴《しやうごん》する眞紅《しんく》の火を得た茂吉は、悲しみをすら發條《はつでう》と化し、挽歌の、ふたたびのクライマックスをここに現出する。夜空に火粉《ひのこ》を散らして炎え上る母、「ただ赤くもぞ」のこの赤は、「悲報來」以來、點點と各聯各章を彩つて來たさまざまの赤の中、最も悲痛である。

わが母を燒《や》かねばならぬ火を持てり天《あま》つ空《そら》には見るものもなし
星のゐる夜ぞらのもとに赤赤とははそはの母は燃えゆきにけり

揭出歌にこの二首が先行し、三首甲乙をつけがたい力詠だ。凄絕、の一語に盡きよう。聲を限りに歌ひ、かつ歎きながら、このたびは「足乳ねの」と言はず「ははそはの母」と言ひ變へる纖細敏感な言語操作には舌を卷く。事實の、ありのままの、などと言へた問題ではない。柞葉《ははそは》と火のはらはらするやうな響き合ひを、作者は一瞬にして選び取る纖細で鋭い感覺の持主なのだ。われわれの胸を搏ち、搖《ゆす》りやまぬその調べ、短歌の韻律とはま

87　さ夜ふかく母を葬りの火を見ればただ赤くもぞ燃えにけるかも

ことに至妙な働きを示すものだ。韻律はもちろん作者の才によつて、いかやうにも操作されるのだが、響きと調べが、ある時はその統御の手をのがれて、おのづから天來の音を聞かすこともある。歌人にしてその「時」に惠まれたものはさいはひであり、「死にたまふ母」は茂吉の稀に賜つた「時」であつた。悲痛な「天與」であるにしても。

これら三首、散文にパラフレーズするなら、「是非もなくつひに亡母を火葬に附した。その火は夜天に赤かつた」といふだけのことに過ぎない。しかし「天《あま》つ空《そら》」「ははそはの母」なる萬葉振の古語は、火を媒體としてその本來の效用を囘復し、單なる空、單なる母を、詩歌なる王國の神神しい空間に、そこに齋《いつ》き祀らるべき母后に變へおほせる。「星のゐる」や「赤くもぞ」の用法は、これを更に際立たせる。「燒かねばならぬ火」を提げて作者は天を望む。「星のゐる夜ぞら」のその「星」さへ、今は見えない。「見るものもなし」と言ひ棄てたいやうな無援の天ではあつた。つひに、亡母が火と化した時、作者はその火を潔《きよ》め鎭《しづ》めるかにきらめく夜空の奧の、小さな星を認めたのだ。そしてふたたび、火葬爐の、最早止めるすべもなく燃えさかる亡母を見る。

夜は既に深く、あの小さな母はなほ燃え續ける。さし覗けば火の最中《もなか》は白色に透き、添寢して額《ひたひ》を撫《な》でてやつた母はどこにもゐない。この情容赦《なさけようしや》のない現實に、張りつめた心はたちまち崩れさうになる。自分は幻を見てゐるのではあるまいか。幻であつてほしい。しかしすべてを幻とするやうな異變は起らぬ。「ただ赤くもぞ燃えにけるかも」とは、そのやうな歎きの聲であつた。

はふり火を守《まも》りこよひは更けにけり今夜《こよひ》の天《てん》のいつくしきかも
火を守《も》りてさ夜ふけぬれば弟は現身《うつしみ》のうた歌ふかなしく
ひた心目守《まも》らんものかほの赤くのぼるけむりのその煙《けむり》はや

悲母炎上三首に比べれば、半音《はんおん》下げた聲で歌ひ改める守火の三首、低い聲音《こわね》はまたそれゆゑに身に沁む。母を燒く直前には「見るものもなし」と言ひ棄てた天は、今「いつくしき」天、壯大冷嚴の天となつてゐる。前者が「天《あま》つ空《そら》」、後者が振假名つきの「天《てん》」であるところ、いつもながら鋭い。母は餘燼《よじん》となりつつある。緋の焔も次第に色は透明に澄み、その最中《もなか》に花蕊のやうな白骨が累《かさな》つてゐるのではあるまいか。弟の歌ふのが俚謠俗歌の何かは知らね、哀調を帶び、かつは男女の仲に觸れた歌であつたらう。「歌ふかなしく」の儚《はかな》い倒置法、思へばこれも後世無數のまねびを生んだが、それはともかく、この兄弟が何か十代の、世間の波風にも耐へぬやうな稚《をさな》さを殘した二人であるやうな印象を與へる。弟直吉、鰥夫《やもを》の彼は二十七歳、「現身《うつしみ》のうた」も、火葬場にはそぐはぬなまめいた節であつたかも知れない。

「ひた心目守《まも》らんものか」も、「のぼるけむりのその煙《けむり》」も、あるいはまた「赤くのぼるけむり」も、それぞれにいささか過剩にわたる表現だが、作者は殊に初句第二句あたり、大須賀乙字《おほすがおつじ》の稱揚を得たせゐもあつてか、甚だ自信を持つてゐるらしい。實朝の「吹く風は涼しくもあるか」以來、よく倣《なら》はれる語法で私は好まない。「けむりのその煙」も、この場合は辛うじて讀むに耐へるが、意味ありげでくだくだしからう。

どくだみも薊《あざみ》の花も焼けゐたり人葬所《ひとはふりど》の天明《あめあ》けぬれば　　同前

火葬場で夜を徹し、その曉に、いよいよ御骨《おこつ》を拾ふ件《くだり》を歌ふ四首があり、これは四首目、しかも第三部掉尾の一首となる。作者はまたまたこの歌も「奇抜でも何でもない、實に平凡な寫生である云云」と述べる。そして、その言通り、まことに蕺草《どくだみ》の白十字の花も、薊の紫の針の山も、母を焼く火の餘勢と餘熱で、みじめに焼け爛れてゐたのだらう。ありのままの光景を無心に述べたのであらう。そして、しかしながら、その光景は、他の一人がありのままに虚心に觀ずれば「火葬爐に觸れ羊蹄《ぎしぎし》は焦げゐたり」であり、別の一人には「火屋《ひや》の前の杉菜《すぎな》も蒜《ひる》も爛れゐき」であつたかも知れない。酸模《すかんぽ》も烏《からす》の豌豆《ゑんどう》も連錢草《れんぜんさう》も佛の座も皆踏み躙《にじ》られ、灰に塗《まみ》れてゐたことだらう。そして、その中から、蕺草と野《の》薊《あざみ》のみが茂吉にありのままに選《ただ》ばれて、たちまち聖別されたのだ。蕺草のあの異様な臭氣とそれを裏切りつつ淨化する雪白の花、薊の楚楚たる薄紫の花とそれを嘲笑するかに鎧《よろ》ふ全身の針、讀者は二つの花のこの特殊な幻像をたちどころに思ひ描く。杉菜や蒜や羊蹄や烏の豌豆では、この鮮やかな、微かにむごたらしく、腐臭を漂はせる印象は生れはしない。纖細哀切な鏖殺《あうさつ》幻想とでも言はうか。既に白骨となつた母、母を白骨となるまで燒いた火は、あたかも道連れ、副葬を選んだかに、草草をも燒いてゐたのだ。

彼自身喞《かこ》つやうに、この上句も後後、數多《あまた》の亞流に眞似られ汚された由《よし》である。斬新奇《ざんしんき》拔《ばつ》な表現に見えたからこそ、珍しもの好きの模倣者は夢中で物眞似を試みるのだ。今一つ「實に平凡な寫生」がその言葉と正反對に近い效果を見せたところも、彼らには一入《ひとしほ》の魅力だつたらう。見るからに彫心鏤骨《てうしんるこつ》の技で、歌の姿また神韻縹緲《しんゐんへうべう》といふのなら、さうはたやすく眞似られはすまい。たとへば「人葬所《ひとはふりど》」などといふ、一目瞭然、癖のある茂吉獨特の造語を、そのままぬけぬけと借用する馬鹿もゐまい。ゐれば素人に決つてゐる。

　灰のなかに母をひろへり朝日子《あさひこ》ののぼるがなかに母をひろへり
　蕗の葉に丁寧に集めし骨くづもみな骨瓶《こつがめ》に入れ仕舞ひけり
　うらうらと天《てん》に雲雀は啼きのぼり雪斑《はだ》らなる山に雲ゐず

「母の骨をひろへり」ではなくて「母をひろへり」であることの、なまなましい悲しみにまづ愕然とする。構成は「ひた走るわが道暗し」と酷似して、初句切、結句は初句繰返しとなつてゐる。五十首に一首の割であればこそもの懐しく、かつ耳にも快いが、これ以上頻度を増せば鼻につくだらう。「天《てん》」と「天《あめ》」の使ひ分けも相變らず實に臨機應變で、しかも細心の注意を拂つてゐる。このたびの、揚雲雀《あげひばり》は「天《てん》」に昇り、火葬場の曙は「天《あめ》」が明けるといふ。氣紛れに、大して意識することなく、一首一首の聲調とマッチするやうにしただけと彼は述懐するだらうし、それが眞相に近からう。要は直觀の鋭さだ。「朝日子《あさひこ》」なる古語も、現代ではやや愛稱めくことをいささかは計算に入れての使用ではあるまいか。勿論、「朝日子がさすや岡邊の松が枝《え》の」と詠んだ『古今六帖』の頃、既に「子」の親愛感など喪《うしな》はれてゐた。「子」の意味が無きに等しいからこそ「母」とさりげなく響き合ふのだ。だからこそ、茂吉はあへて「朝日子《あさひこ》」と歌つたはずである。「朝日子《あさひこ》」が昇るからこそ「母をひろへり」が身に沁みる。竝の歌人ならば「母の骨を昇る朝日の中に拾へり」くらゐの表現が關の山だらうし、茂吉風にすれば不樣《ぶざま》で見るに耐へまい。

朝露に濡れた蕗の廣葉に、まだ溫《ぬく》みのある骨を拾ひ上げる。その感觸が、その心遣りが、この一見たどたどしい口調によつて、見事に傳はつて來る。飯を椎の葉に盛つた古代人の心さへ蘇り、葉から洩れる骨粉の白さまで目に浮ぶ。「丁寧に」なる口語調が珍しがられ、當時これまた模倣の對象になつた由である。茂吉なら「ねんごろに」「ねもころに」とするのが常道だらう。極端な擬古趣味の中に、ちらりと新短歌風語彙《ごゐ》が現れるところが却《かへ》つて新鮮なのだが、下句の殊更に無器用、無表情を裝つたかの口調と照應するには、「丁寧に」に及《し》くはなかつたのだらう。それにしても「入れ仕舞ひ」とは片言《かたこと》ではないか。「仕舞ふ」を補助動詞として使つてゐるのなら「入れて仕舞ふ」と「て」を伴はねばならぬし、一般動詞なら「入れ、仕舞ふ」と、この場合はほぼ同義の言葉の竝用といふことになり、それこそ御丁寧に過ぎよう。終夜、息をつめて燃える母、燃え終つた母を守り、疲労困憊《こんぱい》の身に心に、今訪れた初夏の曉、その時の虚脱感と安らぎを、十二分に勘定に入れても、この舌足らずな用語は失敗と言ふべきだらう。

かぎろひの春なりければ木の芽みな吹き出《いづ》る山べ行きゆくわれよ
「死にたまふ母　其の四」

最終の「其の四」一聯二十首は、葬儀を終へた作者が、藏王《ざわう》の高湯溫泉に赴き、湯治逗留《たうぢとうりう》中に歌つた亡母哀慕調である。この溫泉へは、そのむかし母を伴つて訪れたこともある。曾遊《そういう》の地であれば、せせらぐ水も、散る花花も、みな亡母の想ひ出がまつはり、感慨も一入《ひとしほ》であつたらう。

「かぎろひの春」は冒頭を飾るにふさはしい萬葉振であり、かつ、こまやかなロマンティシズムを湛へてゐる。それを通り一遍の甘美な情緒で終らせてゐないのは、勿論《もちろん》喪の旅といふ背後の特殊事情にもよらうが、修辭の上でも幾つかの要因となるべき特徴がうかがはれる。すなはち第二句「春なりければ」なる珍しい斷《ことわ》りがまづ目に立つ。普通ならせいぜい「春なれば」と片づけるところを、詠歎の「けり」まで含めて「ば」と斷つた。そこに屈折した、苦みを帶びた感懷が生れ、その制御力が、あやふく甘つたれさうになる下句、引いては一首そのものをきりりと引緊《ひきし》めたのだ。竝竝ならぬ才を思はせる箇處である。問題の下句のその初初しい甘さも勿論格別の味だ。甘いとは思ひつつ、ふと涙ぐみさうになる。その心の弱りはおのづから服喪の作者の上に通ふのではあるまいか。「かぎろひの春なりければ／木の芽みな吹き出《いづ》る山べ行きゆくわれよ」、「ば」の響きの強さは、結果的に二句切に近い構成を生んでゐる。甘さを誘ふ「よ」も、この構成の中なればこそ自然な歎息に變る。これまた竝の場合ならば「われは」となるべきところだつた。

山蠶《やまこ》が生れ、翁草《おきなぐさ》が咲き、酸模《すかんぽ》の花ほほけ、故郷の過ぎ行く際であつた春が、ここ藏王ではまだ山陰《やまかげ》に斑雪《はだれ》が殘り、野ではやつと木の芽の吹く初めの春の氣配を殘してゐた。「春なりければ」には「春さりくれば」の心も重ならう。還らぬ春に作者は歸つてゐたのだ。

山かげに消《け》のこる雪のかなしさに笹かき分けて急ぐなりけり

笹はらをただかき分けて行きゆけど母を尋ねんわれならなくに

ほのかにも通草《あけび》の花の散りぬれば山鳩のこゑ現《うつつ》なるかな
ほのかなる花の散りにし山のべを霞ながれて行きにけるはも
寂しさに堪へて分け入る我が目には黒ぐろと通草の花ちりにけり
見はるかす山腹なだり咲きてゐる辛夷《こぶし》の花はほのかなるかも

春寒料峭《れうせう》の候であつた。五月下旬と言つても、この東北の山腹、山峡は、南國の彼岸から灌佛會《くわんぶつゑ》の候に似たうすら寒さだつたらう。「行きゆくわれよ」とは、何處へ何しに行くのか。「笹かき分けて急ぐ」「寂しさに堪へて分け入る」その彼方には、母の、在りし日の姿が立つ。「母を尋ねんわれならなくに」と斷り歎くのは、すなはち切に尋ねる心に他ならぬ。この旅の希《ねが》ひはそれ一つ。彼はみづからに問ひかつ答へる。求めて現れる母と思ひはせぬ。霞流れて行くあたりにも、あるのは虚無のみ。それでもゐたたまらず、悲しみに逐はれて、歩を移す以外すべを知らぬ。愁ひと諦めに曇る目には何もかも「ほのか」であつた。

「通草」も亦茂吉好みの花の一つである。そのかみ「くろく散る通草《あけび》の花のかなしさを稚《をさな》くてこそおもひそめしか」と歌つたやうに、やはり幼時の記憶にまつはるものであらう。山野に自生する蔓性の灌木などと辭典には書かれるが、よほど僻鄙《へきひ》の、草深い里へでも行かぬ限り、戰前でも滅多にお目にかかれなかつた。茂吉とて、故郷に歸らねば見るよしもなかつたらう。普通の木通《あけび》は微かに紅を含んだ薄紫で、暗紫色の花を綴るのは三葉木通《みつばあけび》だが、彼には紫も赤も黒であり、時には暗紫色さへ赤と言ふのだから、穿鑿《せんさく》の要もあるまい。ちなみに、この花も亦花らしい香は持たぬ。

「さびしさに堪へたる人のまたもあれな」とは西行の冬の歌であつたが、茂吉は本歌の詞《ことば》を取つて心は取らぬ。彼には、ここに庵を竝べて棲むべき人もない。たとへ母が甦つたとて、在俗出家の志など、彼には無縁のことであつた。慟哭《どうこく》の後のうつろな眼に萬象は懶《ものう》く、ほのぼのと映る。しかも後《おく》れ馳《ば》せの春の急ぎの景色、殘雪の彼方に咲き散る花は、通草も辛夷もほのか、木の芽萌黄に匂ふあたりにも霞は濃い。「其の三」の口赤く咲く翁草では、「光ながれて我《われ》ら行きつも」と歌ひ、この章の、おそらく通草の「ほのかなる花」では、「霞ながれて行きにけるはも」と歌ふ。「はも」は原則として體言にのみつく。改選版では「かも」となつてゐるから、誤用か誤植と見てよからう。とりとめもない思ひの果てに、また通草は散り、山鳩の聲が響く。それも亦『山家集』の「ふる畑のそばのたつ木にゐる鳩の友よぶ聲の凄き夕暮」にひそかに通ふ、幽界からの言問《こととひ》ではなかつたか。

酸《さん》の湯に身はすつぽりと浸りゐて空にかがやく光を見たり　同前

茂吉が遊んだ高湯温泉は酸性泉、くはしく言ふなら、硫化水素を含む酸性明礬緑礬《みやうばんりよくばん》泉《せん》、攝氏四十四度で、藏王山中腹、海拔九百米の斜面にあつた。硫黄分が強烈な異臭を放ち、石鹼は使用に耐へない。温泉は藏王を周《めぐ》つて他に、上山《かみのやま》、赤湯、遠刈田《とほがつた》、青根、峩《が》峩《が》、小原《をばら》等等、數多湧き出てゐた。今も高名な温泉郷である。「酸の湯」と言へば、どこからか鼻孔を刺すやうな臭ひが漂ひ、皮膚もなめらかに溶けてゆくここちがする。その湯に首まで浸り、芳しい夜氣を吸ひながら、深い漆黑《しつこく》の天を仰ぎ眺めてゐる。野天風呂には多分作者の他、人はゐなかつたのだらう。心の痛手もやうやく癒えそめ、靜かに鎭魂の禱りを捧げる氣持にもなつた頃かと思はれる。「すつぽりと」といふくだけた言ひ方も、「かがやく光を見たり」と、あたかも誰かに聲高《こわだか》に告げてゐるやうな心躍りの響きも、さういふ時期であつたことを匂はせる。但し、この歌、改選版では「酸《すゆ》き湯に身はかなしくも浸《ひた》りゐて空にかがやく光を見たり」と、上句に著しい添削を施してゐる。「酸《すゆ》き」は「饐《す》ゆ」から派生させた造語であらうが、やはり片言《かたこと》に類しよう。このやうな言葉も其後一種の歌語として罷り通つてゐるが、私は採らない。「すつぽりと」なる擬聲語に稚《をさな》く俗な響きのみを聞き、「かなしくも」と直したのなら、錯覺といふ他はない。「かなしくも」とは無用の念押し、「悲しくも」にしろ「愛しくも」にしろ、淺い感傷と自己愛に墮してしまはう。他にも改選版中には改悪に似た變更が少からず見られるが、この歌の場合など默過しがたい節《ふし》がある。尤も抹消された歌もあるのだから、合點《がてん》のゆかぬ改變など喋喋するには及ばぬかも知れない。

山かげに雉子が啼きたり山かげの酸《す》つぱき湯こそかなしかりけれ
火の山の麓にいづる酸《さん》の温泉《ゆ》に一夜《ひとよ》ひたりてかなしみにけり
やま峡《かひ》に日はとつぷりと暮れたれば今は湯の香《か》の深かりしかも

一聯中に間歇《かんけつ》的に現れる温泉の歌であるが、それぞれに見處《みどころ》があり、かつ地歌《ぢうた》としても有効に配置されてゐる。そして、つひに、「空にかがやく光を見たり」を越えるものはない。作者は何が輝いたかを明らかにはしてゐない。必ずしも滿天の星とは限るまい。「天にきらめく星」では童謠じみて問題にならないが、「かがやく光」といふ漠たる言葉は、大きく孤獨で、何か象徴性を持つてをり、星は星でも彗星とか、あるいは古典の凶兆に頻出する種種の天體を思はせる。未だ中有《ちゆうう》にある亡き母の魂魄と、口には決して出さないが、意識の底の底には漂うてゐたのではあるまいか。

雉子の聲も、これは條件反射的に悲母を想起させる。それゆゑに「酸《す》つぱき湯」さへ、涙の泉のやうな氣がする。改選版ではまたしても、この第四句を「湧きづる」に變へてゐる。さうなると急に「山かげ」の繰返しも兒戲めき、「かなしかりけれ」の係り結びも鼻につく。「酸つぱき」は幼く見えつつ、無用の用を果してゐたのだ。

「火の山の」の「温泉《ゆ》」は「湯」と改められる。これは當然であらう。初版にも「温泉《ゆ》」に類する表記は稀でその點も快い。曰く「櫻花《はな》」、曰く「鮮魚《さかな》」、曰く「路傍《みち》」風の中途半端な振假名ほど嫌味なものはない。徹するなら秋成や、昭和十年代のルビ俳句くらゐまでの凝りやうを見せるがよい。それはともかく、この歌の「かなしみにけり」は浮いてゐる。淺い。言葉だけの「かなしみ」と言はれても反論の餘地はあるまい。服喪中の、亡母追慕のと迎へて好意的に味はつても、救ひがたい。地歌《ぢうた》としても邪魔にこそなれ、活きて働いてはゐない。

「やま峽《かひ》」にはまたまた「とつぷりと」といふ、これはやや通俗慣用的な擬聲語が現れ、これは改選版でも變らない。尤も第三句が「暮れゆきて」となつた。この方が茂吉臭は淡《うす》められはしても、逆におもしろみにも缺ける。まこと日が昏れれば湯の香のみか、人の體臭まで、今更のやうに濃く立つものだ。「火の山の麓」よりはこの歌の方が、鄙びた人懷しい温泉の雰圍氣、それゆゑに悲しみの蘇る樣が、讀者にもよく傳はらう。

湯に浸りつつ見る天の光、聞く雉子の聲、母亡き後も時はしんしんと移り、生物は孜孜としておのが營みに耽る。茂吉は後の日も、ふと心激しつつ、この雉子の聲を幾度か歌つてゐる。「こらへゐし我《われ》のまなこに涙《なみだ》たまる一《ひと》つの息《いき》の朝雉《あさきじ》のこゑ」、「尊《たふ》とかりけりこのよの曉《あかつき》に雉子《きぎす》ひといきに悔《くや》しみ啼《な》けり」など、『あらたま』に見え、「死にたまふ母」の中の作より、遙かに深く、かつ鮮烈である。雉子の聲は彼には懺悔の響きを籠めて聞えたといふ。母に向つて訴へる贖宥《しよくいう》の聲でもあつたらう。

遠天《をんてん》を流らふ雲にたまきはる命《いのち》は無しと云へばかなしき　　同前

あの空を行く雲には、まこと生命がないのか。無いと知らされて諾《うべな》ふ自分の智慧が悲しい。森羅萬象の命を信じた古代の人人、われわれの祖先なら、やはらかい白雲を亡母の魂と見て、ほのぼのとした心で仰ぎ、見送り、安らいだことだらう。歌は讀者にさう語りかけて深い歎息を聞かせる。「かなしき」はその溜息に他ならぬ。
「遠天《をんてん》」なる擬古的な語、その漢文調の訓《くん》、「たまきはる」といふ純『萬葉』寫しの枕詞を以て誘ひ出される壯大な眺めが、悲しみをこの世ならぬものとする。杢太郎は明治末年頃の「抒情小吟」の「いくたびか」に「いくたびか海のあなたの遠人《をんじん》に文《ふみ》かかむと思ひ、いくたびか海のあなたの遠國《をんごく》に去らむと思ふ。今宵また宿直《とのゐ》の室に。」と歌つてゐるが、

「遠」の呉音讀はこれらの影響の他に、佛語《ぶつご》の「遠離《をんり》」「遠忌《をんき》」等に觸發されるところがあつたのだらう。『赤光』自體が「佛說阿彌陀經」に由來してゐるのだから、特に後者は考慮に入れてよからう。

この一首は『赤光』初出である。四部作五十九首の他の五十八首は「アララギ」大正二年七月及び九月に發表されたものだ。從つて「遠天《をんてん》を流らふ雲」は一聯再構成の砌《みぎり》、わざわざ第四部二十首の十七首目に插入したものと見てよからう。もとより制作時は不詳、かつそれを穿鑿《せんさく》する要もあるまい。ただこの一聯の後半、これを取卷き、これに和し合ふ歌が道の邊の草木の花、雨降る土、やや遠望でも山の殘雪、山峽の火事であるのに、この一首だけが眼を遙か天に向け、行雲を望むところ、四首目の「空にかがやく光を見たり」と響き交すための、周到な配慮の上の插入とも思はれる。

かつて「雲」とは、死者を燒いた煙の化したものと信じられてゐた。古歌を注釋書片手に讀んだ人人は、このことわりの頻出するのに辟易した經驗があらう。雲は、それゆゑに、そのまま亡き人の魂魄であり、時としては遂げぬ戀、かなはぬ願ひの象徵ともなつた。

生けらばと誓ふその日もなほ來ずばあたりの雲をわれと眺めよ　藤原良經

風吹かば峰にわかるる雲をだにありしなごりの形見とも見よ　藤原家隆

101　遠天を流らふ雲にたまきはる命は無しと云へばかなしき

した燃えに思ひ消えなむ煙だにあとなき雲のはてぞ悲しき　俊成卿女

數ある王朝の雲に寄せる歌の中でも、右の三首など、それぞれに心を盡し、かつ言葉を盡したものであり、現代人の心をも魅する。茂吉に六家集や『新古今』は縁の無いものと決めてかかるのは、正岡子規の、例の、爲《ため》にする極論の暗示によるもので、私の採るところではない。勿論《もちろん》茂吉ならば『萬葉集』、寄物陳思の「ひさかたの天《あま》飛ぶ雲にありてしか君を相見む闕《お》つる日無しに」「君が著《き》る三笠の山に居《ゐ》る雲の立てば繼がるる戀もするかも」や、譬喩歌の「石倉《いはくら》の小野ゆ秋津に立ち渡る雲にしもあれや時をし待たむ」、さらには挽歌の「北山につらなる雲の青雲の星離《さか》りゆき月を離りて」等等を數多引いて論じた方が、よりふさはしからうが、その定石、常識から食《は》み出したところに、彼の破格の文體はある。その文體の巧緻で飛躍に富むところ、ふと中世詞花に重り合ふことを、私は今認めずにはゐられないのだ。茂吉の雲の古調は萬葉以上である。しかも「命は無し」と、もはや信仰は跡形も無い。その不信、悲しく醒めた心の相が、紛れもなく近代人であり、歌調とはうらはらなところも、この歌のおもしろさとなつてゐるやうだ。

山腹《やまはら》に燃ゆる火なれば赤赤とけむりはうごくかなしかれども
はるけくも峡《はざま》のやまに燃ゆる火のくれなゐと我《あ》が母と悲しき

藏王山《ざわうさん》に斑《はだ》ら雪かもかがやくと夕さりくれば岨《そは》ゆきにけり
しみじみと雨降りゐたり山のべの土赤くしてあはれなるかも

これら山火、山雲の歌が連なり、その止めのやうに「遠天《をんてん》を流らふ雲」は現れる。山焼く火、赤く立ち昇る煙、作者の心には、おのづから、つい先頃のあの火葬の夜もすがらの情景が蘇つたことだらう。「赤赤とははそはの母は燃えゆきにけり」「ただ赤くもぞ燃えにけるかも」「ほの赤くのぼるけむりのその煙《けむり》はや」と歌つたあの火、あの煙は、やはり「遠天《をんてん》を流らふ雲」その雲と化したのではなからうか。「かなしき」「かなしかれども」「悲しき」「あはれなるかも」と、茂吉は直接の挽歌以上に悲歎の辭を連發する。そして『赤光』の「赤」も蒼然たる色を帯びて、この一聯に渦巻くのだ。

山ゆゑに笹竹の子を食《く》ひにけりははそはの母よははそはの母よ　　同前

「其の四」末尾の一首、すなはち聯作「死にたまふ母」の最後の歌である。有終のあはれを奏でる、さすがに絶唱と呼ばれてよい作品だ。篠藪《ささやぶ》に生える中指ほどの筍《たけのこ》は、言ひがたい風味を持つ山菜で、その齒切れもさやさやとかなしい。この高湯溫泉逗留中にも、折に觸れて食膳に上り、賞味したのであらう。味覺の蘇りは、心の傷もやうやく癒えた證《あかし》か、悲しみの旅のさ中にも、茂吉の胃の腑は美味求眞の志を喪はなかつたのか、この一聯、食物に關るものが一二に止らぬ。

　悲しみに沈んで山麓、山腹をさすらふ前半に「山かげに消《け》のこる雪のかなしさに笹かき分けて急ぐなりけり」、「笹はらをただかき分けて行きゆけど母を尋ねんわれならなくに」があり、殊に後者との關りを思へば「笹竹の子」も「ははそはの母よ」のルフランも身に沁む。生《き》醬油で淡く煮染めたその筍は、さぞや涙のやうな味だつたらう。「山なれば」ではなく「山ゆゑに」の念押しも、聲潤《うる》ませた風情が切ない。

　涙の味、それは蘇りつつあるその味覺さへ、すべて母に繫がらぬはないあはれを言ふのだ。今一つ、冠婚葬祭のいづれの儀式に臨んでも、甚しい場合は、ほとんど終日終夜、儀式の表裏に關る近隣縁者が、飲食《おんじき》の事にかかり果てる農、漁、山村の習慣を思ひ出させる。他の場合はともかく「葬」については、飲食との連鎖が何か無慙《むざん》な印象さへ與へる。慰靈、弔問は飲食の合の手かつけたり、人人はむしろ人の死をだしにして貪慾に振舞ふ。「死にたれば人來て大根《だいこ》煮《た》きはじむ・下村槐太《しもむらくわいた》」の忌忌《いまいま》しいあはれとむごたらしい諧謔《かいぎやく》は、茂吉の故郷でも存分に感じられたらう。あれから幾日幾夜、作者は遲い春の訪れたこの山里で、ふたたび三度、涙の味を嚙みしめることとなる。彼はその昔「隣室《りんしつ》に人は死ねどもひたぶるに帚《ははき》ぐさの實《み》食ひたかりけり」と歌ひ、また後の日には「あらぎのくれなゐの實《み》を食《は》むときはちちはは戀《こひ》し信濃路《しなのぢ》にして」（『つゆじも』）や、「うつしみは苦しくもあるかあぶりたる魚《いを》しみじみと食ひつつおもふ」（『ともしび』）其他、數多、不思議な飲食の歌を殘してゐる。茂吉食物考や植物考が生れて然るべき所以《ゆゑん》であらう。

　ふるさとのわぎへの里にかへり來て白ふぢの花ひでて食ひけり
　たらの芽を摘みつつ行けり寂しさはわれよりほかのものとかはしる
　湯どころに二夜《ふたよ》ねぶりて蓴菜《じゆんさい》を食へばさらさらに悲しみにけれ

　白藤とは、あの「しみじみと今はその實《み》の見えそめ」た垂花《たりはな》であらう。「ひでて」は「漬《ひ》でて」の意で、恐らくは熱湯に浸《つ》けて軟らげ、酢の物か、和《あ》へ物にしたものと思はれる。無味淡泊、齒觸《はざは》りもさることながら、風雅な季節感を味はふものだらうし、何よりも、作者にはその色と形と味に故郷が感じられたのだ。中村憲吉宛、五月二十七日附書簡には、初句を「みちのくの」とした、この歌の原形が見られるが、母の死後四日目に拘らず、喪の翳りもにほひもほとんど認められない。

　楤《たら》の木の芽は山菜の中でも屈指の美味である。別名を獨活擬《うどもど》きと稱するのもそのためと言ふ。母が在りし日に作つてくれた白和《しらあ》へ、青和《あをあ》へを思ひ出でて、ただ手草《たぐさ》に摘みながら歩いたのだらう。指先に殘る芳《かんば》しい香も亦、寂しさを唆《そそ》る。自分以外にその悲しみを誰が知らう。葉や莖に生えてゐる鋭い棘《とげ》に、彼の指や手の甲は微かな傷を受けた。滲《にじ》む血を吸ひつつも、幼い頃の母の仕種が目に浮ぶ。血も亦、涙の味であつた。

蓴菜《じゆんさい》はいづこの沼で採れたものか、晩春の若芽の味はこれまた淡淡しい限り、咽喉越《のどご》しの儚《はかな》さこそ命である。吸物にしろ二杯酢にしろ、この味も涙に近い。「ねぶりて」を當然「眠りて」と解しつつ、どこかでふと「舐りて」を連想するのも、「さらさらに」は蓴菜の感觸にたぐへて讀むのも、この歌のおもしろみの一つだ。尤も、改選版では「たらの芽を」の下句は面目を全く一新して「山かげの道ほそりつつ寂しく行けり」となり、蓴菜の歌の「ねぶりて」は「ねむりて」と變へられた。「われよりほかのものとかはしる」は必ずしも完全な表現とは言へない。「かはしる」のあたり、擬古がぎごちないといふ譏《そし》りも考へられる。だが、「寂しく行けり」の安直な言ひ流しに比べれば、よほど趣があらう。改選改悪の一例だ。「ねむりて」は勿論《もちろん》無難だが、常識に妥協した嫌ひもある。

これら飲食の歌をも率《ひき》ゐて、止めの一首の「笹竹の子」は、ふと「子を食《く》ひにけり＝母よ」といふ、作者も與《あづか》り知らぬ隠し味が舌の根を刺し、人知れず苦い笑ひを浮べるのだ。食慾は悲哀のほかのものとかは知る。

なげかへばものみな暗《くら》しひんがしに出づる星さへ赤からなくに

「おひろ　其の一」

相聞歌三部作「おひろ」の冒頭の一首である。各聯、その底を流れるのは、遂げつつもつひに結ばれ得ぬ戀の悲しみであるが、まづ第一部は、言はば古歌の「忍戀《しのぶるこひ》」、愛する者に逢へず悶悶と一日は暮れ、輾轉反側《てんてんはんそく》のうちに曉は到る。晝は晝でゐたたまらず、ふらふらと外に出、あるいは發作的に奔り出す。もの狂ひに似た日常を、作者は例の破格な表現力で、見事に寫し出す。いはゆる私小說風に、日記公開の形で事實を綴るのなら、これは易い。破廉恥にさへなれば誰でも出來る。熱に浮かされたやうな口調で悲戀を歌ひまくるのなら、これも簡單だ。「明星」の末流が嫌と言ふほど、その惡しき見本は見せてくれてゐる。茂吉はそのいづれも採らない。「實に平凡な寫生」と「ありのままに歌ふ」ことを旨とした彼が、事、相聞歌に關しては、必ずしも主義に從はず、この一聯にしても、第一「おひろ」の實在、非在に關して、好事家《かうずか》や實證主義解說家を惱まし續けた。

茂吉に虛構はあり得ぬといふ確信が、奇特の士を迷はすのだ。逆に言ふなら、茂吉の歌は、このやうに、作品の成立事情や背後の事實を立證することを拒《こば》んだ時、始めて「歌」の、「戀歌」の本然に立ち歸つたのだ。「おひろ」がまことにゐたか、ゐなかつたかなど、

107　なげかへばものみな暗しひんがしに出づる星さへ赤からなくに

歌の優劣とはいささかも關りのないことを、しかし、恐らく作者自身も未だ考へ得なかつた。ありのままに、かくかくしかじかのことをと注したいところを、私的な要因に妨げられて果さず、內心忸怩《ぢくぢ》たるものがあつたかも知れぬ。いかに言ひくるめようと「寫生」とはそのやうな尾骶骨を持つクレドの上に立つての證《あかし》であつたことを、寫生論に與《くみ》するものも、然らざるものも記憶しておくがよい。

西方に生れる夕星《ゆふづつ》、金星はともあれ、今宵東方に見える星も、作者の憂悶のために暗い。「明《あか》し＝赤し」の意をこめて、「赤からなくに」と強調したのであらう。火星ならば、東に見えることもあり、もともと赤いとされ、かつ熒惑星《けいこくせい》と呼ばれた妖異の星ゆゑ、よりふさはしいのだが、推論はむづかしい。上句の誇張はやや大時代《おほじだい》な感もあるが、それが却つて桁外れに豪放な味を生み、この歌のスケールを大きくした。そしてこの星は、疑ひもなく、三部作掉尾《てうび》の左の歌に向つて、中間四十二首を隔てて、切切と呼び交す。

　ひんがしに星いづる時汝《な》が見なばその眼ほのぼのとかなしくあれよ

「おひろ」は同じ二つの星に飾られて成立する。この斬新な相聞こそ、『萬葉』の譬喩歌や『六百番歌合』の題にさへ洩れた星、その「寄星戀《ほしによするこひ》」ではあつた。さる權威ある解說書には、この星に關して、「東の空にまたたく宵の明星」と麗麗しく注してゐるが、大正二年の初夏には、夕空の西方に位置すべき金星が、ある日、突如東に現れたのだらうか。

さういふ異變があつたか否か、一度天文臺の記錄など調べてみたいものだ。茂吉は勿論「宵の明星」とは一言も語つてはゐない。

作者の悲調は天體に向けて放射狀に光りかつ走る。鬱鬱と內に籠ることは稀で、時を得ては空を駈け、「寄星戀」「寄煙戀」「寄落日戀」と、まことに多彩である。

さびしさびしいま西方《さいはう》にくるくるとあかく入る日もこよなく寂し
ほろほろとのぼるけむりの天《てん》にのぼり消え果つるかに我も消ぬかに
ひさかたの悲天《ひてん》のもとに泣きながらひと戀ひにけりいのちも細く

「さびし」「のぼる」「消ゆ」の疊句、「くるくる」「ほろほろ」のオノマトペ、『赤光』一巻を通じて頻出するし、既に「死にたまふ母」までも十分につきあつて來たが、一首に緊張感の缺けた時はやはり鼻につく。「寄煙戀」などその例であり、「悲天」の歌の結句も、「死にたまふ母」の「弟は現身《うつしみ》のうた歌ふかなしく」に比べるといかにも輕い。

掲出の歌を含めて、特に「相聞」とことわらねばならぬやうな趣は無い。若者の激情、滿たされぬ慾望の表白として鑑賞に耐へる。ただ、「悲天」は、例の阿修羅を意味する佛語「非天」の誤用ではあるまいかと、たとへば「西方《さいはう》」との照應で疑つてみたくなる。造語ならそれで一應の味もあるが、「泣きながら」といふ第三句と、あまりにも卽《つ》き過ぎ、その上結句が蛇足めき、折角の「ひと戀ひ」が生きてゐない。さなくば鐵幹の「人を戀ふる歌」すなはち親友に寄せる殉愛の歌に通ずる勁《つよ》い響きも差し添つたことだらう。「さびしさびし」の第三、四句が、改選版では「ゆらゆらと紅《あか》く入る日も」となつてゐる。原歌の、ふと眩暈を覚えるやうな語感がむしろ好ましい。

ひつたりと抱《だ》きて悲しもひとならぬ瘋癲學の書《ふみ》のかなしも

同前

相聞歌群の中に、一種異物めいて混る幾つかの作品があり、これなどその最《さい》たるものだらう。瘋癲《ふうてん》は精神病を意味する舊い漢語であるが、病垂《やまひだれ》を被つた劃數の多い字が、まるで象形文字のやうに讀者を脅《おびやか》す。尤もみづからを「狂人守」などとも呼んでゐた彼は、かかる言葉を虚假威《こけおど》しに使ひはすまい。それより前にも「かの岡に瘋癲院のたちたるは」と歌つたし、專門家には案外頻用、常用されてゐたのではあるまいか。

勿論、風呂敷などに包んで腋《わき》に抱へた精神病學の本は、いつか彼自身の體溫も移り、違和を覚えつつも手離し得ぬ、悲しい分身だつたらう。その邊の屈折した感情があへて「瘋癲學」といふ文字を選ばせ、「ひつたりと」と人肌めいた副詞で、その感觸を現はしたのだ。そして「悲し」「かなし」の繰返しが、さして女女《めめ》しくないのも、一にこのグロテスクな、しかも冷嚴な用語の思はぬ效用だらう。だが、悲しみは、そのやうな單純なものではあるまい。作者は口籠りがちに、その因を歌ふ。

放《はう》り投げし風呂敷包ひろひ持ち抱《いだ》きてゐたりさびしくてならぬ
うづ高く積みし書物《しよもつ》に塵たまり見の悲しもよたどき知らねば
つとめなればけふも電車に乗りにけり悲しきひとは遙かなるかも

悲しく戀しい人と隔てられた憾《うら》みが、作者の環境を青灰色に變貌させる。ここまで來て「ひとならぬ瘋癲學の書《ふみ》」の「ひとならぬ」が何を暗示したかおのづから明らかである。事ならば、遠方の、「悲しきひと」を呼び寄せ、その身をこそ「ひつたりと抱《だ》き」締めたかつた。習慣のやうに電車に乗つて、行く先は巣鴨病院、そこの研究室にも、歸れば書齋にも、汗牛充棟《かんぎうじゆうとう》の醫書雜書、それも塵埃にまみれ、手がつけられない。塵勞といふ佛語が心に浮ぶ。それさへ、愛する人に一目逢へたなら、たちまち霧散しようものを。日日の空しい營爲もにはかに精彩を加へ、夕空の東に見える火星も、赤赤ときらめくことだらうに。それも儚《はかな》い夢であらうか。

「おひろ」については諸賢の甲論乙駁《かふろんおつばく》も一見一聽の價値があらうが、作者自身「この女性は實在的のものか、或は詩的のものか、或はどう、或はかうといふモデル問題は穿鑿《せんさく》してももはや駄目である。この間の消息を幾らかは知つてゐた中村憲吉君のごときも今はこの

111　ひつたりと抱きて悲しもひとならぬ瘋癲學の書のかなしも

世の人ではない」云云と、むしろ好事家の穿鑿を誘ふやうな、曖昧《あいまい》な述懐をあへて試みてゐることも覺えておかう。事實よりも詩的眞實がまづ優先し、眞とは詩歌においては虚から生れ出るといふことなど、決して、永久に理解されぬ、否そのやうな理解をこそ禁忌とする世界に生きた茂吉は、いかにも生眞面目《きまじめ》に、事實尊重、創作忌避の言を吐き續ける。しかも一方では、卷頭から卷末まで、狂言綺語に滿ち、その向うにあらぬ世を透視させる、怖るべき幻想の書『赤光』『あらたま』を生むのだ。自己韜晦《たうくわい》、欺瞞《ぎまん》、食言《しよくげん》といふ點では、定家の、殊にその歌論執筆態度と共通するところがある。

　ふらふらとたどきも知らず淺草の丹《に》ぬりの堂にわれは來にけり
　あな悲し觀音堂に癩者《らいしや》ゐてただひたすらに錢《ぜに》欲《ほ》りにけり
　淺草に來てうで卵買ひにけりひたさびしくてわが歸るなる
　とほくとほく行きたるならむ電燈を消せばぬば玉の夜《よる》もふけぬる
　はつはつに觸れし子なればわが心《こゝろ》今は斑《はだ》らに嘆きたるなれ
　紙くづをさ庭に焚けばけむり立つ戀《こほ》しきひとははるかなるかも
　夜《よる》くればさ夜床《よどこ》に寢しかなしかる面《おも》わも今は無しも小床《をどこ》も

歸するところは一つ、逢へぬ悲しみ、隔てられた憾みであつた。ただ、淺草寺傳法院前の乞食、それもレプラ患者の酸鼻《さんび》な物乞ひ姿を凝視するところ、あるいは俗で安直で、そのくせ肉感的な茹卵を買ふところ、竝の人の、竝の相聞歌では、まづ絶對に見られまい。このどす黒いしたたかな感性は、彼の研ぎ澄まされた天才的な直感を、内側からぐつと支へ、引緊めてゐる。「斑らに嘆」くは、紫痕斑斑《しこんはんぱん》たる心の疵《きず》を言ふらしいが、いかにも不熟で獨合點《ひとりがてん》に過ぎる。「無しも小床も」に記紀歌謠の面影づけを感じるか否かは別として、同衾《どうきん》回想を口にする時の、微かな含羞《がんしう》と照れ隠しが、私にはほほゑましい。

うれひつつ去《い》にし子ゆゑに藤のはな搖《ゆ》る光りさへ悲しきものを

「おひろ　其の二」

家持《やかもち》作と紹介しても眞《ま》に受ける人が隨分ゐさうな、玲瓏《れいろう》たる相聞だ。藤は茂吉好みの白藤であることが後で判る。白藤、「死にたまふ母」では、母の生前、それの散るのを見、その幼果を覗き、死後にはその花を浸し物にして食つたことを回想する。若紫の藤よりも白藤の方が鄙《ひな》びて淋しい。「去《い》にし子」も、恐らくは臈《らふ》たけた貴顯の女ではなく、初心《うぶ》で素樸で、あはれみを唆《そそ》るやうな娘だらう。白藤の垂花の搖れる彼方に、そのやうな女の頼りなげな後姿が浮ぶ。

「其の一」の末尾に「この朝け山椒の香のかよひ來てなげくこころに染みとほるなれ」が

置かれてゐた。多分庭の片隅にでも芽を吹いたか、さもなくば朝食の膳に木の芽和へが配られてゐたか、あのひりりと悲しい香は、何となく潔癖で感じ易い少女を聯想させる。

藤は搖れる。その一房は忍んで歸つた「おひろ」の肩に觸れてさゆらぎ、他の十房はあるとしもない夕風に動くのだ。同時代の伊豫の俳人、二十八歳で夭折した芝不器男《しばふきを》の句「白藤や搖りやみしかばうすみどり」を、私はしきりに思ふ。この白綠變はまことに寡默でしかも鋭い。「藤のはな搖《ゆ》る光りさへ悲しきものを」とまで短歌は、言つてしまはねばならぬのか。あの茂吉さへ、初句の「うれひつつ」に更に念を入れるやうに、末句に悲哀を歌ふ必要がまことあつたのか。

「おひろ　其の二」の哀憐調は「其の一」どころの騒ぎではない。すべて共に明した一夜の、死ぬばかりの耽溺《たんでき》を回想したあやふい官能の歌であり、情緒の水に首まで浸つての甘美な吟誦だ。それでゐて、「明星」の戀歌とは明らかに一線を劃してゐるところ、同じ天才でもやはり體質の違ひによるものだらうか。

　　ほのぼのと目を細くして抱《いだ》かれし子は去りしより幾夜《いくよ》か經たる
　　しら玉の憂《うれひ》のをんな我に來《きた》り流るるがごと今は去りにし
　　かなしみの戀にひたりてゐたるとき白ふぢの花咲き垂りにけり
　　たまきはる命《いのち》ひかりて觸《ふ》りたれば否《いな》とは言ひて消《け》ぬがにも寄る

啼くこゑは悲しけれども夕鳥《ゆふどり》は木に眠るなりわれは寝《ね》なくに

「忍戀《しのぶるこひ》」とはいへ、ともあれあの時逢ふには逢つた。契《ちぎ》つた。末を遂げ得ぬことはかたみに知るゆゑに、一期一會《いちごいちゑ》のおもひ、この一刻こそ、その一期に等しいと、泣き濡れ、かつ炎え上つた。渇いて飲むこの愛の鹽水、なほ激しい渇きを呼ぶとは知りながら、「否」と口では拒みながら、つひに身を委ねる。「目を細くして」とは恍惚の相《さま》であらう。その曙には固く目を瞑《つむ》り、深い睫毛《まつげ》の翳《かげ》に涙の露のきらめいてゐた。

「しら玉の憂《うれひ》のをんな」は「屋上の石」第二首目、例の「鳳仙花」の媾曳《あひびき》と竝んで現れてゐる。「しら玉の憂《うれひ》のをんな戀ひたづね幾やま越えて來《きた》りけらしも」と、この方が後の日の歌となる。ゆゑに城跡で逢つたのも同一人「おひろ」に間違ひ無しと實證狂の面面は悦《えつ》に入る。どうでもよいことだ。戀の歡喜に耽溺《たんでき》してゐたのではなく「かなしみの戀にひたりてゐたる」と作者は言ふ。言葉の文《あや》といふものだらう。喜と悲は、戀愛のさ中にあつては、メビュースの環の裏表、輝く影と昏む光の交叉に他ならぬ。白珠の憂と白藤搖曳《えうえい》とおひろは、三位一體となつて、この明暗さだかならぬ境をさまよふ。そしてあたかも風のやうに、水のやうに遠ざかり、消えて行く。

だが、悲戀に溺《おぼ》れてゐるとみづから言ふ作者の、その溺れざまは、通り一遍の男のもの狂ひとはやや趣を異《こと》にして、頭《づ》の心《しん》は意外に冷えてゐるやうだ。

狂院の煉瓦のうへに朝日子《あさひこ》のあかきを見つつくち觸りにけり

接吻の時も外界に目を向けてゐる男と、恍惚の時も薄目を開いてゐる女。二人ながらにこの一刻を命と思ひつつ、不知不識に、かかる振舞を見せてゐるのもあはれと言ふべきか。二人にとつて戀は麻薬に似たものであつたのかも知れぬ。女が去つて行き、次に逢ふのはいつと頼みがたい。彼は不眠の夜夜、塒《ねぐら》の鳥に身をたぐへて、鳴きつつもつひには眠る鳥を羨む。「われは寝《ね》なくに」といふ、やや聲を低めた、何かに脅《おび》えたやうな恨みがましさが、この作者の今一つの本音でもあつたのか。

言はでもの事ながら、この一首の表記にのみ見える「光り」の「り」は統一を缺いて、至極目觸《めざは》りであるが、改選版では、當然のことに「光」と改められてゐる。

わが生《あ》れし星を慕《した》ひしくちびるの紅《あか》きをんなをあはれみにけり　　同前

茂吉の「生れし星」とは何か。暦に從へば明治十五年は壬午《みづのえうま》、一白水星《いつぱくすいせい》である。九曜は俗に星まはりなどと稱し、かつては男女の相性《あひしやう》を云云する時の重要な因子になつてゐた。たとへば一白水星の相性を卜《ぼく》すれば六白金星《ろつぱくきんせい》と七赤金星《しちせききんせい》は共に大吉、三碧木星《さんぺきもくせい》と四緑《しろく》木星《もくせい》は吉、二黒土星《じこくどせい》、五黄土星《ごわうどせい》、八白土星《はつぱくどせい》が凶、殘る九紫火星《きうしくわせい》が大凶となつてゐる。これは曆法上變ることはなく、頃が明治年間、普通の家なら、明治十五年生れの男と、翌年もしくは明治二十五年生れの女との縁談はまづ成立せず、始めから奬《すす》めも持上りもせぬのが常識であつた。「おひろ」がもし十歳年下の、大正二年には二十二歳の、九紫火星の女で、愛人茂吉の水星を悲しみ、かつ愛《かな》しんだのなら、歌の背景としてはまことにあはれに美しい。

だが、それほど周到に考へた措辭《そじ》でもあるまい。「星」は「星まはり」の略稱で、運勢を言ひ、轉じて宿命をも暗示する言葉であつた。後後の『如何なる星の下《もと》に』などその使用例は見られるが、この歌の場合も、「生れあはせ」「身の上」をやや詩的に言ひ廻したと考へるべきであらうか。もつともこの「星」あつてこそ「くちびるの紅《あか》き」、殊に「紅」が生きて來るのだ。「われを慕ひしくちびるの紅きをんな」では氣の利いた流行歌に過ぎない。しかも「生れし」「慕ひし」「あはれみにけり」と、細みの、冱えた用言《ようげん》の驅使が、この歌を單なる甘美さから救つてゐる。

うるさく言へばこの二つの「し」の後者は必ずしも正しい用法とは言へまい。歌の調べで流され、抵抗感を與へないだけのことで、韻文として文章に書變へるなら、誰しもをかしいと思ふはずだ。ただ、詩歌では數多の變則許容もあり、野暮《やぼ》な咎《とが》めだてはすまい。しかし、いくら何でも一首の歌に三種の過去があり、それが「き・き・ぬ」では變《へん》だらう。

あさぼらけひと目見しゆゑしばだたくくろきまつげをあはれみにけり
しんしんと雪ふりし夜にその指《ゆび》のあな冷《つめ》たよと言ひて寄りしか

この二首は掲出歌の前後に現れる。「くろきまつげ」と「くちびるの紅《あか》きをんな」と、雪の夜の指、雪よりも白くひややかな指、この鮮やかな色彩照應を、一聯の、中央部の基調として見せた作者の言語感覺は、今更ながら感歎に値する。しかも複雑な混合色や曖昧《あいまい》な中間色ではなく、黒赤白の單純で潔い三色であるところもおもしろい。しかもそれに先んじて、次の二首が見える。

夕やみに風たちぬればほのぼのと躑躅《つつじ》の花はちりにけるかも
おもひ出は霜ふるたにに流れたるうす雲の如《ごと》かなしきかなや

次に來るべき黒赤白の強烈なコントラストの先觸《さきぶ》れとして、ほのぼのと散る、多分薄紅《うすべに》の躑躅と、谷に流れる多分乳白《にゆうはく》の薄雲を配する。いづれも一聯の中では大して出來の良い歌ではない。夕闇に散るほのかな躑躅など、寫生ともいひかねるなまぬるい俳味しか感じられず、思ひ出が薄雲のやうだとは、これまた流行歌の文句めいて青臭い。やはりここでも定型の韻律が、陳腐輕薄になる寸前に、どうやら可能な限り收斂《しうれん》作用を示してはゐる。そして、その程度の、目立たぬ歌に目を遊ばして讀み進むからこそ、黑赤白の、半オクターヴ張り上げたバリトンの詠唱は、耳を打ち心を搏《う》つのではあるまいか。「わが生《あ》れし・星を慕《した》ひし」「くちびるの・紅《あか》きをんなを」「あはれみにけり」句の上ではかう切れる。上・下には切れない。この喘ぐやうな息遣ひが、一首に何か切羽《せつぱ》詰つた状況を、更には宿命的《フエータル》な悲戀を感じさせる。そして、この歌にそのやうな宿命の翳るのは、やはり、冒頭が「ひんがしに出づる星」、末尾が「ひんがしに星いづる時」と、たとへ意味は異つても、「星」であやふい均衡を保たせてゐるからだらう。夕刻、金星すなはち宵の明星が西空に昇る時、東に、時として現れる星が火星であるならば、『赤光』中に鏤められた相聞歌、その悲調が、一巻の中に見えつ隠れつして綴る約十年の心誌は、茂吉の「火星年代記《マーシアン・クロニクル》」とも名づけ得ようか。しかし彼が水星、火星は「おひろ」とすれば、私の推量も儚い。

この歌には關りのないことだが、もつと「わが生《あ》れし星」を云云するなら、茂吉は五月十四日で金牛宮《タウルス》の生れ、戸籍面では届出遅延のため七月二十七日の獅子宮《レオ》。いづれも彼にはふさはしい屈強絶倫の趣がある。もつとも、それは字面《じづら》だけで、金牛は金星《ヴィナス》で女性星座、獅子は太陽で男性星座、陰陽に分たれる。むべなるかな、と彼の歌をながめつつ改めて感じ入る人もあらうか。

「おひろ　其の三」

この心葬《はふ》り果てんと秀《ほ》の光る錐《きり》を疊にさしにけるかも

前提も脈絡もなく、ただこの一首を突きつけられても、作者の切迫した氣持が否應なく讀者を搏つ。血走つた目、血の氣《け》を喪つた唇、藍色の脈走る顳顬《こめかみ》まで、おのづから浮び上る。手垢で黑ずんだ錐を逆手に持ち、毳《け》立《ば》つた疊に無言でぐさと突刺す。唇が顫《ふる》ふ。決意、それも恐らくは斷念を強ひられた者の、ぎりぎりの地點まで逐ひつめられた者の、ヒステリックな、そして飽くまでも空しい示威であらう。何の說明も要らぬ。一首はこれで自立し、讀者の經驗、想像力、直感に應じて、樣樣にそれ以前、それ以後を思ひ描き、おのが身に引き較べることも可能である。「この心」はその時著しい擴がりと含みを持ち、特にかかる衝動に驅られ易い若者にアピールする。

だが、一聯の中に歸れば、「この心」は、高が女を諦めよう、女への未練を斷たうとする心に過ぎないことが明白になり、いささかならず興冷めではある。勿論《もちろん》作者に文句を言へる筋合ではない。その限りにおいて、この殺氣立つた凄じい語調、直線的で若若しい詠風を愉しむべきであつた。

愁《うれ》へつつ去《い》にし子のゆゑ遠山《とほやま》にもゆる火ほどの我《あ》がこころかな
あはれなる女《をみな》の瞼《まぶた》戀ひ撫でてその夜ほとほとわれは死にけり

　この二首は前聯「其の二」に含まれて然るべき、未だ陶酔から醒め切らぬ、後朝《きぬぎぬ》の歌である。前者は「うれひつつ去《い》にし子ゆゑに藤のはな搖《ゆ》る光りさへ悲しきものを」と、「死にたまふ母」の「はるけくも峽《はざま》のやまに燃ゆる火のくれなゐと我《あ》が母と悲しき」をこもごもに想起する。後者は「ほのぼのと目を細くして抱《いだ》かれし子は去りしより幾夜《いくよ》か經たる」と「たまきはる命《いのち》ひかりて觸《ふ》りたれば否《いな》とは言ひて消《け》ぬがにも寄る」にほぼ重なり合ふ情景であらう。下句など取りやうではいくらでも下世話な官能表現に轉化可能かも知れない。もつとも、作者の頭の中には『萬葉』、狹野弟上娘子《さののおとがみのをとめ》の有名な歌「歸りける人來《きた》れりといひしかばほとほと死にき君かと思ひて」の下句などがひそんでゐたのではあるまいか。「ありのまま」主義と擬古調が天性の言語感覺で研《と》がれ彩られて、このあたり、獨特の、未聞の戀歌となつてゐる。

　彼は後に「新詩社の戀愛歌は、戀愛といふものを主題として觀てかかるので、型がおのづから出來たとも見えるが、自分のものはもつとおどおどした素人向のものであつた」と語つてゐる。新詩社云云はさておき、おどおどした云云は卑下自慢のたぐひだらう。大膽不敵と言つてもよい。ただ、古調が適宜武骨《ぶこつ》な趣を加味し、通俗好色に墮《だ》さぬところが身《しん》上《じやう》であつた。しかし明治末年の戀歌の、各人各色の特色も、六十有餘年の後に見れば、一樣に健かで、悲戀の歌さへいづれも長調の長閑《のどか》さを喪つてゐない。

どくだみの花のにほひを思ふとき青みて迫る君がまなざし　北原白秋
わがいのち闇《やみ》のそこひに濡《ぬ》れ濡れて螢《ほたる》のごとく匂ふかなしさ　若山牧水
人間のまして男の強きにほひ部屋にまよへり木蓮白き　前田夕暮

もし同時代歌人の戀歌で、茂吉に望み得ぬ部分があるとすれば、右の三首に顯著な、病的なまでに鋭い嗅覺だらう。白秋においてはこれに加へて萬華鏡《まんげきやう》的とも言へる絢爛《けんらん》たる色彩感覺だ。だが、これが最終的に、彼らに恩寵《おんちよう》であつたか負荷《ふか》であつたかは、にはかに斷じがたい微妙な要素を含んでゐる。

このこころ葬《はふ》らんとして來《きた》りぬれ畑《はた》には麥は赤らみにけり
夏されば農園に來て心ぐし水すましをばつかまへにけり
わらじ蟲たたみの上に出で來《こ》しに烟草のけむりかけて我居り

錐を疊に突刺す前後にはこのやうな心の動き、行爲の搖れが見られる。いづれも惱みを遣《やら》ふよすがにはなつてゐない。麥秋の野を逍遙し、水馬《みづすまし》を摑み、鼠姑《わらぢむし》を煙責めにして晴らせるやうな鬱屈ではない。錐を疊に突き刺したとていかほど決意が固まらう。麥穗、水馬の脚、それから錐と、作者は尖端愛好症、もしくは恐怖症的な呪物を次次と選んでゐる。いづれは代償行爲であらう。そして發作的にこのやうな呪ひに似た擧動を重ねる作者に、彼が日頃親しく接してゐる狂人の面影を、まざまざと見るのだ。この修羅《しゆら》の世、文明の毒滿つる社會で、狂ふ、狂はぬとは何を基準に決めるのだらうか。

念々にをんなを思ふわれなれど今夜《こよひ》もおそく朱の墨するも　　同前

「念々」は佛語で「刹那刹那」を意味する。すなはち一瞬も休む暇《ひま》なく、女を思ひ續けてゐることだらう。「この心葬《はふ》り果てん」の決意も儚《はかな》く、彼女のことは念頭を去らない。さういふ私だけれど、と作者は斷る。今夜も深更まで朱の墨を磨《す》つてゐると言ふ。逆接助詞「ど」の支へる思ひは重い。もしこれが「ば」であつたら、意味は逆になる。しかも、それでも歌意は通る。

「ど」の場合は、眷戀《けんれん》の情と朱墨を磨る行爲は相反する。反せぬまでもそぐはず、ふさはしくないことを前提とする。「ば」ならば兩者は一致する。いづれもおもしろいではないか。女のことは忘れられないが、深夜、今日も亦、神妙に朱墨を磨り、強ひて心頭を滅却して、入朱、朱描の仕事に沒頭するといふのなら、そこに一種のをかしみとあはれが漂ふ。女から逃れられねばこそ、私は朱墨磨る行《ぎやう》に今夜も專念するのだと言へば、男の業《ごふ》の深さがにじむだらう。いづれもとなれば、私もやはり逆接の響きの強さと苦みを採らう。

朱書のための朱墨磨りは彼にとつて行《ぎやう》であり、一種の呪的行爲だつたのではあるまいか。單に行ならば、精神統一や潔齋精進《けつさいしやうじん》が目的ならば漆黑の墨でもよい。よいどころかふさはしい。茂吉は朱であらねばならなかつた。『赤光』のシンボル・カラーは、かうして到る處に隱顯出沒して、この歌集に獨特の抑揚明暗を生むのだ。

それかあらぬか、作者はこの年の始めに「腹ばひになりて朱の墨すりしころ七面鳥に泡雪はふりし」なる不思議な歌を作つてゐる。朱墨は朱粉を膠《にかは》で固めて製する。朱粉は辰砂《しんしや》から取る。辰砂は水銀と硫黃の化合物であつた。猛毒の液體金屬水銀と、ソドム、ゴモラを燒いた火である硫黃を併せ持つ朱、『赤光』の今一つの象徴色相として、あの危い色はまことに好ましい。行《ぎやう》の氣持があるなら、朱墨を磨る時、作者は決して腹這ひなどはしなかつたらう。一度でも腹這へばその行爲には懈怠《けたい》の罪の臭ひがまつはる。懈怠なる偸安《とうあん》、その色合が朱墨磨りには始めからひそんでゐた。私が「ど」より「ば」をと一度は思つたのも、この呪的行爲の底に透いて見える妖《あや》しい翳のせゐであつた。

白秋には「草わかば色鉛筆の赤き粉のちるがいとしく寢て削るなり」があるが、この行爲のいかに輕やかで明るいことか。南國生れと北國生れの比など詰らぬローカリズムに過ぎぬ。短歌を選び、歌人として選ばれてからの業《ごふ》の深さと淺さの比であらう。白秋はこの詩形と共に遊び、茂吉はこの詩形に賭《か》け、常に思ひつめてゐた。女を思ふのと同じ鈍重な執念深さで、歌のことを念念に考へ、考へあぐねてゐたのではあるまいか。

磨りおろした朱の汁は硯の海、否沼《いな》にぬらりと溜る。生きながら見る血の池地獄、作者の周りは深夜の漆闇《しつあん》、おのづから生れる赤と黑の對比も、何か曼陀羅《まんだら》の殘缺を思はせ、作者好みの意匠ではある。

藻のなかに潛《ひそ》むゐもりの赤き腹はつか見そめてうつつともなし
つつましく一人し居れば狂院《きやうゐん》のあかき煉瓦に雨のふる見ゆ
瑠璃いろにこもりて圓《まろ》き草の實はわが戀人のまなこなりけり
すり下《おろ》す山葵《わさび》おろしゆ滲《し》みいでて垂る青《あを》みづのかなしかりけり

赤色幻想二首と青色幻想二首、前者は枚擧に遑《いとま》無く、後者は珍しい。なほ四首目は「其の二」の末尾近く現はれるものだが、便宜上ここに引用した。朱の池、否現實の、恐らくは例の「水すまし」をつかまへた農園の沼か小川の藻の茂みに、蠑螈《ゐもり》を見つけて「うつつともなし」とは。ぬらりとしたその赤色黑斑の腹を目擊して、彼は無氣味さに戰《をのの》いてゐるのではない。逆に歡びのあまり夢みごこちに近い心境なのだ。爬蟲類、多くは蛇に興味を示した歌も散見するが、この邊も常識や普通の感覺では律し切れない。朝日が赤くさす狂院の塀を横目か上目《うはめ》かで見ながら、彼は「おひろ」に接吻した。その赤い塀に今日は雨が降る。「つつましく一人」ゐる時は、しかしそのなまなましい記憶が蘇ることだらう。瑠璃色の圓い草の實といへば蛇《じや》の鬚《ひげ》、紫式部、繼子《ままこ》の尻拭《しりぬぐひ》其他數數あるが、いづれも愛人の瞳になぞらへるには適切と思へない。この歌自體彼に似合はぬ明星派末流じみて、日頃の實感、實相、寫生は空念佛《からねんぶつ》だつたのかと疑ひたくなる。地歌としても死歌《しにうた》だ。それに引きかへて、山葵の方は實感に溢れてはゐる。朱墨の汁、赤《あか》みづの對照としてひとりでに頭に浮ぶ。ただ、素材が廚房《ちゆうばう》内にまつはるせゐか、そこに生れるのは必ずしも詩的香氣とか、丈高い幻想などではないことが惜しまれる。

平凡に涙をおとす耶蘇兵士《やそへいし》あかき下衣《ちよつき》を着たりけるかも

「きさらぎの日」

救世軍が日本に渡來したのは明治二十八年である。當時の人人にとつて、たとへば東京の一般市民にしてみれば、プロテスタントがどう、カトリックがかうと論じて話の通じるはずが無い。十字軍以來の、キリスト教の戰鬪的な性格など當然知る人も滅多にゐず、救世軍の理想や實踐の、氣高さ、涙ぐましさは二の次、三の次、大方の人はその軍隊擬《もど》きの服裝、殊に女士官の、黒い看護婦めいた暗い冷《つめた》さに瞠目し、同時に反撥し、輕侮《けいぶ》の念すら覺えたであらうことは想像に餘る。

異類が暗躍を始めたとさへ邪推する連中もゐた。第一キリスト教より耶蘇教といつた方が一般的で、それも切支丹、邪宗の先入觀からいかほども脱してはゐなかつた。明治二十八年、娼妓の自由廢業に加擔して、惡戰苦鬪の末これに成功して以來、救世軍はやや見直され始めた。三十三年には廢娼運動を起し、紆餘《うよ》曲折《きよくせつ》の後、これに關する取締法令の法文化に漕ぎつけ、やうやく強持《こはもて》し出す。三十九年、社會鍋を發案し、年中、隨時に辻辻に屯し「信ずる者は誰も皆救はれむ」を唱和しつつ、ひたすら淨財を募つた。各種の慈善運動が勃《おこ》り、義捐金《ぎえんきん》は新聞社が窓口となつて集め、曲りなりにも社會福祉制度が整備されるやうになると、救世軍の行動範圍も狹められ、今日、往昔《わうせき》の面影は、歳末のあの社會鍋のみである。

茂吉の救世軍觀も、市民の最大公約數を幾許《いくばく》も出てはゐなかつたらう。もともと大江戸の文化は酒と女で榮え支へられたくらゐに思つてゐる男らに、禁酒禁煙、賣春罪惡論を叫ぶ固苦しく野暮な連中など、小うるさいだけであつた。肉食妻帶飲酒お構《かま》ひなく、蓄妾《ちくせふ》登《とう》樓《ろう》も深くは咎《とが》め立てせぬ佛教の方が、どれだけ氣樂で有難いことか。勿論《もちろん》茂吉には一廉《ひとかど》の見識もあつたに違ひないが、事、キリスト教、殊に救世軍に關して好意的であつたとは考へられない。彼にとつて興味のあるのは若い士官の著《ちやく》する紅の縁紐《コード》の制服に過ぎなかつたやうだ。

「平凡に涙をおとす」といふ初句、第二句の語調にも、微かな憫笑《びんせう》が感じ取れる。十指に剰《あま》るプロテスタントの教派の、その微妙複雑な教義の差には一向に不案内だが、どの傳道師にも共通するのは、聖書の中から都合の良い聖句だけを引出し、歌の文句の「信ずる者は誰も皆救はれむ」に歸納する結構泥棒めいた口跡である。何かと言へばイエスの奇跡祕蹟を一オクターヴ高い聲で紹介し、それが譬喩として、きらめくばかりの眞實を含んでゐることは言はず、突然飛躍して、故に貴方たちは罪深い、故に今直ぐ悔い改めよと、居丈《ゐたけ》高《だか》に提唱する。われとわが聲調に感動して、「おお主よ！」と叫びつつ、落涙するのも時折見ることがある。私も亦、苦笑を誘はれた經驗少からず、士官の論旨や涙より赤い胴著《チヨツキ》が印象的だつたと言はぬばかりの、茂吉の、とぼけた歌ひ振に、思はずにやりとする。

　きさらぎの市路《いちぢ》を來つつほのぼのと紅き下衣《ちよつき》の悲しかるかも
　救世軍のをとこ兵士はくれなゐの下衣《ちよつき》着たれば何《なに》とすべけむ
　もろともに天《てん》を見上げし耶蘇士官あかき下衣《ちよつき》を着たりけるかも

一聯十一首の中四首がこの通り、紅のチョッキの歌である。作者はもとより「赤」に尋常ならぬ關心、關心の域を遙かに越えた執著、それも獨占慾に近いものを持つてゐたやうだ。それでなくてどうして、紅のチョッキを「悲しかるかも」とか「何《なに》とすべけむ」とか言へよう。中でも「何《なに》とすべけむ」などは、駄駄つ子の八つ當りめく。救世軍のあの氣障《きざ》な野郎共が、おれの大事な紅を著衣に採りやがつた。怪《け》しからん。どうしてくれようと、蹈鞴《たたら》を踏むやうに焦《じ》れてゐる。「をとこ兵士」なる奇體不熟な用語も作者のいらだちを反映してをかしい。「きさらぎの市路《いちぢ》」も一首抜いて見ればさつぱり意味を成さず、一聯中においても朦朧として摑みどころがない。

「平凡に涙をおとす」の「諷刺」を祕めた含みのある表現が最も成功してゐるやうだ。何となく南蠻繪の中から抜け出た碧眼の若者を聯想するが、この歌はあくまでも、日本の青年、制服もまだ馴染《なじ》まず、寒風の中、詰襟のカラーに擦れて首の赤らんでゐるやうな風情を想像すべきだらう。

一首、卒然とそれのみを讀んで、危く欺されかけたのが前記三首目だ。これはおもしろいと一度は思つた。初句、第二句の「もろともに天《てん》を見上げし」で、恐らくほとんどの讀者も「天にましますわれらの父よ」と稱へつつ、手を胸のあたりに組み、二月の冷えびえと碧《あを》い空を振仰ぐ姿を思ひ描くだらう。三四人ゐる救世軍士官が「もろともに」である。ところが違ふ。彼らは天に神など見たのではない。空飛ぶ船を見上げたのだ。

まぼしげに空に見入りし女《をんな》あり黄色《わうしよく》のふね天馳《あまは》せゆけば

129　まぼしげに空に見入りし女あり黄色のふね天馳せゆけば

同前

「きさらぎの日」は一風變つた一聯である。悲歌、戀歌の壓倒的な大作の竝ぶ中ゆゑ、なほさら諧謔曲《スケルツオ》を聽くやうな心地だ。それに素材もモティーフも一見茂吉らしからぬ洒落たもので、通讀した時吐息混りに目を瞠《みは》りたいやうな氣もした。紅の縁取の制服の救世軍士官、幻の女、黄色の飛行船、この三つが二月の、時ならぬ白晝夢めいて、走馬燈の繪のやうに絡み合ふ。主役めいて眞先に現はれるのは救世軍士官であるが、彼は例によつて例のごとく紋切型の說教を始め、やがてみづからの辯舌に醉うて落淚する。立春過ぎのやや華やぐ街中で、士官の紅い制服は何やら芝居の衣裳《コスチユーム》めく。聖句を鏤《ちりば》めて縷縷と繰り展《ひろ》げる說法も、科白《せりふ》のやうな響きになつて來る。その時、空に異變が生れる。

　きさらぎの天《あめ》のひかりに飛行船ニコライでらの上を走れり

飛行船、二十世紀初頭の航空界に生れた、あの優雅で滑稽な傑作を、私は微笑と共に回想する。ツェッペリン伯號が世界一周の途上、日本に立寄るといふので、巷間はこの噂でもちきり、來《く》る一週間も前から物見高い連中が、もろともに天を仰いでゐたのは昭和四年の晩夏のことだつたか。私はもの心のつきそめた幼兒、『千一夜物語』の空飛ぶ絨毯《じゆうたん》などを聯想して、打興じかつ脅えてゐた。フランスはゾディアック、アメリカがアクロン、全世界が飛行船にうつつを抜かした一時代があつた。映畫がサイレントからトーキーに移り、ルネ・クレールの初期の傑作が、毎年ベスト・テンの上位を占め、「サ・セ・パリ」や「ヴァレンシア」の流行した、舊き佳き時代であり、日本も棲みよい國だつた。けれども、この美しい怪獸のやうな乘り物は、何に呪はれたのか、いかなる神の罰を受けたのか、まづ日本のN3號が墜落、續いて英のR101、米のアクロン號、ドイツのヒンデンブルグ號が、次次と悲慘な事故を起し、一九三八年には抹殺されたやうに、飛行船は姿を消すに到る。日支事變はもう始まつてゐた。ベルエポックの空の信天翁《あはうどり》、誇大妄想のイカロスは、世界の人人に白晝夢を見せて壞《こは》れて行つた。

大正二年二月に東京上空に浮び、かつ走り去つた飛行船が何であつたかは別として、首都の彌次馬には火事にまさる見物《みもの》のはず、茂吉も中の一人として天を仰いだ。彼はこの歌の原型を、仙臺から刊行されてゐた文藝誌「シャルル」に發表してゐる。

黄色《わうしよく》の魚のかたちし飛行船ニコライでらのうへをゆきしか

「魚のかたち」が妙になまなましく、その腹部を下から見上げるのも、南蠻寺ニコライ堂の圓塔《ドーム》の上にその船が浮ぶのも、白秋などとはまた違つた異國情緒を釀《かも》し出してゐる。空中の、時ならぬアトラクションに、人人は救世軍などそつちのけで、ざわざわと見通しのよい場所に移つて小手を翳す。そして士官は、急に自分から離れた聽衆を歎かはしげに一瞥、やがて口を噤《つぐ》み、やをら目だけを天に向ける。見えた見えたの聲が聞え、まこと、黄の船體が彼方に現れる。赤い胴著の彼も、傍で祈禱してゐた黒衣の女士官も、今は仕事を中斷して、彼方ニコライ堂の上空を振仰ぐ。

作者も亦、黄色のあやかしを凝視する。「水なき空に波ぞ立ちける」などと貫之の歌を口遊む心ばへはあるまいが、あの碧空に魚の形の船の走るのは、何の前兆かとふと心が浮立つ。そして傍を見ると、誰かに似た細面《ほそおもて》の女が、白い咽喉《のど》を見せ、のけぞるやうにして飛行船を目で追つてゐる。眩《まぶ》しげに細める目が潤《うる》みを帶び、ふと、恍惚の時を聯想させる。しばたたく睫毛《まつげ》の黒さも、彼を夢うつつの境へ誘ふ。黄の大魚が今空を游《およ》ぎ去る。女は身體の向きを變へようとして、一瞬ふらりと重心を喪ひかける。作者は咄嗟《とつさ》に彼女の二の腕を、やはらかく摑んで支へてやつた。空がきらめく。船の腹の反射であらう。女の身體から沈丁花《ぢんちやうげ》の香が漂ひ、しづかに彼に寄添うて來た。顏は背けたままだ。乳白の項に生毛《うぶげ》が光つてゐる。群衆は飛行船を逐つて彼方へ移動する。その渦の中に二人は取殘される。

二月《にぐわつ》ぞら黄いろき船が飛びたればしみじみとをんなに口觸《くちふ》るかなや

これがもし常のごとく「その時の體驗をありのままに」寫生したものなら、當世の青年も三舍《さんしや》を避ける大膽不敵な快擧であらう。夢幻であり全くの虚構であるなら、『赤光』の解釋に危い石を今一つ投ずることにならう。いづれにしても興味津津の一聯ではある。

あかねさす朝明けゆゑにひなげしを積みし車に會ひたるならむ

「口ぶえ」

味爽《まいさう》の一點景、まことに印象鮮明で、すがすがしい。後後の日の、方角違ひの、石田波郷の句「あえかなる薔薇撰りをれば春の雷」「百合靑し人憂憂と停らず」あたりの瀟洒《せうしや》な都會感覺、それも地方出身者の敏感に捉へた都會の、美化された一角を思ひ出させる。花積む車、それも恐らくは白、深紅、緋の雛罌粟《ひなげし》を包み束ねた荷車かリア・カーに行き邂《あ》つた、早朝一時《ひととき》のささやかな心躍りである。あるに過ぎない。しかし、初句に「あかねさす」なる枕詞を得たことによつて、たとへば波郷の句に見るやうな、單なる輕快、淸新には止らず、適度の重み、時間の陰影による快い重みを附加した。彼の枕詞復活はこれまた常套手段と言へるくらゐ頻度は多い。

「うち日さす都」「足乳ねの母」「ははそはの母」「かぎろひの春」「たまきはる命」「ひさかたの悲天」等、これまでに目に觸れたものだけでも十指に剩《あま》る。そしてその大方は見事に利《き》いてゐる。無暗に萬葉調を狙つて頻用してゐるのではない。過剩抒情を引緊め、感傷に流れようとするのを堰《せ》き、甘美な情緒を抑《おさ》へ矯《た》めるのに、卓效《たくかう》を奏してゐる場合が多い。

花車も「あかねさす」一句で微妙に搖れ軋《きし》む。稀にしかこのやうな拂曉《ふつげう》に街行くこともないのだらう。花車も、その上に載る出荷用の罌粟も、かうして近近と目撃するのは、彼にとつて初めてであるか、あるいはまことに珍しい經驗だつたやうに思はれる。だからこそ、心躍りも「ならむ」のたゆたひも生れるのだ。彼は前年の夏に次のやうな歌を見せてゐる。

ひむがしのみやこの市路ひとつのみ朝草ぐるま行けるさびしも

これはまた印象不鮮明、まるで時ならぬ朝の煙霧に紛《まぎ》れて車も、車に積んだ植物も朧《おぼろ》な狀態であるかに受取れるし、結句の「さびしも」も當然過ぎるくせに共感を呼ばない。雛罌粟の車の佳作たる所以、比べれば一目瞭然と言へよう。「ひむがし」の『萬葉』寫しも、この歌の場合は何にかかるのやら判然とせず「ひとつのみ」の念押しも、「孤」を象徵するほどに冱えてゐない。

雛罌粟を積んだ車を、花賣車ではなく、市場へ出荷用の車と取るのは一考を要するだらうか。だが、花賣車なら「ひなげしも積みし」とあるべきだらう。一品種のみを積んだ花賣車は原則として、まづ無い。早朝にあきなひに出ることはあり得ても。花圃《くわほ》から纏めて出荷する車なら、多分擦れ違ふ折、罌粟特有の苦《にが》い香が鼻孔を刺しただらう。それはともかく、この朝は彼にとつてどんな朝だつたのか。それが次第に明るみに出る。

ひんがしはあけぼののならむほそほそと口笛ふきて行く童子《どうじ》あり

標題はこの歌にちなむ。一聯五首、掲出歌は最後の一首であり、口笛童子はこれに先立つ。不思議な歌だ。私は古代、敏達《びだつ》天皇の世、聖徳太子によつて明された妖星「熒惑星《けいこくせい》」を想起する。色は赤、南にあつて、火《くわ》と呼ばれる。地に降つて人となり、常に童子と交つて謠歌《わざうた》を作る。その歌は未來のことを語るといふ。明星《あかほし》の金星より朱星《あけぼし》の火星こそ茂吉のシンボルであらうと、私はかねがね思つてゐる。彼は東雲《しののめ》もそれと推察するのみの房中にゐるらしい。仄暗い外面《とのも》を通るのは童子と、勿論《もちろん》覗いて確認したわけではない。口笛の乙《めり》甲《かり》の稚い鋭さ勁さから、それと推察、斷定を試みたと覺しい。では、この牧歌的な、寝覺の一節を歌つたのはどのやうな場所か。

この夜《よる》をわれと寝《ぬ》る子のいやしさのゆゑ知らねども何か悲しき目をあけてしぬのめごろと思ほえばのびのびと足をのばすなりけり

特に引用鑑賞に値する歌ではない。自然主義が滔滔《たうたう》と文學、詩歌の世界に流れ込む頃ならば、この娼婦の性《さが》の描寫にしろ、後朝《きぬぎぬ》の解放感の告白にしろ、はたまた一聯冒頭のいささか醜悪な「このやうに何《なに》に顴骨《ほほぼね》たかきかや觸《さや》りて見ればをんななれども」にしろ、論議の價値もあつたらうが、この時代でも、『赤光』一巻の中においても、問題にする價値はあるまい。尤も作者には意義も存在したか、改選版でも原作通りすべて採られてゐる。「何《なに》に顴骨《ほほぼね》たかきかや」の「何《なに》に」といふ用法も、今日も「アララギ」及び「アララギ」系内部にのみ頻用され、通用してゐる。口笛童子も罌粟車も、もとを尋ね、種を明してみれば、隨分興冷めな次第、いづれも一首一首抜出して、それのみ味つてゐるに及《し》くはない。

にんげんの赤子《あかご》を負へる子守《こもり》居りこの子守はも笑はざりけり

「呉竹の根岸の里」

嬰兒を負うた子守がにこりともしなかつた。散文に要約すればそれだけのことである。だが短歌形式は、茂吉の不敵な修辭力は、「それだけのこと」では終らさない。まづこの初句「にんげんの」一語で讀者は後頭部を鈍器で毆られたやうな衝撃を受ける。鈍器、まさに鉛のハンマーで打たれるか、磨滅《まめつ》し錆びた刃物で切られる時の、鈍い疼痛に似たものが、この一首の讀後感そのものであらう。「子守」を二度繰返し、それに「はも」を添へて強調する。痛みは消えない。消え去つたと思ふ頃、また「にんげんの」が蘇り、讀者は突然立ち止り、骨の髓がずきりとする。

作者の目は少しも輝いてゐない。細い三白眼を瞠《みは》り、犬儒派的《シニカル》な笑みを唇の端に漂はせてゐる。彼は猿でも豚でもなく、「ひと」と呼ぶ哺乳類の幼獸を無感動に一瞥する。次にその幼獸を背中に括りつけられ、これを泣かさぬやうに、消極的に保護するやう強制された、恐らくは十を幾つも出ぬ少女に視線を注ぐ。

彼女は手拭で、後から前へ掬ひ上げるやうに髮を縛り、寒風に晒された頰は紫色に鬱血し、首筋は鳥肌立つてゐる。脂染《あぶらじ》みた繻子襟《しゆすえり》のねんねこ半纏《ばんてん》もろとも、赤ん坊を時時搖つて負ひ直すが、誕生過ぎて傳ひ歩きを始めたその子は意外に重く、十分も經てばずり落ちて來る。子守奉公に來てからもう半歳、子守の用のない時は廚仕事の下廻りに使ひ走り、この寒のさ中でさへ、赤ん坊を背負つて外に出てゐる時の方がまだ救はれる。眠りから覺めると、この猿に似た嬰兒は子守の髮を引張つて奇聲を上げる。腹が空くとけたたましく泣き立てる。彼女は水洟を啜りながら家へ歸る。質屋は、殊に松の內過ぎての暇な質屋は變に底冷えがする。この家の內儀は後妻で、目もとのきつい美人だ。亭主は四十になつてやつと生れた初子《うひご》を、それでも大して喜んではゐない樣子である。內儀、すなはち嬰兒の母親は日髮日化粧《ひがみひげしやう》のお引摺《ひきずり》、わが子の面倒もろくに見ず、乳が出ぬのを幸とばかりに、牛乳を沸かすのも子守の仕事と決め、火のついたやうに泣く子をあやさうともせぬ。

137　にんげんの赤子を負へる子守居りこの子守はも笑はざりけり

子守は郷里の母を想ふ。この家の内儀と三つしか違はないのに、五十婆のやうに老《ふ》けこみ、六人の子を抱へて青息吐息、飲んだくれの亭主は一昨年の秋出稼ぎに行つたまま消息不明だ。

「この子守はも笑はざりけり」世の人人は何が面白くて笑ふのだらう。彼女はさう思ふ。まだ十を幾つも過ぎてゐないのに、年増を思はすやうな佛頂面で、世間を斜《はす》に見る癖がついたのには、それだけの理由もある。それを喋つて何にならう。質屋の亭主は、飲んだくれの父親の又従弟《またいとこ》とか跛従弟《ちんばいとこ》とか聞いた。だが借金の抵當に否應なしに、しかも恩著せがましく彼女を引取つたのだ。この質屋はよほどこき使はねば元が取れない。その邊の心理も思惑も、子守は十分察してゐる。だが終日、彼女は牡蠣《かき》のやうに默りこくつて、必要なことも喋らうとしない。笑ふどころか。そしてまた決して泣かない。主人夫婦が聞くに耐へぬやうな罵詈雑言《ばりざふごん》をあびせても、唇を嚙むだけで涙ぐみもしない。不幸にも逆境にも惡意にも、五つ六つの頃から馴れてしまつた彼女の神經は鈍磨してゴムのやうになり、微笑も浮べぬポーカーフェイスは肉附の面になりおほせた。世間並な愛想を振撒かれたり、慰撫を籠めた言葉を聞くと、却つて愕然とし猜疑《さいぎ》の目を光らす。「人は泥棒、明日は雨」、彼女のクレドはこの諺に盡きる。そして晴れた日には、日向ぼつこをしながら、うつとりと夢みる。主人夫婦とこの嬰兒三人、この前鼠捕りに使つた石見銀山で、ある晩鏖殺《みなごろし》にすることを。

恐らく、この度も亦、茂吉は、題名の「呉竹の根岸の里」、子規舊居を訪れた折、途上で偶然見かけたものを、ありのままに、寫生しただけなのだらう。私はそれならなほのこと慄然とする。何ら告發の意圖も無く、創作意識など爪の垢ほども無く、これほど無氣味な、底意のある歌を、何氣なく發表できる作者の桁外《けたはづ》れの才能と言語感覺に、限りない畏怖を覺える。「にんげんの」と打出すのがまこと寫生といふものなら、私も卽刻寫生の徒となりたいくらゐである。

角兵衛のをさな童《わらべ》のをさなさに涙ながれて我《われ》は見んとす
笛の音のとろりほろろと鳴りたれば紅色《こうしよく》の獅子あらはれにけり
いとけなき額《ひたひ》のうへにくれなゐの獅子の頭《あたま》を見そめしかもよ

一聯の後半はほとんど少年角兵衛獅子の囑目で占められる。妙に涙脆くロマンティックな歌調、子守の歌とは別人の感あり、却つてそらぞらしい。前記三首にしろ獨《ひとり》興に乘つて浮かれてゐるやうで、かういふ歌ひ方でなら白秋に及ぶまいと思ふのみである。

「さんげの心」

雪のなかに日の落つる見ゆほのぼのと懺悔《さんげ》の心かなしかれども

懺悔《さんげ》と澄めば佛語《ぶつご》、懺悔《ざんげ》と濁る時は通常キリスト教用語と考へてよからう。作者にも勿論その意識はある。いづれも前非を悔悛することと、併せてこれを告白することの二様の意味を持つが、この歌の場合は狹義に取り、歌ふことを告白に變へたと考へようか。尤も佛教の何のと殊更に言ふほど深刻な意味はあるまい。まことの懺悔が「ほのぼのと」湧くかどうか。そのやうな兆し方をするのは淡い後悔に類したもので、「懺悔《さんげ》」とは作者の詩的誇張であり、この用語への執著とも言へよう。

第一この一聯十七首、「さんげの心」で一括はしてゐるが初出はまちまちで、何に對する懺悔かも甚だ曖昧である。それも一つの味ではあらう。雪の原を茜色に染めて日の落ちる樣、それを眩しげに視つめる作者、一度弛みかけた寒中の空氣と雪と人の心が、夕刻となりふたたび嚴しく緊りそめる一時《ひととき》が、如實に感じられる。

落日の紅はこの場合作者が言外に刷いた色だが、それに染まりつつ硝子狀にふたたび凍てて行く雪と、「懺悔《さんげ》の心」は不卽不離の關りを持つ。結ばれ得ぬことを知りつつ愛する「おひろ」に寄せる心であらうと、快からず思ひ、思はれてゐる師左千夫に繫ることであらうと、あるいはまた作者の他は知らぬ某某への後《うしろ》めたさであらうと、穿鑿の要はあるまい。雪の中にほのぼのと日が落ちるやうに、懺悔の心もほのぼのと兆す。少くともその雪中落日を見るまでは、しばし念頭から離れてゐた煩ひであつた。それゆゑにこの二句切はむしろ優雅で息の短さも溜息めく。しかも「かなしかれども」の「ども」がまた危いニュアンスで一首を支へ、支へ切れずに初句「雪のなかに」に旋回還元して行くやうだ。

ふと倒置法を思はすこのやうな末句の「ども」は『赤光』の中でも滅多に現れない。「口ぶえ」の第一首の下句「觸《さや》りて見ればをんななれども」も、一見その稀用例《きようれい》に數へられさうだが、使用目的も効果もおのづから別である。「をんななれども」の場合は典型的な確定逆接條件で、いささかも曖昧な含みはない。だが掲出歌の場合は、「雪のなかに日の落つる見ゆ」と「懺悔《さんげ》の心かなしかれども」には、確定も假定も、逆接と言へるやうな條件は全くない。むしろ常識的な逆接を考へるなら、「雪のなかに日の昇る見ゆ」となるのではあるまいか。從つてこの「ども」はもつと無意味な、わざと逆接の機能を喪はせた「ども」であつた。雪の中に日の落ちて行くのが見える。薄茜を仄かに流して日が落ちる。私の心にしづかに懺悔したいやうな思ひが兆して來る。それが悲しくはあるけれども、けれども、一日は暮れる。雪の上の沒日がここから見える。逆接の働きを暈《ぼか》す時、歌は不安に、かつ懶《ものう》く、宙吊の形のまま切れてしまふ。

そこに豫期せぬ、あるいは豫期以上の新しさが生れる。「ほのぼのと」なる使ひ古された副詞が、意外な閃きを持つて歌を蘇らせる。逆接も順接も考慮の他とし、雪の中の落日と懺悔とを繋ぐ作者の心の深みをさし覗き、つひに量り得ず、實體のない、意味のない、それでゐてきりりと自立する一首のあり方に脱帽するのもよからう。

あわ雪は消《け》なば消ぬがにふりたれば眼《まなこ》悲しく消《け》ぬらくを見む
家ゆりてとどろと雪はなだれたり今夜《こよひ》は最早《もはや》幾時《いくとき》ならむ
あまつ日に屋上の雪かがやけりしづごころ無きいまのたまゆら
しろがねのかがよふ雪に見入りつつ何を求むとする心ぞも

懺悔とは卽《つ》かず離れずの心の照り翳り、それも雪に寄せて顚《た》ちつ隠れつする趣が、一聯の彼方こなたで、このやうに歌はれる。一首目の點睛《てんせい》はまさにその睛《ひとみ》、「眼《まなこ》悲しく」なる第四句だ。「命悲し」の他は用例もまづあるまいし、不熟な感は免れぬが、それだけに新鮮とも言へる。これの本歌は、たとへば『萬葉』、聖武帝の「道に逢ひて咲《ゑ》まししからに零《ふ》る雪の消なば消ぬがに戀ふとふ吾妹《わぎも》」あたりを想定してよからう。茂吉の歌は、第四句のみならず戀の心も採つてゐるやうだ。それでなくて、どうしてこのやうな嫋嫋《でうでう》たる調べが生れよう。

屋の上をずり落ちて行く雪の、鈍い音に脅えつつ、今何時かと目を宙に据ゑてゐるその孤獨感、また別の日に屋の上の雪がさんさんと日に映《は》えるにつけても、落ちつかぬ心、銀の光を彈くその雪を見ながら、何かしきりに渴くのだが、それが何ゆゑか、何を求めていらだつてゐるのか自分にも判らない。否その渴きの底に、「消なば消ぬがに戀ふとふ吾妹《わぎも》」のゐることは判つてゐながら、あへて思ふまいと打消す。その亂れが、この一聯に不透明な、とりとめのなさを招いたのでもあらうが。

腹ばひになりて朱の墨すりしころ七面鳥に泡雪はふりし　　同前

茂吉は大正三年二月に、畫家平福百穗《ひらふくひやくすい》邸庭前の、飼はれてゐる七面鳥を素材に、数多の七面鳥詠を試みた。歌集『あらたま』の巻頭近くに掲げられた「七面鳥」聯作十七首がそれである。彼がこの鳥に興味を持つたのは、必ずしも百穗に倣つてのことではあるまい。掲出歌が、いづれの家の七面鳥を歌つたのかは不明だが、この鳥が『赤光』に現れるのは、ここ以外にない。大正二年の一月、その現れ方も幻に似る。『あらたま』の「七面鳥」は有名な「十方《じつぱう》に眞《まつ》ひるまなれ七面《しちめん》の鳥《とり》はじけむばかり膨《ふく》れけるかも」を含み、所謂《いはゆる》「寫生」の模範詠を示さうとするかに、凄じく、執拗な凝視に終始する。作者の感情は壓し殺され、物言ふカメラめいた客觀描寫が示威のやうに繰り展がるばかり、私はあまり好きではない。

その中の一首に「ひばの木《き》の下枝《しづえ》にのぼるをんどりの七面鳥《しちめんてう》のかうべ紅《あか》しも」がある。『赤光』の茂吉ならば、やはり心引かれたのはその紅の頭だつたらう。勿論、雞《にはとり》の頭も赤い。鶴の頭もさうだ。ペリカンの嘴《くちばし》も亦。彼は折に觸れてそれらを歌ひ悲しむ。この歌は、幻の中のやうな七面鳥は、その雄であるのか、「しづけきものを」とその一聯の中で歎いた雌なのかは判らない。

　七面鳥はなるほど畫材にはなり易からうが、歌材になるか否かは疑問である。あのぶよぶよした肉腫様《にくしゆやう》の垂物は赤、紫、青と隨時色を變へる。尾羽根も、綠、青、暗褐色、雌を誘ふ時はこれを扇形に擴げて孔雀舞《パヴァーヌ》擬《もど》きの踊りを見せる。カナダあたりが原産地で、イギリスからの移民が收穫祭に捕へて食つたのが、いつの間にか降誕節の馳走に變つたといふ。私は極彩の、カメレオンか紫陽花《あぢさゐ》紛ひの垂肉を思ふと、その肉まで嫌《いや》になる。

　それはともかく、この歌の七面鳥はどうしてかうも突然現れたのだらう。腹這ひになつて、疊の上の硯箱の中の、小さな朱硯《しゆけん》に手を伸ばし、作者はのろのろと、暇潰しのやうに朱を磨つてゐた。自墮落な姿勢ゆゑ手許もままならず、爪先が朱に塗れる。そこへなぜ、どこから、どういふ七面鳥が現れたのだらう。後の日に、作者は女のことを思ひながら深夜朱墨を磨ると歌つた。彼にとつてそれは明らかに呪的行爲である。だからこそ、校正のためとも圖繪朱描のためとも、朱の使用目的は擧げない。硫黄と水銀より成つた血の色の鑛物の粉を膠で固め、これを水に磨り下すといふ神神《かうがう》しく禍禍しい行爲に身を任す時、彼の心中には懺悔の後の安らぎに似たものが、ほのぼのと湧いて來るのではあるまいか。その時あたかも外は雪催ひ、眞晝間といふのに天は燻銀《いぶしぎん》を貼つたやうに暗くきらめき、硝子戸越の庭も朧である。そこへ何故にあの七面鳥が藍青《らんじやう》の尾羽根を立てて迷ひ込んで來たのかは、作者にも判らない。鳥舎《とや》の扉でも開いてゐたのだらうか。鳥は何に脅えてゐるのか肉冠も肉垂も蒼褪めて紫色に見えた。身體を膨らませて異様な鳴聲を立てる。その時、百日紅《さるすべり》の花瓣さながらの泡雪が、一ひら二ひら散りかかつた。鳥はそれを啄《ついば》まうとして嘴を天に向ける。雪は續いて四ひら、五ひら、後はとめどもない。尾羽根はたちまち斑になる。肉垂は濡れる。あの腫れぼつたい紫の肉は熱を持つてゐるのか。作者は朱墨を硯の陸《をか》に立てて起き上る。裏口に廻つて庭へ通ずる木戸を開ける。泡雪は降りしきつてゐる。熊笹の向うに南天の實が赤い。柊は微かに花を兆した。彼はその下枝の邊に目を凝らす。七面鳥はゐない。起き上る時、ここで羽をつくろつてゐたはずだ。ところが影も形も見えない。あの、鳥の頭に背に尾にはらはらと雪のこぼれたのは錯視だつたのか。七面鳥自體、幻覺に過ぎなかつたのか。

風引きて寝てゐたりけり窓の戸に雪ふる聞《きこ》ゆさらさらといひて
ひる日中《ひなか》床の中《なか》より目をひらき何か見つめんと思ほえにけり
電燈の球にたまりしほこり見ゆすなはち雪はなだれ果てたり
赤電車にまなこ閉づれば遠國《をんごく》へ流れて去《い》なむこころ湧きたり

種明しじみるが、七面鳥は風邪熱の潤んだ目に映じた虚像だつたかも知れない。以前、百穗の家の庭で見たその鳥が記憶の底に殘つてゐて、白晝夢に現れたのだらう。朱墨を磨つたかどうかも、確證は殘つてゐない。朱硯の陸も海もしらじらと乾いてゐる。だが、朱はまたの朝蘇る。「赤電車」の「赤」に憑《つ》く。まだ十分には風邪の癒え切らぬ目を閉ぢると上下の瞼が熱つぽい。どこか遠い國へ、否、この世の外《ほか》のどこかへ逃れ出たい。かなはぬことと知りつつ、ゐたたまらぬほど「彼方」が戀しい。この脱出願望こそ九年後に、獨逸遊學といふ形で實現し、歌集『遠遊』『遍歴』となるのではあらうか。

現身《うつしみ》のわが血脈《けちみやく》のやや細り墓地にしんしんと雪つもる見ゆ

「雪ふる日」

「さんげの心」と共通するところのある雪に寄せる思ひだが、これは、前年、大正元年十二月の作である。自解の書にも「雪のなかに日の落つる見ゆほのぼのと懺悔《さんげ》の心かなしかれども」とこの歌などを竝記して語つてゐる。「血脈《けちみやく》」も「懺悔《さんげ》」と共に佛語《ぶつご》であり、作者は幼時からこの發音を聞き馴れてゐたといふ。雪降る墓地は、別に詞書はないが、茂吉がこの當時家居して見るのなら青山墓地であらう。私はその固有名詞「青山」が、どうしてこの一聯で、あの日の「赤彦」のやうに、効果的に用ゐられなかつたかを疑ひ、かつ惜しむことがある。「血脈」には、言ふまでもなく、『赤光』のシンボル・カラーが隠されてをり、鮮やかな對照を生むだらうに。尤も赤、白、青の、あまりにも鮮やか過ぎる、わざとらしい照應など、茂吉の好むところではなかつたかも知れない。「青山墓地に雪つもる見ゆ」よりも、彼には愛する副詞句「しんしんと」を選んだ。

白秋にも墓と雪を歌つた散文詩の一節がある。『水墨集』の中の「雪後」の冒頭だ。

安らかな雪の明《あか》りではないか、
ようも晴れた蒼穹《あをぞら》である。
ほう、なんといふかはいらしさだ。
あの白い綿帽子をいただいた一つ一つの墓石は。

白秋三十九歳の詩集ゆゑ、勿論歌集『桐の花』の頃とは作風の變化もあらう。だが、南國生れの彼にとつて、雪は、たとへば歳時の中の珍しい眺めであつた。北國生れの茂吉には天然現象を越えて、それは抗しがたい宿命であり、一種の魔に等しいものではなかつたらうか。雪が人間を小半歳《こはんとし》窖《あなぐら》のやうな棲家に閉ぢこめ、あるいは命を奪ふ事實を、その目で確め、肌で熟知した者でなかつたら、懺悔の心の湧くことも、血脈の細る思ひとなることも、十分には理解できまい。できたと口では言つても、その底には異國情緒を愛《め》でるやうな甘さがある。たとへば沙漠における砂の恐怖、大洋のただ中の波の戰慄《せんりつ》を云云する場合に引きくらべれば、おのづから明らかだらう。私は「血脈」に人體解剖圖の、殊に血管脈絡圖を見る心地がする。例の靜脈、動脈がうねうねと四肢を奔り、縺れ、末端に向つて消えて行く、赤と青の迷路圖である。指先に到るに從つて血管は木木の梢のやうに細くなり、近づいてよく眺めると絹絲さながらの毛細血管となつて、そよいでゐるやうだ。雪の威壓、その寒氣によつて勿論、血行の滯る感も生れよう。だが、それのみの「細り」ではあるまい。「懺悔」でもそれを囁かれた例があるやうに、この歌にも、「おひろ」の中の「しんしんと雪ふりし夜にその指《ゆび》のあな冷《つめ》たよと言ひて寄りしか」の、あの思ひ出がつきまとつてゐる。その冷い指に、二人の絡む指に、雪の降る音より鋭く、血の流れる響きを作者は聞いたはずだ。

血脈の細りは心の細り、身の衰へに繫《つなが》る。「雪ふる日」一聯八首のほとんどは、作者が微恙《びやう》で缺勤し、所在なく臥してゐる時の詠であることを忘れてはなるまい。さらぬだに彼に感慨を誘ふ雪は、命病む時一入《ひとしほ》に歎きを呼ばう。女を思ひつつ朱墨を磨《す》つてゐた作者、その朱を腹這ひになつて磨つてゐる時、庭に七面鳥がをり、泡雪が降つた。

かりそめに病みつつ居ればうらがなし墓はらとほく雪つもる見ゆ
わが庭に鶩《あひる》ら啼きてゐたれども雪こそつもれ庭もほどろに

さにはべの百日紅のほそり木に雪のうれひのしらじらと降る

「病みつつ居ればうらがなし」の「うらがなし」が家持寫《うつ》しか、若さか、無用の念押しかは輕輕に決めてはなるまい。後の日には二度と現れぬこの情感流露を、私は貴重とも思ふ。七面鳥と鶩鳥ではいささか幻像も異らうが、私は朱と女への觀念聯合にはまだ未練がある。この下句の微かな心躍りに似た韻律にも、「朱の墨するも」や「泡雪はふりし」と通ふものがある。百日紅の「紅」は淡《うす》められた血のくれなゐ、細る梢《うれ》こそは病む命、天に差し伸べるあの毛管さながらの梢に、「さるすべり」の血は通ひ、通ひ盡して、晩夏冷やかな火花を散らす。細る血脈と百日紅の細り木が、數首を隔ててさりげなく現れ、人知れず呼合ふ。それにしても、「雪のうれひの」とは珍しい。茂吉ともあらう人が、近代翻譯詩調のこのやうな造語を、ぬけぬけと使ふと、こちらが却つて照れる。改選版にも「百《ひやく》日紅《じつこう》」とルビが増えただけで、「雪のうれひの」はそのままだ。

あま霧《きら》し雪ふる見れば飯《いひ》をくふ囚人《しうじん》のこころわれに湧きたり

同前

149　あま霧し雪ふる見れば飯をくふ囚人のこころわれに湧きたり

心の飢ゑはいかなる珍味佳肴によつても満たされることはない。囚人が常に飢ゑてゐるのは單に與へられる食物の不足ゆゑのみではあるまい。禁錮刑の囚人の運動量は、斷食に耐へ得るくらゐ少いにも拘らず、一定量の食餌を攝つてなほ、大方は餓鬼さながらに飢ゑてゐる。慾望は悉く封じられ、ただ一つ、例外的に食慾だけを、殘酷なくらゐ適度に滿たされれば、飽食とその數歩手前の差は、積り積れば、餓鬼の求めるほどの量ともならう。しかし、たとへ身中の餓鬼を鎭めたとて、自由への飢ゑは却つて更に激しくなる。囚人が怖ろしいほどの時間を持て餘しながら、逐はれるやうに飲食《おんじき》を攝るのは、それゆゑだといふ。作者は精神鑑定などのために度度獄舎に赴き、囚徒飲食の樣もつぶさに見聞したことであらう。見聞は儚《はかな》い。まことの「こころ」はみづから囚れの身となり鐵格子の彼方に坐し、あのむごい一汁一菜を口にせぬかぎり、單なる推察に過ぎず、綺麗事に終るであらうことは、作者が最もよく承知してゐたはずだ。

　雪と囚人喫飯の照應も、その綺麗事に類するかも知れぬ。囚人がこの歌意を聞いたら、いい氣なものだと苦笑するに違ひない。だが、變則二句切の「ば」の強い響きは、「あま霧《ぎら》し」なる萬葉語をぴしりと受け、「飯《いひ》をくふ」以下の、直線的な速度のある三、四、五句は、悲しいくらゐ素直に、人の胸に沁み入る。茂吉はこの歌を作りつつ、「天霧《あまぎら》し雪も降らぬかいちじろくこのいつ柴に降らまくを見む」よりも、むしろ「天霧《あまぎら》ひ降り來る雪の消《け》なめども君に逢はむとながらへ渡る」の相聞を思ひ出《いで》てゐたのではなからうか。最終的には「し」の冷やかな強さに傾いたし、自解の言葉にも、「人間世界の囚人、卽ち罪業の人、地獄に行いて閻魔王のまへに引き出される底の人々である。これは複雑多様で自分の知つた振する程度のものではないが、特に深く囚人について考へたことがあつた」と不得要領の述懐が續くが、一首の調べはこのやうな蛇足めいた自解を不用とするくらゐ嚴しく徹つてゐる。歌において調べは思惟を越える。否、極言すれば、調べこそ歌の思想そのものであつた。

人間卽囚人說も、必ずしも佛教的思惟とばかりは言へぬ。前世紀末の文人ジュール・ルナールもその「日記」の中で、無期徒刑囚になぞらへてゐた。それならば、人皆の、朝餐、午餐、晩餐、すべて死を以てしか終らしめ得ぬ徒刑囚の飲食に他ならぬ。この歌はそこまで深みに下り立つてはゐまい。意地の悪い言ひ方をするなら、「あま霧《きら》し雪ふる見れば」さういふ心が湧きもしようが、他の時は、常に別次元に生き、不幸な彼らを見下す位地で、念念に女を思つてゐられる好い身分なのだ。

だが、だからこそ、稀なる心境であればこそ、作者にとつても、讀者にとつても新鮮で、意外性があつて、胸にぴたりと刃を突きつけられたやうな、鋭くかつ鈍い感動を強ひられるのだ。生悟《なまざと》りであればこそ、この不安な詩形の中で生きる。私たちは短歌で、哲人の、大德の御託宣や偈《げ》を聞かうとはさらさら思つてはゐない。「特に深く囚人について考へたこと」が、そのまま仰仰《ぎやうぎやう》しく作品にまで持込まれては堪つたものではあるまい。

『あま霧《きら》し雪ふる見れば』たまたま、『飯《いひ》をくふ囚人《しうじん》のこころ』ふと『われに湧きたり』――であるゆゑに、頷き、寂しい微笑に頬を歪《ゆが》めるのだ。

　ひさかたの天《あめ》の白雪ふりきたり幾とき經ねばつもりけるかも
　枇杷の木の木ぬれに雪のふりつもる心愛憐《あはれ》みしまらくも見し
　天つ雪はだらに降れどさにづらふ心にあらぬ心にはあらぬ

「天《あめ》の白雪」の一首はあらずもがなの氣もするが、地歌としては生きてゐるとも言へよう。「經ねば」は勿論、普通なら「經ねど」と逆接になるところを、殊更一捻りして、讀者に、みづからに微かなとまどひを與へようとしたのだらうが、あくまでも迎へての鑑賞、變格の苦しさは免れぬ。枇杷《びは》は、十二月ならやつと焦茶色の柔毛《にこげ》のある花床《くわしやう》を整へた頃であらう。その部分が常綠の葉交に見えるのは、殊に雪の降る時など、何かいぢらしいものだ。それにしても「愛憐《あはれ》み」などといふ文字遣ひは、茂吉らしからぬ甘さではあるが、改選版でも直してゐないところを見ると、彼自身はさして抵抗を覺えぬらしい。
「さにづらふ」も亦、いかにも唐突で獨善的だ。もともと「頬を赤くする」意で「少女・妹・紅葉・色」等の枕詞であるが、茂吉には〈Scham《シャーム》＝はぢらひ〉などといふ獨特の意味があつたやうだ。雪がまだらに降つてもはぢらふ心はない、とは判じ物だが、それゆゑに或る種の不可解なおもしろさもあり、私は嫌ひではない。

莊嚴《しやうごん》のをんな欲《ほつ》して走りたるわれのまなこに高山《たかやま》の見ゆ

「宮益坂」

もともと「莊嚴《しやうごん》」と訓んだ場合は佛語で、それも「莊嚴する」と動詞化して用ゐられることの方が、結果を名詞として用ゐることより多い。佛像、伽藍内部等を瓔珞《やうらく》、華鬘《けまん》、幢旛《とうばん》、天蓋《てんがい》で飾り氣高い雰圍氣を盛上げることを言ふ。この歌にそれを考へるのは、むしろ仰仰し過ぎよう。作者は何となく「おごそかでうるはしい」ことを指す「莊嚴《さうごん》」を、やや勿體ぶつて使用したに違ひない。ただ、「莊嚴《しやうごん》の女」と初句で宣言めいた紹介があると、伎藝天《ぎげいてん》か吉祥天《きちじやうてん》の端麗清艶な面輪や肢態を聯想してしまふ。彼の胸中にも一瞬それに似たものが過《よぎ》つたはずだ。「走りたる」も直情徑行の氣味あらはでおもしろく、「われのまなこ」とわざわざことわつたところも、血走つた眼球が浮んで效果的だし、「高山」も一見唐突でありながら、「莊嚴《しやうごん》」と照應するところあつて捨てたものではない。

やや抑へた鑑賞だが、私は「飯《いひ》をくふ囚人《しうじん》」などの、いささか俯きがちな鬱狀態の詠よりも、かういふ燥傾向の突飛な歌が好きだ。

戀歌の一種と言つてもよからう。明治大正の戀歌には肩肘怒《かたひぢいか》らしたやうなのも少くはない。鐵幹の『紫』に現れる「あめつちに一人《ひとり》の才《さい》とおもひしは淺かりけるよ君に逢はぬ時」や「戀といふも未《いま》だつくさず人と我とあたらしくしぬ日の本の歌」、牧水の『海の聲』に見る「海哀《かな》し山またかなし醉ひ癡れし戀のひとみにあめつちもなし」や「山を見よ山に日は照る海を見よ海に日は照るいざ唇《くち》を君」などもその好例だらう。だが茂吉のこの歌は、同じ漢詩風律調を伴つてゐるとはいへ、鐵幹や牧水のロマンティシズムは稀薄であり、妙に乾いた感じである。前二者が舞臺の書割の前での、熱の籠つた演技に似ると言ふなら、茂吉の歌は野獸派風の繪に添へた贊か詞のやうだ。筆勢も荒荒しく色も墨と朱二色くらゐの繪に、毆《なぐ》り書きで添へた歌とでも言はうか。

初出は第五句「富士山が見ゆ」。「宮益坂」一聯に富士山が頻出するので「高山《たかやま》」に改め、歌集に入れたと說く人もゐるが、さうは簡單に決められまい。ともあれ、散文にパラフレーズすれば、清楚で神祕的《ミステリアス》な女が欲しくて、走り出したら向うに富士山が見えましたといふところだらう。ナンセンスとも言ひ去れぬ、變な後味の戲畫である。しかし、いつものやうに、彼は戲畫で終らせてはゐない。得體の知れぬ魅力が、息《いき》の長い歌調と、ゆつたりした結びによつて、おのづから湧き出す。「走りたる」で一應三句切になりさうな息を「われのまなこに」と繼ぐところ、ポーズはポーズでも、決して搖《ゆら》ぎのない一つの線を鮮やかに描いて、ぴたりと決る。

風を引き鼻汁《はな》ながれたる一人男《ひとりを》は駈足をせず富士の山見けり

狂者《きやうじや》もり眼鏡《めがね》をかけて朝ぼらけ狂院へゆかず富士の山見居り

雪ひかる三國一の富士山《ふじさん》をくちびる紅き女も見たり

富士山が「高山《たかやま》」に變るのもむべなるかなと頷きたくなる。風を引いた歌の第三句は初出「醫學士は」とある。自嘲が、自虐の様相を帯びる寸前に、これは明らかに漫畫になりかけてゐる。當時特有の、例の俳畫紛ひの、ラフで俗な筆致の、私の大嫌ひなポンチ繪になりかけてゐる。勿論、なつてしまつてはゐない。韻律の功徳といふ他はない。これら、すべて發表當時から「アララギ」内部でも評價は嚴しく、殊に石原純あたりは、「眞劍勝負ではなくて、見物をまはりにひかへてゐる花相撲のやうな氣が僕にはする」とまで言ひ捨ててをり、かつての伊藤左千夫同様「芝居氣があるとしか思はれない」と嫌な念押しをしてゐる。作者は駁論《ばくろん》を試みず、改選版では揭出歌を含むここに引用の歌など、一切削つてしまつた。内部評、世評をあつさり認めたのだらうか。

好き嫌ひは別として、私はこれらの歌にある一種の俳諧味を貴重と考へる。眞劍勝負を標榜しつつ、結果的には只事に終つた低次元の「寫生歌」などより、どれくらゐ救はれることか。「芝居氣」を罪惡視するところに、却つて「アララギ」の墮落は胚胎したのだ。道德やヒューマニズムの安直な履き違へも、さういふ誤つた信條の招いたものではなかつたか。

三國一の婿であらうとフジヤマであらうと、さういふ俗つぽさも、紅い唇とは實によく似合ふし、構圖自體が、馬磁石印の燐寸《マッチ》から錢湯の壁のペンキ畫までの、一切の、庶民の怖るべき美意識に繋るところあり、いつそ拍手でもしたくなる。第一「莊嚴《しやうごん》の」山たるべき富士山が、その聖性を剝奪されて、洟《はな》垂れの醫學士の狂人の番人や、唇のお化《ばけ》めいた怪女の視線に弄ばれてゐるところなど、作者のひねくれた感情を反映してまことに樂しい。

馬に乗りりくぐん將校きたるなり女難の相か然《しか》にあらずか　　同前

「莊嚴のをんな」も型破りな歌だが、この「りくぐん將校」も破格といふ點では『赤光』隨一だらう。後鳥羽院の定家評「傍若無人ことわりも過ぎたりき」を借りて來て貼りつけてやりたいやうな、憎憎しい歌だ。作者自身は多分、ありのままの嘱目などと逃げたからうが、この歌ではさうも行くまい。なるほど、騎馬の陸軍將校が向うからやつて來る上句は、當時の青山聯隊へ出勤するか、もしくは家へ歸る途次かの、偶然の一點景であることは事實だらう。だが下句は、この風變りな主觀吐露、自問のかたちは、「寫生」などといふ手前勝手な口上では逃げ切れまい。そして、また、この「宮益坂」に關する限り、茂吉は決して狭義のリアリズムや、「アララギ」獨特の禁慾主義で、みづからを律しようとなどしてゐない。だからこそ、八首ことごとくが異端めき、同志連をさへいきり立たせたのだらう。それでよかつたのだ。だが彼は屈した。まるで踏繪でもさせられるやうに、おもしろい歌の數數を抹殺する。そしてこの一首と、

向ひには女は居たり青き甕もち童子《どうじ》になにかいひつけしかも

の二首のみを改選版に殘した。但し、初版では次に置いてゐたこの歌を「向うにも」と直して先に立て、問題の揭出歌は「馬に乘りて陸軍將校きたるなり女難《ぢよなん》の相か然《さう》にあらじか」と實に微妙な修正添加を施して採つた。振假名の親切も含めて私はこの改作の方が好きだ。

嚴しく素樸であるべき陸軍軍人にも、當然のことに、軍人にしておくのが惜しいやうな優男《やさをとこ》はゐるものだ。カーキ色の帽子、それも目深《まぶか》な庇《ひさし》と、高いカラーの襟で上下を隱されても、なほ匂ひ出る美貌が稀にはある。この將校などその一人であらう。「女難の相」といふからには、やや翳のある優男がふさはしく、たとへば歌舞伎の原田甲斐あたりに代表される「色悪《いろあく》」タイプの美男は慮外としておかう。女を薙《な》ぎ倒し、拜跪せしめる英雄型の美男は「女難」からは遠いはずだ。つい情《じやう》にほだされ、しかも心にもなく女を裏切る萬

年若衆型の甘美な眉目が、えてしてこのやうな災厄の餌食になる。いづれにしても、現實の茂吉とは最も縁遠い存在であり、さればこそ「女難の相か」と條件反射的に呪詛の言葉が口を衝くのではあるまいか。實際には、ちらりと見て、軍人のくせに甘つたるい目つきをしてゐやがるくらゐの、輕い反感、その實は羨望の念に過ぎなかつたのかも知れぬ。

陸軍將校はまさに事實であらう。そしてその事實によつてこの歌はフィクション以上の效果を生む。假に「海軍將校」だと「女難の相」がまた卽《つ》き過ぎるのだ。女難も、一種艷福のニュアンスを籠めた、女蕩《をんなたら》しへの讚辭めく。さういふ先入觀をかつての「海軍將校」は、何となく持たせたやうである。野暮天の、武骨な「陸軍將校」であればこそ例外例が生きて來る。「然《しか》にあらずか」は勿論文法の誤りで改選版の「あらじか」が正しい。疑問の助詞「か」は、活用語の連體形にしか續かないから、むしろ「あらぬか」とすべきだが、それでは響きが弱まるので、終止、連體、已然同形の「じ」を採つたのだらう。この例のみならず、この程度の初歩的な誤りを三十過ぎた茂吉さへも犯してゐたのかと、ふと侘しくなる。

女難の相と一瞬思ひはしたが、作者は觀相學を修めたわけでもなく、通說に從つて、女に好かれさうな二枚目の面《つら》に、さういふラベルを貼つただけ、果して妥當かどうか自信はない。そんな顧慮《こりよ》に關りなく、將校は作者に一瞥もくれず通り過ぎて行く。彼を莊嚴するやうに、寒の空からは風花《かざばな》でも散つて來ただらうか。

これやこの行くもかへるも面《おも》黄なる電車終點の朝ぼらけかも
天竺のほとけの世より女人《をんな》居りこの朝ぼらけをんな行くなり

これらも評判は至極芳しくない。特に「アララギ」内部では鼻つまみになつてゐたと覺しい。だがやはり私は買ふ。「面黄なる」はいかにも「面白き」の擬《もど》きめくが、傳蟬丸《せみまる》寫しの初句二句との照應上も、輕く手を叩いておくがよい。おどけの氣に食はぬ人は目を瞑つて通り過ぎ、おのが乘る電車の寫生でもすることだ。茂吉は舅、小姑の澁面を承知で、殊更にふざけて興がつてゐる。ところが、都會人のやうに、ソフィスティケートされた、さらりとした諧謔が、悲しいことには生れない。私はその野暮なユーモアも微笑と共に受入れたい。「天竺」の方は長塚節が「只女が出たばかりでうれしいのであらうが、讀者にはうけとれぬ」とえげつない評を浴びせてゐる。節もまた、諧謔や諷刺を好む仁ではない。

ゴオガンの自畫像みればみちのくに山蠶《やまこ》殺ししその日おもほゆ　「折に觸れて」

この「ゴオガンの自畫像」については、夙に、大正元年十二月「白樺」に掲げられた、背景に「死靈が見てゐる」を配した一點「藝術家の肖像」Portrait de l'artiste であらうとの説が行はれてゐるが、かなりの信憑性はあらう。ポール・ゴーギャンの自畫像は幾つかあり、茂吉も他の機會にそれらのいづれかを、たまたま見ることはあつたかも知れぬ。木下杢太郎や阿部次郎が、さういふ泰西近代繪畫に接する契機を作つてやつてゐたことだらうし、作者自身もその恩惠に感謝してゐた。「白樺」にはその號にゴッホの肖像をも併載してゐるが、茂吉が、あの髭を生やし、帽子を引つ被り、逸樂の果てのやうな懶い目つきの、皮膚のたるんだゴーギャンの方を選んだのはおもしろい。必ずしも好惡の問題ではなく、下句の幻想を誘はれたからだ。背景になつたゴーギャン自身の繪も、裸の娘が寢臺に俯《うつぶ》せになつた圖で、特有の鈍い、しかも強烈な雰圍氣を持つ。頽廢《たいはい》の極を南太平洋の太陽に焙《あぶ》られて、もう一度生れ變らうとした趣のゴーギャンとその繪を、私は大して好みはしない。象皮病の患者めいた、ぶよぶよとした赤い裸婦と、アンリ・ルソー擬きの原始的な森羅萬象は、私にとつて一種のパターンに過ぎず、生理的な嫌惡さへ覺える。

茂吉はある意味で感動したらう。野獸派的な思考は、もともと彼の內部に醱酵してもゐた。それに第一、ゴーギャンの繪に跳梁《てうりやう》するプリミティヴな「赤」が、茂吉を刺戟せぬはずがない。その赤がいささか畫面の背後に退き、暗鬱で、いささかは肉の香の澱む肖像に、むらむらと彼一流の幻想を抱いたのは、當然のことであり、かつまた慶賀の至りであつた。私はこの「ゴオガンの自畫像みれば」を『赤光』の白眉とするのみでなく、近代短歌の秀作の第一に數へたいくらゐに思ふ。

作者の思惑《おもわく》如何に關らず、彼自身が說く「寫生」の眞髓「寫生を突きすすめて行けば象徵の域に到達する」は、たとへばこの一首で、私にも十分理解できる。『作歌四十年』執筆當時も、その考へは堅持してゐたことを、後後のために記憶しておきたい。「寫生」とは、象徵に達するための、彼獨特の「手段」の名であつたとするなら、その到達次元を謳つた「象徵主義」と相容れぬはずはなかつたのだ。私自身、強ひて大別するなら象徵主義の徒であらう。私もまかりまちがへば、茂吉のこの歌と寸分違はぬ幻想を得、作品化を試みることがあつたらう。だが、その場合にも、私は第二句の「みれば」と結句の「おもほゆ」は用ゐなかつただらうと思ふ。この行爲を切棄てることによつて、私は事實の次元から飛び翔《た》つ。だが、茂吉は恐らくは無意識に、この二語によつて、現實としつかり繫《つな》つてゐた。そして、作品は、この場合たしかに安定する。讀者心理まで結果的には計算した巧妙な手法であり、歌は、これ以上幻想的になつては身を滅ぼすことを、見事に暗示してゐるやうだ。

「山蠶《やまこ》」は茂吉にとつて呪物の一つだつた。「死にたまふ母」の「山蠶《やまこ》は靑《あを》く生《あ》れぬ山蠶は」「山蠶は未《いま》だ小さかりけり」などにも、はたまた「童馬山房漫筆」の中の回想にも、この昆蟲への愛著は顯著である。そして、それゆゑ「山蠶《やまこ》殺しし」は、いささか意外で、腥い臭ひが一瞬鼻の先をかすめるやうだ。尤も幼兒、少年の蟲類虐殺は、その本性に根ざしたもので、長じて後も、時として一種の戰慄《せんりつ》と共に蘇る。ゴーギャン肖像と山蠶殺戮《さつりく》を繋ぐ透明な線は人間の業《ごふ》であり、作者は「その日」の「その」に、宿命的な惡業の創まりを暗示してゐるのではあるまいか。ゴーギャンが呪はれた晩年をみづから綴る『ノア・ノア』なども、茂吉は讀んでゐたかも知れない。醜惡怪奇も美の一つの形であることを、近代人は認め始めてゐた。あるいは不知不識に愛してゐたことを自覺し始めてゐた。短歌における覺醒も、この一首などを魁《さきがけ》として、やうやく兆したのではなかつたらうか。「折に觸れて」一聯八首、標題通り、主題手法共に何の統一も關聯も考へてはゐないやうだ。初出はほとんど白秋編輯の「朱欒《ザムボア》」であつた。

藏王山に雪かもふるといひしときはや斑《はだら》なりといらへけらずや
狂者らはPaederastieをなせりけり夜しんしんと更けがたきかも

藏王の雪は疑ひもなく「山蠶」にも繋る故郷思慕である。嗜虐的な山蠶殺しと、男色行爲《ペデラスティ》の竊視《せつし》は、微かな罪の意識を以て相呼ぶところがあらう。なればこそ「しんしんと更けがたき」などと言ひ、病める表現も何となく似合ふのだ。「朱欒」といへば、たとへば白秋には『桐の花』『雲母集』を通じて、「ゴオガンの自畫像」や「Paederastie」に比肩する歌は、ただの一首も無い。

ゆふ日とほく金《きん》にひかれば群童は眼《め》つむりて斜面をころがりにけり

「青山の鐵砲山」

「青山の鐵砲山」一聯八首、すべて群童遊戲の圖である。白秋ならば童心に還つて、天眞爛漫の童謠を書いたことだらう。西條八十には、成田爲三の曲を得た不朽の傑作「お山の大將」がある。「お山の大將　俺ひとり　あとから來るもの　つき落せ」の底に流れる一脈の虛無を、私は殊に愛するものだが、茂吉の、珍しい兒童物に、二者の趣は當然無い。無いなりに、初初しい澄んだ響きを聞かせる。

一首の要《かなめ》は「金《きん》にひかれば」の「金《きん》」であらう。茂吉には異例のことにここでは「赤」を使はなかつた。それが却つて新しい。しかも「金」に、他の頽唐《たいたう》派詩歌人が用ゐた時のやうな異國趣味のまつはらぬのも快い。この歌も擬二句切である。「群童は」以下の二十音が、まこと轉るやうにリズミカルで、一脈の哀愁を誘ふのも好ましい。「童《わらべ》らは」などと言はず「群童は」と漢語で押し通したところも巧だ。童謠的な甘さは、爲に消される。「ひかれば」の「ば」の強さも同樣だ。調べの減張《めりはり》を作るにつけても、作者は天來の妙技を示す。

いちにんの童子ころがり極まりて空見たるかな太陽が紅し

「ゆふ日とほく」と相呼ぶ佳作であらうが、勿論従《じゆう》たる立場は免れまい。「群童」と歌つたからこそ「いちにん」は生き、「斜面」の前提があればこそ「ころがり極まりて」も頷けるのだ。この「いちにんの童子」には、くつきりと作者の投影が見られる。だから「太陽が紅し」と歌ひ終らねばやまなかつたのだ。八十の「お山の大將」については、この童謠が大正九年發表ゆゑに、寧《むし》ろ本歌取的に言及する向もあるが、發想は前述の「虚無」を別にしても、根本的に異る。

群童が皆ころがれば丘のへの童女《どうぢよ》かなしく笑ひけるかも

丘の上に殘つて、轉げ落ちた「群童」を見下すのは「童女」である。お山の大將、「俺ひとり」とは大違ひであり、彼女の愛《かな》しい笑ひは、騎士道紛ひの構圖の中で至極明るく幸福だ。この笑ひをもう一捻りしてゐたら、さしづめ後年の岡本かの子の小說に出沒する少女の、あの瑰麗《くわいれい》無慙《むざん》な姿に通じるものが生れたらう。いづれにせよ、「お山の大將　月ひとつ　あとから來るもの　夜ばかり」の乾いた冷笑とは隔ること無限と言はねばならぬ。

作者はこの頃の作が木下杢太郎の詩の影響下にあつたことを言明し、北原白秋の影響を云云されることを心外であるといふ意味の言葉を併記してゐる。私は白秋の影響もさほど感じない代りに、杢太郎寫しの痕跡もこれと言って發見できない。作者の語るやうに「木下杢太郎氏の詩のことを委《くは》しく知らぬことに原因してゐたもの」では決してない。作者が杢太郎を敢て顯彰したがる氣持は嫌になるくらゐ推察可能だが、いささか見當外れだらう。ただ白秋への影響は掌を指すやうに判る。杢太郎無かりせば、『邪宗門』『第二邪宗門』『思ひ出』の中の秀句は成らなかつたかも知れない。だが茂吉は、『赤光』には、それほどの餘響・餘薫を殘してはゐない。

赤き旗けふはのぼらずどんたくの鐵砲山に小供らが見ゆ
銃丸を土より掘りてよろこべるわらべの側《そば》を行き過《よ》ぎりけり
日だまりの中《なか》に同様のうなゐらは皆走りつつ居たりけるかも
射的場に細みづ湧きて流れければ童《わらべ》ふたりが水のべに來し

既出の作品をも含めて、「小供ら」「うなゐら」「わらべ」「童子《どうじ》」「群童」「童女《どうぢょ》」「童《わらべ》」と、八首に七つの使ひ分けをしてゐるのも注目に値する。髫髪《うなゐ》は男児のこともあり得るが、ここでは「同様の」ゆゑ女兒としておかう。青山の實彈射撃練習場は、日曜日Zondag《どんたく》には射撃實施の標識の赤旗は掲げられなかつた。土の中から彈丸を掘り出すのは、勿論當時は單なる遊びに過ぎなかつたらう。「折に觸れて」の掉尾の「この里《さと》に大山大將住むゆゑにわれの心の嬉しかりけり」にもあらはなやうに、軍への親近感は、極《ご》く一般化してゐたものと思はれる。無邪氣と言つてしまへるかどうかは別として、茂吉の歌は、さういふ單純さも、魅力の一つとしてゐた。「細みづ」「水のべ」風の、くどいやうな繰返しも、『赤光』の到るところに見受けられ、そのおほよそは調べを適度にうねらせ、あるいは重くし、奏效してゐる場合が多い。これも作者の體質、性格のなす業だらう。

神無月空の果てよりきたるとき眼《め》ひらく花はあはれなるかも　「ひとりの道」

『赤光』には折折突然變異のやうに、あやふく「明星」と摺れ違ふやうなロマンティックな、それも星菫派《せいきんは》趣味の歌が現れる。そして一瞬、これが茂吉？と立止つたまま動けなくなる。よく見ると違ふ。「明星」の、あの粘りつくやうな、そのくせ極度に減張《めりはり》の強い調べや、極彩色の修辭とはおよそ縁遠い。むしろ白秋を思はせるところがある。だが、あの洒落た甘さはここに無く、却つて『海潮音』あたりの典雅清麗《てんがせいれい》の香氣が漂ふ。

秋が海から訪れるといふ發想は必ずしも新しいものではあるまい。私の愛誦する大貳三《だいにのさん》位《み》の「はるかなるもろこしまでもゆくものは秋のねざめの心なりけり」など、まさにこの逆の著想で貫いた秀歌であつた。だが「神無月空の果てよりきたる」といふ爽やかな檄文に似た上句は、先蹤《せんしよう》のあるなしを別として、まことに快い。この清爽《せいさう》の氣が、既に、他の類歌の單なるロマンティシズムとはどこか違つてゐる。「どこか」としか言へないのは遺憾だが、詩歌の印象とはそのやうな曖昧性の上に成り立つてゐるものだ。そしてその曖昧な差が、實は決定的になる。『赤光』初版と改選版における作品の異同にも同じことが言へよう。

花の眼ではないが「おひろ　其の三」に「瑠璃いろにこもりて圓《まろ》き草の實はわが戀人のまなこなりけり」といふ、いかにも野暮で頓馬な二枚目の艷書染みた歌があつたが、「神無月」の花は格段の差ある、冱えた美しさだ。私ははしなくも、小林秀雄譯のランボー『飾畫』巻頭、「大洪水後」を想起した。「あゝ、人目を避けた數數の寶石、——はや眼ある様々の花。」を。原詩には「眼」を意味する言葉はなく、譯者の水際立つた意譯の一例であるが、あるいは、茂吉の歌を寫したのではなからうか。暗合なら更に素晴しい。「眼《め》ひらく花はあはれなるかも」とは、思へば御丁寧な歌ひ方だ。「眼ひらく花あり」程度に抑へておくのが、象徴派にしても浪漫派にしても常識であらう。「あはれ」の念押しは嫌らしくなる。さはさりながら、無用に見える第五句が、この斬新な歌を古歌さながらに莊嚴《しやうごん》した。そして「神無月」と響き合つた。一首は初句、三句で微かに息を繼ぎつつ、緩《ゆる》やかに抛物線《はうぶつせん》を描いて中空に消える趣がある。最も茂吉らしからぬ歌でありながら、茂吉以外にはない音色が籠つてゐて、私は『赤光』の中でも珍重に價する歌と信じて來た。

　彼は改選版でも第二句の表記を「空の際涯《はて》より」と變へただけで捨ててはゐない。「宮益坂」の諧謔曲《スケルツオ》は鏖殺《あうさつ》に等しい扱ひをしてゐるだけに、いささか安堵《あんど》の思ひも湧く。但し、「際涯《はて》」の事事しい文字遣ひは感興を殺《そ》ぐ。なほ、同時に「神無月《かみなづき》」とルビ追加してゐるが、これは當然の處置だ。初版の場合、彼はルビ無しでも、人はさう讀むと思つてゐたのだらうか。「かんなづき」と訓ずる人も半分はあらうに。

　霜ふればほろほろと胡麻《ごま》の黑き實の地《つち》につくなし今わかれなむ
　ながらふるさ霧のなかに秋花を我《われ》摘まんとす人に知らゆな
　獨《ひと》りなれば心安けし谿ゆきてくちびる觸れむ木の實ありけり
　はるばるも山峽《やまかひ》に來て白樺に觸《さや》りて居たり獨《ひと》りなりけれ

不思議なほど末梢神經を刺戟するやうな歌が、この「ひとりの道」一聯十四首中には混つてゐる。黑胡麻の實にしても、纖細でありながら、何かまづしくあはれを誘ふ。ついでながら「地《つち》につくなし」は「地につく如《な》す」とあるべき接尾語「如《な》す」を動詞風に活用させたものだらうが、「くらげなしただよへる時に」があり得ないのと同様、誤用であらう。承知の上とすれば強引に過ぎる。「今わかれなむ」もそぐはぬ感があり、一首そのものが低徊《ていくわい》趣味の譏《そし》りを免れまい。霧の中の秋花は、掲出の「眼《め》ひらく花」を導くかたちで現れる一首だ。比較にならぬ生溫《なまぬる》さで、結句「人に知らゆな」も薄氣味悪い。黑胡麻もこの秋花も相聞歌的發想と說く人がゐるが、こじつけた鑑賞であらう。木の實への接吻も唐突でわざとらしい。あれほど實際の、實感のと、小うるさく言ひ立てる茂吉が、どうしてかうも空虛で無內容な心境詠を、たとへ一聯中の地歌としてでも、無造作に交へるのかと、首を傾げたくなる。白樺の歌も、第一初句が舌足らずで讀み下す勇氣を奪はれてしまふ。素人芝居の失戀場面さながら、妙なポーズで立ちつくしてゐて何が生れよう。作者の最も嫌惡する女女《めめ》しい態度ではなかつたのか。さすがに改選版では「ひとりなれば心安けし谿ゆきて黑き木《こ》の實《み》も食ふべかりけり」「はるけくも山がひに來て白樺に觸《さは》りて居たり冷たきその幹」と直してゐる。五十歩百歩ながら、この方が作者の信條にはいささか卽したと見てもよからう。

いのち死にてかくろひ果つるけだものを悲しみにつつ峽《かひ》に入りけり　　同前

「悲しみにつつ」は言ふまでもなく「愛《かな》しみにつつ」であり、作者の心は悲歎よりも憧憬に近い。彼はいのち生きて精力的に天職に恪勤し、ほしいままに詩歌の道を闊歩してゐるやうに見えながら、生涯、心の底では孤絕の境地を夢みてゐたやうだ。「ひとりの道」とはその眷戀《けんれん》の境に繋《かか》る山峡の岨道であり、うつつと夢とのけぢめもやうやく朧な間道の一つであつた。「山のはざま」「谿」「峡」「山峡」等、地形を暗示する用語は數多現れるが、現實のいづこの地であるかは全く不明だ。解說書も、たとへば他の諸詠は、何年何月なら作者はかくかくの地に旅をしたから、その折の嘱目であらうとか、否、しかじかの所用で赴いた地での偶詠に違ひないとか、裏附に苦心慘澹の體であるが、この一聯はいともすらりと注拔きで通り過ぎるし、作者自身、自解などでも一言半句も觸れてゐない。惟《おも》ふに、彼の最も忌み嫌つた、あるいは嫌つたはずの、空想詠であらう。

　萬葉風の寄物陳思の物さへ、みづから實際に見聞した事物以外は敬遠した、あの純情潔癖、頑冥姑息《ぐわんめいこそく》な、いはゆる「アララギ」派の氣質を、かなり濃厚に享《う》けてゐる作者には、かかる抽象の道、繪空事の道を歌ひ、しかもそれと公表するのは面映ゆい事だつたらう。沽券《こけん》に關る問題だつたかも知れぬ。だが、抽象をひそかに志しただけのことはあつた。この一首にしろ、歌は「峡《かひ》に入りけり」と歌ひ納めた時、そのまま普遍の高みにおかれ得る、一つの眞理を孕んでゐた。生けるものすべて、その命終《みやうじゆう》は幽《かす》かに、侘しく、暗い孤獨に還らざるを得ぬ。人たると獸たるとは問ふところではないのだ。それはこの世界に生を享けたものの宿命であつた。「峡《かひ》に入りけり」といふ、珍しく神妙な結句は、それゆゑ却つて心に沁み、私はふと佛典に現れる悉達多《しつたるた》二十九歳の入山を、その後姿を思ふ。やや甘美なロマンティシズム横溢《わういつ》する作をも鏤《ちりば》めた一聯ゆゑに、この淡墨一色の歌は殊に目立つ。

野生の象が屍體を人目に曝《さら》さぬといふ通說もさることながら、事實、人は野を行き山を行きつつ、數多遭遇して當然の鳥獸の屍を、まさ目に見ることは稀である。「いのち死にてかくろひ果つる」のではなく、「かくろひていのち果つる」習性を持つゆゑであらうか。ただちに他の鳥獸の餌となるゆゑでもあらうか。「悲しみにつつ」であると同時に「怖れつつ」でもあつた。「かくろひ」は「愛しみにつつ」が、この陰鬱な主題を、ある程度救濟してゐることも注意すべきだらう。傑れた言語感覺を持つ歌人は、無意識にかういふ調節を計つてゐるものだ。

ひかりつつ天《あめ》を流るる星あれど悲しきかもよわれに向はず
行くかたのうら枯るる野に鳥落ちて啼かざりしかも入日《いりひ》赤きに
みなし兒に似たるこころは立ちのぼる白雲に入りて歸らんとせず
ひさかたの天《あめ》のつゆじもしとしとと獨り歩まむ道ほそりたり
夕凝《ゆふこ》りし露霜ふみて火を戀ひむ一人《ひとり》のゆゑにこころ安けし

「星」は「おひろ　其の二」の「わが生《あ》れし星を慕《した》ひしくちびるの紅《あか》きをんなをあはれみにけり」を始めとして「其の一」の「なげかへばものみな暗《くら》しひんがしに出づる星さへ赤からなくに」等に現はれる星であらう。それが火星であれ水星であれ、彼の宿命を暗示す

171　いのち死にてかくろひ果つるけだものを悲しみにつつ峡に入りけり

る象徴の光と思へばよからう。流星のおのれに向はぬのを悲しむ心、先蹤類想《せんしようるいさう》夥《おびただ》しく、今一歩で脆弱《ぜいじやく》な感傷に墮するところだ。詠歎四句切、否定斷言結びの異風の構成が、きりつと一首を支へおほせた。感傷と言へば「みなし兒に似たるこころ」にも「道ほそりたり」にも「一人《ひとり》のゆゑに」にも共通する傾向だ。孤兒幻想は、當時「アララギ」廢刊を決意した作者の心情の反映と注する書もあるが、これは作者の方で痛み入るやうな迎へ方と言ふべきだ。迎へてもすつきり心に入るやうな歌ではない。また「火を戀ひむ」は初出、「燈を戀ひむ」であり、この方は「アララギ」の事情を離れて相聞と取るやうな見解もあるらしいが、私は餘計な立入り方だと考へる。「火」であらうが「燈」であらうが、舌足らずな表現で、結句の安息が一向に切實さを持たず、結果的に上句の凝つた擬萬葉調が、調べ倒れでそらぞらしい。

　場所を暗示しないのみならず、この一聯の動・植物は、「秋花」「花」「木の實」「鳥」「けだもの」等、すべて匿名に近い。そしてこの中、殊に「花」は、それゆゑに玲瓏《れいろう》たる象徴性を勝ち得た。龍膽《りんだう》、桔梗《ききやう》云云と名を與へたら、具體性と引換へに、純粹性を喪《うしな》つたらう。

火葬場に細みづ白くにごり來《く》も向《むか》うにひとが米を磨ぎたれば

「葬り火　黄涙餘録の一」

火葬場と米の磨ぎ汁、一瞬生理的な嫌悪を覚えるやうな奇妙な配合である。これも亦、幅《はば》と底《そこ》のある茂吉美學の中のものだ。癩者と錢、狂院と朝日、蠑螈《ゐもり》の腹、赤子と子守、角兵衞、鼻汁《はな》と富士、これらいづれも通常の美意識からは離れながらも、グロッタの美に覺めつつある近代人の感覺に、時として痛烈に打響くものもあつたらう。火葬場も「死にたまふ母」に活寫されてゐた。囚獄や囚徒の有様も種種のモティーフで描いてゐた。だが掲出の歌の素材はこれらからも食《は》み出す。

砂利も沈んだ赤土道は藪《やぶ》の傍をくねつて、爪先上りに火葬場の前を通る。右に折れてやや行つた所に小さな掘立小舍があり、墓守や隱坊《おんばう》の足溜り、時には工事人の假の塒《ねぐら》になる。藪の上手《かみて》を流れる谷川の水を腐れかかつた筧《かけひ》で小舍に導き、凹んだ石の上で時には濯《すす》ぎも炊《かし》ぎもするらしい。折しも今日は見馴れぬ四十がらみの瘦せた女が、後向きで米を磨いでゐる。桶から白濁した磨ぎ汁が道の上に流れ出し、火葬場の前の仕切石の前に溜る。俄に水を使つたので土に沁む暇もなかつたのだらう。ぬかるんだ土は不用意に踏込んだ人の踵《かかと》にぐしやりと凹み、その痕《あと》にも白い水は流れ入る。

　わが足より汗いでてやや痛みあり靴にたまりし土ほこりかも
　骨瓶《こつがめ》のひとつを持ちて價《ね》を問へりわが口《くち》は乾くゆふさり來《きた》り
　うそ寒きゆふべなるかも葬り火を守《まも》るをとこが欠伸をしたり

「黄涙餘録」は三部作であり、作者にいささかゆかりある狂人の自殺、葬儀の顚末が、他の關聯ある囑目詠の中に氣儘に織込まれてゐる。掲出歌は、火葬前後の、主題からはやや外れた場面であり、いづれも執拗に違和感のまつはりつく、特異な、觸れない方が妥當とも思はれる歌ばかりだ。だが、このやうな鈍い痛み、不透明な怒りのどろりと澱んだ世界は珍しい。明星風の、華麗纖細の安賣を見飽いた人の目には、自然主義を短歌で試みたやうな印象も與へたらう。火葬場と米の磨ぎ汁も、前後の歌から、一聯の制作時から、薄ら寒い十一月であることも考へ合すべきであり、さすれば違和感は更に募る。場面を思ひ浮べるだけで濕つた土の臭ひ、屍臭を交へた煙の臭ひ、腐つた落葉の臭ひ、人間の口臭と煙草の臭ひが漂ひ、項《うなじ》をひりひりと寒風が吹き過ぎ、おのづから鳥肌立つて來る。足の汗とは靴下に滲む蹠《あしうら》の汗であらう。黑エナメルか何かの靴に道すがらの土埃が溜り、その踵のあたりまでぬるぬると白水《しろみづ》は流れて來てゐる。日も夕暮となれば、作者もくたびれて、風邪心地になつてゐる。口が乾いて咽喉がひりひりする。けれども、死者のために骨甕《こつがめ》を誂《あつら》へねばならぬ。隠坊は間もなく燃え盡きる遺體を、火葬爐の覗窓《のぞきまど》から確め、黄色い齒齦《はぐき》を見せて大欠伸する。彼らにとつて死は退屈な事務に過ぎない。死といひ火葬といひ、「死にたまふ母」の絶唱との隔りのいかに大きいことか。特殊事情あつて底籠つた悲哀と痛恨は、このやうな、無感動に似た鬱血状態を、呟くやうに歌ふ他はなかつた。

泣きながすわれの涙《なみだ》の黄《き》なりとも人に知らゆな悲しきなれば
死はも死はも悲しきものならざらむ目のもとに木の實落つたはやすきかも
兩手をばズボンの隠しに入れ居たりおのが身を愛《は》しと思はねどさびし

「われの涙《なみだ》の黄《き》」が「黄涙餘錄」の標題の因であらうが、「黄」には、大した意味も認められぬ。作者は佛典などに典據したやうに獨思ひ込んでゐるらしいが錯覺で、紅涙にいささか異を稱へたくらゐに取つておけばよからう。むしろゴッホの黄などに無意識に憑《つ》かれてのことかも知れぬ。いづれにせよ、この表現の錯亂はどうしたことだらう。「木の實」の歌など、數度試みても、讀み下しさへ容易ならぬ破調である。その破調も心溢れて詞《ことば》の堰《せき》を越える趣などはない。訥訥《とつとつ》として躓《つまづ》き、つひにおのが言葉をコントロールしかねたやうな拙さと言はねばなるまい。無表情、無感動を装つてゐたかと思へば、一方では無統制な感傷の氾濫、この激しい振幅には、呆然とするばかりだ。
「涙《なみだ》の黄《き》」は改選版では「まなこよりわれの涙《なみだ》は漲《はふ》るとも人に知らゆな悲しきゆゑに」となつてゐる。黄の涙を捨てることはなかつた。私の嫌ひなのは、作者が好んで用ゐる常套句「人に知らゆな」の方だ。他の二首、ほとんど異同なく再録されてゐるが、この人にしては支離滅裂、しかも陳腐の極みではあるまいか。

上野《うへの》なる動物園にかささぎは肉食ひゐたりくれなゐの肉を　　同前

燕雀目《えんじやくもく》烏科の高麗烏、すなはち鵲《かささぎ》は雑食で生餌《なまゑ》も獣肉も好んで食ふ。別に奇異なことではない。ただ鳥の嘴が獣の赤い肉を啄《ついば》んでゐるのを目撃するなら、それを殊更に意識するなら、ふと息を呑むこともあらう。生きものは何かを殺して食はねば生きてゆけない。肉食を断つたところで、植物を切り刻んで殺すのなら涼しい顔もしてゐられまい。まして、鳥獣魚貝を生《なま》のまま啖ふ時、人は罪の意識に、一瞬嘔吐《おうと》を覚えることも稀にはある。「くれなゐの肉を」のその紅は、茂吉にとつて眷戀《けんれん》の色、この場合は、露骨に「生《せい》」のかなしみを示唆する色であつた。

「黄涙餘録」には、動物園における囑目詠が幾つか混つてゐる。人間の寂莫たる死、死にまつはり連なるもろもろの儀式を濟ませて、作者はむしろ傍若無人な鳥獣の生の營みが見たかつたのだらう。鵲の食肉シーンを凝視する作者は、それゆゑに必ずしも懼《おそ》れをのみ感じたのではなく、生の躍動を目撃した心躍りに、「肉」を繰返したのかも知れない。

けだものは食《たべ》もの戀ひて啼き居たり何《なに》といふやさしさぞこれは
ペリガン（ママ）の嘴《くちはし》うすら赤くしてねむりけりかたはらの水光《みづひかり》かも
ひたいそぎ動物園にわれは來《き》たり人のいのちをおそれて來《き》たり

これらの歌が、鵠に寄せた思ひの何たるか、おのづから語つてゐるやうだ。だが、掲出歌一首を獨立させるなら「何《なに》といふやさしさ」は生温《なまぬる》過ぎよう。あくまでも生きものが生きものを食ふ、「くれなゐ」の肉を食ふことの無慙にして無慘な眺めが歌ひたかつたと解するのが、正しい鑑賞であらう。「何《なに》といふやさしさ」も、この歌に關する限り、あへて火葬場歸りを考慮に入れずとも、あつけらかんとした悲しみはある。たとへば大欠伸《あくび》の後眦《めじり》に滲む涙を手の甲で拭ひながら、急に別のことで悲しくなるやうな、ちぐはぐなあはれが身に沁む。

「ペリガン」の歌の第四句「ねむりけりかたはらの」は十音といふ途方もない字餘りだが、そのもたもたとしたたゆたひにも、似たやうなあはれは漂ふ。この構成を變へぬ限り、「ねむれりかたはらの」でも「ねむる、かたはらの」でも、舌足らずな表現になつてしまふ。舌足らずならいつそのこととやけに延ばしたのがこの第四句だ。ペリカンの不恰好でいぢらしい姿と、この文體が不卽不離の關係にあるのは、恐らく作者も計算外のこと

177　上野なる動物園にかささぎは肉食ひゐたりくれなゐの肉を

だらう。「水光《みづひかり》」なる不熟熟語も生きてゐる。

飛行機から人が落ちて死んだといふ號外を見ながら夜おそく樝古聿《ちよこれえと》のむ何となきいたはしさかなしさ小氣《こき》びよさ

小づくりのおかみは沙汰《さた》過ぎたれども眉《まゆ》は剃《そ》れども

これは木下杢太郎の「飛行機」、死はここにも扱はれてゐながら、まるで短いシャンソンの中の嬰《えい》記號のやうに、人の心にたまゆら翳るのみである。杢太郎から受けた示唆、影響を、殊更に公表する茂吉本人の證言にもかかはらず、彼はつひに、この伊豆生れの瀟洒《せうしや》なパルナッシャンに倣ふことは少かつた。

鰐の子も居たりけりみづからの命死なんとせずこの鰐の子は

泥いろの山椒魚は生きんとし見つつしをればしづかなるかも

死の後に見る禽獸の生の新鮮さに、作者は息を彈ませつつ動物園を周る。次第に異なる生物に目を向け、つひに爬蟲類や兩棲類を見つける。作者の心情は察し得るが、「命死なんとせず」も「鰐の子」の繰返しも、獨興《ひとりきよう》がつてゐるやうで、讀者はいささか白ける思ひだ。詞書が十行附けられても、この表現は無謀であり、貴重な理解者も鼻白ませることにならう。「山椒魚」の「生きんとし」も同斷である。

盲目的な茂吉ファンの中にはかういふのまで表現の簡潔化と誤解する人もゐるやうだ。私たちは飛躍した表現なら、それが命を得たものならば、いかに一見難解でもぴたりと受けとめることができる。だが、頑固な獨合點には、察しがついても外方《そつぽ》を向きたくなる。そして茂吉の歌には時として、さういふ弊も見受けられるやうだ。が、それらは一聯の中の、地歌《ぢうた》として、たとへばオペラの詠唱《アリア》と詠唱《アリア》を繋ぐ敍唱《レシタテイヴ》のやうに、背後に隠れた梗概《かうがい》を語る役には立つてゐる。その日作者が火葬場の歸りに獸園に立寄り、霜月も末のひりひりした風に吹かれ、肩をすくめて逍遙する様が、まこと心に沁む。

　自殺せる狂者《きやうじや》をあかき火に葬《はふ》りにんげんの世に戰《をのの》きにけり

「冬來　黄涙餘録の一」

「黄涙餘録」三部作成立の直接の動機を、この歌は怖れげもなくずばりと歌ひ棄ててゐる。怖れげがないと言ふより、恐怖と嫌悪と後めたさを振拂ひ、その場から遁走したいやうな、激しい氣息がありありと感じ取れる。これだけどぎつい言葉を竝べ立てた歌は『赤光』にも珍しい。勿論、「麥奴」や「みなづき嵐」には、赤煉瓦の塀と女を刺して捕へられた囚人、黒いダリアと笑ふ狂人等、慄然《りつぜん》たる幻像が犇いてゐた。「死にたまふ母」の火葬場では、燒け爛《ただ》れた草を眺めながら骨拾ひもした。

消息通の說に從へば、自殺したのは、友人の紹介によつて、作者の手がけた患者らしい。だからこそ、檢屍にも火葬にも納骨にも立會つたのだらう。醫師としての彼にとつて、死は自然現象であり、事故死も多多あり得るケースゆゑ、それに一一感動してはゐられまい。疎であらうと密であらうと、私的に關りを持つた狂者の事件ゆゑ、今更ながら衝擊を受けたものと察しておかう。

初句から結句まで刺戟的な用語が目白押しだ。「自殺」「狂者《きやうじや》」「あかき火」「葬《はふ》り」「戰《をのの》き」と、血刀を大上段に振りかぶつたやうな凄慘《せいさん》な眺めだ。だが、決して芝居染みてはゐない。「にんげん」の平假名表記にさへ、作者の心は反映してゐる。生きることの怖ろしさを、「人間この忌はしく愛《かな》しき者」を、遠くから視つめようとする、眞劍な構へが見えて來る。殊に「あかき火」の「あかき」に作者の存念は明らかだ。この一語が、觀念用語の羅列《られつ》に近い一首に命を與へた。歌は生きた。決して「寫生」などで生き返つた譯ではない。傲慢《がうまん》なまでの主觀によつて甦つたことを、作者自身も認めるべきだつた。そして一首は、何月何日に紹介患者某が云云などといふ事實を離れ、突如、默示錄的な意味を持つやうになる。「朱欒」初出の折は「人間」、歌集に採る際「にんげん」としたことも、「吳竹の根岸の里」の冒頭の「にんげんの赤子《あかご》」同樣、不氣味な效果を生むのに成功してゐる。「人間」は解體され、得體の知れぬ哺乳動物に還つてしまふ。「あにまる」の群に近づく。

自殺せし狂者《きやうじや》の棺《くわん》のうしろより眩暈《めまひ》して行けり道に入日《いりひ》あかく
鴉《からす》らは我《われ》はねむりて居たるらむ狂人《きやうじん》の自殺《じさつ》果てにけるはや
死なねばならぬ命《いのち》まもりて看護婦はしろき火かかぐ狂院のよるに
自《みづか》らのいのち死なんと直《ひた》いそぐ狂人を守《も》りて火も戀ひねども
赤光《しやくくわう》のなかに浮びて棺《くわん》ひとつ行き遙《はる》けかり野は涯《はて》ならん
たのまれし狂者《きやうじや》はつひに自殺せりわれ現《うつつ》なく走りけるかも

最後の一首は「三」に見える。これらの歌の中に、殊に強い色と響きで揭出の「にんげんの世に戰《をのの》きにけり」はある。作品そのものの不可解なおもしろさを云云するなら「鴉《からす》らは我《われ》はねむりて居たるらむ」が群を抜く。ポーの、それも後の世の耿之介譯の「大鴉《レイヴン》」を、何の脈絡もなく聯想する。しても當然と思ふほど、この初句は突然であり、不氣味だ。尤も茂吉は、ポーなど緣もゆかりもあらうはずはなく、烏が鳴くと死人が出る式の諺や俚言《りげん》、迷信のたぐひが念頭にあつたと考へた方がよからう。作者はこの烏が氣になつたか、改選版では「ひとねむるさ夜中にしてあな悲し狂人《きやうじん》の自殺《じさつ》果てにけるはや」と直してゐる。「あな悲し」は興冷めといふ他はない。渾沌未分の禍禍しいたたずまひは掻き亡《う》せて、大仰な悲歎だけがそらぞらしく谺する。

黄泉《よみ》の使者なる烏らも、擔當の醫師である自分も、それと知らず眠つてゐた。不覺であつた。その眠りの間に、あの狂人は自殺してしまつた。作者の意はこの邊にあつたのだらう。鳥を逐ひ拂ふと常識の淺さが不樣《ぶざま》に殘るだけだ。奇怪、面妖な何ものかがあつてこそ、かかる一聯はおもしろいのだ。「狂者《きやうじや》の棺《くわん》」の下句が八音九音といふ甚しい破調になつてゐるのも、眩暈して歩む、その蹉跎《さだ》たる足取を如實に寫すためだつたらう。「自《みづか》らのいのち」の下句、特に結句「火も戀ひねども」も改選版では「寢《い》ねざるものを」と改めた。茂吉の歌では「燈《ひ》」「灯《ひ》」と表記した方が紛《まぎ》らはしくない「火」が時時現れる。「ひとりの道」の二首目「夕凝《ゆふこ》りし露霜ふみて火を戀ひむ」もその一つだ。それでも、私は、「火も戀ひねども」を採りたい。舌たらずのぎごちない表現だが、怯《ひる》みと怖れと自戒が微妙に讀者にも傳はつて來る。「赤光」を得た棺は、その野邊の送りのシーンは、日本近代繪畫に散見する構圖だ。ゴーギャンあたりの畫風が、曲折の末影響してゐるのだらうか。

わが目より涙ながれて居たりけり鶴《つる》のあたまは悲しきものを　　同前

茂吉は翌大正二年八月の「アララギ」に、「後代の吾等はいかにも面倒臭い世の中に住んでゐて大山に登つて太く息づくやうな事も困難になつてゐる。ただ予等は鶴の紅い頭に見とれたり、救世軍の紅いチョッキに涙を落すやうな事が歌境の眞實になつて來て居る。いたし方が無いから矢張り其樣な眞實を歌はねばならぬ果敢なさに住してゐる」云云と記し止める。言ひたいのは萬葉人のやうに、森羅萬象の中に在つて生の眞實をひたすら歌ふなどといふ、大らかな制作は思ふに任せなくなつたことだらう。『萬葉』禮讃者や古代崇拜者が、時として口にする妙な悲觀的達觀で、ここでその當否を考へたり論じたりする必要もあるまい。おもしろいのは彼の口を衝いて出た「鶴の紅い頭」と「救世軍の紅いチョッキ」だ。

自分の作品を確めてみることもせず、無造作に、不用意に、思ひついたのを輕く書き竝べたのだらう。それが證據に、一つ一つに考へ違ひがある。鶴の頭の方は揭出の通り、見とれたばかりではなく涙を流した。救世軍の方は「平凡に涙をおとす耶蘇兵士《やそへいし》あかき下衣《ちよつき》を着たりけるかも」で、涙を流したのは彼ではなく先方だ。それはともかく、この二首は彼が、不用意に、咄嗟《とつさ》に思ひ出すくらゐ、彼自身の心のエクランに鮮やかな「紅」の翳を殘してゐたのだ。山蠶《やまこ》や通草《あけび》の花と書いても不思議はない。螢や鳳仙花と言はれても頷《うなづ》くだらう。ところが彼の心に、この時、儚事《はかなごと》の例として、反射的に浮んだのが丹頂と耶蘇士官紅衣であつたことに、私は竝竝ならぬ執心を見るのだ。

丹頂の鶴の、その頭を見て、不覺の涙を流したと、散文にパラフレーズしたら、人はそれを何かの結果と思ひ、今一つの、有り得る原因を知りたがるだらう。たとへば失戀でもして後の呟きと但書を加へるなら、愛人が鶴に關係しようとしまいと、人は何となく頷くだらう。茂吉の歌、この丹頂の歌には特に、逆接も順接も條件は一切無い。「涙が流れてゐた。鶴の頭は悲しいものだ！」それだけである。あればこそ、理窟抜の悲しみなればこそおもしろい。いかに涙脆い人にしたところで、到底、涙を誘はれるなどとは思へぬ對象ゆゑにおもしろい。これが生れたばかりの雀だとか、笑はぬ子守だつたら、最早常識以外のものでは無い。と言つて豚や軍人ではあまりにも荒唐無稽で、話にも詩にもなりはしない。丹頂の鶴、それも十一月のそそけ立つた、禽園の鶴の、凝《ここ》つた血のやうな丹頂とは、見事な發見である。事實であらう。ありのままであらう。創作とも虚構ともさらさら思ひはせぬ。

ただこれくらゐ鮮やかな邂逅は、一瞬超現實的にさへ見えるものだ。鶴の頭を悲しんで涙滂沱たる人、私はその姿を客觀する今一人の作者を思ひ描く時、諧謔、それもブラック・ユーモアに近い乾いた笑ひを感じて、やうやく肌寒くなる。

　くれなゐの鶴のあたまを見るゆゑに狂人守《きやうじんもり》をかなしみにけり
　はるかなる南のみづに生れたる鳥ここにゐてなに欲《ほ》しみ啼く
　けだもののにほひをかげば悲しくもいのちは明《あか》く息づきにけり

狂人守が顔を出すと、鶴はたちまち獨特の臭みを帶びて興冷めになる。「ゆゑに」なる解説調も、歌から詩を消し去る。天來の鶴の頭、無條件に流れる涙であればこそ、奇妙な共感を呼んだ。人は釣られてふつと涙ぐみ、一瞬の後苦笑しながら、その背後にある作者の苦惱と絶望と諦觀を、微かにではあつても、敏感に量り得た。「狂人守」などといふ自棄と卑下との混つた臭ひのする言葉も、度重なると嫌味なものだし、そのコンプレックスを覺える、天職ならぬ職業と、丹頂の間に因果關係を生まうとする「ゆゑに」が鼻持ならぬ。その悲しい鶴の隣の、南の水に生れた鳥は「嘴《くちはし》うすら赤くしてねむりけり」と前に歌つたペリカンだらう。動物園風景もこの邊でやや間伸びし、退屈になつて來る。

さけび啼くけだものの邊《べ》に潛《ひそ》みゐて赤き葬《はふ》りの火こそ思へれ

つづまりはこの一首にあるのだ。「にんげんの世に戰《をのの》き」、彼は動物園に「人のいのちをおそれて來《き》た」のだ。丹頂にゆゑ知らぬ涙を誘はれ、食物を戀ふ獸の聲をやさしみ、彼らの臭氣にさへ生氣を蘇らせた。それもひと時、賺《すか》し宥《なだ》めた彼自身の死の恐怖はふたたび、心の底に炎え上る。「あかき火に葬」つた記憶は、またなまなましくこみ上げて來る。獸園巡りも、その日の彼には、つひに地獄巡りと擇ぶところはなかつたのだ。

除隊兵寫眞をもちて電車に乗りひんがしの天《あめ》明けて寒しも

同前

當時は十一月二十六日が現役兵滿期除隊の日であつた。二年間の服務を終へた壯丁は、この日拂曉《ふつげう》に營門を出て故郷へ歸る。おめでたい風景であり、作者が多分出勤の途上、同じ電車に乘合せた若者も、一種の晴れがましさと、躍り上りたいやうな解放感に頰を輝かせてゐたことだらう。軍國日本の、まづはほほゑましい年中行事の一點景であり、青山穩《をん》田《でん》に大山巖が住んでゐるだけで、胸をわくわくさせてゐた茂吉のことゆゑ、除隊兵のうひうひしい姿も、好もしい眼で見遣《みや》つてゐたはずだ。持つてゐる寫眞は、恐らく前日、除隊式の後にでも手渡された記念撮影で、雜嚢《ざつなう》に入り切らなかつたか、最後まで見せ合ひ、同期兵と名殘を惜しむよすがとしてゐたものだらう。「寫眞をもちて」で條件反射的に、戰友の遺影を聯想するのは、敗戰を閲《けみ》した者の悲しい習性である。彼は車中の人が、ちらちらと流し目をくれるのも半ば意識して、後生大事に小脇に挾んでゐるその樣子が目に浮ぶ。ただ、軍人好きの作者が、すなはち兵隊好きであつたかどうかは甚だ疑問だし、引いては軍國主義讚美の傾向があつたか否かも、讀者のおほかたは輕率には推測できまい。

除隊兵は多分作者より約十歳年下で、久久に見る「娑婆《しやば》」の景色に目をきらきらさせてゐただらう。二年間の殺伐で苛酷な疑似囚人の生活は、今、サディスティックな快感を伴つて胸に蘇つて來る。世は樣樣、たとへば茂吉のやうな東北農村の出身者なら、勞働もむしろ生溫《なまぬる》く、食物は却つて贅澤、半奴隸的な身分にも疑ひを持たず、いはゆる軍隊向に出來上つてゐる性格の男なら、志願してでも止まつてゐたい極樂だつたらう。これと正反對の性格、體質、境遇の青年も數へ切れぬほどゐたことは論を待たない。「ひんがしの天明《あめ》けて寒しも」殊に「寒しも」に、私は必ずしも拍手で除隊兵を迎へ、祝つてはゐない作者の心を感じる。間もなく師走のうすら寒い夜明、勿論、この下句は實際であり實感には違ひなからう。

だが、これが昭和十八年、南支や馬來《マレー》あたりへ出擊の兵士を歌つたものなら、必ずや作者は、凜烈だの何だのと、いかにも爽やかに勇ましい言葉で、この夜明を飾つただらう。否飾らざるを得なかつたと思ふ。「寒しも」の四音で、この除隊兵はやや肩を落し、これから家へ歸り、いはゆる「娑婆」に復歸したところで、大した未來が開けるやうには思へない。「寫眞」の中に閉ぢこめた、檻の中の生活が、顧みて最も幸福な一時期であつたと回想する不幸が、彼の後半生を司るのではあるまいか。私は前田夕暮が大正二年十月の「詩歌」に發表した作品を、一方でありありと思ひ浮べる。

187　除隊兵寫眞をもちて電車に乗りひんがしの天明けて寒しも

むかふより汗みどろなる兵隊が靴ひきずりて來《き》たれり、西日に
兵隊は獸の革のにほひなすにほひを殘し西日に行けり
兵隊が悲しさうなる眼つきして吾をみあげぬそばを通れば

歌集『生くる日に』にも採られたこれらの歌には、あらはな嫌悪と批判の眼がある。啄木の「何《なに》ぞ彼等《かれら》のうれひ無《な》げなる」ほどひどくはないが、あたかも、アメリカの白人が有色人を見る時のやうな差別と侮蔑がどこかに影を引く。そして、私自身の感性も、むしろ夕暮に近い。明日は我が身の絶望感がまつはつてゐたら、もつと共感が持てたことだらう。

茂吉の歌は「寒しも」に、微かに負《ふ》の感情が翳《かげ》るのみで、一首には批判も迎合も認められない。それだけに含みのあるおもしろい表現とも言へよう。「黄涙餘録の二」には「冬來」は告げつつも、「狂人火葬」の主題とは、大して關りのない、そのくせ獨特の趣を持つ歌が他にも二首あり、實に印象的だ。

支那國《しなこく》のほそき少女《をとめ》の行きなづみ思ひそめにしわれならなくに
はしきやし曉星學校の少年の頰《ほほ》は赤羅ひきて冬さりにけり

支那娘の柳腰の、無意識の媚態は、その風情通り、措辭もまことに危つかしく、妙な飛

躍がある。少女が歩みにくさうにしてゐるのは、自分がひそかに想ひをかけたからではないと、因果關係染みた歌ひ方をしてしまはなかつたのが味噌だらう。少年の赤い頰は一に「曉星學校」なる固有名詞で生きた。「はしきやし」「赤羅《あから》ひき」等の萬葉言葉で、「支那國《しなこく》のほそき少女」以上の幻像を思ひ浮べたところへ、「曉星學校の少年」を割り込ませたところ、尋常ならぬ味があり、一癖ある作者の好みがほほゑましくたのもしい。

かの岡に瘋癲院のたちたるは邪宗來《じやしゆうらい》より悲しかるらむ

「柿乃村人へ　黄涙餘錄の三」

青山腦病院は明治三十六年春に定礎、夏に開院、以後四年間に數度の改、增築を見、私立のこの種の病院中では首位と噂されるほどの偉容を誇つた。尖塔を持つ羅馬《ローマ》方式の建築物は、十字架が加はればまさに寺院、無いゆゑに異教の伽藍《がらん》さながらに映つたのではあるまいか。「おひろ　其の二」にも作者は「ひつたりと抱《だ》きて悲しもひとならぬ瘋癲學の書《ふみ》のかなしも」と「瘋癲」の文字を殊更に用ゐてゐるが、嚴しく、かつ鬱蒼《うつさう》たる字面《じづら》に引かれてのことだらうし、音も獨特の輕みと鋭さがある。「狂者《きやうじや》もり」風の、自己卑下のニュアンスのある用語とは、一線を劃して考へた方がよからう。

尤も作者は「癡人の癡語」と題する文中に、「これはもう十二三年まへの作で、墓地から青山腦病院を見てそれを咏じたものである。しかし今おもふに、世の此の歌を讀んで呉れた方々は、どうこの歌を解して呉れたかとふと思つたことがあつた。それは、私が精神病醫になつてから、もう十五年も經つて、『狂人守《きやうじんもり》』などとみづから稱してゐた、その氣持をどう解して呉れただらうか」と記した。どこかで論旨が擦れ違つたやうな、相變らず獨合點な文章だが、讀者といふものは、常に傑れた誤解を重ねて、生半可《なまはんか》な、作者自身の注釋や、側近者のしたり顏の理解をはるかに凌駕《りようが》するものだ。

患者は座敷牢に隔離監禁し、一家眷族《いつかけんぞく》世間を憚《はばか》つて息をひそめてゐたのが、その昔の精神病であつた。心の病も癒やす術《すべ》があることを教へ、病舍を設《しつら》へてその病を養ふ實例を示したのは一つの革命であつたはずだ。だが、その病舍が聳え立つのを見れば、人は必ずしも醫術の進歩とその恩寵《おんちよう》をのみ思ひはしなかつたらう。祕め匿《かく》し、闇から闇に葬るべき恥と穢《ゑ》が、白日の下に曝《さら》されるかの嫌惡を覺えたかも知れぬ。今思ふにそれはまさに、魂の救濟を謳《うた》ひかつ希《ねが》つて、海を越えて來た國禁のキリスト教よりも、悲しくみじめな象徴でもあつた。

「天草高來《あまくさたかく》の民こそは／耶蘇《やそ》の外法《げほふ》を傳へぬれ」と木下杢太郎が「あまくさ」の冒頭に歌ひ、それが「明星」に載つたのは明治四十年の末であつた。白秋の「われは思ふ、末世の邪宗、切支丹でうすの魔法」に始まる「邪宗門祕曲」の世に出たのはその二年後であつた。明治末年になつて、まだキリスト教を邪宗呼ばはりするのは、勿論作者の南蠻趣味によるものだ。だがやはり異教徒の好奇と露悪《ろあく》は紛《まぎ》れもない。いかに屈折した美意識の持主であらうとも、クリスチャンなら、いかなる場合も自作の中に「邪宗」なる用語は使ふまい。

　茂吉がここでこの言葉を用ゐるのは、いささかの衒《てら》ひと嫌惡が感じられる。杢太郎、白秋の顰《ひそ》みに倣《なら》ひつつ、一方では、基督教にあまり好感を抱いてゐないことを、極く間接的に表明してゐるのだ。「きさらぎの日」における救世軍觀と軌《き》を一《いつ》にしてゐる。私は、この歌がたとへば堺の腦病院を見ての詠なら、もつとおもしろからうと考へることがある。堺は日本が鐵砲と黴毒《ばいどく》を輸入するための榮光の港と諷したのは、彼の地の詩人安西冬衞、鐵砲は死者と獨裁者を生み、黴毒は天才と狂人を生み、堺には聳え立つ腦病院が殘つたとも、彼は語つてゐた。昭和三十年代の終り、逝去の數年前のことである。

　聖書の中では、イエスは狂へる人をも癒やしてはゐる。しかし今日のキリスト教では、そのやうな奇蹟は行ひ得ず、それが當然である。すべての人の子が病める魂の救濟のためにある宗教、それにすら見放された者が、あの尖塔のある青山の疑似伽藍に收容されると聞くなら、人は慄然としてしばし立ちすくんだことだらう。

　世の色相《いろ》のかたはらにゐて狂者もり黄なる涙は湧きいて(ママ)にけり

寒ぞらに星ゐたりけりうらがなしわが狂院をここに立ち見つ

やはらかに弱きいのちもくろぐろと甲《よろ》はんとしてうつつともなし

またしても一捻《ひとひね》りした「狂者もり」が姿を現はす。「精神科醫」は、用語としては適切だらう。歌語としても決して悪くはない。だが、彼の歌に嵌込《はめこ》むなら、あるいはたちまち綺麗事に墮するかも知れぬ。その綺麗事と、この一首の居直つたやうな自己嫌悪と、詩歌としての價値はいづれが高いのか、殘念ながら私は判斷しかねる。「黄なる涙」の「黄」に、いかなる存念があらうとも、紅涙、血涙以上の深刻な意味は決して傳はらぬ。「狂院」「瘋癲院」も同様、「精神病院」以上のものではない。「瘋癲院」は、掲出歌に關する限り、異様な效果を見せてはゐたが、寒空の星と「狂院」は照應の上でも好ましいとは思へない。柔軟脆弱《やはらかによわき》とは多分彼及び若い精神病醫の心命のことだらうが、それにしても、この一首の齒切の悪い思はせぶりにも閉口する。

郊外に未《いま》だ落ちゐぬこころもて螇蚸《ばつた》にぎれば冷《つめ》たきものを

「郊外の半日」

標題は「郊外の半日」などと、いつもの通り木で鼻を括《くく》つたやうに無愛想だが、この一聯十七首中には忘れがたい珠玉作が幾つか鏤《ちりば》められてゐる。螇蚸を握るといふ幼さびした擧動に、作者のわれにもあらぬ「落ちゐぬこころ」すなはち、落ちつかぬ心の亂れが躍如としてゐる。恐らく鼓動もまだ靜まらず、手も熱《ほて》つてゐたのだらう。その熱い手に秋の最《も》中《なか》の昆蟲がひやりと觸れる。冷い血の通つてゐる生物のかなしい感觸が、作者をはつとさせる。螇蚸は六肢を逆立ててもがき、作者の掌の肉を苛む。この歌は、あへて一首切離して愛《め》でるがよい。作者の興奮が何によるものか、穿鑿《せんさく》は無用だ。

事實に關しては終始小心律義《りちぎ》な茂吉は、この美しい一聯の最初に、取るに足りぬ歌を掲げた。「今しがた赤くなりて女中を叱りしが郊外に來て寒《さむ》けをおぼゆ」がそれである。「おひろ」に生寫しの娘にでも逢つたのかと、想像を逞しくしてゐる讀者には全く興冷めである。尤も作者にはそのやうな自覺も配慮もなく、改選版もそのままにしてゐる。「未《いま》だ落ちゐぬこころ」が、女中叱咤《しつた》の餘波《なごり》と知れても、この表現の新しさは變らない。「折に觸れて」の「ゴオガンの自畫像」の歌の第四句「山蠶《やまこ》殺しし」や「悲報來」の、「螢《ほたる》をころす手のひらに光つぶれて」と一脈相通ずる、微かな嗜虐《しぎやく》的快感と、インファンティリズムを思はせる感覺だ。深刻な意味はない。極く淺いところで瞬間の驚きを寫しながら、心の裂目を垣間見させる作品ではある。そのやうな不思議な感性の煌《きらめ》きは、次の各首にも明らかだ。

　いちめんに唐辛子あかき畑みちに立てる童《わらべ》のまなこ小さし
　曼珠沙華咲けるところゆ相むれて現身《うつしみ》に似ぬ囚人は出づ
　トロツコを押す一人《いちにん》の囚人はくちびる赤し我《われ》をば見たり

赤唐辛子《あかたうがらし》の燃えるやうな實に『赤光』の作者が目を向けるのは當然のことながら、中心に童子、その子の小さな、恐らくは栗鼠《りす》を思はす黒く賢しげな目を描くのは、明らかに西歐近代繪畫の手法の影響だ。日本でもほぼ同時代の、岸田劉生などの作品に、この歌の童の「まなこ」に通ずる、不思議な視線を見たやうな氣がする。この歌の引緊つた構成や、つつましく斬新《ざんしん》な描法など、彼の亞流が後後嫌といふほど繰返して見せることになる。

　實證派の言によれば、この「郊外」は東京中野の新井藥師あたりで、囚人は中野刑務所服役中の者だらうとのことである。不吉な紅の曼珠沙華も作者の好むところ、この一聯にも別に一首見えるが、「十月作」の脚注も、それならば上旬と考へてよからう。「現身《うつしみ》に似ぬ」はやや廻りくどい表現だが、曼珠沙華との照應でどうにか生きてゐる。この花が葉を伴はず、ある日黒い直土《ひたつち》からすつくと伸びて突然開花することを思ひ合すなら、囚人の出現もなかなかおもしろいところを狙つてゐる。實際のことであらうが、演出臭紛紛だ。トロッコを押す囚人の歌は、反射的に「悲報來」の氷切る男を思ひ起させる。「をとこの口《くち》のたばこの火赤《あか》かりければ」のあの「赤」を。囚人と作者の刹那の交感も亦なかなかに趣がある。あながち「無氣味な印象」のみではなからう。好奇心の強い作者の目を見返した若い囚人の、意外に澄んだ目さへ浮んで來る。

女のわらは入日のなかに兩手《もろて》もて籠《こ》に盛る茄子のか黒きひかり
天傳《あまつた》ふ日は傾きてかくろへば栗煮る家にわれいそぐなり
コスモスの闇にゆらげばわが少女《をとめ》天の戸に殘る光を見つつ

黒紫色の茄子《なす》を盛る、夕茜の中の少女は、唐辛子畑の中の少年と、まさに美しい對幅《ついふく》をなす。彼女も亦「麗子」さながらの不可思議な視線で、入日の彼方を見透かしてゐる。「栗煮る家」とは、當時新井藥師境内にあつた栗飯の店とか。一首妙にさむざむとして、喫飯の期待、心躍りがあまり傳はらぬ。御丁寧な第三句「かくろへば」のせゐだらう。尤も、「傾き・かくろへ・栗」の音韻に、微かに栗の香が漂ふ心地もする。「コスモス」の少女はまさか愛人でも娘でもあるまいが、蒼然たる詠風は「屋上の石」の「天そそる山のまほらに夕《ゆふ》よどむ光りのなか」を蘇らせて、たまゆら愛の交流を錯覺させる。彼方山と山のあはひの空のあたりを、「天の戸」と稱したのだらうか。この歌にもコスモスの揮發性の異臭がさつと夕闇に流れる感がある。

かすかなる命《いのち》をもちて海つもの美《うつく》しくゐる荒磯《ありそ》なるかな　「海邊にて」

大正元年八月半ばから下旬にかけて、作者は逗子の海邊に遊んだ。一聯二十三首はこの時の詠であり、濱汀《ひんてい》逍遙歌が大半を占めてゐる。類想が重なりあひつつ緩やかに大らかに群を成し、得意の萬葉調が殊に效果的だ。

海の香は山の彼方に生《うま》れたるわれのこころにこよなしかしも

この一首に見るやうに山國育ちの作者には、仄かな磯の香すら、珍しく、新しく、かなしく心を搏つ。かかる海邊の逗留が、幾度目であつたかは別として、『赤光』では、唯一の、「寄海思《うみによするおもひ》」の群作であり、作者の感情の高波は讀者の心にまで打寄せて來るやうだ。「海の香」の歌の末句の「かしも」の用法など、隨分強引で不自然だが、それを殊更に云云するほどの作でもない。

海の生きものの、かすかな、ひそかな營みを荒磯に見て、吐息を洩らすかの、作者の詠歎はつつましく清清しい。初出は「荒磯は悲し」であるが、「悲し」を消してやうやく歌自體の悲しみが流露した。「美しくゐる」は一首の要である。下手をすれば、さらぬだに觀念的なこの歌を、言葉だけに終らせる危險な第四句だが、却つてきりりと歌の姿を引緊めてゐる。初句から三句への小刻みな調べも、渚《なぎさ》の貝や蟲の生態を一方に思ひ描く時、至妙と言へよう。作者がこの歎聲を上げるまでの、逍遙中の矚目抒情を一覽して見ようか。

岩かげに海ぐさふみて玉ひろふくれなゐの玉むらさき斑《ふ》のたま
海の香はこよなく悲し珠ひろふわれのこころに染《し》みてこそ寄れ
櫻實《さくらご》の落ちてありやと見るまでに赤き珠住む岩かげを來し
ながれ寄る沖つ藻見ればみちのくの春野小草に似てを悲しも
荒磯《ありそ》べに歎《なげ》くともなき蟹の子の常《とこ》くれなゐに見ゆらむあはれ
いささかの潮のたまりに赤きもの生きて居《ゐ》たれば嬉しむかな
荒磯べに波見てをればわが血なし瞬《また》きの間《ひま》もかなしかりけり
けふもまた岩かげに來つ靡き藻に虎斑《とらふ》魚の子かくろへる見ゆ

「海つもの」に向ける作者の目は甚しくロマンティックで、夢幻的な嫌ひさへある。第一彼等の名稱さへ曖昧を極め、やや判然としてゐるのは「蟹」くらゐ、後は「海ぐさ」「くれなゐの玉」「むらさき斑《ふ》のたま」「珠」「赤き珠」「沖つ藻」「赤きもの」「虎斑《とらふ》魚の子」と、讀者の想像力に頼つたものばかり。しかも玉や珠が、石を指すのか貝の形容かも定かではない。「赤き珠住む」など、珊瑚や磯巾著《いそぎんちやく》でもあるまいし、推察に苦しむ。出羽の山邊の植物は、雜草の類まで克明に名を上げてゐるのだから、海邊に關しては、根本的に知識が不足してゐるのだらう。海に近い水郷で育つた白秋の、たとへば『思ひ出』あたりにも見る貝類の多彩な描寫と比べても、この點は明瞭だ。『萬葉』の「寄物陳思」には、茂吉の好む「潮滿てば水沫《みなわ》に浮ぶ細砂《まなご》にも吾は生けるか戀ひは死なずて」の他、海濱波浪に寄せる歌がずらりと竝び、「みさご居《ゐ》る」「鱸《すずき》取る」「沖つ繩苔《なはのり》」「磯貝」「うつせ貝」「鰒《あはび》の貝」等等、呼名も豐かに爽やかに詠み込み、それが一首の命を成してゐる場合が多い。『萬葉』禮讚人後に落ちず、まねびも遠慮會釋なくやつてのけたこの人が、どうしてこの知識を疎いままで放つてゐたのだらう。圖鑑等と短時間つきあへば、高が逗子の海の魚介類、たちどころにその名は明らかになつたらう。呼稱不明のまま、珠だの赤きものだのと暈《ぼか》すから、「明星」風な甘さがつきまとひ、折角の「寫生」とやらも骨拔きになつてしまふのだ。惜しむべきことではあるまいか。

　磯に寄せる波を、おのが身を循《めぐ》る血にたぐへた一首は、またしても「なし」の誤用が氣になるが、奇妙に鮮烈な味も失つてはゐない。ただ「荒磯べに波見てをれば」はいささか馬鹿正直で、冗長な說明に墮したやうだ。血との照應ならば波よりも潮を言ふ方がより效果的であつたらうにと、これもまた望蜀の感しきりだ。不熟未完成な點が氣にかかるのか、改選版では除いてゐる。

ちなみに茂吉は翌大正二年八月、三浦長居濱に遊び、『あらたま』所收の「海濱守命」を制作してゐるが、登場するのは牛に男童、女童に蟹で、他は相變らず「魚《うを》」「鱗《うろくづ》」「海の藥草」などと、殊更に名稱を詳《つまびら》かにしない。赤螺《あかにし》、赤海星《あかひとで》、赤遍羅《あかべら》と彼好みの呼名も夥しいものを。

くれなゐの三角の帆がゆふ海に遠ざかりゆくゆらぎ見えずも　　同前

類想、類句は枚擧に遑がない。海の歌は巷間にも續續と生れ、當時も日日流れてゐたただらう。文部省唱歌の「われは海の子」が明治四十三年、同じく「松原遠く消ゆるところ／白帆の影は浮ぶ」の「海」が大正二年に世に出た。作者も好惡は別として書架に竝べたであらう『海潮音』は、明治三十八年の開板、ホセ・マリア・デ・エレディアの「珊瑚礁」、ボードレールの「信天翁《おきのたいふ》」、「人と海」等、時として彼の脣に上つたこともあらう。彼が「海つもの」に向ける目は等しくロマンティックであつたやうに、舟に寄せる心も、童心に歸つたかに初初しい。紅の帆をつけたのはヨットと思しい。

かぎろひの夕なぎ海に小舟入れ西方《さいはう》のひとはゆきにけるはも

あたかもイエスと十二弟子を乘せた舟が、カペナウムの岸からガリラヤ湖の中心に漕ぎ去つた光景のやうだ。古調いちじるしい枕詞に飾られると、渚に取り殘された作者の顏が由比濱の右大臣實朝に似て來る。この「西方《さいはう》のひと」の一首が掲出歌に先行し、鮮紅三角帆は、この西歐人の操り遠ざかるヨットと推察するのが順當だらう。まことに童さながら、眼を圓くし、あるいは細めて、息もつかずに、水平線の彼方を眺め續けてゐる作者の憧憬が、好奇心が、まざまざと感じ取れる。

彼自身、『作歌四十年』にも、この歌に觸れて「海岸で暮らした時、幾つも歌が出來たが、取りたてていふ程のものはない。この一首は感覺の點に於て一讀せられてもいいであらうか」と注してゐる。感覺の點においてなら、もつと斬新奇抜な作が他にわれこそはと目白押しに控へてゐる。私の一讀も三讀もする理由は、この歌の鋭い遠近法と、不卽不離の色彩感覺である。舊派の歌は南畫や土佐繪から一歩も拔け出してはゐない。平面的な把握といふ點では「明星」初期もそれに類する。洋畫の匂は濃くとも、プレ・ラファエリズムとアール・ヌーヴォーの發想構圖に近い。ゴーギャン、ゴッホを中心とする西洋近代繪畫を、巧に言語化するのは茂吉以後であり、この歌など、カーマイン・レッドの帆の周《めぐ》りに、ウルトラ・マリーンの繪具がうねうねと層を成してゐる様が目に見えるやうだ。「ゆふ海・ゆく・ゆらぎ」の頭韻が、そのまま青海波《せいがいは》を描いてゐる。

作者が殊に立てて紹介する杢太郎にも「沖の帆かげ」と題する一聯の詩がある。但しこれは明治四十五年十二月の日付があり、影響云云は考へぬ方がよい。奇妙な詩で、内閣總辭職に到るべき政治情勢を謳ひ、半醒半睡《はんせいはんすい》の詩人の幻想がそれに重なりつつ、港市の黄昏《たそがれ》の風景が繰り展げられる。そこへ母の葬儀の回想が絡み、取引所と絹絲の夢が尾を引く。標題は最後の三行「されど、されど、短き絲よ。／瞬間よ……沖のはたてに／黄いろの帆うつらつらつら……」に集約されてゐる。

異なことには、茂吉の「海邊にて」も、一聯の終りの方に明治天皇崩御諒闇《りやうあん》の歌が、さりげなく一首混ぜてある。勿論初出を探して初めて判明するもので、歌は「ここよ遙けく舟なかりけり」と、必ずしも挽歌仕立にしてはゐない。

月ほそく入りなんとする海の上ここよ遙けく舟なかりけり
ぬば玉のさ夜ふけにして波の穂の青く光れば戀しきものを
しほ鳴《なり》のゆくへ悲しと海のべに幾夜か寢つるこの海のべに
うしほ波鳴りこそきたれ海戀ひてここに寢《ぬ》る吾《われ》に鳴りてこそ來《く》れ
もも鳥はいまだは啼かね海《わた》のなか黑光りして明けくるらむか

201　くれなゐの三角の帆がゆふ海に遠ざかりゆくゆらぎ見えずも

海のべに紅毛《こうまう》の子の走りたるこのやさしさに我《われ》かへるなり

海と言へば人麻呂の長歌、作者も心酔する大先輩ゆゑ強く意識してゐただらう。だが「うしほ波」あたりになると、むしろ晶子の「海戀し潮の遠鳴りかぞへてはをとめとなりし父母の家」が思ひ出される。もともと『海潮音』を踏まへてゐるので、まさか作者もさう思つた譯でもあるまいが、この歌は改選版で削られた。

繪畫的把握を言ふなら、夕暮の紅帆と對照的に拂曉《ふつげう》の光景「海《わた》のなか黑光りして」が強烈な印象を與へる。一瞬、ぎらりと光る、海の創口《きずぐち》のやうな、掌ほどの漆黑の部分が、見る人を吸ひ込む感あり、鉛色の空には鳴かぬ鳥たちの夥しい影がちらばる。「紅毛《こうまう》の子」は、掲出の三角紅帆ヨットの持主に關るのであらう。初出では日本語を喋らせてゐる。「このやさしさに我《われ》かへるなり」の、「かへる」ところが「やさしさ」とは、いかにも無理だ。

ゆふされば青くたまりし墓みづに食血《じきけつ》餓鬼《がき》は鳴きかゐるらむ

「狂人守」

種明しめいて興冷めだが『童馬漫語』に「食血餓鬼」と題する短文が収められてゐる。青山の、浄土宗知恩院派の寺院、青山家の菩提寺梅窓院裏手の墓地で、作者は鷗外の『百物語』を讀む。文中に現れる名妓、初代ぽん太から、彼は上京直後、すなはち十五、六年前を回想し、この美女に憧れ渡つた日日、あるいは三筋町界隈で過した頃の記憶を蘇らす。瞑目沈思《めいもくちんし》から覺めると左手が痒《かゆ》い。手の甲には、血脹《ちぶく》れた蟆子《ぶと》が食ひついてゐた。その蟆子から作者の聯想は、小泉八雲の『怪談』の中の「蟲の研究」で語られる食血餓鬼《じきけち》に飛ぶ。八雲の文は「蚊」についての幻想だが、墓地の草生の細い流れに生れ出て血を吸ふ蟆子も、前世の悪業《あくごふ》で誰かが轉生したのだらうと思ふ。霜近い秋の夕暮、このあはれな餓鬼に血を與へ、作者は墓の木立を出る。折しも「紅い日が落ちかかつてゐる」でこの文は結ばれる。

八雲の「蚊」は、その轉生場所を竹の花立や水溜としてゐたが、「青くたまりし墓みづ」もそのたぐひと考へておかう。幻想といふより妄想と呼んだ方がふさはしい。踏み躙《にじ》られた錢苔《ぜにごけ》や泥の臭ひ、滲《にじ》んだ血の臭ひ、燃え盡きる寸前の線香の臭ひ、微かな遙かな屍臭、それらが分ちがたく混つて、その邊に漂ふ感じだ。「葬り火」の火葬場と白水より、更に陰に籠つた茂吉美學の一面ではある。「食血餓鬼《じきけつがき》」は、改選版では、『童馬漫語』文中と少しく異なり「食血餓鬼《ぢきけち》」と修正してゐる。佛語としては「じきけち」が妥當だらう。三十六餓鬼の一、『正法念經』にも現れる、いはば東洋の吸血鬼であらう。『童馬漫語』や『怪談』の豫備知識が無いと、たとへば『餓鬼草紙』あたりに描かれた骨と皮の幽鬼を聯想し、「鳴きかゐるらむ」に躓《つまづ》く。それにしても、この餓鬼は、まことに日本風で儚《はかな》くあはれを唆《そそ》る。ボードレールが『惡の華』の「吸血鬼」で「賭博に於ける賭博者《ばくちうち》のごとく、／徳利に於ける大酒家《さけのみ》のごとく、／死屍《かばね》に於ける蛆蟲のごとし。／――おお、呪はれてあれ、汝、呪はれてあれ」（村上菊一郎譯）と罵り憎んだ、彼自身の内なる魔と比べれば、天使のやうに優しい。但しこの餓鬼、すなはち蟆子《ぶと》幻想は、狂院の二階から墓地を俯瞰《ふかん》して生れたものであることを思へば、『童馬漫語』の「怪談」より、更に遙かにオカルトじみてゐて、薄氣味惡くもある。

　　このゆふべ腦病院の二階より墓地《ぼち》見れば花も見えにけるかな

　花は供華《くげ》、時は九月、竹の花筒の水は蒼く、插された花の莖は腐つてぬるりと透く。あるいはまた花は他の歌にも見える百日紅、八月初旬から咲き初めてまだ散りつつ咲き續けてゐる。冷やかな晝花火の淡紅《うすくれなゐ》、食血餓鬼から貰ひ血して染めたやうな、脆《もろ》い赤さであつた。

うけもちの狂人《きやうじん》も幾たりか死にゆきて折《をり》をりあはれを感ずるかな
くれなゐの百日紅は咲きぬれど此《この》きやうじんはもの云はずけり
としわかき狂人守《きやうじんも》りのかなしみは通草の花の散らふかなしみ
氣のふれし支那のをみなに寄り添ひて花は紅しと云ひにけるかな
あはれなる百日紅の下かげに人力車《じんりき》ひとつ見えにけるかな

「あはれ」と「かなしみ」の頻出するこの一聯、「食血餓鬼」が初出「童馬山房漫筆」の反歌的作品として、異色を誇つてゐる他は、狂人の死も、沈默も、通草《あけび》や百日紅《さるすべり》の花も、皆何とはなく二番煎じの感が拭へない。用語それぞれに常套的で、苦惱も痛惜も淺いところで堂堂巡りしてゐる。あれほど執念深く、口うるさく稱《とな》へる寫生念佛、實際經驗經も、ここには何の靈驗も利益も現はしてはゐない。「折《をり》をりあはれを感ずるかな」の結句一音缺如も、信者には「現實的な實感」といつた風な、痛み入るほど親切なお迎へもできようが、一般讀者には氣の拔けた腰折れリズムに過ぎぬ。百日紅と人力車には、例の大正二年の「七月二十三日」に於ける「たたかひは上海《しやんはい》に起り居《ゐ》たりけり鳳仙花紅《あか》く散りゐたりけり」の本歌視された白秋の「薄らかに紅《あか》くかよわし鳳仙花人力車《じんりき》の輪に散るはいそがし」が、却つてこちらの方でより露骨に透けて見えるやうに思ふ。この歌に土屋文明は懇切至極な、立入つた鑑賞を施してゐるが、歌が歌だけに内輪褒《うちわぼめ》臭紛紛《しうふんぷん》である。初句の「あはれなる」は、いかに情狀を酌みに酌んでも唐突で、淺い獨善《ひとりよ》がりに過ぎない。この一聯どの歌にも、百日紅が靑山墓地に咲いてゐるとは言つてゐない。人力車の喪の黑との對比など妄想に類する。

ものみなの饐《す》ゆるがごとき空戀ひて鳴かねばならぬ蟬のこゑ聞《き》ゆ

「土屋文明へ」

『赤光』を通讀しつつある時、無條件に、ずしりと心に觸れて來る一首である。標題とは全く關りなく、異樣な重さでのしかかつてくる歌だ。上句の鬱鬱とした緩徐調《アダジオ》は、まさにチェロの低音の訴へを思はせる。わづかな碧を片隅に殘しつつ、鉛色に垂れた眞夏眞晝の空であらう。氣の遠くなるほど永い永い地中の眠りから覺めた蟬は、這ひ出でて木を攀《よ》ぢ、梢に登り、天を望んで、死ぬまでの短い何日かを鳴き續ける。死ぬために生れ出て、死ぬまでは叫び續けねばならぬ、このあはれな蟲のさだめ、とパラフレーズすれば、甚だ擬人寓意めくが、そのやうな臭みはこの歌にない。ただ「鳴かねばならぬ」は相當あくの強い「さはり」ではある。これまた後世亞流たちが濫用した秀句の一種、この場合はぴたり、りと極《きま》つてゐて、切《せつ》ない。結句の一音餘剰も實に効果的だ。

タイトルが文明宛になつてをり、證言によればこの頃受取人は一高在學中、神經衰弱で夢ばかり見てゐた由である。當時の文明の作は「紫雲英《れんげ》つみしあの夕照《ゆふやけ》はかく消えつけだしいまだにかへり來ぬのか」「蕪《かぶら》いだきうすき冬日をゆきし野の道のべの水哀《かな》しことあり」「いたづらに此のエピソウドの鳥のやうにいたまし思ひ人のあるかや」等等、特異な調べを以て聞えてゐた。才質は強ひて認めようとすれば、あるいはと頷ける程度、それにしても亂脈で脆《もろ》い文體だし、これが「アララギ」以外の歌人の作ならこつぴどく叩かれもしたらう。

茂吉は後輩のノイローゼを憐んでか、この頃「文明子へ三首」の注ある歌を見せてゐるが、掲出の蟬の歌はそれに含まれてはゐない。初出該當三首は、

おのが身をあはれとおもひ山みづに涙を落す人居たりけり
夕さればむらがりて來る油むし汗あえにつつ殺すなりけり
山とほく石間を垂るる水飲まばしづけさを繼ふるわれを忘るな

「われを忘るな」は歌集編纂の際削られた。いづれも、どう眺めてみても挨拶の歌とは思へない。まして神經衰弱に效能のある呪文とも取りかねるし、病める弟《おとうと》弟子《でし》を鼓舞する心ばへなど更に感じられない。呪文といへば「山みづに涙を落す人」も判じ物に近く、孤

獨感の表現とはとんと縁遠い。油蟲殺しの歌は、貰つた方までいらいらして來よう。削られた「われを忘るな」も削つただけのことはあつて、いかにも手前勝手で押しつけがましい。むしろ反撥を唆《そそ》るばかりだ。

従つて問題の「鳴かねばならぬ蟬」の一首も、別にタイトルを意識することも、贈答を意識する必要もさらさらあるまい。あはれ、蟲のみか、「ねばならぬ」悲しみは人の上にも。すなはちわれも然り、君も同じからう、折角加餐《かさん》を祈るといつた茂吉の聲を幻聽するのは鑑賞の邪道であらう。この歌一首、前提も但書も抜きで、純白の空間に吊り下げて眺めるのが良策だ。その非情な鑑賞法に見事耐へ得る作品である。

蟬の聲聞けば悲しなつごろもうすくや人のならむとすらむ　紀　友則
秋早み蟬の鳴きつつ歎かれぬつれなき人の住む山遠み　素　性
秋近きけしきの森になく蟬の涙の露や下葉《したば》染《そ》むらむ　藤原良經
吹く風の涼しくもあるかおのづから山の蟬鳴きて秋は來にけり　源　實朝

古歌の蟬は用語も「空蟬《うつせみ》」、蟲自體は添物で主として戀や命の儚さの縁語であり、やや下れば初秋の景物、百首歌や敕撰集の「夏」に位置を與へられるのは、『六百番歌合』と『新古今』からである。上代、鎌倉四歌人の作を見ても、茂吉の「鳴かねばならぬ蟬」とからうじて面影を等しくしさうなのは、良經の血涙で草を染める蟬だけであらう。けだし茂吉の蟬は近代の、宿命的《フエータル》な蟬だ。

もの書かむと考へゐたれ耳ちかく蜩なけばあはれにきこゆ
かかる時菴羅《あんら》の果をも戀ひたらば心落居むとおもふ悲しみ

「あはれにきこゆ」「おもふ悲しみ」と、ここでも作者は意外に感傷的で、「寫生」に必須の抑制と斷念をないがしろにしてゐる。ただ釋迦が維摩經《ゆいまぎやう》を講じた菴羅園《あんらをん》の菴羅、すなはち異臭の果實マンゴーを夢想して、悲歎を遣《やら》はうとする心は、なかなかに趣がある。

むらさきの桔梗のつぼみ割りたれば蘂《しべ》あらはれてにくからなくに　同前

初出「アララギ」では「文明子へ三首」を含む「折にふれて」の一箇月後であり、標題も「秋ぐさ」となつてゐるから、「土屋文明へ」とは更に無關係と考へた方がよからう。かういふ處へ十把一紮《ひとからげ》に押込んで濟ませてゐる作者の、編輯感覺の粗《あら》さに改めて感心する。さういふことにあまり神經を使はないのが大物《おほもの》だといふ迷信も、ひよつとすると、たとへばこの邊から生れたのかも知れぬ。標題は紛れもなく作品の一部と信じてゐる私など、馬鹿正直に、この桔梗損傷さへ文明に與へた諷喩であらうかと、妙な深讀みをしてしまふ。

深讀みはともかく、桔梗の蕾を割つたら蕋が現れてかはいかつたよ、と、ただそれだけ呟《つぶや》いて濟ますほど、作者は單純だつたらうか。第四句までは、まさに事實であらう。ありのままであらう。だが、結句は、いつはりもなくさう感じたから「寫生」だと、涼しい顔をしてもゐられまい。萬一、作者の意識に上つたのは「可憐」であらうとも、意識下のコンプレックスは尋常ではない。

ほとんどの人は經驗があらう。幼い時、否相當長じてからも、開花を數日の後に控へて、やうやく色も白緑から薄紫に變り、鈍五《どんご》角立方《かくりつぽう》の稜《かど》を見せて膨《ふく》らみ初めた桔梗の蕾を、指で撮《つま》んで、衝動的に破裂させる、あのひそかな快感の記憶。割られた蕾は無慘に、不規則に裂けてもうまともな開花は望めない。それを知りつつ手を伸ばしたくなる、あの抗しがたい誘惑、四圍を顧慮しつつ割りおほせた時の爽快感と、後《うしろ》めたさ。そこには幾何《いくばく》か性的なニュアンスが含まれてはゐなかつたか。幼女凌辱《りようじよく》、少年嬲弄に似た、罪の意識が心をかすめはしなかつたか。一抹の腥《なまぐさ》さが空氣を汚さなかつたか。

人は覺えてゐよう。あの桔梗の、傷ついた花の苦い香を。この花は自然に開いたものでも、世の常の花の香は持つてゐない。罌粟のやうな禍禍しさではないが、一瞬人を拒む冷やかな香である。破られた花の內らに、まだ葯《やく》も整はぬ白い雄蘂《をしべ》の覗くのは、そこから蒼く鋭い香の迸るのは、いたましい。「にくからなくに」どころではあるまい。この末句は、躊躇と含羞のために舌足らずになり、それがまた格別の味でもある。桔梗損傷は、幼時の山蠶《やまこ》殺傷、後の日の螢潰殺《くわいさつ》よりも、一見は何げなく、淡淡としてゐるやうだ。だが、この嗜虐的な衝動は、かなり深部から發したものではあるまいか。精神病醫の歌を素人が腑分《ふわけ》するのも凄じいが、私には透けて見える。

茂吉はその前年、その題も「折に觸れて」の中に二つの桔梗の歌を記し止めてゐる。

涙ながししひそか事も、消ゆるかや、吾《あ》より秋なれば桔梗《きちかう》は咲きぬ

きちかうのむらさきの花萎む時わが身は愛《は》しとおもふかなしみ

「ひそか事」を「密事《みそかごと》」と同一ニュアンスに解釋してよいかどうかは問題だが、二つの桔梗が愛戀に關るささやかなシンボルであることは、おのづから明らかであらう。これに續いて「さげすみ果てしこの身も堪へ難くなつかしきことありあはれあはれわが少女《をとめ》」と歌つてゐるのを見ても、當時の彼を周つて、複雜微妙な、それも愛に繫る葛藤のあつたことは察せられる。ほぼ一年を閲《けみ》しての夏、咲き初めた紫の桔梗に蘇るのは「ひそか事」にまつはる思ひだつたらう。この歌や「あはれあはれ少女《をとめ》」の、亂調とも言ふべき躓《つまづ》きがちな文體を見ても、むざと蕾を割り、あへて「にくからなくに」とのみ歌つて止める作者の

むらさきの桔梗のつぼみ割りたれば蕋あらはれてにくからなくに

心理は十分に推察し得よう。「桔梗」「桔梗《きちかう》」「ききやう」の使ひ分けも、出來心とは思へない。振假名抜きの掲出歌、蕾を割られるのは「ききやう」であらう。それにしても、翁草、ダリア、鳳仙花、紫陽花《あぢさゐ》、通草《あけび》の花、躑躅《つつじ》、苧環《をだまき》、曼珠沙華、桔梗と、茂吉はまるで選り好みするやうに、花らしい香を缺如した植物ばかり、次次と探し出して歌ふ。偶然とも思へない。

秋ぐさの花さきにけり幾朝をみづ遣りしかとおもほゆるかも
ひむがしのみやこの市路ひとつのみ朝草ぐるま行けるさびしも

これらの花は香のみか名まで失つてゐる。作者が草花を培つたのか、せう事なく水だけ遣つてゐたのか、この歌は全然現實感が無い。上句など寫生歌としては落第と言ひたいやうな、ぞんざいな修辭だ。朝草車などといふ車も聞き始めの聞き納めだが、例の花街からの朝歸りに見て歌つた「ひなげしを積みし車」のたぐひと思つておかう。まさか牛馬用の牧草を滿載したトラックを、こんな雅語で呼ぶこともあるまい。

屈《かが》まりて脳の切片《せつぺん》を染めながら通草《あけび》のはなをおもふなりけり

「折々の歌」

この歌を見る度に心に浮ぶのは石上玄一郎作「精神病學教室」の終章の數行である。既に正氣を喪つた主人公が、解剖用の大腦を千千に切り刻む場面、あれは黄昏《たそがれ》の實驗室であつたか、白晝の解剖臺上であつたか、あらぬ方角に視線を漂はせ、冷やかな微笑を浮べて、彼は花瓣のやうな腦の切片を作り續ける。私はそれを太平洋戰爭も末期の、荒れ果てた港市で、暗い燈に目を眇《すが》めつつ、獨《ひとり》、讀みたどつた記憶がある。祕藏してゐた初出の雜誌も今は無い。あの凄慘な秀作を覺えてゐる人も何人ゐるだらう。遠い昔の物語である。

茂吉の歌は切り刻んだ切片をプレパラート用に色素に浸してゐるところだ。標本になる腦は、恐らくは生前病んでゐたものだらう。素人の私など、さういふ腦は染める前から紫色か暗紅色を呈してゐるやうな氣がする。作者の自解によれば、場所は巣鴨病院研究室すなはち東京帝國大學精神病學研究室、指導は吳教授、三宅助教授とか。歌は醫務の餘暇、みづからの研究の資としての作業の一端らしい。數ミクロンに切斷した腦を、種種の色素、樣樣の方法で染めるといふ。

213　屈まりて腦の切片を染めながら通草のはなをおもふなりけり

をさな兒の遊びにも似し我《わ》がけふも夕かたまけてひもじかりけり

彼は先行するこの一首をも併記し、その作業が兒戲に類するやうな單純單調なものであること、またその感懷はダーウィン晩年の手記にも見たことを述べ、更に「ひもじかりけり」が食慾に關ることだが、心ひもじいことにも取り得るといふ常識以前の注解を、入念に施してゐる。「通草の花」は勿論、作者の故郷の山の蔓性植物通草《あけび》、または三つ葉通草である。前者の花は乳白色で微かに紫の隈取《くまどり》があり、後者は全花濃紫、茂吉の歌に現れるのはこれであらう。歸郷すれば山に遊んで「ほのかにも通草《あけび》の花の散りぬれば」と歎き、都の病院にあつては「通草の花の散らふかなしみ」と歌ひ、折に觸れ、事過ぎて、ある時不意に、この花の幻像《イメージ》はつきまとふ。

この歌の上下句の繫りなどむしろ平凡で、「ながら＝思ふ」の脈絡など、この短詩形ではくどいと思はれるほどだ。作者はこの事に關しても小心に筆を費してゐる。「さて下句の『通草《あけび》の花をおもふなりけり』は、少年の頃に親しんだ、黑味がかつた紫色の通草の花をふと思出す、聯想するといふのであるが、この二つの關聯が緊密でないといふ議論もあり得るし、突然であるから態《わざ》とらしいといふ議論もあり得るし、從つて厭味に墮るといふ議論もあり得るのである。その當時はこれで好いとおもつてゐたが、今となれば稍姿態が目立つやうである。併しこの關聯の問題は不卽不離でなかなかむづかしい。よつて一概に律しがたいものがある」。御尤様《ごもつともさま》と苦笑する他はないが、姿態が目立つのではなく腦切片と花片の對比が單純過ぎるのだ。しかもそれが却つて初初しい。巧妙な超現實手法など驅使してゐないのに、歌そのものは現實を遙かに突き抜けた次元に翔る趣、これが茂吉の若書《わかがき》に見る特徴であり魅力の一面だらう。

　猫の舌のうすらに紅き手の觸《ふ》りのこの悲しさに目ざめけるかも
　ほのかなる茗荷の花を見守《みも》る時わが思ふ子ははるかなるかも
　をんな寢《ぬ》る街の悲しきひそみ土ここに白霜は消えそめにけり
　とろとろとあかき落葉火もえしかば女《め》の男《を》の童《わらは》をどりけるかも

いづれも微かな諧謔と悲哀が交り合つて、奇妙な風趣を釀し出してゐる。猫の舌の軟いサンド・ペーパーめいた感觸は、その淡紅の味蕾の粒粒のゆゑもあつて、何となく性的な印象を殘すものだ。後に改選版では結句が「知りそめにけり」と變り、自解でも「春の目ざめ」を暗示してゐる。一首の感覺をみづから近代的と、ひそかに自讃してゐた形跡もある。「茗荷の花」はほのかと言はうより、貧しくかつあはれだ。花茗荷でさへ華やかなものではない。「思ふ子」は空想上の田園の少女、故郷の不特定の娘とのことである。
　彼の歌は相聞のニュアンスを帯びると、たちまち、「實際見た通りありのまま」の實證的根據がどこかへ消えてしまふのもおもしろい。「見守《みも》る」といふ變な訓みは、改選版では「目守《まも》る」となつてゐる。「をんな寝《ぬ》る街」は初出では「陰《ほと》ひさぐ街」に、改選版では「ひとよ寝し街《まち》」と次第に控へ目に修正されてゐる。いづれにしても荒れた鋭さが心を引く。落葉の火の女《め》の男《を》は、作者の五年昔の、「留守居」の、蠅の「え少女《をとめ》」「え少男《をとこ》」を思ひ出させてほほゑましい。

みちのくに病む母上にいささかの胡瓜《きうり》を送る障《さは》りあらすな　　同前

短詩形に意味を盛るのは難事である。時としてはとんでもない誤解、曲解をさへ生む。生みつつ、讀者一人一人はみづからの解を疑はず、それで結構自足してゐる。この一首など、私にとつて躓きと挫《くじ》きに満ちた、厄介極るものであつた。あつたと氣づいたのは作者の自選自解を讀んだ時だ。私はその時馬鹿馬鹿しくなつて、一時投出さうと思つたくらゐである。

故郷、奥州の病母に胡瓜を少少送る。母よこの夏も小康を保ち給へ。と、私はさう解し信じて疑はなかつた。ただ、東京のど眞中から、六月に、農村へ、何故選りに選つて胡瓜を送るのか納得できなかつただけだつた。ところが、自解の文句を一瞥して、私は愕然とした。「障《さは》りあらすな」は「胡瓜に障りあらすな」、すなはち無事に著いてくれと願ふ心で、母親にかかるのではないと作者は言ふ。教科書に載つたところ、教師用參考書に、私の解釋と同樣、母の小康を祈る意との注が加へられた。その時、全國の「少女」から、胡瓜の安著を願ふと解してはといふ、茂吉の意にぴたりの質問が頻《しきり》にあつたと述べてゐる。信じられない。さういふ質問をするやうに、指導したであらう教師にも問題はあらう。「あらす」の「す」は、上句に「母」がある限り、誰だつて「尊敬」の助動詞と取る。取らぬ方がをかしい。使役の「す」と考へるのはむしろつむじ曲りに屬する。第一、胡瓜なら、そしてこれが歌でなくて普通の韻文體なら、「障りあるな」か「障りあらしむな」とあるべきだらう。かう書いてさへ、歌では、敬語省略も許されるし、茂吉自身省いてゐる實例もあることゆゑ、なほ「母」にかかると思ふ人は無くなるまい。「す」は考へやうでは罠《わな》である。陷穽を設へるほど彼は暇人でも性惡《しやうわる》でもあるまいが、全く氣づかぬ樣子で、「母」にかかるの解の生れるのが不審とでもいつた顏をされると癪に觸つて、さう思ひたくなる。

彼が高溫溫室で胡瓜を栽培し、春淺い一日、「みちのく」の市場に出荷して「障《さは》りあらすな」と歌つたとしても、私は「す」に引つかかる。「す」が一種の天意であり、使役として十分使用し得る言葉であることを承知しつつ、一方で敬語としての「す」を聯想し、違和を覺えるのだ。「障りあらしむな」なら、その危懼《きく》は無い。それにしても、どのやうな荷姿、どんな輸送便で、これを奥州へ届けるのかも一切不明、そのままで向うへ著いた時、通常胡瓜はこの季節に、どれくらゐの鮮度を保てるのか、あるいはいかほどの損傷を覺悟すべきなのか、私には皆目不案内ゆゑ、「障《さは》りあらすな」の、その懸念に同情する術もない。

六月になると東京には早生《はやなり》の胡瓜が出廻る。その頃山形ではまだ苗の段階である。母は病臥中だつた。農婦として働き通して來た母に、初夏、今年は初物《はつもの》の胡瓜を、都から逆に届けてやる心ばへ、と、そこまで言はれれば私も不可解の辭を引込めよう。歌には「東京」から送るとも「初夏六月」ともことわつてはいないし、一聯中の關聯歌を見ても、それが判る譯ではないが、一應こだはるまい。「みちのくに病む母のため、初夏の珍しい胡瓜を、東京からわざわざ送る。傷《いた》まずに著いてくれ」、これが眞意である。とするなら、掲出歌は舌たらずも夥しい。そして、それは明らかに、眞意を迎へ受けてもらふことを頼んだ作者の怠慢による表現の不備だ。不備にも拘らず、また、母の無事を祈ると「誤解」しても、この歌の素樸な愛情に、私は涙ぐむ。私ならもつと別の珍味を送るだらう。それゆゑ、たとへ注釋つきででも、今は「胡瓜《きうり》」を嘉《よみ》したい。

　みちのくの我家《わぎへ》の里に黒き蠶《こ》が二たびねぶり目ざめけらしも

　おきなぐさに脣《くちびる》ふれて歸りしがあはれあはれいま思ひ出でつも

掲出歌を間に挾んでこの二首があり、「故郷三首」の添書を施す。自解にも三首を併記して回想してゐるのは、愛著の深さを示すものだらう。二眠を過ぎた頃の「黑き蠶《こ》」といふ表現が新鮮で、何かを暗示すると自讚の言葉を連ねてゐるが、所詮獨《ひとり》の想ひであり、一般讀者には可も不可も感じられぬ。ただ徹底して「赤」への偏愛を誇示してゐた作者に、黑への異樣な執著のあることを知るよすがとはならう。

「翁草」もこの逆年順歌集では、既に「死にたまふ母」でお目見えずみである。内部暗紅の花も、拂子《ほっす》狀にほほけた「白頭翁」の姿も、作者は殊に愛したと記す。花との接吻も當時は新感覺と受取られたやうな口吻だが、それは「アララギ」内部の、限られた見聞ではあるまいか。しかも茂吉の一聯中に現れると、地方人の、稽古中の江戸辯めいて、背筋の寒くなるやうな感じも、そぞろに湧いて來る。

曼珠沙華ここにも咲きてきその夜のひと夜の相《すがた》あらはれにけり　　同前

『赤光』の中に曼珠沙華の歌は散見する。「郊外の半日」には「秋のかぜ吹きてゐたれば遠《をち》かたの薄《すゝき》のなかに曼珠沙華赤し」「ふた本の松立てりけり下かげに曼珠沙華赤し秋かぜが吹き」「曼珠沙華咲けるところゆ相むれて現身《うつしみ》に似ぬ囚人は出づ」の三首を見る。三首中「現身《うつしみ》に似ぬ囚人」は尋常ならぬ趣を呈し、たれの目にも一應佳作と言へようが、他の二首は輕い矚目詠に過ぎない。佛語臭い漢名、その發音、けたたましいやうな緋の色、葉を伴はず、全くの豫告無しに立ち現れ、過たず秋彼岸にめらめらと炎える奇怪さ。一莖六花、一花六瓣、六雄蘂の莊嚴、アルカロイド系有毒成分含有。すべて茂吉好みで、彼の狂喜しさうな花なのだが、さすがと思ふやうな秀作にはお目にかかれない。掲出の歌など、「囚人」の歌と共に、比較的言ひおほせてゐる方だらう。

尤もこの一首も初出は下句が「ひと夜の夢のあらはれにけり」となつてをり、改選版では「ひと夜の相《すがた》おもほゆるかも」に直して、落著かぬ樣子が見られる。初出、初版、改選版、いづれも、どこか齒切れの惡い、後髪を引かれたやうな表現ではあるが、それがまた、曼珠沙華の得體の知れぬ魅力の反映と言つてもよからう。夢の曼珠沙華ならば、それから十數年後、坪野哲久の絶唱「曼珠沙華のするどき象《かたち》夢にみしうちくだかれて秋ゆきぬべき」が生れるが、茂吉の「ひと夜の相《すがた》」は、それに比べれば先驅的でありながら、何か含みが豊かに過ぎて、核心に迫るものがない。

含みとは、半面から見れば言ひ澱《よど》みであらう。口籠りであらう。「ひと夜の相《すがた》」とまた抽象的に修辭を凝らしてゐるが、私はどろりとした翳、仄《ほの》かな腥《なまぐさ》さを感じる。あの痙攣《けいれん》的な、不吉なまでに華麗な花に觸發される夜の記憶が、まさか冷嚴で禁慾的なものであるはずはなからう。戀慕に堪へず錐《きり》を疊に突刺し、命光りて觸れ合ひ、かの命死ねと言ひ、ほとほと死なうとする、錯亂の一齣《ひとこま》がまざまざと現れるのではあるまいか。否、更にグロテスクで性的な幻想であつても不似合ではない。

勿論、單にそれだけの幻想ではない。運命的な重さ、逃れられぬ忌はしさ嫌らしさをも伴ふ幻影であればこそ「ひと夜の相《すがた》」と言ひ繕つて俯《うつむ》くのだ。あのあられもない思惟と所業が、まことに自分の半面かと思へば、曼珠沙華さへ正視に耐へぬ。「あらはれにけり」には微かな恐怖の音が籠る。髣髴《はうふつ》する幻影に、作者は裸の心を驗されるかも知れない。生きものはみな夜の顏と晝の顏を別別に持つ。太陽に、碧空に眞向ひ得ぬ、夜の顏を、曼珠沙華は蘇らせ、かつ告發する。「ここにも咲きて」と言ふからには、既に「あそこ」や「他處《よそ》」に咲いた幾群かに、小刻みに、おもむろに脅されてゐたのだらう。

翁草に接吻した故鄕の思ひ出、幼兒の純眞な記憶と事變り、曼珠沙華の喚起するのは、業《ごふ》深い人間の、獸である男の、「あらはれ」てはならぬ姿であつた。「折々の歌」一聯中には、鬱病患者のモノローグめいた、冷やかな狂氣と、あつけらかんとした放歌とが、單純な自然詠、母戀歌に混つて頻頻と現れる。初出も「アララギ」明治四十五年二月、四月、六月等ばらばらであるのを見ると、無意識にか、意識してか、散發的、發作的に吐き出したやうな歌を一纏めにしたのだらう。勿論それはそれで甚だ興味のある結果を示す。

現身《うつしみ》のわれをめぐりてつるみたる赤き蜻蛉《とんぼ》が幾つも飛べり
酒の糟あぶりて室《むろ》に食《は》むこころ腎虚《じんきよ》のくすり尋ねゆくこころ
何ぞもとのぞき見しかば弟妹《いろと》らは龜に酒をば飲ませてゐたり
太陽はかくろひしより海のうへ天《あめ》の血垂《ちた》りのこころよろしき
狂院に寢てをれば夜は溫《ぬ》るし我に觸《あ》るるなし蟾蜍《ひき》は啼きたり

一首一首に奇妙な歪みが見られる。昆蟲の交尾に目をきらきらさせてゐる中年の男、それも大して快いものではないが、酒糟《さけかす》とインポテンツの藥の觀念聯合も、まさに判じ物であり、しかも何か齒痒《はがゆ》いおもしろみを感じさせる。これに觸れた『童馬漫語』中の短文も全く要領を得ない。龜に酒を飲ます圖はアンリ・ルソー調の明るい圖太さだが「見しかば」の強引な用法に思はず首を傾《かし》げる。いくら讓っても「見れば」以外に考へられまい。

殘照を「天《あめ》の血垂《ちた》り」と造語するのもいつもの手であり、景色は當然古風な書割めく。蟾蜍が床の下で啼くのか、窓の外近くで啼くのか、あの粘膜の、疣《いぼ》だらけの肌が「觸るるなし」は惡趣味に近く、文法的にもをかしい。第二句二音不足の寸詰りな五・五・五律も、むしろ不快感を與へるやうだ。

萱草《くわんざう》をかなしと見つる眼にいまは雨にぬれて行く兵隊が見ゆ　同前

萱草《くわんざう》も亦作者の愛する植物で、殊に明治四十二年の「折に觸れて」の中の「萱《くわん》ざうの小さき萌《もえ》を見てをれば胸のあたりがうれしくなりぬ」に見るやうに、その萌芽を好んだらしい。萌芽には特徴がある。高野素十《すじふ》の句、「ホトトギス」巻頭、瑣末主義の典型と目された「ひとならび甘草の芽の明るさよ」「甘草の芽のとびとびのひとならび」の「とびとびのひとならび」が、句の質の上下や好惡《かうを》は別として、實體をかなり適切に捉へてゐる。但し「甘草」は北支那原産、荳科多年草の藥草で、かういふ生え方はしない。作者の誤用である。まことに「明るさよ」と歎ずるにふさはしく「胸のあたりがうれしくなり」さうな、みづみづしい若緑で、事實摘み取つて茹で、酢味噌、胡麻汚し、白和《しらあ》へ等食用に供することもできる。野萱草、藪萱草の二種が「山野に自生」することになつてゐるが、事實は、一重咲の鬼百合に似た野萱草は主として庭園に植ゑられ、八重咲の、ごたごたとして美しからぬ方が、野邊や、名にちなんだ藪中に茂つてゐる。野萱草は古名「わすれぐさ」、『萬葉』の「わすれぐさわが紐につく香具山のふりにし里を忘れむがため」以來の親しい花だ。夕萱《ゆふすげ》、黄萱《きすげ》はやや小さく、野萱草の弟妹版である。私は橙黄の、ただ一日限りの、この野萱草の花を愛するが、茂吉の歌は、掲出作も芽らしい。

勿論一首のみでは芽とも花ともつかぬ。だが初出が「アララギ」明治四十五年四月、とすれば制作はまづ三月、同時發表歌に「春あさみかな」などとあるのを見れば、およその察しがつく。彼らは、春には春の歌を作る。その高忠實度は信じてよく、だからこそ推理も成立する。私なら酷寒のさ中に炎熱の日の歌を作りもするし、紅葉を前にして爛漫の櫻を歌ひたくなることも多多あり得る。制作の日附と歌の內容には、およそ現實的な脈絡は無く、季節の證明にはならぬ。

「雨にぬれて行く兵隊」、それは早春の雨に濡れて行く、カーキ色の一隊であらう。杢太郎の「春になれば草の雨」のそのうすら寒く、やさしく、人戀しい雨に、娑婆から緣を切られた擬囚人、であつて同時に帝國軍人の誇に頬輝く屈強の若者は、前屈《まへかが》みに、ひそやかに、汗と革と火藥と馬の尿の臭ひを撒きながら、彼方へ押し移つて行く。「萱草《くわんざう》をかなしと見つる」は「愛《かな》しと見つる」のニュアンスが濃い。そして彼は雨に濡れて行く兵隊も「かなしと見」るだらう。その時は「悲し」みの色が濃い。將校でも下士官でもない。あの擬囚人、擬家畜、理不盡極まる絶對服從を強ひられながら、その矛盾をつゆ疑はぬ、おろかに澄んだ眼、あるいは面從腹背《めんじゆうふくはい》の術《すべ》を會得した卑屈で狡猾な眼、また面罵《めんば》、毆打《おうだ》の屈辱に馴れた被嗜虐《しぎやく》の暗い眼、それらは分ちがたく一塊となつて溶け合ひ、よそ目には素樸で凜然たる相を保ち、默默と濡れた草生を分けて進む。

「雨にぬれて行く」と一音を剰《あま》した第四句が、兵隊のやや重い足取を思はす。萱草の若芽と濡れた兵卒、二つを繋ぐ悲しみの眼、作者は先刻の墓原に萱草の萌芽、それに降る雨を悲しんだ。今、麻布聯隊の兵が、背嚢《はいなう》を負ひ、びつしよりと濡れて行く後姿を見る。作者はそれをも悲しいとまでは言はぬ。言はないが、更に悲しく胸塞《ふさ》がる思ひであつたかも知れぬ。讀者に委ねる悲しみの濃淡、あるいは有無。それは、彼が豫想した以上の斬新な效果をもたらしたやうだ。新手法とは常にそのやうなものであり、いかなる場合も、讀者の感受性によつて磨かれもし錆びもする。

墓はらを歩み來にけり蛇の子を見むと來つれど春あさみかな
蛇の子はぬば玉いろに生《あ》れたれば石の間《ひま》にもかくろひぬらむ
ほそき雨墓原に降りぬれてゆく黑土に烟草の吸殼を投ぐ
病院をいでて墓原かげの土踏めば何《なに》になごみ來しあが心ぞも

蛇に寄せる興味が私には不可解だが、さういふ人もゐるのだらう。作者は奇を衒《てら》つてゐるのでもあるまい。結果的には、人は眉を顰《ひそ》めつつふと立止る。吸殼を投げ、墓原の土に心なごむと、いかにも思ひ深げに歌ひ連ねるが、大したおもしろみも感じられない。ただ「雨にぬれて行く兵隊」は、かういふ歌群の中に、ぽつりと一首、過ちのやうに混つてゐることを覺えておかう。

後の日、『あらたま』にも、作者は「萱草《くわんざう》を見《み》ればうつくしはつはつに芽《め》ぐみそめたるこの小草《をぐさ》あはれ」と、初心忘れずこの草萌えを歌つた。だが、二度と濡れた兵隊と幻像を重ねるやうな手法を見せることはない。若書きの魅力とは、二度と繰返し得ぬ、過失に酷似した冒險の美しさにのみ生れるのであらう。

にはとりの卵の黄味の亂れゆくさみだれごろのあぢきなきかな　「さみだれ」

みだるるは卵のみかは、と第二首目を唱和したいやうな、流露感のある歌だ。卵の腐ることを「流れる」と稱するが、卵黄を繋ぐカラザが切れるか、皮膜が硬くなつて內容が卵白に溢れ出すからであらう。梅雨期はものみなが饐《す》えやすくなる。朝炊いた飯が夕暮には臭《にほ》ふこともある。時折氣紛れに、かつと日が照りつけ、また雨に戻る天候など、殊に食物の脚は早くなる。物によつては冷藏庫內で靑黴に覆はれる。低濕地帶の家では壁を蛞蝓《なめくぢ》が這ひ、露地奥には蕈《きのこ》が生える。人は痼疾の神經痛が再發し、鬱病が昂じる。牛馬は消化不良を起し、雛は羽蝨をわかす。たとへ外に紫陽花《あぢさゐ》が碧玉の露をしたたらせ、梔子《くちなし》がぬばたまの闇に芳香を漂はせても、霖雨《りんう》の頃は何をするのも億劫《おくくふ》になり、戀すら立消えになつたり、流れたりしさうだ。すべての憂鬱な現象を、「にはとりの卵の黄味の亂れゆく」に象徴要約した直感力は、さすがと言つてよからう。

改選版でも正されてゐないが「黄味」は「黄身」と表記すべきだらう。それはともかく、「アララギ」内部などでは「にはとりの卵」なる言葉の是非が、深刻なおももちで討論されてゐるやうだ。「にはとりの」とことわる必要はない。おん御丁寧だといふ意見もある。くだらない。食用の卵は鶉《うづら》もある。鶉の場合はことわれ、雞なら卵といへと命令でもしたいのだらうか。家禽の中でも殊にドメスティックな雞ゆゑ、卵を言ふ場合も、一種の枕詞代りといつた感じで初句に据ゑたのだ。据ゑるなどといふ改つた意識も作者には無かつたはずだ。また一方この初句を、特異な感受性と稱揚し、それも茂吉なればこそ風に力說するのも、いささかならず滑稽だ。凡手だらうが新人だらうが「にはとりの卵」とくらゐは言ふ。要は、この歌の第二句、第三句にある。そして、逆に、第二、三句十二音が巧な表現であるゆゑに、初句も亦生命と光を得ることになるのだ。

三句切に見えながら實はそこまでが「さみだれごろ」の形容句になり、つひに全く切目、段落のないまま一首が終るといふ構成も、霖雨の吹つ切れぬ思ひにふさはしからう。小刻みで、アラベスクを描くかの律調の結尾に「あぢきなきかな」と、やや古風な詠歎を置いたことも、十分に頷《うなづ》ける。「さみだれごろの」の「の」も、考へられた用法で「は」ならば、この口籠つて鼻に抜けぬやうな感じは出まい。私は黴雨季が到來し、廚《くりや》で雞卵を

227　にはとりの卵の黄味の亂れゆくさみだれごろのあぢきなきかな

割るところを目撃する度に、心の中でこの歌を口遊《くちずさ》む。

　さみだれは何《なに》に降りくる梅の實は熟《う》みて落つらむこのさみだれに
　あが友の古泉千樫は貧しけれさみだれの中をあゆみゐたりき
　けふもまた雨かとひとりごちながら三州味噌をあぶりて食《は》むも

三首揃つて面白い。構へて作つた秀歌ではないが、一一背後の事情を考慮せねば味到もむづかしいやうな歌でもなく、心安く通り過ぎた後でふと振返りたくなる種類の佳作だ。「梅の實」は、「卵の黄味」と同工《どうこう》異《い》曲《きよく》ながら、「あぢきなき」などといふ主觀を口にすることなく、この季節の懶《ものう》さ、いらだたしさを十分に言ひおほせてゐる。もつとも、前者が心のみだれ、生活の頽廢《たいはい》まで匂はせてゐたのに比し、梅の方はやや生理的、雰圍氣的なところで終つてゐるやうだ。「何《なに》に」は元來「何しに」「何のために」の意で用ゐられるが、この場合は「何故に」に等しく、「アララギ」出身の歌人は、それを知つてか知らずか〈Why〉の代りに濫用する妙な習慣が、現代も決して廢《すた》れてはゐない。一考を要することだ。

特殊事情を切捨ててもおもしろいといへば「古泉千樫」の歌は否と、文句の出さうなのは重重承知である。だが、この歌では「悲報來」の「赤彦《あかひこ》と赤彦が妻」を思ひ出すくらゐ、固有名詞が生きてゐる。「赤彦は貧し」では、文字上の變な穿《うが》ちめいて、却つて味はひを缺く。「友・貧し・さみだれ」が「古・泉・千・樫」と至妙に響き合ふ、卽《つ》かず離れずに一種の俳味配合さへ感じさせる。事實貧しかつたのかどうか私は知らず、知りたいとも思はぬ。「アララギ」では何時、何町を、どの方角へ歩んでゐたかまで論議されてゐるやうだが、さてさて關係者とは不自由なものだ。「古泉千樫」の悄然《せうぜん》たる、そのくせ一脈の爽やかさを保つ横顏、後姿が浮んで來れば、何をその上に望む要があらう。

三州は三河岡崎の八丁味噌の歌も、平談俗語調が生きてゐる。鹹口《からくち》のぶつぶつと鄙びた舌觸り、「あぶりて食《は》むも」で、その焦げる匂と、廚、茶の間の仄明《ほのあか》り、硝子の小窓越しの、雨に煙る新樹まで見えて來る。作者の「あぢきな」さも、この歌に極まるやうだ。

胡頽子《ぐみ》の果のあかき色ほに出づるゆゑ秀《ほ》に出づるゆゑに歎かひにけり　同前

「おくにを憶ふ」の脚注風詞書が歌の後に添へてある。彼女は、作者の身邊に侍《はべ》つて、日常生活の世話をしてゐた忠實な女中、言ふまでもなく實在の人物だ。茂吉は明治四十四年一月、「おくに」と題する挽歌大作をものしてその死を悼《いた》んでゐる。その肺腑《はいふ》を抉《えぐ》るばかりの悲歎ぶりから推して、戀愛關係を云云する向もあり、一方ではこれを打消す證人もゐてなかなか賑やかなことだが、これまた餘計なことだ。どのやうな意味であれ、「愛してゐた」ことが作品自體から酌み取れればよからう。一首一首のニュアンスから、その愛の質を、様様に想像するのは讀者の自由である。極言すれば「おくに」が虚構の人物であつたとて一向に差支へはない。實際を、ありのままに、正直に歌ふ作者がみづからの證言を一切避けてゐるのは何故か、といふところに立ちかへつて、そこから、歌を味はひ直すのも、事實に拘《こだは》る人の、鑑賞方法の一つであらう。

「胡頽子《ぐみ》」が夏茱萸《ぐみ》を指すのか苗代茱萸を歌つてゐるのか、いづれも五月雨の頃熟れ初めるから、この歌では判らない。開花は前者が早春、後者は前年秋、形状は素人目には判別しにくい。ともあれ花は灰色の極く小さな筒狀四瓣で、銀色の葉裏に紛《まぎ》れ、咲いてゐることさへ見過しがち、その實も濁つた朱、といふより赤熟しても果皮に無數の白い點があつて、曇つて見える。

味は山野草木の漿果《しやうくわ》中、最も素樸であらう。同季に熟れる木苺、桑の實も野趣棄てがたいものだが、茱萸《ぐみ》の味は、完熟しても澁みが幾分舌に殘り、何か淚ぐましい。次第に赤くなつて來る頃なら、酸味は舌を刺さう。「秀《ほ》に出づ」は單に「あらはれる」の古語に過ぎないのだが、かう繰返されると、いかにも、ほのぼのと赤みのさしてくるやうな感じがするし、「おくにを憶ふ」とあれば、その「おくに」の何人《なんびと》たるかを知らぬ者も、鄙びた少女を聯想し「秀《ほ》に出づ」は「赤き色頰に出づ」すなはち、「さにづらふ」の意で、懸詞《かけことば》になつてゐるのかと考へるだらう。彼女の不幸な身の上であるとか、作者の心理とか、あるいはまた茱萸の實がさみだれに濡れてゐるであらうこととか、背景を手まめに塗りつぶしてみたければ、讀者は心まかせにするがよからう。

この歌は、さうでもしなければ、とても充たされさうにない不完全な文體を持つてゐる。そのくせ、あはれなたたずまひは、佳作として、あへて拾ひ上げずには濟ませぬやうな氣持にもさせる。可能な限り一首の成立前の要素にもたれかかつて、切なげに息づいてゐる作品とでも言はうか。さして名譽なことではないが、『赤光』にこの種の魅力に支へられてゐる歌は多い。つきつめてみれば、あるいは茂吉といふ歌人の、さうさせずにはおかぬ獨特の個性、牽引力を示すものかも知れぬ。初出は第三句も「ほに出づるゆゑに」と「に」を省いてゐない。この引摺《ひきず》るやうな重さもおもしろい。「に」を抜くと、たまゆら息を呑んだ、切迫した息遣ひが感じられて、これも當然趣がある。

ぬば玉のさ夜の小床にねむりたるこの現身《うつしみ》はいとほしきかな
しづかなる女おもひてねむりたるこの現身はいとほしきかな
鳥の子の毈《すもり》に果てむこの心もののあはれと云はまくは憂し

作者は「おひろ」で「夜《よる》くればさ夜床《よどこ》に寝しかなしかる面《おも》わも今は無しも小床《をどこ》も」と歌つてゐる。記紀歌謠か東歌を寫したやうな文體も、取りやうでは氣障《きざ》なものだし、繰返されれば鼻につくが、茂吉は一向氣にならぬらしい。新古今調などまなんで、それが重なつたなら、たちまち目の色を變へる「アララギ」の人人や一般讀者も、かういふ常套には、ほとほと感心するほど寛大だ。臭いといふ點では大差はない。

二首ともども微かなあはれみを籠めた自愛の心である。「ぬば玉のさ夜の小床に」と「しづかなる女おもひて」と初句、第二句を異にするだけで、後の十九音は變らない。一方が蒼然たる古調で莊嚴され、一方が意外に抽象的、觀念的な女人像を垣間見《かいまみ》させてゐるのも、理由のあることで、さうでもせねば恰好がつくまい。

鰕は巣守、孵《かへ》らずに巣に殘される卵のことであるが、さみだれの中で、黒ずみ、腐敗してゆく鳥の卵を鬱鬱と思ひ描き、それをおのが身の上にたぐへ、「あはれと云はまくは憂し」と、まことにまはりくどく曲線的な嗟嘆《さたん》の聲を發する。深刻がるのもほどほどにしてくれと言ひたいほどの誇張表現で、そのくせ修辭は齒痒《はがゆ》い。あるいは、淫雨煙る日の夜、輾轉反側、逝ける下婢《かひ》のための鎭魂歌を低唱する身の儚《はかな》さをしづかに思ひ遣るべきであらうか。

長鳴くはかの犬族《けんぞく》のなが鳴くは遠街《をんがい》にして火は燃えにけり

「犬の長鳴」

犬が遠火事を嗅ぎつけて吠えてゐる。ただそれだけのことを大層らしく、ひどく勿體《もったい》ぶつて歌の形に引伸ばしたに過ぎないと、當時誰か、身も蓋もないやうな評を試みはしなかつただらうか。若《も》し一樣に、この特殊な文體と修辭を受入れ、たとへ茂吉だからといふ條件つきででも、頷《うなづ》き交してゐたのなら、私はその理解力と寛容を嘉《よみ》したい。昔『赤光』を初めて手にし、一通りざつと目を通した時、私に衝撃を與へ、二度と忘れさせなかつた幾つかの歌の中に、この犬の長鳴きは、ある。ゴーギャンの自畫像や笑はぬ子守や梁《はり》の玄鳥《つばくらめ》と共に、心の網膜に灼きついてゐる。怖るべき歌だ。

この歌の默示錄的な、不可解な魅力を決定するのは、「犬族」と「遠街」なる二つの強い抑揚を持つ言葉であらう。作者は明らかに、讀者を十分意識して、この言葉を選び、やや反身《そりみ》になつて、得意げに使用してゐる。氣に入らぬ人には氣障に映るかも知れぬ。作者得意の、ありのままの、實に何でもない歌といふ謳ひ文句は、この歌についても返上したい。惡意に近いやうな作意を以て、目を細めつつこの一聯を企んでゐたのではあるまいか。「長鳴くは」の繰返しも無氣味だが、「火は燃えにけり」も巫《かんなぎ》の口寄《くちよせ》めいて妖氣を感じる。「犬族《けんぞく》」といふ鋭く濁つた語感は、群をなして遠火事の、人にはまだ見えず聞えぬ火の色と臭ひを、互に告げ合ふ、牙剝《きばむ》き出した犬らを、ありありと描き出す。大方は野犬であらう。野生化して、狼のやうな形相、鳴く聲も卑《いや》しく嗄れてゐる。「遠街《をんがい》」の呉音讀みは、杢太郎の「遠人、遠國」のヴァリエーションと思へばよからう。

結句は初出と改選版、共に「火かもおこれる」だ。逡巡の末原歌に返つて斷定を避けたのだらうが、無駄な配慮と私は言ひたい。係り結びの連體形は語感が鈍く、ひりひりするやうな寒夜の遙かな火の氣配など、とても感じられたものではない。「火かも熾《おこ》れる」、すなはち炭火か爐の火と錯覺しさうだ。私はその昔、この歌に出會つた時、なにゆゑか「火は絶えにけり」と誤讀、そのまま覺えこんでしまひ、次に記憶を訂正するまで、三、四年間は、ともる「燈《ひ》」も、燃える「火」も、すつかり盡き果てた漆黒の夜の底で、犬どもが悲しげに吠えてゐる樣を幻想してゐた。それも惡くはないと、今でも思ふことがある。いづれにしても、直線的にぱしりと斷定してそのまま暗がりに消える感じの、この形の下句はかけがへがない。單なる人災の遠火事ではなく、天變地異の結果勃《おこ》つた火では、と、ふと思ふやうな不吉な感じのするのも、特異な漢語と、強引な言ひ切りのせゐであらう。勿論「火」の一字一音に、朱書でもしたいやうな、紅蓮《ぐれん》の焰の幻像を裝塡《さうてん》してゐる。

「犬の長鳴」一聯は、寒夜の空腹、寢入ばなの木枯の音、疾風に搖れる電燈などを歌ひ、第四首目に、始めて掲出の作品が現れる。この遠近法もなかなかのもので、心の中の闇に、闇よりも禍禍《まがまが》しい紅い火の手が上つたやうな印象を與へる。

さ夜ふけと夜の更けにける暗黒《あんこく》にびようびようと犬は鳴くにあらずや
たちのぼる炎《ほのほ》のにほひ一天《ひとあめ》を離《さか》りて犬は感じけるはや
夜《よ》の底をからくれなゐに燃ゆる火の天《あめ》に輝《て》りたれ長鳴《ながなき》きこゆ
生けるものうつつに生ける獣《けだもの》はくれなゐの火に長鳴きにけり

「びようびようと」については既に幸田露伴を先蹤《せんしよう》としてその文例を引いたり、大層な考證も行はれてゐるやうだが、犬の吠聲は英語でもbow-wow、一種の擬聲語をやや勿體《もつたい》ぶつて歌語にすれば、かういふところにおちつかうし、一方「淼淼《べうべう》」などの字を聯想しつつ讀むのもおもしろからう。「一天《ひとあめ》を離《さか》りて」の「一天《ひとあめ》」は火のにほふ遠空と作者の眠る屋の上の空の、彼我の間を大摑みに言ひおほせたつもりだらうが、一山とか一谷とかとはやや異り、何かぴつたりしない。犬の聽覺、嗅覺は信じがたいほどの鋭さであり、作者はこれを天意と感じたらしい。「獣《けだもの》はくれなゐの火に長鳴きにけり」は初出「けだものは神ゐる時の感覺を得し」になつてゐる。いかにも生硬で舌足らずな表現だが、その點では「犬は感じけるはや」も、言葉だけの淺さに終つてゐるやうだ。「さ夜ふけと夜の更け」「燃ゆる火の・輝《て》りたれ」「生けるもの・生ける」等等、同語、同義語反覆も、時と場合による。生きてゐるのは、掲出歌の「長鳴くは」だけだらう。それにしても「長鳴《ながなき》」を「長鳴く」とする用法など、少少私の耳には障《さは》る。なほ、ちなみに作者は、全く同趣向の歌五首並列がくどいとでも思つたのか、「たちのぼる」「夜の底を」「生けるもの」の三首が、改選版では削られてゐる。

はるばるも來つれこころは杉の樹の紅《あけ》の油に寄りてなげかふ

「木こり　羽前國高湯村」

杉は材質そのものが脂氣を含みよく水を弾くが、あの荒荒しい樹皮と木質の間には樹脂が滲み出し、殊に裂目、切口等傷《きず》ついた部分には赤みを帯びた琥珀《こはく》色の、粘液狀の油脂が、とろりと垂れてゐる。伐採樹林の杉は天に向つて直立し、伐られた木はその場で枝を拂はれ、時としては皮も剝《む》かれる。頃は二月、凜冽《りんれつ》の空氣の中に、あの日に沁み徹るやうな鋭い材香《きが》、杉特有の揮發性の芳香が奔《はし》り、かつ漲《みなぎ》る。「死にたまふ母」で、「桑の香の青くただよふ」と歌つた茂吉のことだから、私はこの場合なら、あるいは「杉の香のくれなゐの香の漲らふ」と、彼は心中口遊《くちずさ》んでゐたのではあるまいかと思ひもする。「寄りてなげかふ」の「寄りて」は視覺的にクローズアップすると同時に、嗅覺にもよりちかぢかと訴へることを暗示してゐる。

「はるばるも來つれ」の已然形切れも快い切味だ。それにしても茂吉の、已然形好みはますます顯著だ。「こそ」の省略、「ど」「ども」の省略、またある時は「ば」の省略、いづれをも兼ねた味、其他想定は様様あらうが、要は無意識にサスペンスを狙つてゐるのだらう。已然形必ず「え」列音、殊に「ら」行で「れ」が多い。仄《ほの》かな辛みを帯び、抛物線《はうぶつせん》を描いて空中に消え去る感のあるこの形は、一首の減張《めりはり》を際《きは》やかにし、流動感と陰翳を與へ、常用しかけると次第にエスカレートする嫌ひさへある。便利な用法だが、私は『赤光』に於てさへ、ひよつとすると一種の惰性ではあるまいかと疑ふこともある。脚注にある通り、作者は一月に、故郷藏王の高湯溫泉に逗留、藏王山山腹をもとほり、楢《なら》の木原や杉山を見る。雪殘る山中に樵夫《せうふ》たちは生きて斧を振り、猥歌を高唱し、飯と赤子を負うた女がその彼方を行く。この大らかに新しい自然の中にさまよひ出ると、都會暮しの身の衰へがしみじみと判る。おのれのまことの希求に背いて、「狂人守」を續けてゐることが、今更に沁みて悲しかつたらう。彼はむしろ、輝く雪の中で、斧を振上げてゐる方がより似つかはしい自然兒、野人であつたのかも知れず、その要素傾向は一生つきまとふ。「はるばるも來つれ＝なげかふ」それも、彼にとつて決して感傷ではなかつた。思へば、この杉は彼の分身でもあつたらう。

杉の樹の肌《はだへ》に寄ればあな悲《かな》し　くれなゐの油《あぶら》滲み出《いづ》るかなや

彼の歌つた杉は立木であらう。伐られて轉つてゐる杉と解してもよいとの說があるやうだが、「寄れば」が何とはなくそぐはない。「あな悲《かな》し」は例によつて言はずもがな。やはりやや重くとも「寄りてなげかふ」と据ゑた方が沈痛な響きを生む。しかもこの三句切を受けるのが「滲み出《いづ》るかなや」といふ丁寧な詠歎だから、逆に浮いてしまふのだ。結句は無用の念押しであらう。

　天《てん》のもと光にむかふ楢木《ならき》はら伐《こ》らんとぞする男とをんな
　ゆらゆらと空氣を搖《ゆ》りて伐《き》られたりけり斧のひかれば大木《おほき》ひともと
　山上《さんじやう》に雲こそ居《ゐ》たれ斧《をの》ふりてやまがつの目はかがやきにけり
　斧ふりて木《き》を伐《こ》るそばに小夜床《さよどこ》の陰《ほと》のかなしさ歌ひてゐたり
　さんらんと光《ひかり》のなかに木伐《きこ》りつつにんげんの歌うたひけるかも

いづれもダイナミックな律調張り、作者の面目躍如たるものがある。いつもなら頻出する『萬葉』寫しの古語が、この一聯では抑へられてをり、作者の肉聲が朗朗と響いてくるやうだ。「光にむかふ」といふ何げない第二句にも、煙る梢、まだ芽吹きには間のある褐色の楢の梢が浮んで來る。發止《はつし》と打込む最後の斧の一振によつて、みしみしと傾き、旋風を生みつつ倒れて行く大樹、この歌は一聯を代表する秀作として有名である。激しい動《どう》、張り滿ちた靜《せい》の爆發する一瞬を描いてまことに迫眞的だが、私はさして好きではない。倒置法紛《まが》ひの第四句、いかにも窮屈に嵌《は》め込まれた感じで、咽喉に詰りさうだ。「斧のひかれば大木《おほき》ひともと」の「お」音「ひ」音の押韻《あふゐん》も全く精彩が無い。「雲こそ居《ゐ》たれ」はまづまづの效果、古風な用語にも拘らず、近代繪畫を思はせるものがある。「小夜床《さよどこ》の陰《ほと》のかなしさ」を歌ふとは、隨分持つて廻つた、そのくせ露骨な表現だ。ただ、田歌《たうた》などのさういふ文句よりも、植物を殺す行爲の伴奏に、性的な戯歌《ざれうた》を歌ふのは、むしろ凄じい。となると「にんげんの歌」では意味が廣すぎて、ソヴィエトの勞働歌か、國民歌謠風の曲を聯想して、おもしろみが激減する。

しろがねの雪ふる山に人かよふ細ほそとして路見ゆるかな　「木の實」

掲出歌を冒頭に置く「木の實」一聯八首は、問題作が肩を竝べてをり、『赤光』を語る場合、決して素通りは許されぬ箇處だ。作者も自解の書では、この第一首目から三首を引き、長文の、懇切な説明を施してゐる。「雪ふる山」は東北羽前《うぜん》の山とあるから、「木こり」と同じか、程遠からぬ場所であらうし、樵夫《せうふ》の歌の餘韻、もしくは「木こり」一聯の反歌的詠出と見てよからう。

「雪が降つても未だ通ふ路が見えるといふ感慨と、雪降る冬の山にも生業のためには人等が通ふといふ感慨とが相交錯してゐたのであらう。初句に、『しろがねの』と置いたのは、意味よりも寧ろその音調から選ばれて居り、結句、『かも』とせずに『かな』としたのなども、この頃の自分の傾向であつたのであらう。但し、この『かな』は他流の輕い『かな』と違ひ、『見ゆるかな』の如く、一種のゆらぎを以て重く行つて居るのは、些の工夫があつたのであらう」と、作者はまたまた質樸無類の口調で諄諄《じゆんじゆん》と語るが、残念ながらこの程度のことは、何もわざわざ教へて貰はなくとも自明のことで、聞きたいことは他に幾らもある。核心に觸れる問題からは、見事に身を躱《かは》してゐる。そのくせ、「他流の輕い『かな』と違ひ」などと、妙な「アララギ」の結社意識をちらつかせるところ、茂吉ともあらう人がと、苦笑を禁じ得ない。「他社」の輕からぬ「かな」用例、お望みとあらば十が二十でも竝べてお目にかけたいが、時既に遲かつた。尤もかかる發言にしても「夜郎《やらう》自大《じだい》」とせせら嗤《わら》はれる懼《おそ》れのないところ、人徳、才能といふものだらう。

「しろがねの」は、作者も言ふとほり、音調を調《ととの》へるための、枕詞的用法と取つておかう。しかし、冷嚴な、人を拒み、彈き返すやうな煌《きら》めきは「銀《しろがね》の」と、漢字を聯想する刹那に感じる。「霏霏《ひひ》として」とか「しんしんと」など、初句を雪の降り樣《ざま》中心に置き變へてみるなら、おのづから明らかな差が生れよう。この歌の命は、その絶妙な三句切にある。お得意の已然形切ではなく、「人かよふ」は連體形的終止形である。さう呼ぶ他に適切な名が無い。「人かよふ路」と「路」を淡く書いてわざと消したやうな感じさへする。「ほそぼそとして」ではなく「ほそほそとして」と訓ませるところも心にくい。

茂吉はかういふ場合、たとへば「死に近き母に添寝《そひね》のしんしんと遠田《とほた》のかはづ天《てん》に聞《きこ》ゆる」の「しんしんと」のやうに、副詞が前後のいづれの句にも響く構成を取ることが多く、それを適用するなら、「しろがねの雪ふる山に細ほそとして人かよふ路見ゆるかな」としたかとも思はれる。人の通ることも稀な、頼りなげな山峡、岨《そは》の九十九折《つづらをれ》の道を讀者は思ひ描き得る。けれどもそれでは尋常に過ぎる。意味に重点を置くなら、このいづれにもつく効果も捨てがたからう。それを知りつつ作者は副詞を下句に移し、三句切の吐息を響かせた。

結果は、意味の上からも決してマイナスにはなつてゐない。「人かよふ（路）細ほそとして」の感も、考へやうでは「人かよふ（事）細ほそとして」にも十分取れるのだ。結句は、いづれも「（その）路（ここより）見ゆるかな」である。

常赤《とこあか》く火をし焚《た》かんと現《うつ》し身《み》は木原《きはら》へのぼるこころのひかり
山腹《やまはら》の木はらのなかへ堅凝《かたこ》りのかがよふ雪を踏みのぼるなり
雪のうへ行けるをんなは堅飯《かたいひ》と赤子《あかご》を脊負ひうたひて行けり
みちのくの藏王《ざわう》の山のやま腹にけだものと人と生きにけるかも

241　しろがねの雪ふる山に人かよふ細ほそとして路見ゆるかな

うち日さす都《みやこ》をいでてほそりたる我《われ》のこころを見んとおもへや

五首いづれも「木こり」一聯中のものであり、「みちのくの藏王《ざわう》のやま」は掉尾《てうび》の歌であつた。これらの深い感慨を生む直接の契機は、「ほそりたる我《われ》のこころ」を見たことであり、その心には、山こそ、わがたらちねの母なる山、ちちのみの父なる山として映じたらう。海濱に生れた者なら、同様都會生活に苛《さいな》まれ、疲れ果てた時、岩を砕く波、曙《あけぼの》には煌《きら》めく青海波を見れば、大自然の懐に抱かれて、あまねく癒やされる歡びをしみじみと感じたはずである。茂吉も癒やされたらう。だがその歡びも束の間、彼はやはり生きるために、忌《いま》はしい場所「うち日さす都《みやこ》」へ還らざるを得まい。さればこそ、山をおのが生活の場とする人人へ寄せる思ひは深い。その生の嚴しさを熟知するからに「生きにけるかも」は吐息に似、「細ほそとして路見ゆるかな」は祈りに通ずる。都に在つて心挫《くじ》けた時も、作者はみちのくの山を登る姿を幻想し、それを彼の「こころのひかり」としただらう。

赤茄子の腐れてゐたるところより幾程《いくほど》もなき歩みなりけり

同前

有名なことにかけては『赤光』中屈指《くつし》の歌であらう。『赤光』を通讀したことはなくとも、この一首は、「死にたまふ母」の數首と共に知つてゐる人は少くなからう。そして「のど赤き玄鳥《つばくらめ》」や「遠田《とほた》のかはづ」に、理窟抜きで感動したやうに、「赤茄子」に心搏《う》たれた人は、まづ、絶對にゐないだらう。ある人は、どうして、この歌がそれほど名高いのか、不可解で仕方がないと小首を傾《かし》げる。氣の弱い一人は、おもしろみの感じられないのは、自分の頭の悪いせゐかと俯《うつむ》く。

特殊な何人かはこの作品を認め、至妙の味はひだと舌鼓を打ち、先の「判らない」人人から羨望の目で見られる。勿論半信半疑の三白眼で後《うしろ》から睨《にら》まれてもゐるだらう。猜疑《さいぎ》の目は時を得て開き直る。ではどうして、どこがそれほどおもしろいのか、貴方はこの歌のいかなる點、いかなる部分に心を動かされ、目を細めるのか、逐一《ちくいち》解説してくれと、眞顔で迫る。自稱理解者ははたと困惑する。適切な言葉が見つからない。無理矢理喋《しやべ》らうとすると、それに費す言葉は、實體のないそらぞらしいものになつて、相手の心に届く前に消えてしまふ。彼は立往生して、かういふ始末の悪い、しかも魅力のある歌の作者を憎むやうになる。詩歌とは、詩歌のおもしろみとは、つひにそのやうなものであり、曰く言ひがたい、理不盡な美の幻影を、彼自身垣間見《かいまみ》たことを知らずに。

　この歌に關して、およそ三分の一の人は拒絶反應を起して、横目で睨《にら》み、口を開けば、何か有りさうで何も無い歌と呟く。三分の一は先の所謂《いはゆる》理解者のやうに、おもしろみは判つてゐながら、その理由が正確には摑み得ず、何となく後《うし》めたく、自分一人樂しんでゐればいいと半ば居直つてゐる。殘りの三分の一は、明らかに過大評價して、稀有《けう》の傑作と考へこんでゐる。褒める時はシュールレアリスム論に始まつて、戰後早早の實存哲學まで援用して口角泡《こうかくあわ》を飛ばす。そのくせ、實は、彼らのほとんどは「茂吉」の署名あるゆゑに、あへて認め、あへて稱揚したがるのだ。讀人不知なら、掌を返したやうに貶《けな》すだらう。尤もかかる例は茂吉の歌の場合他にも多多あり、また他の歌人にも例に事缺かぬ。作者名信仰は、結社の內部批評にその例最も多く、ために眞の秀作さへ汚《けが》されることも有り得る。

　私は特殊な發想と文體に甚しく引かれる。殘酷な斷定と切捨に反撥を感じつつ、舌鼓を打つ。作者の、例によつて、恐らくは無意識の、銳い言葉の選びに膝を打つ。だがそれ以上は肩透かしを食ふから、作者みづからの辯に一應耳を傾けよう。すなはち「この歌は、字面にあらはれただけのもので、決してその他のからくりは無いのである。トマトは赤く熟して捨てられて居る、これが現實で卽ち寫生である。作者はそれを目にとめ、そこを通つて來たが、數歩にしてふと何かの寫象が念頭をかすめたのであらう。その寫象は何であつても、讀者はそれを根掘り葉掘り追究するに及ばぬ底《てい》の境界である。戀心であつても、懺悔であつてもかまはぬ境界である。併し結句に『歩みなりけり』と詠歎してゐるのだから、その寫象といふものには一種の感動が附帶してゐることが分かる。その抒情詩的特色をば、かういふ結句として表現せしめたものに相違ない。さういふのをも私は矢張り寫生と云つて居る。寫生を突きすすめて行けば象徴の域に到達するといふ考は、その頃から既にあつたことが分かる」。結局、隔靴搔痒《かくくわさうやう》の感は免れないが、到頭ここで茂吉が、寫生の究極は象徴と言つてしまつたのを聞けただけでも儲けものだ。寫生は手段、目的は象徴と言ひ變へも可能である。

バケツより雜巾《ざふきん》しぼる音きこてそれより後の五分《ごふん》あまりの夢　『寒雲』

私はトマトの歌を讀むと反射的にこのバケツの歌を思ふ。同じパターンの最悪の例として、いささかの嫌惡と共に引き比べる。主部、すなはち目的の部分を意識的に斷ち切られた掲出歌に、異樣な美の戰慄《せんりつ》を孕《はら》ませたのは、「腐つた『赤茄子』」である。これは決定的で動かせぬ。東京郊外で目擊したか否か、その名で呼び馴れてゐたかどうかは問題ではない。消された主部に關る幻想も、悉くこの「赤茄子」が決定する。「腐つた『南瓜《かぼちや》』」でも、「新鮮な『バナナ』」でも、歌にはならず、第一茂吉が歌ひもしなかつたであらうことが、一番肝腎な點ではあるまいか。讀者の穿鑿《せんさく》は及ばぬと作者は言ふ。及ばねばこそ、ほしいままに想を馳せ、缺落部分を充たさうとするのだ。大きな疑問符をつけたまま作品は終り、讀者は推理の快樂を與へられた。何を以て充たすか、いかにパズルを解くかで、この作品は逆に、享受者の生き方、美學、その他を照らし出すのだ。ただ、作者もこのパターンで二度と成功はせず、まして模倣は空しい。

紅蕈《べにたけ》の雨にぬれゆくあはれさを人に知らえず見つつ來にけり　同前

腐つたトマトもさることながら、紅の蕈とは珍しい。後にも先にもこれ一首だらう。寫實、寫生と口喧《くちやかま》しく稱へる人に限つて、時時、その持論に刃を突きつけるやうな幻想的な作品を發作的に見せる習性がある。

爛々と晝の星見え菌生え　虚子

これなどもいづれ毒蕈だらう。椎茸《しひたけ》、松露《しようろ》、濕地茸《しめぢ》のたぐひにこのやうな妖氣は無い。茂吉の紅蕈は、さる書の注釋には、確信を以て紅天狗蕈《べにてんぐたけ》と解してゐるが、私はこれを採らない。紅蕈にも多くの種類はあるが、日本產のものは、前記紅天狗蕈 Amanita muscaria, (L.) Fr. と毒紅蕈 Russula emetica, (Schaeff.) Fr. の二種だ。紅天狗蕈は秋期に簇生するが、深山では夏にも見られる。鮮紅圓蓋形の傘には無數の小突起があり、含有する有毒成分はムスカリン、時折、橙黄の傘のものも生え、これが卵蕈《たまごたけ》に酷似してゐるので、誤食も珍しからず、帝政ロシア時代、アレキシス皇帝の中毒死はかなり有名だ。

私は今一つの毒紅蕈を、茂吉の「紅蕈《べにたけ》」と考へたい。この蕈の傘は圓蓋狀ではなく、中央が皿狀に凹んだ扁平形である。さして深くはない山林に、眞夏から秋にかけて生える。莖は中空になつてゐるので甚だ脆《もろ》く、わづかな衝撃にもあへなく崩れる。また烈しい辛味があるので、誤食することはまづない。傘の表皮は鮮紅で、雨に會ふと急速に褪《あ》せる。「雨にぬれゆくあはれさ」とは、この特徴を捉へてのことであらう。紅天狗蕈にあらず、毒紅蕈に限ると主張したいのは、一にこの點に關る。尤も紅天狗蕈と解說した人は、「赤茄子」とは「氣違茄子」なり云云、すなはち「トマト」と「曼陀羅華《まんだらげ》」をすつかり混同して、「幾程《いくほど》もなき歩みなりけり」の歌に注してゐるくらゐだから、菌類についての注も問題にせぬ方がよいらしい。

「人に知らえず」と祕密めかせたつつましさは、作者らしからず、それゆゑにおもしろい。「知らえず」の「え」は平安朝に亡びた助動詞「ゆ」の未然形で、他にも「人に知らゆな」風の用法は見られるが、この場合も「人に知られず」とは、たつた一音、それも「ら行」と「や行」の違ひながら、印象は微妙に變る。脆い蕈には「え」がふさふのだ。

毒紅葷が雨に濡れ、色褪せてゆくあはれな樣を、獨《ひとり》、人には知られずに、眺めながらやつて來た。それだけのことである。だけ、にも拘らず、作者の心弱り、魂の衰へが、その頼りなげな律調から、おもむろに響いて來る。「ゆく、えず」の柔かな撓《たわ》みは、さういふ照應の上からも效果的であつた。

何處から來て紅葷を見、見つつ何處へ行かうとしてゐるのか。ここでも目的は不明である。まるで紅葷が目的であつたかに錯覺し、そのやうな儚事《はかなごと》が、作者の目的であるはずはないと考へ直す。享受者のとまどひにもあはれみにも關り無く、作者はおのが傘に隱れて通り過ぎて行く。「雨にぬれゆくあはれさ」は紅葷のみのことではない。作者も亦恐らくは黑い蝙蝠傘《かうもりがさ》を翳《かざ》し、圓蓋のとめどもない雫に取卷かれて、何處かへ行かねばならぬ。

山ふかく谿の石原《いしはら》しらじらと見え來《く》るほどのいとほしみかな
山とほく入りても見なむうら悲しうら悲しとぞ人いふらむか
滿ち足らふ心にあらぬ谷つべに酢《す》をふける木の實を食《は》むこころかな
かうべ垂れ我《あ》がゆく道にぽたりぽたり橡《とち》の木の實は落ちにけらずや

標題の「木の實」がやつと姿を現す。「酢《す》をふける木の實」は鹽膚木《ぬるで》であつたと作者は言ふ。例の五倍子《ふし》と稱する漢方用の蟲癭《ちゆうえい》が出來るので知られた木だ。その酸い實を、彼は少年時代口にしたのだ。長じて今、久方振に撮《つま》んで含む。口中に刺すやうな酸味と、仄《ほの》かな苦みがひろがる。それでも、心には充足を齎《もたら》さぬ。むしろなほ渇く思ひであらう。第二句を連體形で切つて一字空白の表記は、改選版では詰めてしまつたし、他の歌でもかういふ變則的な表記は例外なく改められてゐるが、無用の配慮の一つである。ふと聲を呑《の》むやうな空しさが、一字分のブランクに滿ち滿ちてゐる。空を以て空を充たす他はない負《ふ》の心理は、紅葦にも、石原の仄白い明るみにも、「うら悲し」のルフランにも、間遠に落ちる橡の實にも、痛いほど察し得る。作者は『萬葉』の寄物陳思歌になぞらへ、所謂《いはゆる》萬葉調の豪放素樸な調べとはこと變り、ほそぼそとした感じで、「酢《す》をふける木の實」は、常識家からは歯痒《はがゆ》がられたが、彼らには判らぬ心境詠だと、謙遜とも居直りともつかぬ自注を施してゐる。私の氣になるのはそれより「心」を「こころ」で説明した點だ。

現し身の瞳《ひとみ》かなしく見入りぬる水はするどく寒くひかれり

「睦岡山中」

標題の地名は千葉縣山武郡、當時の「アララギ」關係者、歌人蕨眞《わらびまこと》の居住するところである。一聯十一首はここを訪れた折の作品だが、内容は「木こり」「木の實」とさも似たり、彼は、殊に自然に歸つて、たとへば山中を逍遙し始めると、その思考はほぼ同一パターンで展《ひろ》がり、用語は結局「悲し」の連發に終るらしい。「現し身の」はこれまた作者好みの常套語で、有つても無くても意味の上に變りは生じず、この歌の場合も、あへて「肉眼」と、改まつて指示してゐる譯ではない。ただただ、「うつしみ」の語韻が缺くべからざるものとなるのだ。「雪ふる日」の「現身《うつしみ》のわが血脈《けちみやく》のやや細り」もさうであつた。だが、掲出歌の音韻は更に選ばれ、「う列音」十一、「い列音」十一、他九といふ比率になる。一方、「か行音」「ま行音」「ら行音」それぞれ五、「さ行音」四、他十二、すなはち、鋭く、身に沁みるやうな調べとなり、空間に迸る。歌に「ほそみ」といふ一つの境地があるなら、これなどその典型と言へよう。勿論計算してのことではない。しかし全然無意識でもない。歌半ばにして、ふと氣がつくと纖細鋭敏な韻を揃へてゐたので、後はこれと響き交すやうに配慮するといふケースもあらう。地口《ぢぐち》めくが「あ列」は明るく「お列」大らかに「い列」しみじみといつた感じはつきまとひ、その交錯效果が、歌の味はひを決定するものだ。

　意味の上からも「瞳《ひとみ》・かなし・するどく・寒く・ひかれり」と寒冷、寂寥の感を連ねて、當然のことに、音韻と表裏一體をなしてゐる。初句、初出は「うれひある」であつた。「現し身の」の方が、ふさはしいことは自明であらう。「するどく寒く」の疊みかけも、凡作ならばくどくなるところだが、この歌ではぴしぴしと心に笞《むち》を打つ感があり、むしろ快い。印象派風のこまやかな筆致の繪が目に浮ぶ。半ば落葉に埋もれた木群の間の溜り水、その水に映るのも裸木の細い梢、梢の間の鉛色の曇天の一隅が、ある角度から見ると、一瞬きらりと光る。そこに作者の瞳を感ずるだけで、畫面には生きものの影も無い。靜物《ナチユール・モルト》に似た風景、その、人を拒み、彈き返すやうな寂寥の世界にさへ、都會で生き疲れた作者は、言ひ知れぬ安息を得る。潦《にはたづみ》さへも甘露のやうに思はれる。

山ふかき落葉のなかに夕《ゆふ》のみづ天《てん》より降《ふ》りてひかり居りけり
何ものの眼《まなこ》のごときひかりみづ山の木はらに動かざるかも
都會のどよみをとほくこの水に口觸れまくは悲しかるらむ

同一パターンの思考、それは、「都會のどよみ」と、「木こり」の「うち日さす都《みやこ》をいでてほそりたる我《われ》のこころを見んとおもへや」を比べても明らかだらう。彼の山河詠は、それがどこであらうと、おのづから歸鄕詠的なニュアンスを帶びる。銳く光る水は、天來のものであり、眼のやうな色を湛へてゐた。「何ものの眼《まなこ》のごとき」とは、神の目を思はすことの、控へ目な暗示ではあるまいか。山中の水については「ひとりの道」の中にも「わが步みここに極まれ雲くだるもみぢ斑のなかに水のみにけり」と歌つてゐたし、前《さき》の日には野中の水を「かぎろひのゆふさりくれど草のみづかくれ水なれば夕光《ゆふひかり》なしや」と至妙に表現した。

251　現し身の瞳かなしく見入りぬる水はするどく寒くひかれり

天さかる鄙《ひな》の山路にけだものの足《あ》跡《あと》を見ればこころよろしき
なげきより覺《さ》めて歩める山峡《やまかひ》に黑き木の實はこぼれ腐りぬ
ふゆ山にひそみて玉のあかき實を啄《ついば》みてゐる鳥見つ今は
寂しさに堪へて空しき我《あ》が肌に何《なに》か觸れて來《こ》悲しかるもの
赤光《しやくくわう》のなかの歩みはひそか夜の細きかほそきゆめごころかな

これらにも「ひとりの道」の「いのち死にてかくろひ果つるけだものを悲しみにつつ峡《かひ》に入りけり」「獨《ひと》りなれば心安けし谿ゆきてくちびる觸れむ木の實ありけり」や、「木の實」の「酢《す》をふける木の實」や「橡《とち》の木の實」がおのづから心の中でその影を重ねる。「赤光《しやくくわう》のなかの歩み」とは夕日の光耀を身に浴びての歩みであつた。第三句以下の耽溺《たんでき》の調べは、彼が「赤光」を無條件に、沒我的に愛してゐる證《あかし》であらう。それにしてもやや軟弱に過ぎよう。彼が目を細めてうつとりしてゐるのと對蹠《たいせき》的に、讀者は何か白けてしまふのだ。同義語の反覆も時と事によりけりであらう。

水のべの花の小花の散りどころ盲目《めしひ》になりて抱《いだ》かれて呉れよ

「或る夜」

「をさな妻」と「少女《をとめ》」の頻に現れるこの一聯は、ひどく初心で、むしろおどおどしたやうな獨白で始まり、かつ終つてゐる。掲出の歌は掉尾《てうび》の一首。上句は「抱《いだ》かれ」た結果の象徴美化喩法であらう。あたら少女の花を散らすなどといふ通俗的な表現は、下世話にも通ずるし、この歌もさして遠い次元のものではない。怖ろしからう、恥かしからうが、今は目を瞑り、何もかも忘れて、私に抱かれてくれと、一人の少女に訴へるかたちである。

「をさな妻」については、例によつて詳しい考證が既に、實證派の研究で公表されてゐる。翌翌年結婚の運びとなる人で當時十八歳、時に茂吉は三十一歳、まこと一まはりも違へば幼妻《をさなづま》と言つてよからう。この言葉は茂吉の造語と言はれてゐるが、幼友達、幼馴染などからいくらも派生的に作り得るたぐひの言葉で、モノポリといふ譯でもあるまい。それにしても、いくらさう定められてゐたとは言へ、結婚の二年前から「妻」呼ばはりするものだらうか。あるいは「幼妻」とは、許婚者の別稱の一つでもあり、結婚前、結婚後の區別無くさう呼ばせるつもりだらうか。隨分便利で曖昧な言葉だし、この一聯中でも一再ならず、讀者の、判じかねるやうな狀況、條件が現れる。

毀《こは》れ易い、たとへば硝子細工か何かをいたはり、かつ見守るやうな、保護者兼擬愛人の心理が、かなり纖細に歌はれ、微笑と苦笑、こもごもに洩らしつつ、作者の、このやうな世界に關する限り、愚直平凡極まる心ばへを知る。淸教徒的なストイシズムには遙かに遠く、また一方、同時代の文人氣質、蕩兒たることを藝術家の資格の中に數へるやうな氣障《きざ》な信條からも更に遠い。「おひろ」の一聯における悲戀の心中立《しんぢゆうだて》にしろ、自稱ドン・ファンの和製ボヘミアン諸氏に言はせれば、取るに足りぬ情事のかけらに過ぎなかつたらう。

茂吉の相聞歌は三十を過ぎても、二十代初期の童貞さながらに臆病で、猪突猛進型で、自意識過剰だ。風貌を思ひ合せると、ふたたび三度、微笑、苦笑の漣《さざなみ》が心中に擴がる。

よその子を思ひうかべてある時と知らでわれ凭《よ》る君が腕《かひな》に　吉井勇
くちづけを七度《ななたび》すればよみがへる戀と輕んじくちづけをする　同
かより合ひ轉《まろ》び合ひたる雜魚寢《ざこね》びと遊び倦きたるあけがたの月　同

『酒ほがひ』や『片戀』の、酒色耽溺《しゆしよくたんでき》の歌を一瞥《いちべつ》すれば、茂吉の戀歌がいかに純眞質樸なものであるかが判らう。歌としての質の上下はおのづから別ながら、茂吉にはかういふ遊冶郎《いうやらう》の歌は生涯詠めなかつたことも、彼の作品を釋《と》く時、かなり重要な要素になり得よう。更に言ひ添へておくなら、遊冶郎たり得なかつたことのみが問題なのではない。創作すら考へなかつたこと、その作歌信條の潔癖さ加減も考へ合すべきなのだ。勇の場合も丁度うらはらの條件つきでさう言へるだらう。

わが友は密柑《(ママ)》むきつつ染《しみ》じみとはや抱《いだ》きねといひにけらずや
いま吾は鉛筆をきるその少女安心《あんしん》をして眠りゐるらむ
寝《い》ねがてにわれ烟草すふ烟草すふ少女《をとめ》は最早《もはや》眠りゐるらむ
をさな妻をとめとなりて幾百日《いくもゝか》こよひも最早《もはや》眠りゐるらむ

いづれも愛慾にはほど遠い、童女をあやすやうな、父が愛娘《まなむすめ》の上を思ひ遣るやうな慈《いつく》しみに滿ちてゐる。「をとめとなりて」とは、見た目にも女らしくなつてといふことなのか、醫學者たる作者のことゆゑ、初潮を踏まへ仄《ほの》めかしてゐるのか、「幾百日《いくもゝか》」だけでは推量のしやうもない。「わが友」が、どうやらその幼妻を意味するらしいことを察するまでには、いささか時間を要する。韻文譯舊約聖書「雅歌」の、たとへば「わが佳耦《とも》よ、わが美《うるは》しき者よ」あたりを念頭におくならともかく、「わが友=はや抱《いだ》きね」とだしぬけに歌はれると辟易《へきえき》せざるを得ず、何の抵抗もなくさう言ふ作者の語感を疑ひたくなる。「いひにけらずや」を、さる解說者は「言はないだらうか」といふひそかな期待、すなはち現在=未來形に取つてゐるが、作者の意圖はどうあらうと、歌そのものは「言ひはしなかつたか」と過去形になつてゐる。まこと言つたのか、作者がそれに應じたのか、一切不明ではあるが、掲出歌の「抱《いだ》かれて呉れよ」を見れば、おのづから答は生れよう。「水のべの花の小花」で、それにたぐへられた「幼妻」の容貌、風姿、性格等が、ほのかに匂つて來るところも、考へやうではなかなかおもしろい。

よにも弱き吾なれば忍ばざるべからず雨ふるよ若葉かへるで　「うつし身」

萬葉調、ますらをぶりの朗朗たる律調はどこかへ遁走《とんそう》し、悲愴《ひさう》で、しかも凜乎《りんこ》とした茂吉獨特の律呂《りつりよ》からも遙かに遠い、奇妙な、舌を嚙みさうなリズムがここに現れた。甚しい字餘りや字足らずは、他にも少からず見られるが、この一首は三十二音、初句が六音になつてゐるだけで過不足は言ふほどのこともない。しかし甚しい破調を感じさせるのは、一に句の切目と意味の切目の不一致ゆゑである。「よにも弱き吾なれば／忍ばざるべからず／雨ふるよ／若葉かへるで」が意味の切目であり、句の切目をあへて示すなら「よにも弱き・吾なれば忍・ばざるべか・らず雨ふるよ・若葉かへるで」となり、初句、第四句が辛うじて合致する程度だ。定型短詩として、必ずしも奇異な例とは言へぬ。俳諧、殊に芭蕉など、この常習者であつた。「海暮れて・鴨の聲ほの・かに白し」「五月雨に・鶴の足みじ・かくなれり」「いづく時雨・傘を手にさげ・て歸る僧」「髭風を吹いて・暮秋嘆ずる・は誰が子ぞ」「曙や・白魚白き・こと一寸」等、心の中ではかう區切つて訓み下し、目では意味上の區別を見るところに、微かな刺戟と快い違和を生ずる。

勿論俳諧と和歌では、その韻律の構成も同日の談ではないが、それにしても、歌人は餘りにも句切に神經質で、耳に逆ふものを異端視し過ぎた。掲出の一首の調べを、世の常の五句に直すことなど、茂吉にはいと易いことだつたはずである。けれども、彼は躓《つまづ》き滯《とどこほ》り奔《はし》る心のリズムを、あへてそのまま歌の調べに映した。改選版でも變へてゐない。貴重な先驅であり、その意味では卷中屈指の秀歌であらう。初出は「べからず」の次が一字空白となつてゐるが、これなら更によい。自分の弱い性格をやや誇張してゐるやうだが、漢文和訓調の減張《めりはり》の強い語調が、輕薄さを感じさせず、「雨ふるよ若葉かへるで」でほつと救はれる。そして作者は恐らく、救はれはしないだらう。むしろ悲しみは募らう。

護謨の樹の青のひともと眼に遠しわが世のはてにゐがく護謨の樹　前田夕暮

壁の如く暗き木立のそそり立つほとりに行きて心かへらず　同

硝子越し冬青《もち》の青葉の濡れたるがわれの心に觸るる心地す　同

前田夕暮の「生くる日に」に現れる似通つた心境詠の、その姿が、茂吉よりもよほど尋常であることに驚く。「近代」は、夕暮の作に感じられる。だがそれはそのまま一つの限界であつた。茂吉のあられもないやうに見える破調の古い新しさが、今日もなほ人の心を搏《う》ち、近代、現代に關りなく生き續けてゐることを知らされる。なほ、白秋あたりより、夕暮の方が、この頃の歌の主題、手法共に、茂吉と相呼ぶところがあるやうに見える。

　雨にぬるる廣葉細葉のわか葉森あが言ふ聲のやさしくきこゆ
　いとまなき吾なればいま時の間の青葉の搖《ゆれ》も見むとしおもふ
　やはらかに濡れゆく森のゆきずりに生《いき》の疲《つかれ》の吾をこそ思へ

いづれも佳作であり、夕暮の樹に寄せる思ひと、これらも好《よ》き對照を見せてゐる。夕暮の生硬とも呼ぶべき文體にも、さう歌はねば濟まぬ時代の色が見える。内にこめられた思ひのみを取り上げるなら、「世のはて」「壁」「心に觸るる」の重さを嘉《よみ》する人もあらう。その點、茂吉の三首に「意味」は稀薄だ。やや濃いのは「生《いき》の疲《つかれ》」といふ言葉遣ひくらゐだらう。にも拘らず、一首一首の陰影は微妙に讀者の心を包み、呼吸を心得たリズムはひたひたと脈を搏つ。「あが言ふ聲のやさしくきこゆ」、この一見たわいのない感懷が、「わが世のはてにゐがく」といふ深刻な措辭《そじ》を蒼褪《あをざ》めさせるほど、切實なニュアンスを、歌の調べを得ることによつて有《も》ち始める。自然が歌の舞臺裝置的な役割を演ずることをやめ、歌の生命となつて息づくところに、茂吉の歌の、ほとんど陶酔的とも言へる特異な律調が生れるのだ。

「生《いき》の疲《つかれ》」は改選版で「生《いき》の命《いのち》」と變へられた。やや常識的になり、いささか明るくはなつたが、味はひは單調である。三首をそれぞれの角度から眺めて、今一度掲出の歌に歸ると、俯《うつむ》きがちに斜に立つたかのこの一首の姿が、まことに印象的だ。「若葉かへるで」の、その葉先に紅をさした梢まで、折からの雨に濡れ、煌《きら》めいてゐる様が目に浮ぶ。「よにもよわき・われなればしの・ばざるべか・らずあめふるよ・わかばかへるで」と、作者は蹌踉《さうらう》たる足取で、この世のほかへ歩み去るのだ。

青山の町蔭の田の水《み》さび田にしみじみとして雨ふりにけり　　同前

調べの高さで採るのではない。主題に特異性を認める譯ではない。修辭が特におもしろいとも思はない。にも拘らず、私はこの一首が捨て切れなかつた。一聯の中の一首は、時として、前後の歌に支へられ、その光に照らされ、響きに共鳴して、さほどでもない作品が、意外に引立つこともある。この歌は餘香や餘映のために美しいのではなかつた。前後の歌は凡作とも言へないが、他の歌を香らせ光らせるほどの力はまづ無い。

歌は無疵《むきず》の清らかさに聳えることもある。難のつけやうのない端正な調べが人を魅することである。だが、この一首は私の目には難があり過ぎる。初句の終りが「の」、第二句にもその「の」が二つ、これは歌病《かへい》に數へられる。初句がたとへば、「青山は」風に處理可能な固有名詞だつたら、この難は免かれたらう。次に目障《めざは》りなのは「しみじみとして」なる副詞句だ。この言葉は後の日の「しんしんと」と同様、頻用されてをり、またその用法の分析研究に關しては、事大《じだい》主義と言ひたいくらゐ勿體ぶつた文章が、數多《あまた》目につく。高《たか》が「しみじみ」や「しんしん」、我が家の佛はそれほど尊いものだらうかと思ふくらゐ、深遠な、迎へに迎へた解釋を施して、自己陶醉してゐるのも、氣味の悪いものだ。

「しみじみ雨ふり……」「しみじみと雨ふり……」ならまだしも、「しみじみとして」となると、果して妥當か否か、首を傾《かし》げざるを得ない。氣になりだすと「として」が邪魔で仕方がない。作者の心象風景ゆゑにと説く人もゐる。問題は、實はその邊なのだ。心象風景なら心象風景結構、方法も一貫してそれに徹すればよい。だが作者は飽くまでも「寫生」、これも青山の所番地までつきまとふほど實地に卽した囑目なのだらう。さうなると、作者の實生活が翳をさす。明治四十四年の仲春、晩春、これを作つた頃の彼の身邊の情況、心理が巨細に調べ上げられ、雨ならぬ、彼の心中が「しみじみとして」ゐた原因が竝べ立てられ、その上で、さもありなむ、むべなるかなと目を細め、膝を叩く合評會シーンが繰り展げられねば納まらぬ。まことに殘念ではあるが、寡聞にして私はその記録を目にしてゐない。だが、無ければ友人、門弟諸賢の怠慢であらう。

にも拘らず、私は裸で佇むこの一首に心引かれる。赤錆びの、油紋漂ふ鑛田、あるいは久しく放つておかれて荒れ果てた田、街中に殘る汚れた田に降る雨、それはそのまま、作者の心に降る雨だつたのかも知れぬ。「水田に雨の降るごとく、わが心にも涙降る。かくも心ににじみ入る、この悲しみは何ならむ」と、彼は呟いてゐたのではなからうか。「青山」なる固有名詞も生きてゐる。殊に「青山の町蔭」で、この地を知らぬ人さへ、否知らぬ人はなほさら、木立に圍まれた屋敷町風のたたずまひを思ひ浮べよう。その一劃に、齒の抜けたやうに落ち窪んだ一枚か二枚の田。穭田《ひつぢだ》か、廢田か、寒冷嚴しい日には薄氷が張り、夏が來れば金鳳華《きんぽうげ》や毒芹《どくぜり》に覆れる。その上に雨が降る。まづしいしぶきを返し、みじめな波紋を描いて、細細と雨は降り續ける。

「青山」なる地名は『赤光』にも數へ切れないくらゐ現れ、獨特の雰圍氣を生んではゐるが、この歌のやうに生きて働いてゐるのはさして多くない。もともと、作者は、事實として使用してはゐるが、美學的配慮などいささかもないと言ひたくてたまらないのだらうから、それはそれで構ふまい。「青山」が作者の配慮を越え、讀者の期待をも上廻つて、空前の效果を示顯した例は『あらたま』に一首、これ見よといふのがある。

電車《でんしや》とまるここは青山三丁目《あをやまさんちやうめ》染屋《そめや》の紺《こん》に雪《ゆき》ふり消居《けを》り　「雜歌」

茂吉はこの歌集の登載作品には、異例のことに總ルビをほどこしてゐるが、この歌はまるで粉雪が降り積つたやうな印象を與へておもしろい。青と紺の同色配合に加へて純白の雪、歌集名をも思ひ合せるなら、おのづから微笑が湧く。私も亦、時代こそ違へ同じ歌人であつたことを壽《ことほ》ぐ滿足の微笑が。

うちどよむ衢《ちまた》のあひの森かげに殘るみづ田をいとしくおもふ

寂し田に遠來《とほこ》し白鳥《しらとり》見しゆゑに弱ければ吾《あ》はうれしくて泣かゆ

揭出歌と同一の田とする解説も目にするが、「町蔭」と「森かげ」とが、同じ青山ではあつても、全く同一の一區劃か否かは一考を要する。「いとしくおもふ」「弱ければ」は無用の念押しか、同情強調のたぐひだ。それを誰よりもよく承知の上で、あへて歌ひ、謳つてゐるふてぶてしさ、居直りじみた強引さが、かういふ場合にいかにも臭く、いかに茂吉の作とは言へ到底迎へる氣にはなれない。

くわん草は丈《たけ》ややのびて濕《しめ》りある土に戰《そよ》げりこのいのちはや　同前

萱草はここにもあつた。「折々の歌」中の秀作「萱草《くわんざう》をかなしと見つる眼にいまは雨にぬれて行く兵隊が見ゆ」は青山墓地墓原のものだつた。この歌も、「しみじみとおのに親しきわがあゆみ墓はらの蔭に道ほそるかな」が一聯の冒頭近くにあり、初出は同じ「アララギ」明治四十四年六月ゆゑ、その墓原のものと見てよからう。萱草は、たとへば野萱草などが、街中の庭に植ゑられてゐても、草自體はいかにも鄙びた感じのするものだ。作者は無意識に望郷の念に駈られるのだらう。橙黄の花の、「わすれぐさ」の名にふさはしい優雅さは歌はず、芽生えばかり材料にしてゐるのもその邊に由來するのだらうか。

土屋文明第一歌集『ふゆくさ』は明治四十二年からの作を収めてをり、題にも一端はうかがはれるが、まさに百木百草圖とでも呼びたいほど、植物はいたるところに現れる。萱草の歌は「衣《きぬ》の裾《すそ》に螢《ほたる》をつつみ萱草《くわんざう》の葉笛《はぶえ》をならし來《き》るわが弟《おと》」がある。亡弟望運追憶の作であり、同時に望郷の歌であつた。沼空《てうくう》には土埃の立つ路傍で萱草の花を摑《つか》みひしぐ歌がある。恐らく八重咲の暑苦しい藪萱草だらう。「折々の歌」の萱草は、萱草よりもむしろ「雨にぬれて行く兵隊」のあはれが主題となつてゐた。揭出の歌は、度度引合に出す明治四十二年の「萱《くわん》ざうの小さき萌《もえ》を見てをれば胸のあたりがうれしくなりぬ」と相呼ぶ趣のエラン・ヴィタール＝生命の躍動を傳へる歌だ。

萱草のやや伸びて、なほ伸びつつある姿は特徴がある。百合科植物なのに、むしろ鳶尾《いちはつ》科《くわ》の檜扇《ひあふぎ》に似てゐる。あの「烏羽玉《ぬばたま》」の實を結ぶ檜扇が、その名通り、左右に對稱の平《たひら》な劍狀の葉を、扇を開いた恰好に伸ばすやうに、萱草はあれより柔くみづみづしく、中心線から內側へ二つ折になつた葉を扇狀に伸ばす。但し花季近くなつて伸び切つたものは、地に垂れ下り、最早「扇」の感はなくなる點も檜扇とは異る。この稿を書きつつある私の家の庭にも、野萱草はある。花の後しどけなく亂れる葉をばつさりと切り取つたら、旬日を經ずして、春の初めと同樣、淺綠の秋芽を扇狀にひろげつつある。尤も私の愛するのは、あの一日限りの橙黃の百合形の花に限り、若芽を食用にして樂しむ方ではない。かつまたありきたりの望鄕なども全く關りはない。

　この歌の命は一に第五句「このいのちはや」にあらう。第四句までの速度感のある、こまやかな自然描寫は、この句を得て、光あふれる造物主への頌歌《しようか》になり變る。萱草の戰《そよ》ぎは生きる歡び、すなはち作者の魂の顫《ふる》へに他ならぬ。恐らく、生き煩《わづら》ひ、思ひ屈する彼の心には、羨望に價する草葉の戰ぎであり、彼の魂はそのためにこそ顫へたことだらう。「このいのちはや」と絕句する彼の心中にはさまざまの言葉が犇《ひしめ》いてゐた。それをあへて切捨てたところに、この稀なる感動は生れる。「いとしく思ふ」だの「うれしくて泣かゆ」だのが、どのやうな場合にしろ、ほとんど言葉だけ、謳ひ文句だけに終ることを、「このいのちはや」は雄辯に語つてゐる。

　はるの日のながらふ光に青き色ふるへる麥の嫉《ねた》くてならぬ

　春淺き麥のはたけにうごく蟲手《た》ぐさにはすれ悲しみわくも

いとけなき心葬り《はふ》のかなしさに蒲公英《たんぽぽ》を掘るせとの岡べに
仄かにも吾に親しき豫言《かねごと》をいはまくすらしき黄いろ玉はな

いづれも「このいのちはや」に比べれば、心の深みに降り立つた、調べの高さは感じられぬ。「嫉《ねた》くてならぬ」「悲しみわくも」「心葬り《はふ》のかなしさに」「親しき豫言《かねごと》」等、この一聯中でも殊に生溫《なまぬる》く、妙な形容だが吃音《きつおん》の饒舌を聯想する。生き疲れ、俯《うつむ》きがちに苦しみを吐露してゐる時は、抑揚際《きは》やかな、響き底籠る佳品が生れ、次第に氣分がほぐれ、浮浮して來るに従つて、語感も弛《ゆる》み、思考自體が甘つたれて來るのも、興味のある現象だ。茂吉も亦、結局は悲歌の名手であつた證左、と言ふよりも、短歌とはつひに挽歌の器だつたといふことになりさうだ。その點、木下利玄の次の歌など注目してよい。

根ざす地の溫《ぬく》みを感じいちはやく空いろ花咲けりみちばた日なたに
夕づける風冷えそめぬみちばたの空いろ小花《をばな》みなみなつぼむ
この花は受胎《じゆたい》のすみしところなり雌蕊《しずゐ》の根もとのふくらみを見よ

直接感情吐露を一切避け、即物的に「事實」を述べただけで、明確な小王國を形成してゐるところ、「寫生」の申し子茂吉も及ばぬおもしろさである。

おのが身をいとほしみつつ歸り來る夕細道《ゆふほそみち》に柿の花落つも

「うめの雨」

みづからを愛しあはれみ惜しむ歌は『赤光』に夥《おびただ》しい。いささか多過ぎると思ふくらゐだ。歌も同工《どうこう》異《い》曲《きょく》になり易い。「黄涙餘録」には「おのが身しいとほしきかなゆふぐれて眼鏡《めがね》のほこり拭ふなりけり」「おのが身はいとほしければ赤棟蛇も潜みたるなり土の中《なか》ふかく」、「土屋文明へ」には「おのが身をあはれとおもひ山みづに涙を落す人居たりけり」、「木の實」には「かうべ垂れ我《あ》がゆく道にぽたりぽたり橡《とち》の木の實は落ちにけらずや」、そして「うつし身」に「よにも弱き吾なれば忍ばざるべからず雨ふるよ若葉かへるで」と、一瞥《いちべつ》しただけでもこれだけ拾へる。修辭の上では、かうまであらはに出てゐない歌まで擧げれば、たちどころに二十や三十は現れるだらう。掲出の歌は、内容そのものも文體も、「橡の木の實」に酷似してゐる。ゐるのだが、「柿の花」の方が遙かに美しい。短詩形の調べはまことに微妙を極める。「アララギ」流の論法で行くなら「かうべ垂れ」と歌つた方が實際に卽し、「寫生」の意にかなふだらうに、少くともこの場合は野暮になり、「ぽたりぽたり」なるオノマトペのあまりにも卑近な響きの逆效果に囃《はや》され、歌の丈は低くなつてしまつた。

「夕細道《ゆふほそみち》に柿の花落つも」、この下句は危《あやふ》い。それでゐて變へやうがない。微かに歪んだままぴたりと嵌《はま》り、かつまだこころもち搖れてゐる。まさに不思議な十五音ではある。柿の花を用ゐたことも、勿論成功の一因だ。用ゐたのではない、實際そこに咲いてゐたと作者はまたまた口を尖らせるだらうが、まさかそこは柿の木林で他の木は一本もなく、五月下旬六月初旬といふのに、咲く花は柿だけだつたはずもない。またたとへ柿以外に何も無かつたにせよ、そこへ行きあはせ、それを見つけるのも、「才能」なのだ。凡才は柿の花に會はぬ。

勿論この一首にしろ、柿の花を知ると知らぬで、歌への理會は甚しく異る。たとへば、同じ季節でも、柘榴《ざくろ》では、この歌は成立しない。柿の花、あの廣い葉蔭に、ほとんど保護色に等しい黄緑色の、小さな色紙を折り疊んで作り、息を吹込んだやうな、四瓣のやや四角い花。一輪咲けばその鮮やかな朱にはつと息を呑む柘榴や、濃厚な香に振返る梔子《くちなし》と事變り、柿の花はこぼれ落ち、肩に當り、泥にまみれるのを見て、ああ、花季であつたかと歎息を洩らす、そのやうに目立たぬ儚《はかな》い花なのだ。あの果實がこんな貧しい花からと思はず目を細めるのは、その後のことである。かつまたその花の香が、微かに青臭く、地味な甘みを淀ませてゐて忘れがたい。

地味な花なら他にも數多ある。枇杷《びは》、槇《まき》、茱萸《ぐみ》、桑《くは》、いつ咲いたのか氣づかず、實つて始めて首を傾《かし》げつつ思ひ出すたぐひの花である。だが初夏、さみだれの霽間《はれま》に葉蔭に匿《かく》された柿の花の鄙《ひな》びつつ整ひ、あはれでしかも微笑を誘ふ親しさは、一種の俳味とも言ふべきおもしろさは比類が無い。柿の花は散らぬ。落ちるのだ。その落ち方もまた寂しいほほゑみを蘇らす。眼先《まなさき》をかすめて、ほろりと一つ落ち、歩調を緩めて轉つた方を見れば下草にまた泥濘《ぬかるみ》に、既に幾つかがちらばつてゐる。はてと振仰ぐと、樹は亭亭《ていてい》と聳え、道にまで伸びた枝枝には、びつしりと花がついてゐる。目を凝《こ》らせば落ちるのが雄花であることも知れよう。

　ここにもひそやかな生の營みがある。季節は移つて行く。やがて激しい夏が訪れる。愛の終局にも遭はねばなるまい。作者の鎖された心はこれらの自然によつて、ふとなごみ、いつしかまた淡い愁ひの膜がかかる。

　　はかなき身も死にがてぬこの心君し知れらば共に行きなむ
　　さみだれのけならべ降れば梅の實の圓《つぶら》大きくここよりも見ゆ
　　天《あめ》に戰《そよ》ぐほそ葉わか葉に群ぎもの心寄りつつなげかひにけり

「死にがてぬ」「知れらば」「けならべ」「群《むら》ぎもの心」等等、作者は調子に乗るとたちまち萬葉調に豹變する。當然、これら古語は處を得てそれなりの效果は發揮してゐるやうだ。「死に得ぬ」「知らば」「連日」單なる「心」では、第一調べが躓《つまづ》いてしまはう。だが、「共に行きなむ」とは作者一人の身勝手な呟きで、讀者の共感を呼びやうもない。「ここよりも見ゆ」が寫生の眞髓と、作者は次第に思ひ込むやうになる、これは萌芽の一首でもあつた。蛇足に類する嫌みな說明だ。「ほそ葉わか葉」の言ひ重ねは既に「うつし身」の冒頭に「雨にぬるる廣葉細葉のわか葉森」を見てをり、曖《おくび》が出さうだ。

このやうな夥しい地歌《ぢうた》を讀まされてゐると、「柿の花」が救ひのやうに思はれて來るのもおもしろい。尤も「梅の實」など、標題歌になつてゐるのだから、作者にとつては自信作なのであらう。私には凡作としか見えぬ。

かぎろひのゆふさりくれど草のみづかくれ水なれば夕光《ゆふひかり》なしや　　同前

八・八調十六音の下句の一見たどたどしい韻律が、この歌に思ひがけぬ命を與へた。「かくれみづなれば・ゆふひかりなし」も「かくれみづゆゑ・ゆふひかりなし」も意味の上で大差は無い。最後の「や」など使途目的の曖昧な、有らうと無からうと關係も影響もないやうな助詞だ。ところが一首の終る頃、この「や」が儚げに現れることによつて、歌の姿がゆらりと斜に倒れかかる。倒れようとしながら、この目立たぬ錘鉛《すいえん》の「や」のために、決してくづほれぬ。それが愛《かな》しく悲しい。

「かぎろひのゆふさりくれど」と歌ひ出されると、何とはなく飛火野《とぶひの》や忘れ水、野守《のもり》の鏡が心に浮んで來る。勿論、そのやうな本歌がある譯ではない。だが古語、亡びた歌枕、枕詞とは、その死ゆゑに永遠に新しくなり、その死を葬らしめ、かつ蘇らすための形式に會へば、たちまち、目に見えぬ言語空間に、處を得るのだ。「くれど」の「ど」も微妙である。一瞬「ば」の方がふさはしからうと錯覺させるのだが、結句の「夕光」の「夕」が、これをいとも優雅に訂《ただ》す。

「睦岡山中」の落葉の中の寒中の水を歌つた四首も、趣のある細みの調べではあつたが、この隠れ水の仄《ほの》かなたたずまひには及ばない。「ゆふさりくれど・夕光《ゆふひかり》なしや」と作者は言ふ。光が全く無い譯ではない。水の所在を認め得るかぎり光はある。いくら草蔭の水であらうとも曉には曉の、眞晝には眞晝の、かつまた曇天、晴天によつて微妙な光の移ろひはあらう。「夕光《ゆふひかり》」も亦、その暗い水面に及ばう。及んでゐる。「なしや」と言つたゆゑに、私にはその草蔭の隠れ水の夕暮ならではの侘《わび》しい鈍色《にびいろ》の面が浮んで來る。人に忘られ、隠れ、無いも同然の水ながら、それでも干上らず、しづと湛《たた》へ、そして堪《た》へてゐるのだ。言ふまでもなく、隠れ水は作者の心の反映である。否、この作品では作者そのものと言ふべきか。「や」も自愛の歎息であつた。

二句、四句の終りに「ど」「ば」といふ響きの強い助詞を置いたことも、甚だ當を得てゐる。一見頼りなげな一首をこの二音が支へ、また最後の「や」でやはらげる。「死にたまふ母」の「かぎろひの春なりければ木の芽みな吹き出る山べ行きゆくわれよ」や、「おひろ」の「ひんがしに星いづる時汝《な》が見なばその眼ほのぼのとかなしくあれよ」における「ば」と「よ」など、この一首の姿と一脈相通ずるものがある。殊に「かぎろひの春なりければ」の方は兄弟歌のやうな感さへあり、かかる調べはあるいは「かぎろひの」といふ枕詞に誘はれて生れるものかとも思ふ。いづれも、今一歩で通俗的な感傷に傾くところを、すらりと躱《かは》し、印象的なスタイルを示してゐる。三句切に見えながら實は二句切で、俳諧的な上句完結を見せないところも、かういふ形の作品の快さであつた。この一首だけでは判らないが頃は初夏、草の水とは言へ、鬱蒼《うつさう》と茂り合ひ、丈なす雜草の中の、膝を沒する澤だらう。四圍に葎《むぐら》や蕁麻《いらくさ》が生ひ亂れると、このやうな水は意外に小さく見えるものだ。

ゆふ原の草かげ水にいのちいくる蛙《かへる》はあはれ啼きたるかなや
うつそみの命は愛《を》しとなげき立つ雨の夕原《ゆふはら》に音《ね》するものあり

その隱れ水にも、生きねばならぬ蛙の聲は響く。芭蕉の枯淡の蛙とは程遠い命の蛙、後の日、「死にたまふ母」で迸るやうな合唱を聞かせる蛙である。「うつそみの命は愛《を》しとなげ」くのは作者のみではない。生きとし生けるものみなさう叫んでゐるのだ。木草や水さへも例外ではあるまい。夕光も屆かぬ草蔭の隱れ水も、愛《を》しと漣《さざなみ》を立ててゐた。けれども、かうして「あはれ」を強調し、玉藻を刈つて食つた貴種を氣取つても、たとへば蛙一首にしたところで、『萬葉』あたりの簡潔な敍景歌の湛へる悲しみに及びはしない。一體にこの時期の茂吉の歌には感情表白のかなり烈しい用語が、濫用すれすれの頻度で使はれてゐる。言葉を惜しみなく使ふことの儚《はかな》さを、誰よりもよく識つてゐたはずの彼が、その禁忌に、むしろ逆《さから》ふやうにして、「あはれ」「かなし」「なげく」を連發する。勿論その源に『萬葉』の、特に人麻呂あたりがあつたらう。「あはれ」の横溢《わういつ》と、ストイシズムの極致たるべき「寫生」は、その時、彼の内部で激突したに相違ない。

「雨の夕原《ゆふはら》に音《ね》するものあり」は當然蛙のことであらうが、一首だけで云云すれば、至つて象徴的とも、極めて曖昧とも、兩樣の批評を受けるだらう。單なる地歌と考へておけばよい。尤も、なげき立つ我、音する彼の照應が、不鮮明でしかも無意味に近い。呼應ならばあまりにも平凡に過ぎるだらう。「あはれ啼きたるかなや」の過剩を一方に、まこと及ばざるも亦始末に負へぬ。

くろく散る通草《あけび》の花のかなしさを稚《をさな》くてこそおもひそめしか

同前

初出、初句は「むらさきの」であつた。茂吉とて、「通草《あけび》」實《じつ》は「三葉通草《みつばあけび》」の花の色が「黑」とは、決して考へてゐなかつた證據である。「死にたまふ母」の「黑ぐろと通草の花ちりにけり」も同様であり、「みなづき嵐」の「日を吸ひてくろぐろと咲くダアリヤ」や「ダアリヤは黑し」も亦、軌《き》を一《いつ》にした強勢誇張に他ならなかつた。ほぼ相似た暗紅紫色の翁草《おきなぐさ》を、逆に「おきな草口《くち》あかく咲く」と言つてしまふのも同斷と考へてよい。どうしてどちらか一方に引きつけて、單一色相に歌ふのだらうか。暗紅だの暗紫だのと不熟な言葉を採用するのを嫌ふのか。ならば、少くとも、翁草と通草は、赤や黑よりむしろ、「紫」とする方が實際に近からう。

作者は、しかし紫を好んでゐない。それどころかこの色名を避けてゐるやうだ。藤は白であり、苧環《をだまき》や桔梗《ききやう》を歌つても、決してその色は言はない。紫は雅《みやび》、高貴、粋《すい》を象徴し、世紀末的な頽廢《たいはい》を暗示する。彼は本能的にそのやうな屬性を嫌つたのだらうか。あへて使つた時は、「南蠻男」の中の一首の「をだまきの花むらさきのよる」風に、珍しくデカダニズムの色濃い世界をさし覗いてゐた。黑は頽廢とは關りのない負《ふ》の色、喪の色、斷念、拒絶の色であつた。「稚《をさな》くてこそ」の第四句七音に、彼の故郷の晩春の景色は、パノラミックに繰展《くりひろ》げられる。春雨がさみだれの趣に變る頃、通草はまこと暗紅から暗紫に、かつ黒紫に移ろつて、ほろほろとこぼれる。秋のあの特異な實りなど、知らぬ者には想像もつかぬまづしさ儚さである。さう言へば、その實りを熟知し、あの青臭いどろりとした甘さを存分に味はつてゐるはずの茂吉が、味覺については全く觸れてゐないのもをかしい。他の木の實、草の實については「酢《す》をふける木の實」すなはち鹽膚木《ぬるで》の實を食ひ、帚《はうき》草《ぐさ》の實を食ひたいと思つてゐるのに、口裂けた通草の、それも暗紫色の外皮、中には小さな黒い種子を包むジェリー狀の果肉、その素樸な味を彼が知らぬとは到底思へない。

茂吉が上京したのは十五歳の八月であつた。守谷姓を未入籍のまま齋藤姓に變へたのは九月のことだ。少年十五歳までの記憶は決定的なものだ。彼は十歳の年、繪具の中毒で肝臟を病み、黄疸《わうだん》症狀を呈したと傳へるが、その繪具の色相と、後年の色彩感覺には何等かの關聯が見られるのではあるまいか。それはそれとして、少年の目に故郷の森羅萬象は不可思議に滿ちてゐる。アニミズムの世界の、彼自身が妖精でもあり得た。人に語つても決して理解されず、長じては口に出すこともためらはれる夢幻を誰もが心の底に祕めてゐる。後後の「死にたまふ母」には、その祕めごとが、目も彩に、こころゆくばかり噴出してゐるのだ。「通草《あけび》の花のかなしさ」は、いとしさは、勿論、その花のみのことではない。花にまつはるさまざまのあはれ、種種のうれひ、よろこび、おどろき、かつはにくしみでもあつたらう。

「稚《をさな》くてこそおもひそめしか」といふ古風で常套的な強勢係結びの下句が、見事に生きてゐる。「稚くて思ひそめき」の意味を強めたに過ぎない。にも拘らず、切なく、心を搖《ゆす》るやうな律調が現れる。私たちは小倉百人一首、忠見の「忍戀」、「人知れずこそ思ひそめしか」に馴れてをり、譯判《わけわか》らずなりにも、この用法はすんなりと心に入つて來る。そしておほよその人は「しか」と讀まずに「し・か」と讀む。すなはち最後の「か」に淡い疑問、それも自問の響きを幻聽してしまふ。甚しい場合には「しが」と濁音化誤讀して、逆接倒敍を加味する。これらの錯覺は、「こそ・しか」を正しく判斷し得る讀者さへも、相當深く、廣範圍に、沁み込んでゐるのではあるまいか。助動詞「き」の奇妙な活用の齎《もたら》す現象で、打消の「ず」が「こそ・ね」の形で現れ、「ね・ど」を聯想させ、逆接錯覺に繫つて行くのと似てゐる。

　おもひ出も遠き通草の悲し花きみに知らえず散りか過ぎなむ

これは初出の結句「消えむとすらむ」で、いづれにしても感傷に墮したと言はねばなるまい。「悲し花」などといふ舌足らずな表現が改選版にさへ訂《ただ》されずに殘つてゐるのを見ると、一瞬わが目を疑ふ。「きみに知らえず」の「きみ」も、突然この一聯のこの一首にだけ現れると、いかに解釋するかより、作者は何と考へてほしかつたのだらうと不審に思ふ。引いては思はせぶりが嫌みとして殘る。もともと人里離れた山野で、誰にも見られず知られず、咲き、散り、實るのが當然の通草を歌ひ踏まへて「きみに知らえず」とするのがをかしい。自然に浸り過ぎた人特有の鈍感さと言つてもよい。その點、それほど目立たぬ花を選りに選つて「おもひそめ」た微かな意外性で、掲出歌は生きたのだ。

汝兄《なえ》よ汝兄《なえ》たまごが鳴くといふゆゑに見に行きければ卵が鳴くも　　同前

突然この一首を讀んでも、仄《ほの》かな、溫い諧謔《フモール》がおのづと微笑を誘ふ。私はさしたる理由もなく蛙のことだと思つてゐた。「うめの雨」といふ標題に誘はれ、あの粘液狀の卵、蝌蚪《おたまじやくし》、それらを周《めぐ》る蛙の小天國を聯想したことだ。「汝兄《なえ》」と古めかしく呼びかけることによつて、この歌は危く童謠《どうえう》に轉ずるところを、童謠《わざうた》に通はしめた。神が人の口を借りて、などと言へば大仰《おほぎやう》になるが、上代の明朗素樸な歌の一節を思はせて妙である。「な」とはその頃自分自身のことを意味した。むしろ「己兄《なえ》」と表記すべきで「我が兄」に他ならぬ。對稱「汝《な》」と變つたのは後の世のことだ。茂吉は「兄《あに》よ」と、普通なら呼ぶべきところを、「汝兄《なえ》よ」と稱するのを好んだらしい。他にも用例が見える。「汝兄《なえ》」の繰返しは第三句の「ゆゑ」と響き合ひ、童謡《わざうた》的なをかしみを更に増す。

　これは鳥の卵であつた。多分殻を割つた瞬間の雞の雛のことであらう。卵殻に覆はれたまま、あはれな鳴聲を立ててゐると、ふと通りすがりに見れば卵が鳴いてゐるやうにも見える。兄はそれに氣づきながら、弟を擔《かつ》がうとして、卵が鳴いてゐると傳へる。弟は半信半疑で早速雞舍へ走る。罅《ひび》のある卵が微かに動き、ぴいよと鳴く。しばらく眺めてゐればその下から雛が出て來るのだ。弟なる作者、幼い作者にもやがてそれは判る。判るけれども、彼は目を圓くして、兄に騙《だま》された振《ふり》をする。彼はより幼い子らに教へてやらうと外に飛出す。卵が鳴いてゐるよ、卵が鳴いてゐるよ、見においでと、歌ふやうに告げながら走る。腕白小僧、餓鬼大將が、胡散《うさん》臭さうな目つきでこちらを見る。あたりには卯の花、紫陽花《あぢさゐ》の花、梅雨の霽間《はれま》の陽がさつと路地を照らし、乾《ほ》した傘の油のにほひがあたりに漂ふ。雄雞が土を啄《ついば》んで蚯蚓《みみず》を漁《あさ》り、時間は正午に近い。いつの間にか味噌つ齒の女の子が、忍び足で雞舍に近づき、金網越しに中を覗いてゐる。餓鬼大將の放つた斥候《せきこう》だらう。

　作者の兄は長兄が八歳上の廣吉、次兄が六歳上の富太郎であつた。彼は三男である。「汝兄《なえ》」は多分次兄の方であらう。作者時に六、七歳、次兄十二、三歳、その頃の思ひ出とするのが無難だらう。通勤か散策の途上、彼は飼はれてゐる雞を見かけ、それも卵を溫めてゐる牝雞、あるいは孵《かへ》つたばかりのひよこを目撃して、たまたま追想に耽《ふけ》つたのであらう。「卵が鳴くも」、騙されてみたのではない。まことその一瞬は卵が鳴いてゐると思つたのだ。その新鮮な、無邪氣な驚きが、この結句に溢れてゐる。殊に最後の助詞「も」はおもしろい。「よ」でも歌にはなるが、「も」のやや口籠つてはにかんだやうな感じは出まい。かういふ技法になると、作者はやはり獨特の冱えを見せてくれる。童心を蘇らすやうな調べは『赤光』にはさう度度は現れない。「青山の鐵砲山」などは珍しい一例であらう。そしてこれは更に童心躍如としてゐる。だが、二度とかういふ歌は見られない。

あぶなくも覺束《おぼつか》なけれ黄いろなる圓きうぶ毛が歩みてゐたり
見てを居り心よろしも鷄の子はついばみ乍《なが》らゐねむりにけり
庭つとり鷄《かけ》のひよこも心《うら》がなし生れて鳴けば母にし似るも
乳のまぬ庭とりの子は自《おの》づから哀《あは》れなるかもよもの食《は》みにけり

茂吉は歌ふべき對象の前に佇《たたず》み、執念深く視《み》、かつ睨《にら》み、「寫生」を試みる。殊に生きものに寄せる興味は、ほとんど凄《すさま》じいと言つてもよからう。『赤光』にも、上野動物園の禽獸を歌つた數首や、蜻蛉、蛇、其他を散發的に歌つたものが目につくが、『あらたま』期に入ると、「七面鳥」「蝌蚪」「雉子」「雨蛙」等、標題に掲げての大作が試みられ、各聯に高名な秀逸を鏤《ちりば》めてゐる。殊に「雉子」における「尊《たふ》とかりけりこのよの曉《あかつき》に雉子《きぎす》ひといきに悔《くや》しみ啼《な》けり」は問題作として、この歌集を語る場合逸《いつ》せぬ一首である。「うめの雨」における雛はエスキースの域を出ない。最初に現れる掲出歌の幼さびした心彈《はづ》みのほほゑましさ、一捻りした古調を嘉《よみ》する以外は、あまりにも尋常平懐の趣に、いささか失望する。雛のひよこを見て「寫生」したのがこの程度の描寫に過ぎないとすれば、それは茂吉の才能よりも「寫生」といふ方法論の罪であらうとさへ言ひたくなる。勿論、作者はそこまでつきつめて、この「論」を考へてはいなかつた時期ではあるが、少くとも「アララギ」では、このやうな作品が、最も好意的に迎へられてゐたことは確《たしか》だ。左千夫も、これらを見れば「芝居に似る」などとは言はなかつたらう。讀者の望むのが「芝居」であつたにしても。

死にしづむ火山のうへにわが母の乳汁《ちしる》の色のみづ見ゆるかな

「藏王山」

明治四十四年八月、茂吉は歸省して藏王に登り、その折の詠草を「朱欒」大正元年の九月號に寄稿してゐる。歌集の一聯は發表作品に三首を添へて八首、いづれも凜然とした悲しみに滿ちて、きらめくやうな抒情歌であり、白秋主宰誌を十分に意識したものと、私はひそかに考へる。また作者は故郷のこの山に登ると、たちまち歌ごころ漲《みなぎ》り溢《あふ》れ、佳品をものするのを常としたやうだ。後の日の「死にたまふ母　其の四」など、典型的な藏王詠

279　死にしづむ火山のうへにわが母の乳汁の色のみづ見ゆるかな

が生れてゐる。「杉の樹の紅《あけ》の油」を歌つた「木こり」一聯も、果して、この四十四年一月歸省登山の折の作品だつたことを想起する。

藏王頂上の火口湖は決して白濁してはゐない。無色透明、澄み切つて紺碧《こんぺき》の色を見せてゐる。曇日の空を映したか、白雲が湖上を覆つたか、あるいは八月の烈日の亂反射で、一面に白光を放つて見えたのだらう。一首のみでは判斷できないが、一聯の他の歌から推すと、最後の解に近いやうだ。私はこの歌を見るたびに次の二つの名作を想起する。一つは伊東靜雄の絶唱「わがひとに與ふる哀歌」一聯二十一行の終りの三行である。

如かない　人氣《ひとげ》ない山に上《のぼ》り
切に希はれた太陽をして
殆ど死した湖の一面に遍照さするのに

そして今一つは、前川佐美雄の青春歌集『大和』の中にある「遍照」の冒頭の歌だ。

山にのぼり切《せつ》なく思へばはるかにぞ遍照《へんぜう》の湖《うみ》青く死にて見ゆ

「日本浪曼派」の系譜に連なる二人の意中に、いづこの火口湖が描かれてゐたかは詳《つまび》らかにしない。制作は「わがひとに與ふる哀歌」が昭和十年、「遍照」は十一年、從つて、「藏王山」は後の二人の本歌となり得、「遍照」は前二者の本歌とはなり得ない。また、靜雄は茂吉のこの歌を知らず、佐美雄は茂吉の歌も靜雄の詩も見なかつたかも知れぬ。偶然の暗合ならばそれもおもしろからう。「死にしづむ」「死した湖」「死にて見ゆ」と、火口湖は元來死火山のものゆゑに三者に共通の死の幻影が現れるのだらうか。尤も藏王は休火山であるとか。茂吉にとつて故郷の萬象は常に母なる山、父なる河であつたから、火口湖に乳汁の湛へられることも、むべなるかなと言はねばなるまい。恐らく、湖が直射日光を反《かへ》して、一面に乳白色に輝くのを「寫生」する以前に、茂吉の心の中には「足乳根《たらちね》」の母の面影が顯《た》つてゐたのであらう。湖はたとへ肉眼には紺青《こんじやう》に澄んで見えようとも、彼の記憶の溢れる乳汁のその一滴のために、一瞬にして白く變らねばならなかつた。私は、まことの「寫生」とは、その不可思議を寫すことではあるまいかと思ふ。

あまつ日に目蔭《まかげ》をすれば乳いろの湛《たたへ》かなしきみづうみの見ゆ
秋づけばはらみてあゆむけだものも酸《さん》のみづなれば舌觸りかねつ
赤蜻蛉《あきつ》むらがり飛べどこのみづに卵うまねばかなしかりけり
ま夏日の日のかがやきに櫻の實熟《う》みて黑しもわれは食《は》みたり

いづれも調べはしんと澄み徹つて、朱夏《しゆか》深山の巒氣《らんき》と、その中に息づくものらの「かなしみ」が脈脈と傳はつて來るやうだ。藏王の湯は硫化水素を含む酸性明礬綠礬泉《さんせいみやうばんりよくばんせん》であり、溢れて山中に流れる川などで、禽獸は咽喉をうるほすこともできない。「はらみてあゆむけだもの」なるあらはな表現にも、「母性」へのやりきれないやうないとしさと切なさが籠められてをり、「飲みかねつ」でなく「舌觸りかねつ」であるところも、まさに「寫生」といふものであらう。ただ「赤蜻蛉《あきつ》」の結句は、例によつて言はずもがなの感が深い。黒い櫻の實は、出羽特產の櫻桃《あうたう》ではなくて、大山櫻、里櫻などの結實である。黒紫色を呈し、櫻獨特のほろ苦い芳香を放つ。四句切の構成も、一息入れて口に含むさまを思はせる。乳白の湖、獸の舌の文字の上では隠された赤、赤蜻蛉、櫻の實の黒、ここにも亦、茂吉好みの黒白赤の強烈な配色が見られる。三色を圍むのは言ふまでもなく滴るばかりの萬緑である。晩夏ともなれば緑も極まつて黒ずみ、秋の早い藏王では早くも黄葉《もみぢ》し始める木もあらう。「わが母の乳汁《ちしる》の色のみづ」は、それらすべての上にかなしみに滿ちて輝いてゐる。作者は目を閉ぢ恍惚としてその乳の湖に浸る。眞晝の陶醉、それは彼にとつてたぐひない法悅の時であつた。

少年の流され人はさ夜の小床に蟲なくよ何の蟲よといひけむ　「秋の夜ごろ」

一聯二十首、うち十四首は蟋蟀《こほろぎ》、もしくはそれを思はせる秋蟲を主題、素材に歌つてゐる。この一首は、左の歌と一對になるものだらう。

　少年の流されびとのいとほしと思ひにければこほろぎが鳴く

『赤光』ではやや異質と思はれるほどロマネスクな要素を含んだ歌だ。物語的と言ふより、物語を踏まへた、やや古風な詠み口と稱すべきだらうか。一聯やはり感傷に傾いた氣味もあり、必ずしも佳作に惠まれてはゐないが、「流され人」は妙に心に殘る。改選版では、「少年《せうねん》の流されびとをいたましとこころに思ふ蟲しげき夜に」と直し、「自解」では、その形で取り上げ、「うつし身」の「雨にぬるる廣葉細葉のわか葉森」「いとまなき吾なればいま時の間の」「しみじみとおのに親しきわがあゆみ」及び「うめの雨」の「おのが身をいとほしみつつ歸り來る」と竝べ、「このあたりから歌風もいくらか變り、左千夫先生が贊成せられぬので先生と議論したりした時である。兎に角從來の根岸派同人の作以外に一歩出ようなどといふ氣持を示した作だと謂つていい」と注してゐる。

　根岸派の首領が否《いな》むのは當然であらう。これらを含めた『赤光』後期の歌こそ、近代短歌の花であり、狹義の「寫實」などとは關りのない劃期的な作品ばかりだ。今日でも新しく、問題作たり得る。もしこの期の特異な秀作が何らかの事情で人目に觸れずに殘され、とある人が僞名で「アララギ」に投稿したらどんな反應が見られるだらう。非難囂囂《がうがう》、根も葉もない空想だ、奇拔な見せかけを狙つた、言葉だけの虛假威《こけおど》しだと袋叩きに近い批評を受けることだらう。今日《こんにち》、狭義の「寫實」主義信奉者が、これらの歌に、いかにも理解深げな言辭を弄《ろう》してゐるのは、一に「茂吉」の署名附ゆゑであり、その理解も一種の物眞似で、全然判つてはゐないのが眞相だらう。左千夫のみではあるまい。長塚節あたりでも、『赤光』については相當手嚴しい感想を洩らしてをり、掲出の作にしても「句法は粗《そ》笨《ほん》」と切棄ててゐる。尤も、この反對や無理解も、彼にとつてはよき制動装置の働きを務めてゐたかも知れぬ。よくも惡しくも、「寫生」といふ禁慾的な方法論は、とめどもなく溢れ、亂れ、猛進しかねない彼の幻想力を、適當に鎭め、かつ飼ひ馴らしたのではあるまいか。「宮益坂」あたりの歌風があれ以上翼を得て翔け上つてゐたら、今頃は日本超現實短歌の鼻祖《びそ》として祀られ、「アララギ」からも輕蔑《けいべつ》と嘲弄《てうろう》の的にされてゐたに違ひない。茂吉研究家の一部が、その注解の文に「難解」を連發するのもこの時期であり、おほよそは、作者の實生活との連繫脈絡の發見できぬ作に對する言葉だ。「少年の流され人」を、養子縁組、東京に呼ばれ、腦病院に勤めさせられる作者自身になぞらへた奇拔な説の行はれるのも理由のあることだ。

流人を種種さまざまに想定するのも一興だが、日本の貴種流離譚《きしゆりうりたん》の主人公は、例外なく少年の身で惡人ばらに陥れられ、絶海の孤島に遣《やら》はれることになつてゐる。作者の歌の題材を露伴の『源頼朝』に想定するのは性急に過ぎよう。百合若《ゆりわか》大臣でもよからうし、『椿《ちん》説《せつ》弓張月《ゆみはりづき》』でも、日野阿新丸《ひのくまわかまる》でも一向差支へあるまい。伊豆の頼朝にしたところで、三年前に刊行を見た露伴のものと考へるのが第一をかしい。恐らくは少年時、寶泉寺住職佐原窿應和尚あたりの說話を聞いてのことと考へる方が、妥當ではあるまいか。私は寡聞《かぶん》にして流人の貴種少年が、まるで『秋夜長物語《あきのよのながものがたり》』の梅若さながら、蟲の音を云云するあはれなくだりを讀んだ記憶はない。あるいは茂吉自身の潤色であるかも知れず、執拗に拘《こだは》らぬ方がよからう。

「蟲なくよ何の蟲よといひけむ」のたどたどしさを「粗笨」と貶《けな》したのは節《たかし》の見識である。「寫生といふ以上素《もと》より實況でなければ駄目である。現在に目に觸れないものでも曾て見たことのあるものならば宜しい。空想は失敗し易い」と、彼は明治三十八年一月の「馬醉木」所載「寫生の歌に就いて」で語つてゐる。他は推して知るべし。かういふ人人に圍まれながら、『赤光』の歌の成つたことを、私は奇跡に近いと思ふ。

　ことわりもなき物怨《ものうら》み我身にもあるが愛《いと》しく蟲ききにけり

この「物怨《ものうら》み」を、幼妻に關るストイシズムと解する向もあるやうだが、もつと漠然としたもので、むしろ、これに續く少年流謫《るたく》幻想を考へた方が近からう。われにも孤愁あり、思へば、かの物語などにある幼い流人は、この秋夜をいかに寂しく過したかと、掲出の歌を誘ひ出して行くのだらう。作者の內なる少年の歎聲である。

蟋蟀の音にいづる夜の靜けさにしろがねの錢かぞへてゐたり　　同前

「『赤光』再版に際して」と題する文章の中に、作者はこの作品にも觸れて、例のやうな獨特の信條、感懷を記してゐる。

「おもふに短歌のやうな體の抒情詩を大つぴらにするといふことは、切腹面相を見せるやうなものであるかも知れない。むかしの侍は切腹して臟腑も見せてゐる。さうして西人は此こころを besonderer Ehrgeiz などいふ語の內容に關聯せしめてもの言つてゐるが、『赤光』發行當時の私のこころは、少し色合が違つてゐた。大正元年九月の歌に

銀錢光

とりいだす紙つつみよりあらはるる銀貨のひかりかなしかりけれ
電燈をひくくおろしてしろがねの錢かぞふればこほろぎが啼く
さ夜ふけと夜はふけぬらし銀《ぎん》の錢《ぜに》かぞふればその音《ね》ひびきたるかな
わがまなこ當面《まとも》に見たり疊をばころがり行きし銀錢《ぎんせん》のひかり
しみじみと紙幣の面《めん》をながめたりわきて氣味わるきものにはあらず

などがある。當時雜誌アララギの會計係であつた私は、常にアララギの賣行を氣にしてゐ

た。その後アララギはだんだん發行を續けて倒れずにゐる。私の微かな歌集赤光がアララギとどういふ關係に立ち、それが如何に續いて來たかを念ふときいろいろの追憶が湧いてくる」

色合の違ひについては何の説明もなく、「アララギ」の會計に話は逸《そ》れ、何とも龍頭蛇尾の態度論で興冷めだが、至極卑俗單純な事實を背景に、出來心を出ぬ契機で生れても、美しい歌であり得ることもあるといふ、一つの例かも知れない。「アララギ」がどう經營されてゐようと讀者には、少くとも私には一向に興味はない。銀貨が會費として送られて來たものであらうと、走りの秋刀魚《さんま》を買ふため女中に渡すものであらうと、この歌には關りのないことだ。床《ゆか》の下に冷えびえとした蟋蟀《こほろぎ》の音が斷續し、銀貨の觸れ合ふ響きがこれに混る。恐らくもう十月にほど近い。爽やかな一夜のことだらう。外には今、ダリアが咲き盛り、直射日光は眩しい。ところが黄昏《たそがれ》ともなれば涼風が懷を通り抜け、野分の一過した夜などは、あわてて衾《ふすま》を顎まで引上げる冷えやうだ。

手に觸れる銀貨はひやりとする。數へ直して掌の溫《ぬく》みが傳はると、そしてその掌を嗅ぐと、特有の腥《なまぐさ》い臭ひが立つ。あれは銀の臭ひだらうか。人の手を經る間にこびりついた汗と脂《あぶら》の臭ひだらうか。空には纖月《せんげつ》が銀色に懸ってゐる。フランス語では argent ＝銀はすなはち錢《ぜに》、財産を意味する。ラテン語の餘波《なごり》であらう。今はそのかみの銀產出國アルゼンチンにもう一つの名殘を見ることができる。蟋蟀の音は心に沁み、銀の冷さは肌に沁みる。「しろがねの錢」と、歌の一句に成つた時、しかしその銀貨は、ひるがへつて思へば、かつてソロモンの榮華を賄《まかな》つた寶物に變ずる。

茂吉は「銀錢光」を大正元年十月號「アララギ」に發表し、掲出作は前年九月號の「あが心」一聯の中に見える。作者も亦銀貨の光と響きに心を凝《こ》らし、蟋蟀の音に耳澄ます一瞬一瞬は、世の煩ひを忘れてゐただらう。さればこそ、讀者も「しろがね」の語韻を清清しく思ひ、作者の背後の事實など沒却するのだ。

茂吉の流謫《るたく》少年の歌を評して「句法は粗笨《そほん》」と言つた節《たかし》に、次のやうな秋歌がある。あへて足を停めて今一度熟讀してみよう。

おしなべて撫子欲しとみえもせぬ顏は憂へず皆たそがれぬ
抱かばやと沒日《いりひ》のあけのゆゆしきに手圓《たなまど》ささげ立ちにけるかも
きりぎりすきかまく暫し臀据ゑて暮れきとばかり草もぬくめり
白銀の鍼打つごときりぎりす幾夜はへなば涼しかるらむ

晩年の大作「鍼の如く」の中のもので、その冒頭に、「白埴《しらはに》の瓶こそよけれ霧ながら朝はつめたき水くみにけり」を置き、この一首だけ人に知られたが、「秋海棠の畫に」の題と共に味ふべき畫贊であることを記憶すべきであらう。「白銀の鍼打つごとき」は節の得意滿面の初句だらう。だが、もう今日見ればこの誇張美化も、「明星」のそれと大して選ぶところもない。「撫子」や「沒日《いりひ》」の、この愚劣としか言ひやうのない晦澁《くわいじふ》さ、「きりぎりすきかまく」の卑俗さ、今更らしく比べてみる要もあるまいが、茂吉の歌も、一度その時代に還して眺めなほす時、それがいかに革命的、先驅的な光に溢れ、猜疑と非難と嫉妬の眼に圍まれてゐたかが判らうと言ふものだ。私は他人事《ひとごと》ならず慄然《りつぜん》とする。

はるばると星落つる夜の戀がたり悲しみの世にわれ入りにけり　　同前

世に星菫《せいきん》派《は》なる言葉が生れ、それも「明星」派の代名詞視される傾きもあったが、『赤光』にも星の歌は夥《おびただ》しい。それに甚しく浪漫の氣も横溢《わういつ》してゐる。「ひんがしに出づる星さへ赤からなくに」「わが生《あ》れし星を慕ひし」「ひんがしに星いづる時汝《な》が見なば」は「おひろ」に鏤《ちりば》められた悲歌であつた。その他にも「夏の夜空」は「あはれなるかな星群れて」と久久に仰ぐ空の星に歎聲を洩らす一聯であり、彼の愛する星は隨所に瞬《また》いてゐた。「秋の夜ごろ」は蟋蟀《こほろぎ》に終結するが、さすがに、眷戀《けんれん》の星は過《あやま》たず、煌《きら》めきわたつてゐる。

星おほき花原くれば露は凝りみぎりひだりにこほろぎ鳴くも

　うちどよむちまたを過ぎてしら露のゆふ凝る原にわれは來にけり

蟋蟀の音に貴《き》種《しゆ》流《りう》離《り》譚《たん》を思ひ出でた作者は、秋の夜空の流星に戀物語、それも古い悲戀傳說などを考へてゐるらしい。物語的な發想とは言つても、歌一首そのものがロマンをなしてゐるのではなく、それを享受《きやうじゆ》してゐる彼自身が、必ず歌の中に出て來て「如《によ》是《ぜ》我《が》聞《もん》」式の文體を採《と》るところが特徵と言へよう。そして逆に、物語を意識しない「おひろ」の中に、數奇な戀愛小說の一節、一句としか思へない歌が現れるのもおもしろい。左千夫の教へを受けた彼にしては、いささか臆病に過ぎるやうでもあり、高が左千夫のロマネスクに倣《なら》つたから、この程度で足踏みし、めざましい發展が無かつたのだとも考へられる。たとへば、その左千夫が、明治三十九年に、「敍事連作」「抒情連作」などとことわつて、彼にしては珍しく精一杯の物語短歌を試みてゐる。

　五月雨に寂し池水鴛鴦二つ將軍《しやうぐん》いまだ朝《あさ》寢《い》ますらし
　公《おほやけ》の職《つかさ》はやめつ今日よりは閣のあるじぞ山ほととぎす
　櫻葉の青葉の蔭にもみうらの匂へる君を今も見る如
　久方の月も出でけむ葉櫻に相語れりしことは夢かも

「五月雨」と「公の職」は「梅雨金閣」の題があり、足利義滿にでもなり變つて歌つてゐるらしい。「櫻葉」と「久方の月」は物語めかせた相聞歌で、茂吉の「おひろ」と相呼ぶところがある。いづれにせよ武骨無器用、たとへば白秋の「きさくなる蜜蜂飼養者《みつばちかひ》が赤帯の露西亜の地主《ぢぬし》に似たる初夏」や「七月やおかめ鸚哥《いんこ》の啼き叫ぶ妾宅の屋根の草に雨降る」、あるいはまた寛《ひろし》の「宮簀姫《みやすひめ》その小床《をどこ》べにいにしへも太刀《たち》とき放けてみやび男《を》ぞ寝《ね》し」「醉《ゑ》ひぬれば泣《な》きて誇《ほこ》らく片腕《かたうで》は津輕《つがる》の海《うみ》の鱶《ふか》に奪《と》られき」、かつは勇《いさむ》の「かなしみは蓬の香よりきたるなりおれんな往きそ加茂の河原に」「はかなげに金魚を飼へり夏負けと人には云ひて病める女は」などを、一方に置いて見る時、左千夫の物語歌は兒戯《じぎ》に類する。茂吉にもかういふ試みは邪道ではあるまいかと、内心躊躇《ちうちよ》するところもあつたと思《おぼ》しい。第一、このやうな及び腰の試みは成功するはずもない。

茂吉の幾つかの含羞《がんしう》に曇つた試作は、この限りで、條件つきで見てゐれば初初しい。掲出の作にしろ、「『はるばると星落つる夜の戀がたり』を讀み耽《ふけ》り、いつしかにその物語の『悲しみの世にわれ入りにけり』」と解するなら、思ひ切つた省略の成功を嘉《よみ》せねばなるまい。下手にシノプシスを詠《よ》み込むより、酩酊感《めいていかん》はこのやうに表現してもらつた方が救はれることもある。ロマンや虚構への臆病な態度は、今更言ふまでもなく「寫生」信奉の煽《あふ》りであり、根も葉もない話を捏《でつ》ち上げることなど、この嚴肅なクレドへの冒瀆《ばうとく》と考へてのことだらう。むしろ可憐と言ふべきかも知れない。

かどはかしに逢へるをとめのうつくしと思ひ通ひて谿越えにけり
うつくしき時代《ときよ》なるかな山賊はもみづる谿にいのち落せし

かういふ讀後感を一捻《ひとひね》りしたやうな歌から一歩も出ようとしないのが、彼の「ロマネスク」であつた。改選版では前者が「かどはかしに逢《あ》へるをとめの物語《ものがたり》あはれみにつつ谿越えにけり」となり、後者は削られてゐる。少年時代に讀んだものか、泰西の傳說のたぐひか、同時代の作品か、もはや穿鑿《せんさく》するほどの興味も湧かない。ただし茂吉にもかういふ歌があることを、それが『赤光』の樂しい一面であることを、覺えておいてもよからう。

さにづらふ少女ごころに酸漿《ほほづき》の籠《こも》らふほどの悲しみを見し　　同前

『赤光』に歌はれる少女は「をさな妻」を含めて、獨特の雰圍氣を持つてゐる。明治、大正の青年の詩歌によくある女性像理想化の一例ではあるが、茂吉の場合は白百合のやうな聖處女でも、オンディーヌのやうな妖精少女でもなく、どこか鄙びて、野花のやうにいぢらしいところがある。「むらさきの桔梗のつぼみ」なども、その少女の象徴だつたのではなからうか。「ほのかなる茗荷の花」を見つつ思ふのもその少女だつたらう。闇にゆらぐコスモスに配した少女も、瑠璃色の草の實さながらの眼を持つ戀人も、彼の創り上げた、可憐な肖像畫の中に生き續けてゐる。實際か、ありのままか、この件だけは謎といふべきだらう。さうしておいた方がよい。

酸漿は盂蘭盆《うらぼん》、それも舊暦の盆を過ぎる頃から色づき初める。萌黄の葉蔭に、それまでは同色で紛《まぎ》れてゐたあの實の袋が、先の方から黄ばみ、橙色に染まり、莖に近い方が橙黄になる頃は、先の方が朱に染まる。月竝な形容ながら紅提燈《べにぢやうちん》のともつたやうな眺めだ。世の少女らはその實を取り、莢《さや》を剝《は》ぎ、鮮紅の、銀杏《ぎんなん》大の漿果《しやうくわ》を揉《も》みほぐし、白胡麻樣《しろごまやう》の種を除いて、口に入れ、膨《ふく》らませ、鳴らす。別に妙音が出る譯ではない。雨蛙の鳴くやうな濁つた儚《はかな》い音である。音よりも、美しい實を次第に「ほほづき」に仕立てて行く手續きが樂しいのだ。世紀末に近い今日、この樂しみは喪《うしな》はれてしまつたが。

類想は幾つかある。「胡頽子《ぐみ》の果のあかき色ほにいづるゆゑ秀《ほ》に出づるゆゑに歎かひにけり」など、脚注式に「おくにを憶ふ」と記してゐるが、鄙びた、あはれみを誘ふ風情は、どこかで照應するものがある。赤らむ胡頽子の果實、その細《こま》かい葉の葉裏の銀、枝の棘《とげ》などから來る聯想はしかしもう「少女」ではない。「酸漿《ほほづき》」と言ふと、私はその時代の、秋口の、縫上げのあるモスリンの著物を著た童女を思ふ。茂吉の少女は十五、六歳で初潮前後、彼の好みのはにかみ易い、俯《うつむ》きがちの、無口なタイプである。頰を紅潮させて羞《は》ぢらふ娘ごころ、彼はそこに、葉隠の酸漿のやうなあはれを覚えた。「愛《かな》しみ」ではなくて「悲しみ」であるからには、少女の上に何事かを推察したのであらう。「少女」が「處女」に變身する寸前のあるいは直後の悲しみではあるまいか。何を聞いても面を赤らめ、何を聞いても涙ぐむ危く可憐な時、作者はその「時」をも愛してゐたやうだ。

「秋の夜ごろ」の少女は、この一聯の動因「蟋蟀《こほろぎ》」を伴つて現れる。別の歌に頻出する「をさな妻」か、別の娘か、あるいは作者の憧憬によつて生れた幻影かは知る由もない。架空の少女像であることが最も望ましいのだが茂吉の信條はそれを許すまい。たとへ幻想であつても、問はれれば否認するだらう。ありのまま、實際のことを歌つたが名を言ふことはできぬと、法廷の被告席に立たされたやうな悲愴《ひさう》な口吻《こうふん》で答へるのが眼に見える。私などには取るに足りぬ證言が、自稱リアリストには生死に關る深刻事にもなり得るらしい。

玉きはる命《いのち》をさなく女童《めわらは》をいだき遊びき夜半《よは》のこほろぎ
こほろぎのかそけき原も家ちかみ今ほほ笑ふ女《め》の童《わらは》きこゆ
女《め》の童《わらは》をとめとなりて泣きし時かなしく吾はおもひたりしか

一聯の中に童女の現れるのは、掲出歌を含めて四首であるが、「女童」と「をとめ」の使ひ分けは至極曖昧《しごくあいまい》微妙だ。「さにづらふ」の歌一首だけでは臆測《おくそく》の域を出ないが、「をとめとなりて」を見れば、やはり初潮を指すのだらう。晶子『戀衣』の「海戀し潮《しほ》の遠鳴りかぞへては少女となりし父母《ちちはは》の家」の「少女となりし」とは甚しくニュアンスを異にする。さうすれば「女童《めわらは》をいだき遊びき」は單にお守をするくらゐの、あどけない状況を思ふべきであり、「或る夜」の「水のべの花の小花の散りどころ盲目《めしひ》となりて抱《いだ》かれて呉れよ」の「抱《いだ》かれて」のやうな性的な暗示は無いはずである。否、性的暗示のそれすら、何か兄妹の抱擁めいた、清潔な腥《なまぐさ》さに終始する。

「玉きはる」は當時から難解と評されてゐたらしいが、それは恐らく事實の裏づけの困難であることに原因してゐるのだらう。歌そのものはありふれた古語の冠を戴いてゐること、結句にやや俳諧的な飛躍がある以外、判りにくいものではない。それよりも「今ほほ笑ふ女《め》の童《わらは》きこゆ」の一風變つた語法の方に引つかかるものがある。それは「かなしく吾はおもひたりしか」のぎごちない措辭《そじ》も同斷である。かういふ癖のある言葉遣ひが、平凡で感傷的な發想と主題の歌に、いささかの苦みと抑揚を添へて、茂吉臭くしてゐることは確である。「酸漿《ほほづき》の籠らふほどの」のあたり、やや危いが、それなりに魅力となつてゐるやうだ。

照り透るひかりの中《なか》に消ぬべくも蟋蟀と吾《あ》となげかひにけり

「折に觸れて」

『赤光』に續く第二歌集『あらたま』の巻頭には、「ふり灑《そそ》ぐあまつひかりに目《め》の見《み》えぬ黒《くろ》き蛼《いとど》を追《お》ひつめにけり」が置かれてゐる。「蟋蟀《こほろぎ》」も「蛼《いとど》」も、ここではさして神經質に區別して考へることはあるまい。古歌ではこの蟲を「きりぎりす」と稱してをり、外國では他の秋蟲との呼稱の違ひさへ無い。『あらたま』の歌は異樣な緊張感に一首が鋼《はがね》のやうに光つてゐる。「おひろ」の「この心葬《はふ》り果てんと秀《ほ》の光る錐《きり》を疊にさしにけるかも」と鋭く響き合ふ衝迫感であらう。

蛼を逐ひ詰める行爲、その遙かな源に近く、「蟋蟀と吾」の世界はあつた。とりもなほさず、蟋蟀は作者の分身と言へよう。嚴密に考へるなら、作者のうちなる暗い一部分、劣等感を唆《そそ》る一面の分身、化身だつたのではあるまいか。彼は彼自身の心に巣食ふ弱者にひつたりと寄添ひ、相互慰藉《ゐしや》を試みる。秋の澄明な日光に曝《さら》されて、そのまま消滅するやうな「吾」とは何であらう。蟋蟀と同格の、一體化した「吾」とは作者の何に當るのだらう。自己愛、自己憐憫《れんびん》、自虐《じぎやく》、自慰《じゐ》、呼び方は幾つもあらうが、負の翳《かげ》を曳《ひ》いてゐることは間違ひない。

死に近き狂人を守《も》るはかなさに己《おの》が身すらを愛《は》しとなげけり

　掲出歌に先立つのがこの一首であるところから、みじめな自己愛の眞相はこれに極まるとするのは、いささか早計であらう。尤もこの種の歎きもその一部分であることは疑ひを入れぬ。「としわかき狂人守《きやうじんも》りのかなしみは通草の花の散らふかなしみ」「世の色相《いろ》のかたはらにゐて狂者もり黄なる涙は湧きいでにけり」等、いささかうるさいと思ふほど、彼は精神病醫としての自分を悼《いた》み、かつ憐《あは》れんでゐる。散文ではさほど深刻にも惱んでゐるやうには見えず、恐らく短歌の持つ誇大表現の陷穽《かんせい》に、彼も知らず識《し》らず陷つてゐたのか、屈折を重ねた卑下自慢かいづれかであらう。彼の「狂人守」の歌を讀んでも、人は、たとへば廢人、逆境に苦しむ寡婦、赤貧に喘《あへ》ぐ老人らの哀訴《あいそ》、泣訴《きふそ》の歌に向ふ時のやうな、痛みも同情も感じない。大仰な言ひ回しに苦笑し、一種の贅澤貧乏を聯想するばかりである。その點、まことはさほど傷ついてゐる譯でもあるまい例の悲戀の歌の方が、却つて瞼を熱くさせるくらゐだ。精神病醫の懊惱《あうなう》は當人以外理解できるものではない。あの歌の表現はその半ばにも到らぬと言ふのなら、私は彼の歌人としての手腕を疑ふだけの話である。そしてまづ「狂者守」などといふ、ひねくれた歌語を改めてほしいと言ふだらう。

　掲出歌は淡淡と讀み過せば、その鋭く明るい悲しみが、刹那心に觸れるのみで、決して押しつけがましくはない。『萬葉』、日置長枝《へきのながえ》の娘子《をとめ》の歌「秋づけば尾花が上に置く露の消《け》ぬべくも吾《わ》は念ほゆるかも」の「消ぬべくも」と、茂吉の「消ぬべくも」の間に大した逕《けい》庭《てい》はない。いづれも文飾、言葉の彩だ。誇張にも、このやうな快い誇張がある。屈指の精

297　照り透るひかりの中に消ぬべくも蟋蟀と吾となげかひにけり

神病院を宰領する國手の身を、口を歪《ゆが》めて「狂者守」と稱する強勢法とは、雲泥の差があらう。露のやうに命が消え、陽光の中に儚《はかな》くなるのは單なる修辭ではない。紛《まぎ》れもない詩的眞實であると、われわれの直感が感受する。それが歌のめでたさだ。

秋なればこほろぎの子の生れ鳴く冷たき土をかなしみにけり

かすかなるうれひにゆるるわが心蟋蟀聞くに堪へにけるかな

入りつ日の入りかくろへば露滿つる秋野の末にこほろぎ鳴くも

ほそほそとこほろぎの音はみちのくの霜ふる國へとほ去りぬらむ

これらの淡く纖細な悲調は、やはり隔靴搔痒《かくくわさうやう》の感がある。「聞くに堪へにける」も、否定形常用をわざとらしく肯定に轉じた嫌みはつきまとふ。秋野のこほろぎは古歌の燒直しめいて何ら感興を唆《そそ》らない。わづかに、蟋蟀《こほろぎ》の奧州移住幻想がユニークで、ふと耳を澄ましたくなる節もあるにはあるが、これとて誰かの童謠のさはりに出て來さうな甘い感傷と貶《けな》す人もゐようか。

ただ、作者の意圖を、更に詳しく見直すなら、蟋蟀、蟲そのものではなく、霜の降る響きにも似たその聲が、りんりんと北の方、みちのくの方、彼の故郷の空さして、遙かに還つて行くと言ひたかつたのだらう。心屈し、「消ぬべくも」思ふ時、作者を救濟するのは常に故郷みちのくの山河であり、この蟋蟀は悲しみの使者、この年には病床にありつつ、未だながらへてゐた彼の生母に、なにごとをか傳へに發つ透明な玉章《たまづさ》の影ではなかつたらうか。

とほき世のかりようびんがのわたくし兒田螺はぬるきみづ戀ひにけり

「田螺と彗星」

物語的な歌には必ずしも才腕を示さなかつた茂吉だが、想を佛教的な世界に得ると、たちまち空氣を得た鳥のやうに、自在でみづみづしい作品を見せてくれる。昭和初期の、超現實主義と銘打つた有名詩人誰彼の、ランボー擬《もど》き、ロートレアモン紛《まが》ひの大層な詩などよりも、この一首の方が、遙かに奇想天外なおもしろさ、言はば詩魂の戰慄《せんりつ》を感じさせてくれる。私が『赤光』の中で最も愛する歌の一つだ。

作者が『赤光』のその標題を見出した「佛說阿彌陀經」の、極樂國土の紹介の中には、車輪大の、青色青光《しやうしきしやうくわう》、黄色黄光《わうしきわうくわう》、赤色赤光《しやくしきしやくくわう》、白色白光《びやくしきびやくくわう》の蓮華を描寫して後、鳥の生態に移る。すなはち「かの國には常に種種の奇妙なる雜色の鳥あり。白鵠《びやくこう》、孔雀《くじやく》、鸚《あう》鵡《む》、舍利《しやり》、迦陵頻伽《かりようびんが》、共命《ぐみやう》の鳥なり。是の諸の衆鳥は晝夜六時に和雅《わげ》の音を出だす」と說く。歌の「かりようびんが」は勿論ここから引いたものだらう。雪山に棲み、妙なる聲で「若空無我常樂我淨」と啼く。姿は鷸《しぎ》に似てゐるが頭部は人面、それも天女のやうに美しいと言ふ。日本の古典でも、源氏から近松まで、随所に現れる。雅樂にはこの鳥にちなんだ沙陀調《さだてう》の曲「迦陵頻」があり、序破急《じよはきふ》三部、四人の男童は頭に天冠を戴き、背に翼を負ひ、手には銅拍子を持つて舞ふ。迦陵頻伽鳥の顔も一說では「天人」とあり、すなはち、「天使《エンジエル》」、あるいは美少年かも知れない。

「かりようびんが」と平假名表記してゐるのも、この梵語《ぼんご》漢譯音の不思議な響きを愛《め》でてのことだらう。印度では現在「ブルブル」と稱してゐるらしいが、これではぶち毀《こは》し、と言つてたとへば「不死鳥《フエニツクス》」でも、「極樂鳥」でもこの歌は成立しないのだ。梵語原音に近い Kalavinka でさへ、置き變へはきくまい。すべて下句の「田螺《たにし》」との照應を考へてのことである。「かりようびんが」であつて始めておもしろいと信じさせるほど、この歌は決定的であつた。「不死鳥と蝸牛《くわぎう》」「極樂鳥と烏貝《からすがひ》」「ロプロプと蜆《しじみ》」等等等、翻案は數多《あまた》可能であらう。「ぬるきみづ」を他の適當な言葉に變へれば恰好はつく。けれども、つひに原作を一歩も出まい。出ないどころかエスプリも喪つた捏《でつ》ち上げの模造品は、二《ふた》目《め》と見られない姿を曝《さら》すに違ひない。

　迦陵頻伽鳥の私生兒が田螺とは初耳だが、さういふ佛教說話はあるまい。似たやうな物語は民話傳說の類をまめに探り廻れば幾つか發見できようが、恐らく偶然の暗合に過ぎないだらう。強ひて探るなら、かつて岡井隆が「田螺問答」で指摘した柳田國男の『桃太郎の誕生』に現れる田螺長者の話一つでよからう。他を云云するのは無駄なことだ。一瞬作者の脳裏に閃《ひらめ》いた空想であらうし、荒唐無稽であればあるほど樂しいのだ。茂吉が他の架空の鳥を、ではなくて特に迦陵頻伽鳥を思ひつくことは十分頷《うなづ》ける。一方田螺も、幼年時代から親しいものだつたらう。水田、それも山間の田毎の冷水も生温くなる眞夏、泥の上に、薄い泥の膜をかむつて轉《ころが》り、快げに口を開いてゐる田螺を見たことのある人なら、春まだ水も冷い頃、小さく口を開けて、あたりを窺《うかが》つてゐる風情の田螺に「ぬるきみづ戀ひ」を想ふのは自然なことだ。作者は「一種ローマンチックな、現代的で無い様な、乃至はユーモアを含んで居る様な氣のする動物」と語つてゐる。「ローマンチック」とは義理にも感じかねるが、非現代的でユーモラスなことは紛《まぎ》れもない。ロマンティシズムは恐らく作者が後後、歌に即して附加した觀念であり言葉であらう。

田螺は畚戸の圓田《まろた》にゐると鳴かねどころりころりと幾つもゐるも
氣ちがひの面《おもて》まもりてたまさかは田螺も食《た》べてよるいねにけり
赤いろの蓮《はちす》まろ葉の浮けるとき田螺はのどにみごもりぬらし
南蠻の男かなしと戀ひ生みし田螺にほとけの性ともしかり

田螺《たにし》の歌は他にまだ二首あるが、いづれも冒頭の作、すなはち「迦陵頻伽」の歌の無器用な種明しめいて、いささか幻滅を感じる。歌の中の圓田が、「青山の町蔭の田」と關聯があるか否か、いづれ、「アララギ」の募集作品の題「田螺」に寄せる選者詠ゆゑ、眞顔で穿鑿《せんさく》するには及ばぬ。田螺は今日日《けふび》でも未だ川魚屋の片隅で泥鰌《どぢやう》などと共に賣られてゐるのだから、當時の東京では極《ご》くありふれた惣菜《そうざい》の種、故郷では當然初中終《しよつちゆう》食はされてゐたことだらう。蓮の現れるのは佛典への接近である。この蓮の圓葉が次に「大如車輪《だいによしやりん》」の蓮華に、そして迦陵頻伽に飛躍して行く。ただ、その私生兒の父親が、「南蠻男」などでは、突飛過ぎて、しかも通俗的で、全く興冷めだ。「知らぬが佛」で、掲出の一首だけを讀み、樣樣に思ひを馳せてゐた方が、どれだけ愉《たの》しいことか。

ためらはず遠天に入れと彗星の白きひかりに酒たてまつる　　同前

明治四十三年當時、世の話題を浚つたハレー彗星《すいせい》にちなんで、これも「アララギ」が募つた題詠であつた。十八世紀、ニュートンの親友、オックスフォード大學教授エドモンド・ハレーによつて發見されたこの彗星は、二十世紀初頭のこの年、また地球に近づき、世界中の注視を浴びることになる。教授は古記録に殘る彗星もすべて、太陽を焦點とする橢圓軌道であることを證明したが、大衆の間では依然として天變の類で、災厄の前兆として様様の妖言が流れた。日蝕、月蝕に戰《をのの》く未開人と五十歩百歩の迷信ではあるが、彗星の尾にこの地球がすつぽりと包まれ、その毒瓦斯《どくガス》によつて人類は死滅するなどといふSF擬《もど》きの流說《るせつ》も、大眞面目に囁《ささや》き交されたのだ。

凶兆が現れれば加持祈禱は必然、恭《うやうや》しく神酒を奉り、幣《ぬさ》を手向け、榊《さかき》を打振り、すみやかに、彼方の空に去り鎭《しづま》らせたまへと念じねばならぬ。行爲は滑稽ではあるが、笑ひ捨てることのできない不思議な幻想を呼ぶ歌だ。

七夕の乞巧奠《きかうでん》とは、琴柱《ことぢ》を立てた箏、梶葉《かぢのは》を敷いた蓮絲《はすいと》、種種の果物、畑《はた》の物《もの》の供物《くもつ》を竝べ、牽牛星、織女星に祈る儀式であつた。彗星への獻酒も呪禁や逆修《ぎやくしゆ》の忌はしい翳は無く、むしろゆかしい心ばへが見える。まるで旅立つ人に「さきくませ」と餞《はなむけ》するやうな爽やかさとは言へないだらうか。白木の三方《さんばう》は木の香も芳しく、神酒の匂も淸淸しい。柏手《かしはで》を打つのも凜凜《りり》しい若者、うしろで叩頭《こうとう》するのは「さにづらふ少女」と言つた感じだ。

それにしても天變に際しての反應は中世も大して變りはない。私はこの歌を讀んで、卽座に『吾妻鏡《あづまかがみ》』の、數數の記事を鮮やかに想起する。一二一〇年（承元四）の秋には次のやうなことが錄されてゐる。

九月三十日　乙卯、晴、戌刻、西方天市垣第三星傍見奇星。光指東方、三尺餘、芒氣殊盛、長一許丈。此星如本文者、爲彗星之由、有申之輩云云。
十月十二日 丁卯、京都飛脚參著、去卅日異星爲彗星之由、主計頭資元朝臣進勘文、依變公家被行内外御祈等之上、可有改元云云。

彗星《すいせい》が出た。たちまち京《みやこ》では陰陽寮から意見書が奉られ、朝廷の内外では祈禱を行って厄《やく》を祓《はら》ひ、年號を變へることまで建議される。事實、翌年三月からは建曆元年となるのだ。その十一月には太白《たいはく》房上將星を凌犯《りようはん》したとの報が陰陽師たちから入り、建曆三年六月には、流星らしい光芒《くわうばう》が北天を照らして南天に走つた。八月には鶴岡八幡宮の寶殿に無數の黄蝶が群《むらが》る。建保二年五月と十月に月が太白星を犯す。時に源實朝二十三歳、公曉《くげう》に殺されるのはその五年後だが、その間、毎年毎年、怖ろしい天變地異が相次ぐ。あたかも、聖德太子の代に熒惑星《けいこくせい》が現れたり、金人《きんじん》が夢に入つたやうに、この天才の前にも、前兆は頻《しきり》に顯《た》つ。太白星とは金星、熒惑星とは火星、天文學的には然るべき現象も、みな不吉な脅迫に見えたのだらう。二十世紀初頭にすら、ハレー彗星に神酒を供へて退散を念じてゐるのだから、當時の恐怖がいかに深刻であり、祈禱がいかに大がかりだつたかは想像に餘る。蒙昧《もうまい》といふよりロマンティックなのだ。

うつくしく瞬きてゐる星ぞらに三尺《みさか》ほどなるははき星をり

きさらぎの天《あめ》たかくして彗星《ほうきぼし》ありまなこ光りてもろもろは見る

入り日ぞら暮れゆきたれば尾を引ける星にむかひて子等走りたり

迦陵頻伽《かりようびんが》の例に洩れず、この彗星も第二首目からは念押しと説明に終始して、無くもがなの感が深い。さる解説書には、石原純の「三尺と見たる處はよろしけれど、此うた尙もの足らざるところあり」といふ適評に異を稱へ、「ははき星をり」が的確だなどとオマージュを奉つてゐるが、鰯の頭の信心のたぐひだらう。私はこれらの歌より、彗星に酒を供へた後は、神樂歌の「明星《あかぼし》」でも誦してゐたい。

きりきり　千歳榮《せんざいやう》　白衆等《びやくすとう》　聽説晨朝《ちやうせつしんてう》　清淨偈《しやうじやうげ》　や　明星《あかぼし》は　明星《みやうじやう》は　くはや

ここなりや　何《なに》しかも　今夜《こよひ》の月の　只《ただ》ここに坐《ま》すや　只ここに　只ここに坐すや

夕方から夜を徹して行はれる神樂が、やうやく曉に到り、殘月は淡く、金星は燦然と煌《きら》めく。彗星に酒を捧げるのも黄昏《たそがれ》、二月の夜空は菫色に匂ひ、彗星は、酒よりも歌の妙なる調べに感じて、久遠《くをん》の彼方に消え去らう。

南蠻《なんばん》のをとこかなしと抱《いだ》かれしをだまきの花むらさきのよる

南蠻のをとこかなしと抱かれしをだまきの花むらさきのよる

「南蠻男」

「南蠻男」一聯十一首は改選版で悉皆《しつかい》姿を消してゐる。十首以上の一聯が一首殘らず抹殺された例は珍しい。十一首の中、八首が題意を含んだ聯作、他の三首は初出が全部平假名表記といふ、曰くつきの「しらたま」物である。「南蠻男」そのものの八首は、海の彼方から來た異國の男を戀して抱かれた日本の女が、やがてみごもり、お定まりの破局が來て別れ別れとなり、次にその碧眼の男がやつて來た時には、あへない最期を遂げてゐたといふ、「お菊さん」「お蝶夫人」紛《まが》ひの、いたつてロマネスクな構成である。ロチやプッチーニはともかく、南蠻趣味はこの後も頻出する杢太郎《もくたらう》寫し。となると白秋の方が遙かに巧で、さすが長崎に近い九州男だけに、第一心情的にも眞に迫り、光彩陸離《りくり》たる言語感覺が茂吉の比ではない。にも拘らず、否それゆゑに飽きの來るのも早く、「邪宗門祕曲」も次第に鼻につく。

茂吉も「南蠻男」にはいちはやく自己嫌惡を催したに違ひない。迦陵頻伽《かりようびんが》と田螺《たにし》が見事に超現實主義的でありながら、彼の性格、體質にも根ざした、ふてぶてしい詩魂に支へられてゐるのに比べ、南蠻男と日本娘の悲戀譚は、いかにも試行錯誤のおつかなびつくり、身丈も合はぬ借衣裳といつた感が深いし、話自體が通俗的で舊臭《ふるくさ》い。しかし、だからこそ、『赤光』の中では珍重に價する。危い語り口ながら茂吉は茂吉、決して「明星」調を倣《なら》つてもゐず、勇にも似てゐない。勇の『酒ほがひ』も明治四十三年、插繪を木下杢太郎に乞ひ、カットを藤島武二に頼んで飾つたこの歌集は、「明星」の餘光に開き、餘薫《よくん》に閉ぢる。一度かういふ調べに愛想を盡かした人は十年ばかりは二度と繙《ひもと》く氣のしない、遊冶郎《やらう》的韻律《いう》であつた。これぞまことの歌の調べと稱揚する向は意外に多いが、私は必ずしもさうは思はない。

「をだまきの花」は窮餘《きゆうよ》の策に咲いた。茂吉にとつては故郷の幻を生み現はす呪物を、かういふ歌に、しかも稀用例《きようれい》の「むらさき」を添へて使用するのは、一寸《ちよつと》した異變に屬する。「南蠻のをとこかなしと」の初句第二句は「田螺《たにし》」の歌にも出て來たが、全くの見當外れ、誤算、と言ふべきで、あの一聯自體を安つぽくしてしまつたが、この歌でどうやら生命を得たやうだ。「抱《いだ》かれし」なる第三句がまた微妙な切れ方である。「し」が一應段落の形となつてゐるのか、「をだまきの花」にかかるゆゑの連體形であるのか一瞬判斷に迷ふ。勿論「し」は「かな」等を省略した三句切なのだが、いかにも不安定だ。その危さが、女の心理を反映したやうで切なくあはれである。抱かれたのはをだまき、と、それでも心の中には「し」の響きが殘る。そして必然的に、をだまきの花と女は一體化する。をだまきの花を思はせるやうな女、ではなくて「をだまきの女」であり、紡ぎの業にかかはる苧《を》の環《たまき》をも聯想させ、ものごしや容貌まで浮んで來る。

なんばんの男いだけば血のこゑすその時のまの血のこゑかなし
南より笛吹きて來る黒ふねはつばくらめよりかなしかりけり
夕がらす空《そら》に啼ければにつぽんの女《をんな》のくちもあかく觸りぬれ
入り日空《ぞら》見たる女はうらぐはし乳房《ちぶさ》おさへて居たりけるかな
瞳《ひとみ》青きをとこ悲しと島をとめほのぼのとしてみごもりにけり
なんばんの黒ふねゆれてはてし頃みごもりし人いまは死にせり

さして齒の浮くやうな歌ばかりではない。「瞳《ひとみ》青きをとこ悲し」の、殊に作者得意の下句が、何やら安つぽいが、血の聲も燕《つばくらめ》も夕鴉《ゆふがらす》も乳房も皆、それぞれに愉《たの》しませてくれる。杢太郎の南蠻ものとの部分的な相似を數へ立てるよりも、この歌で六曲一雙の南蠻屏風《びやうぶ》でも思ひ描いてみる方がよほどおもしろからう。

作者は一聯に「うたくづ」と名づけて、「アララギ」明治四十五年七月に發表してゐる。左千夫はこの號から選歌を止めてをり、この師弟の對立もほとんど袋小路に入つた感のある時期だ。「予は無茶苦茶の氣になつて矢鱈《やたら》に歌を詠む。仕方がなくて棄てて置いた手帳から拔いた古い歌もある」とはその號の「編輯所便」中の言葉だが、見樣《みやう》では、わざと、左千夫の最も嫌ひさうな、すなはち「芝居氣が產んだ歌」を竝べたとも取れよう。後になつて抹殺したのは、歌そのものの良し惡しよりも、初出時の心理に、忸怩《ぢくぢ》たるものあつてのことではあるまいか。この一聯のどの歌よりも詰らない作が、改選版『赤光』にはいくらも生き殘つてゐることを思へば、必ずしも「芝居氣」の自己否定とは考へられない。

木のもとに梅はめば酸しをさな妻ひとにさにづらふ時たちにけり
「をさな妻」

『赤光』の重要な主題の一つである幼妻《をさなづま》は、各聯の到る處に出沒して、獨特の味の佳品を見せてゐるが、この一聯はさすが標題に謳つてゐるだけに、他の諸作の光を奪ふやうな感がある。逆年順の歌集ゆゑ、後後これを越える幼妻歌《をさなづまうた》が生れなかつたといふことにもならうか。「秋の夜ごろ」の「さにづらふ少女ごころに酸漿《ほほづき》の籠《こも》らふほどの悲しみを見し」、「或る夜」の「をさな妻をとめとなりて幾百日《いくもゝか》こよひも最早《もはや》眠りゐるらむ」、「雪ふる日」の「天つ雪はだらに降れどさにづらふ心にあらぬ心にはあらぬ」などこもごもに讀み返す時、作者の「さにづらふ」といふ萬葉語に寄せる思ひの深さ、うひうひしさがよく判る。頰を紅潮させるこの羞恥《しうち》、それを喪《うしな》つた女など、彼には考慮の他だつたらう。面を赤らめることを知つてゐるのは男とて同樣であらう。それも、しかしたとへば東京で生れ育つた男には最早見られず、農山漁村出身の若者にわづかに殘つてゐる美風でもあつた。

面に現はさぬ含羞《がんしう》、それは廉恥心《れんちしん》などと言ひ換へられてゐるが、丈夫《ますらを》の資格の重要な一つであつた。『赤光』の美しさも、この含羞によるところは大きからう。單に「さにづらふ」の使用頻度を言ふのではない。ダイナミックな、亂聲《らんじやう》の歌群のどこかに、「言ひおほせる」ことを潔《いさぎよ》しとせぬ作者の横顏が見えるのだ。戀歌にも肩肘《かたひぢ》の怒りの消えぬ武骨さ、愛の對象が母や友ともなれば俄にためらひを捨てる單純さ、それらも亦「含羞」の現はれと言つてよからう。「うめの雨」の最後に「天さかり行くらむ友に口寄せてひそかに何かいひたきものを」とあるのを見る時、私は微笑を禁じ得ない。

「ひとにさにづらふ時」とは、あらはな言ひ方をするなら、「男と對ひ合つた時、頰を赤らめる年齡」であり、「女の童《わらは》をとめとなりて泣きし時」に他ならぬ。「木のもとに梅はめば酸し」は「酸漿《ほほづき》の籠《こも》らふほど」と相似た、野趣溢れる著想だが、口の中に唾《つば》の湧くやうな味覺を捉へてゐる點、更に肉感的であらう。この一首は、發表當時「アララギ」内部でも相當甲論乙駁《かふろんおつばく》を見たやうだ。左千夫がまづ衝いたのは二句切とそれ以下とが脈絡を缺くことであつた。さもあらう。左千夫の理解の範圍は「春の樹に浮くさけむりのうつらうつら妹にわが戀ふるわが戀心」や「鷄頭の紅《べに》ふりて來し秋の末やわれ四十九の年行かんとす」等の自作における、異る二要素の、この程度の脈絡であつた。記録は無いが「上海のたたかひと鳳仙花」「黃色の飛行船と接吻」「莊嚴の女と高山」「ゴオガンの自畫像と山鬣」等等、苦苦《にがにが》しい限りであつたらう。判らぬといふより判りたくないのだ。子規の『萬葉』禮讃、『古今』以後八代集輕視の影響もさることながら、芭蕉讀みの芭蕉知らずで、俳諧の二物衝擊手法など、ただただ他處《よそ》の花として、てんで學ぶ氣も無かつたのだらう。子規の句「斷腸花つれなき文の返事哉」、初五と中七座五の脈絡ならば判ると言ひたいのだらうか。

左千夫の苦言、無理解は戰後を經て現代まで續いてゐる。自稱寫實派が他稱象徵派を貶《おとし》める手口と、この時の左千夫の態度は酷似してゐる。違ふのは、たとへばこの問題の作品を引合に持出すと、必ず「茂吉は別だ」式の神格化論法に急傾斜してもの別れに終るところだ。子規の斷腸花＝秋海棠《しうかいだう》の句にしろ、同樣の反應を見るに決つてゐる。そのくせ「鷄頭の十四五本もありぬべし」を譯判らずに絕對視するところだけはまたよく似てゐる。

一方贔屓《ひいき》の引倒し的讚辭にも事缺かなかつた。島木赤彥など「幼な妻が庭前の梅の下蔭に嫩《わか》い木の實を食ふ」と決めてかかつて、この歌の新鮮な初初しい情緒を嘉《よみ》した。家持の「春の苑紅《くれなゐ》にほふ桃の花下照る道に出で立つ𡢽嬬《をとめ》」や、蕪村の「青梅に眉あつめたる美人哉」が念頭にあつたのかも知れないが、もし、「梅はめば」が幼妻の行爲なら、茂吉の語法には大きな缺陷があることにならう。しかしまた、必ずしも「われ『木のもとに梅はめば酸し』わが『をさな妻ひとにさにづらふ時たちにけり』」とするほど一人稱を強調してゐる譯でもない。大切なのは人かわれかよりも「木のもとに」の現實感であらう。

かういふ箇處は寫生の功徳である。雨上りの晝、葉洩れ日を肩に斑《まだら》に受けて梅の一枝に手を伸ばす場面も、おのづから目に浮ぶ。梅の實は仄《ほの》かに色づいてゐる。殊に南側の一列は橙紅に染まりつつある。彼は一つもぎ取つて齒をあてる。酸味が舌の根から頰に沁みわたる。昔、青梅を生《なま》で食べることを母に禁じられたことが胸に蘇る。幼時に還つた思ひは、おのづから、いつしか、初めて相見た頃はまだ童女であつた許婚者の上に及ぶ。この春頃からやうやく處女《をとめ》さびて、匂やかなものごし、彼と會つても仄かに頰を染めて、眩《まぶ》しさうにするやうになつた。この梅の實が熟して落ちる頃は、あの紅潮した面を、この胸に寄せてくれるだらうか。「時たちにけり」には、われに還つた作者の、深い歎息がこめられてゐる。

公園に支那のをとめを見るゆゑに幼な妻もつこの身愛《は》しけれ　　同前

この支那少女には見覺えがある。「黃涙餘錄の二」に「支那國《しなこく》のほそき少女《をとめ》の行きなづみ思ひそめにしわれならなくに」があつたことを私は忘れてゐない。その向うに、影のやうに「氣のふれし支那のをみなに寄り添ひて花は紅しと云ひにけるかな」も浮んで來る。

「狂人守」八首の中にあつた歌だ。瘋癲院《ふうてんゐん》の女は少女の母、少女は見舞にやつて來る。その名は梢紅花《せうこうくわ》、作者は、自分の娘さへ識別できなくなつた女に暗示を與へてゐる。紅い花を見よ。梢の花を見よ。百日紅《さるすべり》の枝の指す西の方から少女が現れる。しかし、氣の狂つた女の表情は相變らず、焦点を失つた視線は曇天のどこを捉へてゐるのやら。

作者が行きずりに見た少女は梢紅花だつた。もう二三度會つてゐるが、言葉を交したことはない。母を擔當する醫師の一人として畏怖の念を懷き、遠くから目禮してゐる程度だ。透きとほるほどの白い肌、その二の腕に淡青の靜脈の筋が走つてゐた。やや釣り上つた大きな眼はいつも下を視つめて、ほとんど笑つたことがない。女を入院させたのは少女の父で、美髯《びぜん》の藥種商だつた。患者のカルテには阿片嗜好歴《あへんしかうれき》も記し止めてあり、少女は母に哀訴されて、それをひそかに差入に來るのだといふ噂もある。女が娘さへ見分けのつかぬほどの症狀を裝つてゐるのはそのためで、近近、病室から持物一切檢べるやうに醫長が指圖してゐた。

行きなづんだ支那の少女は、彼の注視が眩《まぶ》しかつたのだ。彼は少女を戀してゐた譯ではない。まだあはれみの域を越えてゐなかつた。しかし「さにづらふ」ことを覺えた、妙齡の少女は、敏感に、相手の心の動きを捉へる。彼の憐憫の眼の底に、仄かな好意の漂つてゐるのを、少女は感じ取つたのだ。だから一瞬通りの彼方で立ちすくんだのであらう。細い身體をぴつたりと包んだ支那服は群青の地に火雲と菊の模樣を散らしてゐた。

公園の少女が、後の日の梢紅花ではない。見覺えと言つたのも逆年順による錯覺に過ぎぬ。だが、「支那」といふ地名にまつはる幻想は、いづれ五十歩百歩、作者も南蠻趣味の餘波の、遙か彼方に、私に似たやうな先入觀を抱いてゐたのではあるまいか。ジャン・コクトーが、一九三二年に作つた映畫『詩人の血』の、あの幻想の地獄巡りの一齣に、支那の少女は出て來なかつたらうか。私の記憶では、詩人がホテルの扉の鍵孔から覗いて歩く部屋部屋の、その一つには、全身に鈴を吊り下げた支那の少女が、老婆の振上る鞭《むち》に逐《お》はれて、牝猿のやうに壁を攀《よ》ぢ、果ては守宮《やもり》さながらに天井を這ひ廻つてゐた。纏足《てんそく》の人妻、春を鬻《ひさ》がされる盲妹などといふ、いささか陰に籠つた印象が、一瞬人の脳裏をかすめるのも、コクトーが描いて見せてくれた奇怪な幻像に頷《うなづ》くのも、似通つた現象だらう。それにしても作者は、「さにづらふ少女」と同時に「支那のをとめ」にも茂吉一流の、特別の興味と愛著を持つてゐたやうである。

公園で、たまたま「一度見かけた」のではない。上野公園あたりを通るたびに「よく見かける」のだ。「見るゆゑに」はさう語つてゐる。その支那娘に、幼妻の面影が重なつて來る。否、單にそれのみではない。支那娘にいつとはなく引かれる心はあやふい。仄かな心の動きながら、擦れ違ふ刹那の、あるとしもない痺《しび》れは、その後の陶醉感は僞れぬ。「幼な妻もつこの身愛《は》しけれ」の「愛《は》し」は、それゆゑに感無量の、微妙に錯雜したニュアンスを祕めてゐるやうに思はれる。

をさな妻こころに持ちてあり經《ふ》れば赤き蜻蛉《とんぼ》の飛ぶもかなしも
をさな妻をさなきままにその目より涙ながれて行きにけるかも
をさな妻ほのかに守《まも》る心さへ熱病みしより細りたるなれ
汗ばみしかうべを垂れて拔け過ぐる公園に今しづけさに會ひぬ

「しづけさ」とは支那少女の別名ではなかつたらうか。童女の面影を殘した、梅の幼果のやうな少女だつたのかも知れぬ。幼な妻、現場不在の許婚者に寄せる作者の心は、常に悲しみに滿ちてゐる。騎士道精神の、とある一面に肖通《にかよ》つた、絶對奉仕の健氣ささへ感じられる。惜しみなく奪ひたい愛の、その愛慾のにほひからは遠い。そして、これまた常に、幼な妻の、作者に示したであらう反應は匿《かく》されてゐる。「はや抱きね」などと、冗談にも言つたとは思へない固さ、靑さ、ディスコミュニケーションを、私はそこはかとなく感じ取る。第三者には永久に不明の、不可觸の心理であらうし、あへて探る必要もあるまい。なほ眞相の透いて見えるやうな相聞歌は、そのまま資格を喪《うしな》つてゐるのではなからうか。なほ揭出歌は改選版では當然のことのやうに削られた。

はるばると母は戰《いくさ》を思《も》ひたまふ桑の木の實は熟みゐたりけり

桑の實とは懐しい。作者は數度の歸郷詠の中にも、様様な植物を歌つた。苧環《をだまき》、酸模《すかんぽ》、翁草《おきなぐさ》などの草花、通草《あけび》の花、白藤の花、辛夷《こぶし》の花、楤《たら》の芽に蓴菜《じゆんさい》、笹竹の子、あるいは鹽膚木《ぬるで》や胡頽子《ぐみ》の實と、愉《たの》しげに歌つてゐるやうに見える。ただ季節がかけ違つたか、當然現れて然るべき木の實が少い。「死にたまふ母」に「桑の香の青くただよふ」は見えるが、夏ならぬ悲しさ、その實は、逆年順ではこの、明治三十八年までたどらねば見《まみ》え得ぬ。あれだけ度度歌に出た通草も、その實については『赤光』の中では觸れてゐない。

桑の實も、作者が愛した黑紫色だ。翁草や通草の花の色もさうであつた。陽に透かせば血の色、日蔭では暗い凝血の色、作者はそれを單純に「黑し」「赤し」と言ひ切つた。桑の實を飽食すれば舌が紫色に染まることを知る人も、今は少からう。あの果實を成す小さな顆粒《くわりふ》の齒觸りと、甘酸つぱい、微かに青臭い味も人には傳へがたい。あらゆる果實が金さへ出せば手に入る今日、荔枝《れいし》にパパイヤ、キーウイにアボカード、仙人掌《さぼてん》の實、時計草の果と、舶來の果實は多彩を極めるのに、日本の山野の木の實、草の實はまことに入手しがたい。それも椎に榧《かや》に胡桃《くるみ》の類、すなはち堅果はまだ店頭で見る機會もあるが、生果となると、稀に楊梅《やまもも》を買ふ以外、絶えてお目にかかれぬ。桑の實、茱萸《ぐみ》、木苺《きいちご》、郁李《にはうめ》、

315　はるばると母は戰を思ひたまふ桑の木の實は熟みゐたりけり

榠樝《くわりん》、梅桃《ゆすらうめ》、槇《まき》の實、木通《あけび》、郁子《むべ》、岩梨《いはなし》、其他各地方によつて數へ立てたら切《きり》もあるまいが、これらが籠に盛られた市場があるなら、私は地の果てでも行つてみたいと思ふ。だからこそ、「桑の實」の一語で、眞夏の陽のふりそそぐ「故郷」がありありと瞼に浮ぶのだ。山野の野生の果實が手に入らぬのは、この歌の制作當時も今も變らない。桑畑の萌黄《もえぎ》の葉隱れに黑紫色の實の覗く眺めも、よほどの山村にしかなかつた。桑畑の彼方には農家、その片陰には「母」が佇む。それは作者を含めた、すべての地方出身の男の「母なるもの」＝「母性《マテルニテ》」の原像であるかも知れない。その母は常にはるばると戰《いくさ》を思ひ續ける。息子たちはいつの日も彼女を離れて遠く戰ふ。

この歌の戰《いくさ》は日露戰爭であつた。茂吉の長兄も次兄も出征してをり、彼が夏休に歸省してみると、生母は寂しく畑に出て働いてゐたと、作者自身後日述懷してゐる。わが子を駈り立てた戰爭に思ひを馳せる母と黑く熟した桑の實、これも亦後の「梅の實と幼妻」「上海の戰ひと散る鳳仙花」のたぐひで、二者の脈絡が疎《そ》だ密《みつ》だと文句の出さうなところだが、何事もなかつたらしい。母をいたはる思ひも紛《まぎ》れぬゆゑにお目こぼしに與《あづか》つたのだらう。笑ひ事ではなく、さういふ奇妙な道德も橫行し通用する世界なのだ。

この當時、たとへば「母は戰《いくさ》を憎みたまふ」といふ歌を作つたとしたら、一體どんな反應を世間が示したか。晶子の「君死にたまふことなかれ」を大町桂月《おほまちけいげつ》が彈劾《だんがい》した例を持出すまでもなく、思ひ半ばに過ぎるものがある。だがそのやうな期待は茂吉に關する限り、空しい。そして、期待に背くことが、『赤光』の價値を割引することにも、割増することにもならない。紅旗征戎《こうきせいじゆう》は彼にとつても吾が事ではなかつたのだ。

　けふの日は母の邊にゐてくろぐろと熟《う》める桑の實食《は》みにけるかも
　かがやける眞夏日のもとたらちねは戰《いくさ》を思ふ桑の實くろし
　本《ほん》よみて賢くなれと戰場のわが兄《え》は錢を呉れたまひたり

二首は掲出歌とほとんど同一構圖の繪の、遠近法を少しづつ變へて描いたやうな歌だ。殊に「眞夏日のもと」は、その強烈な光を描いたところ、「母は戰《いくさ》を」を凌《しの》ぐかと思ふくらゐだが、四句切までの長い息遣ひがややだれて、第五句があまりにも呆氣《あつけ》なく、上下句の均衡快い掲出歌にはつひに及ばなかつた。「母の邊にゐて」は、後年の「母が目《め》に寄《よ》り」「母に添寢《そひね》の」「母が額《ひたひ》を撫《さす》りつつ」を思はせる。恐らく母も作者も、何一つ改まつて語ることもなかつたらう。喋喋《てふてふ》を要するのは心通はぬ間柄であり、溢れる思ひの二人に言葉は無用であつた。日に三度愛を誓ひ合はねば不安で仕方のない夫婦を、ゆくりなくも思ひ出すことだ。故郷の弟に、讀書の好きな弟に、戰場から送金して來る兄が、その頃はゐたらしい。茂吉は當時一高在學中で齋藤家の養子、何も本代に事缺いた譯でもあるまい。作者の受取り方も、わざと幼さびさせてゐるのだらうが、舊制高校生とすれば「かまとと」めいて薄氣味惡い。素樸な感謝の意を、とぼけた口調で、巧妙に強調し、いかにも自然に、いかにもさりげない文體に仕立てたのだらうが、一聯の中で繰返し誦すると、作者の、あるいは作者のファンの意には背かうが、私は臭みを感じて、次第に白けて來る。

「螢」

蠶《こ》の室《へや》に放ちしほたるあかねさす晝なりければ首は赤しも

「晝見れば首筋あかき螢かな　芭蕉」を題名の下に詞書《ことばがき》代りの副題として飾つた。本歌《ほんか》取歌《どりうた》のサブ・タイトルに本歌を置くのは、傲慢なのか、正直一途なのか、天眞爛漫なのか、それを衒《てら》つてゐるのか、以上すべてのトータルか、輕率には判斷できない。けれども、彼は少くとも芭蕉を穢《けが》してはゐない。芭蕉の句に、奇妙な方法で、今一度生命を與へた。芭蕉より八、九世紀も昔の枕詞「あかねさす」を挿入し、みづからの故郷の景色を描いて、芭蕉の、意表を衝いた「發見」を、作者獨自の「世界」に誘ひ込んだ。これもコロンブスの卵の一つだらう。すべての本「句」取がこのやうに成功するとは限らない。恐らく句を歌に仕立てれば、十中八九、ああ歌とは冗長なものだ、句の潔さをこそと歎聲を放たせる結果に終る。それを避けるとならば、發句的な句を探し出してその脇を附ける、連句に甘んじる以外、句を取る方法はあるまい。「晝見れば首筋あかき螢かな」は完結してゐる。いかなる附句をも拒んで傲慢に立つてゐる。

茂吉は芭蕉を添削した。「晝見れば」の「見れば」はうるさい、ことわらずとも誰が「聞けば」と誤解しよう。「赤し」と言ふかぎり見たことは明らか、不要な言葉は省くに如《し》かず。「首筋」の「筋」も御丁寧に過ぎる。あのやうな小さな蟲は、頭、胴、尾と區分するのさへ、煩はしくせせこましい。そこへ「首」を割込ますなら、ほんの一粍《ミリ》か二粍の幅、「筋」に決つてゐるではないか。「かな」も除かう。これは俳諧の専用語的ニュアンスのある詠歎の辭、切字《きれじ》を借りては歌人の沽券《こけん》に關る。

芭蕉の句は、彼の信條通り、言ひおほせてはゐない。微妙に、殊更に創つたヴァカンスは讀者の鋭い感受性によつて埋めるのが最高の句と言ひたげだ。それは眞理だ。短詩形制作の要諦《えうたい》の一つには違ひない。にも拘らず、この句のアフォリズムめいた發見感想の、木で鼻括《はなくく》つた味氣無さはどうしたことだらう。「夜見れば尻尾の光る螢かな」の逆も亦眞であることを證明して見せたに過ぎない。晝、光らぬ螢の首の赤を發見するのがそれほどの手柄か。ならば夜の斑猫《はんめう》や玉蟲が、月や星のわづかの光にさへ、刹那映《は》えて見せようとするあはれを吟じ歌つてやらうか。雨の日の蝶が廣葉厚葉の裏にとまつて、所在無げに羽を閉ぢてゐる樣を描かうか。「夏爐冬扇《かろとうせん》」とは無用なることの儚《はかな》さの侘《わ》びを味はふ心、それのみではなく、無いものねだりの嫌がらせに詩を添加する祕訣でもあつたのか。時鳥《ほととぎす》に對して「鶴に身を借れ」と叫んだ曾良《そら》も師匠讓り、さすがその師匠は、千鳥に「闇を見よ」と西欧のエグジスタンシャリスト擬《もど》きの辭を吐かせた。赤い唐辛子に、「青くてもあるべき」と口を歪めたり、別れに際しては握手をせず麥の穗を摑んだ。それぞれにすることが憎い。思へば、それこそが三句十七音の妙味であり、俳諧そのものであつた。

それゆゑに茂吉は削りに削つた後、添へたいだけ添へて、文字通り添削の妙を示した。かくてわが「歌」ここにありと。「蠶《こ》の室《へや》に放ちし」で、それまで展翅板《てんしばん》に昆蟲ピンで刺されてゐたやうな動きも生命感もない螢が、一瞬にして蘇つた。晝、見えぬ光を點滅させてゐる、あの儚い息遣ひが、白晝さへも、目を閉ぢればありありと瞼に顯《た》つ。それでこそ「晝の螢」を詠む甲斐《かひ》があらうと言ふものだ。「蠶《こ》の室《へや》に放ちしほたる」とは、恐らく「昨夜《よべ》蠶の室に放ちし螢」であらう。蠶棚の、桑の褥《しとね》の端に、棚の下のひいやりと濕つた桑の籠にとまつて息づき、瞬《また》いてゐたあの螢は、晝見れば息絶えたやうに點點と黒く動かない。けれども指を差寄せれば、そそくさと隠れようとする。その首の、茜色《あかねいろ》、傷のやうな韓紅《からくれなゐ》、その黑九赤一の斬新《ざんしん》な意匠こそ、茂吉の好むものであつた。

白秋にも「螢」と題する一聯の詩はある。これはジギタリスの花にとまつた晝の螢、「そなたの首は骨牌《トランプ》の／赤いヂャックの帽子かな、／光るともなきその尻は／感冒《かぜ》のここちにほの青し、／しをれはてたる幽靈か。」と歌ひ、なほ「嗅《か》げば不思議にむしあつく、／甘い藥液《くすり》の香《か》も濕る、」と添へた。嗅覺を働かせたのは茂吉の及ばぬところだが、しかし、あの匂は「甘い藥液の香」などとはおよそ無緣の、苦く鋭く性的な、惡臭に近い芳香だ。他のもろもろの幻想は、所謂《いはゆる》「ハイカラ」趣味を一歩も出ず、時としては最早常套《じやうたう》陳腐《ちんぷ》の嫌ひさへある。過ぎたるは及ばざるに劣り、茂吉の寡默な一首の中にこそ螢は生きた。改選版では結句が「首すぢあかし」に變り、その代りとして、題の下に添へた芭蕉の句が消された。詐術《さじゆつ》に似た擦替《すりか》へではあるまいか。その逆の眞は次のごとくいささか間が抜けた。蚊帳の中の螢の風流も聞き飽きて舊臭《ふるくさ》い。結句は沙汰の限りであらう。

　蚊帳のなかに放ちし螢夕さればおのれ光りて飛びて居りけり

　凱旋《かへ》り來て今日のうたげに酒をのむ海のますらをに髯あらずけり　「折に觸れて」

「髯あらず」とことわつてゐるのに、私は、どういふ譯か、この歌を見る毎に、ポセイドンを聯想する。それもアテネ國立美術館にある青銅像、額《ひたひ》に捲毛《まきげ》を垂らし、頰髯《ほほひげ》ばかりか、口髭、顎鬚ふさふさと、後頭部には鬣擬《たてがみもど》きの後れ毛さへ逆立つ、あの海神の像を思ふ。眉秀で眼窩《がんくわ》はくつきりと窪《くぼ》んでをり、唇は苦く引結んでゐるが、鼻はさして隆《たか》くない。希臘《ギリシア》神話の神像特有の、眉間のあたりから俄かに盛上り、傲然《がうぜん》と冷かな弧を描くあの鼻ではない。太い鼻梁がそのまま素直に人中《にんちゅう》の眞上まで垂れ、かはいいと言ひたいくらゐの鼻翼がこれに添ふ。市井《しせい》の片隅にも、たとへばアテネやローマでなら、時時見うける美男親仁《おやぢ》の風貌であり、取りつく島の十分にある親しさだ。「凱旋・宴・酒・海の丈夫」、かういふ語彙《ごゐ》の錯綜がポセイドンを幻想させるのだらう。

歌の主人公は、作者の開成中學時代の親友、市來崎慶一《いちきざきけいいち》海軍少尉であると傳へる。九音の中七音まで「い列音」の占めるこの姓名は、何となくやや痩身《そうしん》の、嚴《いかめ》しい風貌を思はせる。無髯ではあつても荒削りの眉目はさやかで、銅色に潮灼《しほや》けした肌は鞣《なめ》されたやうに光つてゐる。「髯あらずけり」、この歎息に似た結句はなかなかに妙である。何故、作者は今更のやうに、ふと、市來崎少尉の無髯に氣づいたのだらうか。

生きて來《こ》し丈夫《ますらを》がおも赤くなりをどるを見れば嬉しくて泣かゆ

親友の凱旋《がいせん》祝賀會は明治三十九年一月四日であつたといふ。年賀をも兼ねた祝宴だつたらう。お定まりの會席膳が竝び正座《しやうざ》が市來崎少尉、右か左に作者は連なつたのだらう。小一時間も經《た》てばやうやく一座の面面醉ひも廻り、例によつての放歌高吟、主賓の隱藝《かくしげい》が披露される頃は杯盤狼藉《はいばんらうぜき》の趣となる。次第に廢《すた》れつつあるこの種の「酒席」の、酒徒も樣樣、市來崎少尉は豪快な飲みつ振りの、いちはやく頰を薔薇色に染め、陽氣に手を打ち囃《はや》すタイプの上戸《じやうご》と考へるのもおもしろからう。銅色に灼けた頰が更に酒によつて紅潮すれば、濃い髭《ひげ》の剃《そ》りあとが却つて蒼《あを》く顯《た》つて來る。得意の「鎗錆《やりさび》」を歌ひつつ、彼は案外年季《ねんき》の入つた踊りを見せる。「昔忘れぬ落《おと》し差《ざ》し」でぐつと反身《そりみ》になつたところを、下から仰げば、顎《あご》の窪《くぼ》みの髯《ひげ》の痕《あと》に、粟粒《あはつぶ》のやうな蒼《あを》が犇《ひしめ》いてゐるのが見える。昔から髯を生やせば似合ふ顔立ではあつたが、今日この席で、一際《ひときは》貫禄を増した姿を見るにつけても、可惜《あたら》、とその「髯あらずけり」の無髯が惜しまれるのだ。

海の丈夫《ますらを》がどこでどのやうに誰と闘つたのかを私は知らないし、別に知りたいとも思はない。茂吉の歌に出て來る軍人は、何故かさういふ來歴《らいれき》の穿鑿《せんさく》などどうでもよく、一首の中でだけの「主人公」として聳えてゐるのがおもしろい。「女難の相か然《しか》にあらずか」と、彼に好奇の眼を瞠《みは》らせた美男の陸軍将校もさうであつた。「この里《さと》に大山大将住むゆゑに」と歌はせた「大山巖《おほやまいはほ》」さへ、滿洲軍總司令官云云の肩書や勇武竝びない軍歴などはさておき、その泰然たる姓名だけで十分だと思はせる。「丈夫」にかてて加へて「泣かゆ」に「あらずけり」のいにしへぶりは、これらの歌の前にずらりとあの『萬葉集』巻第二十の防人《さきもり》の歌が竝ぶやうな錯覺を起させる。

筑紫べに舳向《へむか》る船のいつしかも仕へまつりて本郷《くに》に舳向《へむ》かも　若麻續部羊《わかをみべのひつじ》

難波津に御船《みふね》下すゑ八十梶《やそかぬ》貫き今は榜《こ》ぎぬと妹《いも》に告げこそ　若舎人部廣足《わかとねりべのひろたり》

久慈河《くじがは》は幸《さけ》くあり待て潮船に眞梶繁貫《まかぢしじぬ》き吾《わ》は歸り來む　丸子部佐壯《まるこべのすけを》

霰降り鹿島の神を祈りつつ皇御軍《すめらみくさ》に吾は來にしを　大舎人部千文《おほとねりべのちふみ》

今替る新防人《にひさきもり》が船出する海原のうへに浪な開《さ》きそね　大伴家持

かういふ海軍《うみいくさ》の歌を長歌仕立にして、出征《しゆつせい》から歸還までを朗朗とねんごろに歌ひ來り歌ひ去り、その反歌として「生きて來《こ》し丈夫《ますらを》」「凱旋り來《かへ》て今日のうたげ」の二首を、ぴたりと置いてみたい。白秋のきらきらしい歌を『新古今』の四季や戀にさりげなく鏤《ちりば》めてみたいとは、一度も思つたことはない。異物として卽座に除きたくなるのは必定《ひつぢやう》だらう。だが茂吉の歌は、かういふ軍歌《いくさうた》は、巻中に紛《まぎ》れ込んでも、さほど違和は覺えないだう。尤も、ふさふ、ふさはぬは、兩者の作の質の高低とは何の關りもない。作者はこの凱旋《がいせん》の歌から四十年の後、敗戰國の山中で次のやうに歌つた。

ふかぶかと雪とざしたるこの町に思ひ出《だ》しごとく「永靈」かへる

月落ちてさ夜ほの暗く未だかも彌勒《みろく》は出でず蟲鳴けるかも　「蟲」

彌勒と秋蟲とはまたまた突飛破格《とつぴはかく》の照應で、迦陵頻伽《かりようびんが》と田螺《たにし》の歌の好一對とも言へよう。茂吉は時折、發作的に、佛教的色彩の濃い、超現實作品を試みるが、思へばこれらはシュールレアリスムなどとは全く無縁、強ひてなぞらへるなら、佛畫、それも曼陀羅《まんだら》や涅《ね》槃圖《はんづ》の超空間、脫時間的な夢幻境に近いのではあるまいか。火雲は空に靆《たなび》き、蓮華が零《ふ》り、飛天《ひてん》は裳を翻《ひるがへ》して舞ふ。佛典の漢字の森の彼方に見える世界が、時を得て、作者の腦裏に映り搖れる。幼時僧侶から受けた薫陶《くんたう》は、さう簡單に消え去るものではない。『赤光』にも現れ方が、未だ未だ少いのではあるまいかと私は思ふ。

それにしても「彌勒《みろく》は出でず」とはよく言つたものだ。「優曇華《うどんげ》咲かず」では、この歌は成らない。優曇華とて三千年に一度花開き、開いた時は金輪明王《こんりんみやうわう》が出《い》でたまふのだから、滿更ふさはぬ譯でもなからうが、「月」と「蟲」とに卽《つ》き過ぎて、いささか通俗美學臭はつきまとふ。白蓮華の分陀利華《ふんだりけ》も使ひやうではおもしろからうがこれには似合しからぬ。作者は恐らくそのかみ、寶泉寺佐原窿應和尙に、彌勒は佛に先立つて入滅し、兜率天《とそつてん》の內院に住し、五十六億七千萬年の後、ふたたびこの世に下降して衆生《しゆじやう》を濟度《さいど》し給ふ當來の佛だと敎へられたことだらう。彌勒の世とはこの世の果、基督敎の主張する審判の日と重なれば一興と後後思つたかどうか。それはさておき、「さ夜ほの暗く」にも、その頃耳にした「無《む》明長夜《みやうぢやうや》」なる言葉が搖曳《えうえい》してゐたかも知れぬ。俗界のこの世こそ卽ち長夜の眠り、その眠りから覺めるのが死、その後にこそ始めて彼岸へ旅立てるのだと、和尙の説くのをうつらうつら居眠りながら聞いた記憶が、ふと蘇つてゐたとしても不思議はない。作者の家が一遍上人開宗の時宗《じしゆう》の門徒で、浄業和讃《じやうごふわさん》を誦《ず》し習ひ、「釋迦の在世は過ぎ去りぬ、彌勒の出世は遙かなり」と口遊《くちずさ》み馴れてゐたであらうといふ推察も、なかなかに穿《うが》つたものだが、ともあれ茂吉の佛典知識は、聖書に關る素養をぐんと引離してゐたことは明らかだ。しかし後者が缺落してゐたのでは決してない。思ふに、作者は、成人後教養として著著と攝取したことと思はれる。「蟲」一聯にもそれは見えよう。浄業和讃もさることながら、『梁塵秘抄《りやうぢんひせう》』にも「釋迦の月は隱れにき、慈氏《じじ》の朝日は未《ま》だ遙か、その程長夜《ほどぢやうや》の闇《くら》きをば、法花經《ほけきやう》のみこそ照らいたまへ」が見える。「慈氏」は彌勒を指す。本歌としてはむしろ、まづ第一にこれを擧げるべきだつたらうか。

初出は文字遣ひがやや異るのみだが、草稿は「現《うつ》しき世月讀は落ち未だしも」といふ上句だつたらしい。左千夫の添削を經て初出の形になつたものか、みづから訂《ただ》したのかは別として、「月落ちて」の「て」あたりの説明臭は氣にならぬこともない。「未だしも」と「鳴けるかも」の響き合ひが效果的か、「未だかも」と「鳴けるかも」の谺《こだま》返しがおもしろいかは、讀者、批評者によつて十人十色だらう。私は原形を採りたい。そして「かも」の繰返しも惡くはないと考へてゐる。むしろ最終的には第二句が「ほの暗く」と連用形で第三句へ移つて行つてよいかどうかは疑問であらう。「ほの暗し」と二句切にした方が「未だかも」の詠歎は生きはしないだらうか。

327　月落ちてさ夜ほの暗く未だかも彌勒は出でず蟲鳴けるかも

とほ世べの戀のあはれをこほろぎの語り部《かたべ》が夜々つぎかたりけり
ヨルダンの河のほとりに蟲なくと書《ふみ》に殘りて年ふりにけり
なが月の清きよひよひ蟋蟀やねもころころに率寢《ゐね》て鳴くらむ
あきの夜のさ庭に立てばつちの蟲音は細細と悲しらに鳴く

特徴のあるのは「語り部《かたべ》」と「ヨルダン」の二首である。これに掲出の「彌勒《みろく》」が加はると、興味ある三者共鳴も聞えて來よう。日本、印度、パレスチナの空間的な開き、時間の溯行《そかう》、宗教觀の振幅、種種論じ得る動因とはならうが、作者にそれほどの意圖はあるまい。語り部の悲戀譚は何であらう。木梨の輕の太子の話や、速總別《はやぶさわけ》の王《みこ》と女鳥《めとり》の王《みこ》の話など、私は何故か茂吉好みだと思ふ。彼の獨特の聲調で聯作を試みてほしかつた。

ヨルダン河畔に蟲の鳴くのを傳へた書とは初耳だ。少くとも新舊兩約聖書に出て來る昆蟲の中に鳴蟲《めいちゆう》はゐない。飛蝗《ばつた》、蝗《いなご》、甲蟲《かぶとむし》、蜜蜂、黄蜂、蟻、臙脂蟲《えんじむし》、虱《しらみ》、蚤《のみ》、蚊、蠅、衣蛾《いが》、蠶蛾《かひこが》、これくらゐだらう。この中にも文章の前後の關係でそれと察する程度の名もある。臙脂蟲はイザヤ書の「紅《くれなゐ》」の原語による判斷だ。蟋蟀《こほろぎ》や螽蟖《きりぎりす》に相當する名は一向に現れぬ。尤も蚊の類は、ヨルダン中流の沼澤地帶は雨季になると夥しいマラリヤ蚊が發生したから、鳴きも喚《わめ》きもしただらう。外典《げてん》や僞書の類にまで茂吉は目を通し、そこで出會つたのか、あるいはユダヤ民俗史か何かの中で、目敏《めざと》く發見したのなら、この限りではない。

「新年の歌」

高ひかる日の母を戀ひ地《ち》の廻《めぐ》り廻り極まりて天新《あめ》たなり

聯作十四首の二首目、古調蒼然、いささか辟易《へきえき》するくらゐだが、作者は得意の趣だ。明治四十一年の新年、興に乘つて一氣にものしたのであらう。ダイナミックな迫力が脈脈と傳はつて來ることは來る。好惡を別にするなら力作とはこのやうな一聯を呼ぶ名だらう。

今しいま年の來《きた》るとひむがしの八百《やほ》うづ潮に茜かがよふ
東海に磤馭盧《おのころ》生《あ》れていく繼ぎの眞日美《うる》はしく天明《あめあ》けにけり
ひむがしの朱《あけ》の八重ぐもゆ斑駒《ふちごま》に乘りて來《く》らしも年の若子《わくご》は

右は第一首、第三、四首に當る。ほとんど神懸《かみがか》りとも言へる凄《すさま》じさで、日清、日露、太平洋、どの戰爭中にしろ、迎へられさうなナショナリズム臭紛紛《ふんぷん》の歌だ。勿論作者は軍部や右翼の笑顏を期待してかういふ歌を作つてはゐない。天眞爛漫、勇往邁進、稚氣《ちき》滿滿の氣味さへある。作者は次のやうに語る。

「題詠的であるが、いろいろと工夫して、調べも莊重に、萬葉調に行かうと努力して居る。長塚さんが第二首を褒めて、齋藤君は科學者だから、科學者らしい大きい歌だと云つてくれたのであつた。なほこの一聯の中には、『ひむがしの朱《あけ》の八重《やへ》ぐもゆ斑駒《ふちごま》に乘りて來《く》らしも年の若子《わくご》は』などといふのもあり、斑駒は、古事記にもある語だから、さういふものをも取入れて、古調に到達せむと骨折つて居るのである。『豐酒《とよみき》の屠蘇に吾ゑへば鬼《おに》子《こ》ども皆死しにけり赤き青きも』のごとき空想的な歌があるのも、その時分の私の歌の傾向の一つで、左千夫先生が、『堀内は寫實、齋藤は理想』と云はれたその理想の部類に屬するものである」

　別に傾聽を強《し》ひるやうな發言ではない。長塚節の頌詞《オマージュ》も伊藤左千夫の感想も、隨分お座なりで氣分任せの放言めく。同一結社内師弟僚友間のおめでたい交驩《かうくわん》風景で、毒にも藥にもなりはしない。そして同一結社内でも、いささか感情が行違へば、空想的な歌など掌を覆したやうに貶《けな》され、「わがいのち芝居《しばゐ》に似ると云はれたり」といふやうな次第になるのだ。「云ひたるをとこ肥りゐるかも」にしたつて、直前まで「恰幅《かつぷく》の良い、肉《しし》づき豐かな紳士」だつたかも知れない。口は重寶である。

　おどろおどろしい擬古語彙の犇《ひしめ》く中に、日輪を母に見立てた掲出歌は、さすが母戀ひが本領の作者、まことに歌心の血の通つてゐる感がある。「たか・ひか・ひの・はは・めぐり・めぐり・きはまり・あめ・あらた」と韻を存分に響かせ、第四句の終りに剩音《じようおん》の

「て」を置いたのも、考へた手法だ。『古事記』寫しは凝《こ》り過ぎて、作者や一部の人が陶醉めするほどには感動を呼ばぬ。日常茶飯事の報告を「寫生」と心得てゐるやうなただごと歌は、茂吉にとつても唾棄《だき》すべきものだつたらうが、かういふ出來損ひの《そこな》ゴシック建築いた、言葉だけ莊重で無內容な歌も、時の浸蝕に會へば殘骸を曝《さら》すばかりだ。
年のうちに春は來にけり一年《ひととせ》をこぞとやいはむことしとやいはむ　在原元方
ふる雪のみのしろごろもうちきつつ春來にけりとおどろかれぬる　藤原敏行
春たつといふばかりにやみよし野の山もかすみてけさは見ゆらん　壬生忠岑
いかにねておくるあしたにいふことぞきのふをこぞとけふを今年と　小大君
うちなびき春は來にけり山川のいはまの氷けふやとくらん　藤原顯季
こほりゐし志賀の辛崎うちとけてさざなみよする春風ぞ吹く　大江匡房
春の來るあしたの原を見わたせば霞もけふぞたちはじめける　源俊頼
みよし野は山もかすみて白雪のふりにし里に春は來にけり　藤原良經

八代集巻頭の新年あるいは立春の歌を引いたのは、勿論皮肉である。子規の古今彈劾《だんがい》を、その弟子筋がまさか鵜呑《うの》みにした譯ではあるまいが、たとへば茂吉の、「アララギ」內部では劃期的な元朝歌も、古歌のおほらかな優しさの前では、鋼鐵製の武者人形の示威《じゐ》めく。

うるはしと思ふ子ゆゑに命欲り夢のうつらと年明けにけり

かういふぬけぬけとした戀歌の混つてゐるのが、思へば、この「新年の歌」のせめてもの救ひではなかつたらうか。

うつそみのこの世のくにに春はさり山焼くるかも天の足り夜を　「雑歌」

明治四十一年の「新年の歌」など、茂吉の萬葉振、と言ふより擬古調の特に露骨な最初の現れであるが、掲出歌を含む「雑歌」一聯十一首は、後の、大正二年「死にたまふ母」をふと思ひ浮べるに足る、獨特の『萬葉』寫しを奏でてゐて快い。すなはちこの早春歌も、たとへば「かぎろひの春なりければ木の芽みな吹き出《いづ》る山べ行きゆくわれよ」や、「はるけくも峡《はざま》のやまに燃ゆる火のくれなゐと我《あ》が母と悲しき」あたりと、どこかで親しく響き合ふところがあるのも、初期『赤光』作品の美點と考へたい。

通常、古調は一つの制動装置でもあらう。手離しで、普通の韻文で歌つては、最早《もはや》感傷に堕する懼《おそ》れのある時、その餘剰を、記紀歌謡、『萬葉』の調べ、殊に枕詞や序詞を借りることによつて、きりりと引緊《ひきし》める。その結果一首の哀調は、脣を嚙んで立ちつくすやうな、不思議な苦みや辛みを帯びることもある。試みにそれと思ふ部分を取去るか換言するかして讀み直せば、明らかになるだらう。ところが今一つ如上《じよじやう》の逆に近いケースもある。散文に直せば馬鹿馬鹿しいほどの些事、あるいは取るにも足りぬ出來事が、これまた意味を喪《うしな》つた呪文のやうな形容詞句や副詞句で莊嚴されると、俄に「歌」として異様な光を内部から放ち始め、「調《しらべ》」と呼ぶ生命が溢れ出す。

茂吉の場合は兩方の例を隨所で見ることができるが、この一聯、殊に掲出歌は後者の好例に考へられる。「うつそみのこの世のくにに春はさり」は、要するに第三句の「春はさり」に盡き、下句は「夜、山燒くる」に過ぎぬ。もつと要約すれば「夜の野火」である。「野火」とは早春、山野の枯草に火を放つて燒くことだから、それが夜に入つても燃えつづけてゐる様で、さして珍しい題材でもなく、彼もこの後度度《たびたび》歌つてゐる光景だ。「山燒くる」は、自然發火の山火事を言つたのではあるまい。「山燒《やまやき》」と稱することもあるが、季語としては「野火」の方が美しからうし、山を含めての呼び方である。この火は勿論、追つて芽生える草木、殊に作物などの生育を促す。灰が加里肥料として有效であることは知られてゐる。ゐるけれども、私たちの腦裏には、火そのものが命を育むやうな幻影が湧くものだ。同じ火が命を亡すことも知りつつ、特に、「山燒くるかも天の足り夜を」と朗《ほが》らかに歌ひ納められれば、火の紅に重なつて新しく萌え出でる和草《にこぐさ》、瑞枝《みづえ》のしたたる綠が髣髴《はうふつ》する。

その生命力、生命感を強調するために、作者は「うつそみのこの世のくにに」と緩徐《くわんじよ》調《てう》で、悠悠と春の事觸《ことぶれ》を試みたのだ。無意味の持つ豊かな意味、現實、この世界の、今われらが目に見る國に、と歌ひ出される時、人はやうやく夢みごこちになり、反對に睡《ねむ》りに沈んでゐた者は目覺るおもひとなる。「天の足り夜」の「足夜《たりよ》」はもともと、『萬葉』などに見える時は「終夜」「よもすがら」の意で用ゐられてゐるが、作者は例の造語感覺で「可惜夜《あたらよ》」のニュアンスを濃く漂はせた。

ひさ方の天の赤瓊《あかぬ》のにほひなし遙けきかもよ山燒くる火は

あまりにもロマンティックな下句、殊に第四句「遙けきかもよ」の圓《まど》かに甘い詠歎が、「ひさ方の天の赤瓊《あかぬ》」なる嚴《いかめ》しく、鮮明な初句、第二句で見事に收斂《しうれん》された。「にほひなし」は、この後も間歇《かんけつ》的に見る「如《な》し」の用例で、判斷可能な例ではあるが一瞬讀者は「無し」を聯想するし、賢明な表現方法とは言へまい。しかし、深夜の空の山際に、燃えつづける火の一團が、遠目には、たとへば紅瑪瑙《べにめなう》などを刻み、玉造部《たまつくりべ》が磨き上げた大きな勾玉《まがたま》のやうに見える、さう言ひたかつた作者の心は、人人の心にも照り映えよう。「うつそみのこの世のくにに」と好一對の成功作と見ておきたい。この一聯には、「アララギ」創刊前後の作が、前後不同に竝んでをり、季節も酣春《かんしゆん》、盛夏、秋と樣樣に移つて行く。

あかときの畑の土のうるほひに散れる桐の花ふみて來にけり
うつし世は一夏《いちげ》に入りて吾がこもる室の疊に蟻を見しかな
旅ゆくと井《ゐ》に下り立ちて冷々《ひやひや》に口そそぐべの月見ぐさのはな

妙に肩肘怒らせた擬古趣味は拂拭《ふつしよく》され、「桐の花」などまことにみづみづしい。「い列」「え列」音の交錯が、晩春早朝の冷えを傳へて快い。「うつし世」の「一夏《いちげ》」と下句の「室の疊に蟻」のアンバランスのバランスも、そのわざとらしさが却つておもしろい。「月見ぐさ」も佳作とは呼べないが、第三句以下のたどたどしさが、思はぬ親しみを生んで、見過しがたい一首ではあらう。

とうとうと喇叭を吹けば鹽はらの深染《こぞめ》の山に馬車入りにけり　「鹽原行」

一聯四十四首、『赤光』中、量に於ては屈指の大作であり、「アララギ」なる晴の發表機關を得た作者が、あへて世に問ふ意欲作であつた。尤も内部評が必ずしもその意欲を買つたといふ譯でもない。島木赤彦は「鹽原行期待せしより佳作少く候、用語に新しき用意の傾向は見ゆれど一般に見附け所深からず（以下略）」のやうな辛い點をつけてをり、それも亦頷《うなづ》ける節はあらう。

喇叭《ラッパ》といへばその音は嚠喨《りうりやう》と形容するのが通り相場だが、「とうとうと」と歌つて、始めて田舍の乘合馬車の、鄙びた、ところどころ錆びた喇叭の、鑾聲に似た音色が幻に響いて來るやうだ。但し、この初句、第二句は、素樸極まる本歌取であり、その本歌は、大正二年六月「アララギ」に掲載された新人清水謙一郎の「とうとうと喇叭を吹けば馬車うまは更にひとしほ暮れ急ぐなり」であつた。後には太田水穗《おほたみづほ》に師事して、「潮音」の幹部同人になる謙一郎の、才能の仄《ほの》見える歌だが、私は「暮れ急ぐ」に引つかかつて素直には採れない。茂吉は、しかし『赤光』初版本巻末の言葉の第二段の終りに「又『とうとうと喇叭を吹けば』の句を賜はつた清水謙一郎氏に對し深く感謝の念をささぐ」と謳ひ、かつことわつてゐる。潔《いさぎよ》い態度と言ふべきだらう。また一面から見れば、本歌を數等ぬきんでた作品といふ自信がなければ、わざわざかうことわりもしなかつたらう。

鹽原へは明治四十一年十月中旬、大學の懇親《こんしん》旅行で赴き、翌年一月の「アララギ」に發表してゐる歌が主となつてゐるが、掲出歌は歌集初出だし、他にも制作時を違へた歌は幾つかある。歌集編纂時《へんさんじ》に意識して各首がパノラミックな印象を與へるやう配列したのであらう。紅葉照り映える鹽原風景が歌を逐つて如實に繰展《くりひろ》げられる。作者は後年、「これは實際旅行して作つたので、理想的に作つたのと違ひ、私としても新しい修業の一つであつた。さうして十首ぐらゐづつ作つては左千夫先生に見てもらひ、實際に作る方法について、幾らかづつ悟るところがあつた」と述懐してゐる。隨分獨合點《ひとりがてん》な言葉で、「理想的に作つた」などの用語が、むしろマイナスの含みのある、特殊なものであることは知りつつ、釋然としない。名所歌や屛風歌を排して、實地檢分を旨とすることが、改めてことわらねばならぬほどの肝要な問題なのかどうか。しかも、「悟つた」と自稱して引用する作が、「關屋《せきや》いでて坂路《さかぢ》になればちらりほらり染《そ》めたる木々が見えきたるかも」「おり上り通り過がひしうま二つ遙かになりて尾を振るが見ゆ」「つぬさはふ岩間を垂るるいは水のさむざむとして土わけゆくも」「かへりみる谷の紅葉の明らけく天に響かふ山がはの鳴り」「山がはの水のいきほひ大岩にせまりきはまり音とどろくも」の五首で、これがその「實際旅行して」「悟るところがあつた」作と頷《うなづ》けるのは「いは水のさむざむとして土わけゆくも」くらゐのものであり、他は題詠であらうと幻想であらうと大差も無く魅力も感じられぬ作ばかりだ。

掲出歌にしたところで、私の引かれるのは、「鹽はらの深染《こぞめ》の山」といふ凝《こ》つた色彩感覺の箇處であり、その暗い紅が、長閑《のどか》なオノマトペと奇妙な親和關係を保つところがおもしろいのだ。茂吉は「深染《こぞめ》」と書いた時、古典色名の「深緋《こきひ》」「深紅《こきくれなゐ》」にもまして、たとへば源實朝の秀作の初句、第二句「くれなゐの千入《ちしほ》のまふり」を思ひ浮べてゐたことだらるのだ。

う。眞振出《まふりで》の紅の鹽原の紅葉を目のあたりに、作者は「實際」よりもむしろ「夢幻境」へ誘はれて行く。私は、彼が捨て去つたと思ひ込んでゐる世界にこそ、この一聯の輝きを見るのだ。

　馬車とどろ角を吹き吹き鹽はらのもみづる山に分け入りにけり
　湯のやどのよるのねむりはもみぢ葉の夢など見つつねむりけるかも
　夕ぐれの川べに立ちて落《くだ》ちたぎつ流るる水におもひ入りたり
　現し我が戀心なす水の鳴りもみぢの中に籠りて鳴るも
　とうとうと喇叭を吹けば鹽はらの深染の山に馬車入りにけり

　どこにも、單なる寫實の臭みは無い。歌は彼の述懐とどこかで擦れ違つて、「寄紅葉戀」を高音で歌ひ始める。流水があたかも人戀ふる心さながらに鳴り響くとは「明星」の面面さへ鼻白むやうなロマンティシズムではある。私は微笑する。それこそ歌の青春といふものだらう。馬車の吹く喇叭とは、彼が戒律同様のリアリズムの荷を笈《おひ》として背負ひ、眞紅幻想の領域に誘はれて行く合圖でもあつた。紅葉を夢みつつ眠る作者、世の鹽、地の鹽の鹽原の地に始めて到り、滿目《まんもく》の紅葉を見た時、『赤光』の歌人は、實際は「悟る」どころか、ますます迷ひを深くした。その迷ひこそ歌人の生命でもあつた。

もみぢ葉の過ぎしを思ひ繁き世に觸りつるなべに悲しみにけり

同前

古歌における「もみぢ葉の」は「過ぎ」「散り」「移り」「朱《あけ》」にかかる枕詞であり、作者はそれを巧妙に生かし、かつ殺しつつ、現實の紅葉に託して思ひを述べ、幻想をほしいままにする。思ひは當然憂愁に傾き、歌はおのづから戀歌の趣を呈することとなる。「鹽原行」の實際の見聞も、紅葉の耀《かが》よふ谷に入り、そのくれなゐが夢までも染めて後は、最早、現實を離れ、うつつを超えて、さながら幻視行となる。作者の信條はさもあらばあれ、一聯の魅力はここに集中し、私の愛する數首は勿論その中にある。「もみぢ葉の過ぎしを思ひ」とは、單に「過去を振返り」ほどの意である。だが、それと知りつつ、私たちの目の前を、一瞬「黃葉《もみぢ》」の仄かな色と匂が橫切る。「黃葉、紅葉の季節が過ぎたことを思ひ」と誤解する向もあらうが、それはともかく、「もみぢ葉の」が、通り一遍の枕詞として使はれてゐないことは明らかだ。發生當時の、本來の命を、作者はこの枕詞に蘇らせた。一方「繁き世に觸りつるなべに」も隨分古めかしい修辭だが、作者の苦澁と悲哀が、內から滲《にじ》み出るやうな語感を生み、まづ成功と言へよう。わづらはしいことのみ繁《しじ》に重なるこの世に心も肉も觸れつつ、耐へて生きねばならぬことを歎くとの意ながら、くだくだしいことを切捨てて、第三、四句で思ひは盡してゐる。

うつそみは常なけれども山川に映ゆる紅葉をうれしみにけり
しほ原の湯の出でどころとめ來ればもみぢの赤き處なりけり
鐵《かね》さびし湯の源のさ流れに蟹が幾つも死にてゐたりも
おくやまの深き岩間ゆ海つもの石と成り出づ君に戀ふるとき
山峡のもみぢに深く相こもりほれ果てなむか峡のもみぢに
もみぢ斑の山の眞洞に雲おり來雲はをとめの領巾《ひれ》漏らし來も
まぼろしにもの戀ひ來れば山川の鳴る谷際《たにあひ》に月滿てりけり

「まぼろしにもの戀ひ來れば」とは、けだし言ひ得て妙である。この一聯の幻視行たる所以《ゆゑん》を、作者自身が告げてゐるのだ。世の茂吉論者、茂吉研究家は、かかる作品群を、空想的、幻想的、ゆゑに不熟、本領に非ず、過渡期的と貶《おとし》めるのを常とする、果してさうであらうか。この後の作者が様樣な方法を試みつつ、また口では時として、作品に籠められた野心とはうらはらな、素樸で禁慾的な狭義寫實主義信條を吐露しながら、決して拘泥《こうでい》せず、捉はれず、鮮烈な歌を作りつづけ得たのは、一に幻想力、すなはち想像力のたまものであり、その源は、鹽原の湯、紅葉の夢に溯《さかのぼ》り得ると私は考へるのだ。「もみぢ葉の過ぎしを思ひ」と「まぼろしにもの戀ひ來れば」、それに「うつそみは常なけれども」は、この旅の美しい收穫であつた。この幻はかけがへが無い。

勿論私は一方、その幻の中に明らかに顯《た》つ物象を、彼獨特の視角から捉へた、幾つかの秀作を知つてゐる。「しほ原の湯の出でどころ」や「鐵《かね》さびし湯の源の」の二首など、その好例であつた。また、作者が改選に當つて初版から「玉ゆらのうれしごころもとはの世へ消えなく行かむはかなむ勿れ」を削り、新たに挿入した、

あまつ日は山のいただきを照らしたりふかき峽間《はざま》の道のつゆじも

のやうな、大幅《たいふく》の山水圖を見る心地のする一首も決して嫌ひではない。だが、この程度の佳作を、何も茂吉に待つ必要はなからう。それよりも、たとへ荒唐無稽《くわうたうむけい》の譏《そし》りを受けようと、貝類の化石が深山の岩から掘り出される、その感動と、戀心の迸《ほとばし》りを強引に一如とした、作者一流の勇み足に、私は脱帽したい。紅葉の奥に籠り、耽溺《たんでき》し、惚《ほ》れ果てようかと歌ふ作者に、私は意外にもエピキュリアンの横顔を見、後の日、『寒雲』に、「むらさきの葡萄《ぶだう》のたねはとほき世のアナクレオンの咽《のど》を塞《ふさ》ぎき」の見えるのも、あながち不思議ではないことに思ひ到るのだ。

そしてまた他方、紅葉まだらの山の洞窟に降る雲に、天平少女《てんぴやうをとめ》あたりの持つ白い領巾《ひれ》を思ふそのロマンティシズムもほほゑましい。野火の焔に「赤瓊《あかぬ》」を思つたのと相通ずるものがある。更に彼は「火に見ゆる玉手の動き少女らは何《なに》に天降《あも》りてもみぢをか焚く」

と、ほしいままに幻想を跳梁《てうりやう》させる。「玉手」とは少女らの美しい手を言ふのだらうが、幻の少女の林間紅葉を焚《た》く圖にまでは、私も、いささかついて行きかねる。

潮沫《しほなわ》のはかなくあらばもろ共にいづべの方にほろひて（ママ）ゆかむ　　「折に觸れて」

茂吉の作品標題には「折に觸れて」が間歇的《かんけつ》に繰返される。初版の『赤光』に隨《したが》つて言ふなら、「ゴオガンの自畫像」を含む大正元年のもの、「子規十周忌三首」を含む明治四十四年作、「はるばると母は戰《いくさ》を思ひたまふ」を含む明治三十八年詠と翌年の「海のますらをに髯あらずけり」の見える作、それにこの掲出歌を冒頭に持つ明治四十二年制作である。他に「折々の歌」もあるが、これは別としても、「偶詠」とか「折に觸れて詠める」など、第一「題」の中には入るまい。內容にそぐはぬ氣張つたタイトルも氣障《きざ》で嫌みなものだが、この題にもならぬ題も、老人臭い蠻カラ趣味の一種で、白白《しらじら》しく、知つて知らぬ振のポーカーフェイスを聯想する。題も亦作品の一部と心得てゐる私など、それほど無頓著を氣取りたいなら「無題」「題知らず」くらゐにとぼけてほしいものだとさへ思ふ。茂吉の「折に觸れて」は決つて秀作が鏤《ちりば》められてゐるから、なほさら腹が立つ。

「潮沫《しほなわ》」もまた泡沫《うたかた》の一つ、古來儚《はかな》さの象徴として幾千度歌はれたことか。「君戀ふと消えこそわたれ山河《やまかは》に渦まく水の水泡《みなわ》ならねど・平兼盛」など、その好例の一つであり、水の流れは人の世に、露は命にたぐへられて幾世紀かを經た。この歌もその流れに浮ぶ泡、ならば今更取上げることはあるまい。人麻呂が歌はうが茂吉が取上げようが月並は月並、常套は常套と思ひつつ、やはりこの一首には引かれる。言葉だけの「はかなく」ではない。歌そのものが、古歌にすら無かつた儚さに消え入らうとしてゐる。主語を喪失した一首は薄墨色に溶けかかつてゐる。「いづべの方にほろひてゆかむ」とは誰が誰に向つて言つてゐるのか。愛人が愛人に語りかけてゐるとのみ解釋するのは片手落であらう。歌の主は神に向つて、しかもみづからに呟《つぶや》いてゐるのかも知れぬ。「われ」とも「われら」とも、どこにもことわつてゐないこの一首の頼りなげなたたずまひは、むしろ虚無に近い。

やうらくの珠はかなしと歎《なげ》かひし女《をみな》のこころうつらさびしも
をさな妻こころに守《まも》り更けしづむ灯火《ともしび》の蟲を殺してゐたり
かがまりて見つつかなしもしみじみと水湧き居れば砂うごくかな
ひとり居て卵《たまご》うでつつたぎる湯にうごく卵を見つつうれしも
世のなかの憂苦《うけく》も知らぬ女《め》わらはの泣くことはあり涙ながして
萱《くわん》ざうの小さき萌《もえ》を見てをれば胸のあたりがうれしくなりぬ

天竺のほとけの世より子らが笑《ゑみ》にくからなくて君も笑むかな

「潮沫《しほなわ》の」や「萱ざうの」等、一聯中の作四首を引いて、作者はまたしても次のやうに述懐する。「實際にあたつて作ることをおぼえ、それに作者の好きな感情を盛つて、一首をしらべあげて居るのである」と言ふが、どうしてかう二言目には「實際」といふ言葉が稱《しよう》名《みやう》さながらに出て來るのだらう。空想や幻想へ奔《はし》ることを嚴しく戒められ、みづからにも律した結果、踏繪を強ひられる前から、忠誠を誓つてみせるのか。とんだ轉《ころ》び伴天連《ばてれん》めいた科白《せりふ》ではある。「好きな感情を盛つて、一首をしらべあげ」のあたりも、かまととめいた、鈍感な口吻《こうふん》で、私は目を逸《そ》らしたくなる。歌まで薄汚れて見える。何も警拔な文句を連ねてほしいと言ふのではない。こんな詰らぬことを竝べるよりは、默つてゐた方が歌のためだと言ひたい。

「かがまりて見つつかなしも」なる泉の歌は、窪田空穗《くぼたうつぼ》の「湧きいづる泉の水の盛りあがりくづるとすれやなほ盛りあがる」を想ひ起させるが、これも要するに、「水湧きゐれば砂うごく」をさも意味深げに歌つてゐるに過ぎない。茹卵《ゆでたまご》はもつと露骨な瑣末《さまつ》趣味で、かういふ傾向は『赤光』一巻中に隱顯しつつ次第に一つの風をなし、死に到る直前まで、増増《ますます》頻度を加へて行く。ここにはまだ「うれしも」といふ表白があるだけ救はれよう。

萱草萌芽は、思へばこれがこの歌集中最初のもので、さすがに初初しく、いぢらしいくらゐだ。「胸のあたりがうれしくなりぬ」は稚氣と言はうより、考へあぐねての放棄かもしれないが、危く成功してゐる。絶對に繰返しのきかぬ、多分に茂吉の名で割増され、同情を買ふたぐひの成功ではあるが。「天竺のほとけの世より」は作者が後日自家藥籠《じかやくろう》中のものとする佛典趣味の、初期の顯著な現はれながら、意表を衝くのは上句だけで、下句は常識に墮し、全くのぶち壞しである。迦陵頻伽《かりようびんが》が私生兒を生むには、なほ一年を要するのだ。

蜩《ひぐらし》のかなかなかなと鳴きゆけば吾《われ》のこころのほそりたりけれ　「細り身」

これが茂吉の歌かと、一瞬わが目を疑ふやうな歌である。決して拙《つたな》いのではない。鋭く冱えた一首ではあるが、いかにも脆く、不安定で、一筋に徹る氣力が認められぬ。「吾《われ》のこころのほそりたりけれ」とは、心の衰弱のみならず、身の羸痩《るいそう》まで訴へてゐることが判るのだ。そして事實、彼はこの時重病の恢復期に在つた。明治四十二年六月の末頃から八月にかけて、得體の知れぬ熱病のために臥床《ぐわしやう》、衰弱し病みほほけて初秋を迎へ、やつと恢復の目處《めど》がついた。病名は後にチフスと判明したが、當時はそのやうなことが普通だつたのかも知れぬ。絶食が續き、舌には苔が生え、さなきだに耐へがたい夏三月《みつき》、作者にとつてはまさにこの世の地獄だつたに違ひない。二十八歳のみづみづしく壯《さかん》な生命力は、しかしながら病に勝つて、流動食も固いめの粥に變へられた。

　彼方には恐らく花ざかりの宵待草や、蕾を綻《ほころ》ばせはじめた百日紅《さるすべり》も見えたらう。作者は寢臺の上に起き上り、盜汗《ねあせ》の臭ふ寢卷の胸をはだけ、深深と溜息をつく。捲《まく》り上げた袖の下から、げつそりと肉の落ちた腕が覗く。無精鬚《ぶしやうひげ》は頰を覆つてゐる。立上るとまた眩暈《めまひ》を覺える。その時、どこからか蜩の聲が響く。遠い驟雨《しうう》のやうに、潸潸《さんさん》と青空の奥から零《こぼ》れて來る。耳を澄ませばその聲は、濕つた金屬箔片が觸れ合ふやうに、かなかなかなと、儚《はかな》くいらだたしい響きを傳へる。三月もの空白を作つてしまつた身には、延期した卒業試問のことも、責苦のやうに心を刺す。學友たちは自分を置いて著著と豫定のコースを進んでゐるだらう。永い人生の中の三月や半歳、何程のことがあらうとみづからに言ひきかせつつ、やはり心細い。その胸の隙間に翳《かげ》するかに、蜩は鳴き、鳴き移る。

　この歌の病める姿は、しかしそれなりに風情がある。賴りなげな、茂吉にはあるまじい女歌めいた「しをり」さへ感じさせる。ただ一つ「鳴きゆけば」の「ゆく」は難と言はねばなるまい。初心者のよく犯す過失の一つで、本人は、大した咎《とが》とも思はず、調子を整へるためにさう歌ひ流してしまふ。「雁は夜空を『鳴きゆけば』」風に、空間を移動し、行爲が進行してゆく樣でない場合は使ふべきではない。後の日、彼は「土屋文明へ」の中で、

「ものみなの饐《す》ゆるがごとき空戀ひて鳴かねばならぬ蟬のこゑ聞《きこ》ゆ」と歌ひ、また「もの書かむと考へゐたれ耳ちかく蜩なけばあはれにきこゆ」と歎いた。その折も、昔、熱病の恢復期に、細る身と心に沁み入るやうに鳴いた蜩の聲を思ひ出してゐただらうか。

まことわれ癒えぬともへば群ぎものこころの奥がに悲しみ湧くも
たまたまの現《うつ》しき時はわが命《いのち》生きたかりしかこのうつし世に
病みぬればほのぼのとしてあり經《へ》たる和世《にこよ》のすがた悲しみにけり
熱落ちておとろへ出で來もこのごろの日八日夜八夜《ひやかよやよ》は現しからなく
日を繼ぎて現身さぶれ蟬の聲も淸《すが》しくなりて人うつくしも

危く病に打ち克《か》つて人心のついたよろこびと、耐へに耐へたみづからへの慈《いつく》しみが、かやうな調べを作り上げてゆくのだらう。さして丈高い歌柄でもなく、『古事記』寫しの古語の驅使も、必ずしも效果を發してゐるとは言ひがたいが、どの歌にも不器用な、初初しい嗟歎《さたん》が滿ちてゐて共感を呼ぶ。『赤光』の到る處で見受ける自愛の歌が、拙《つたな》い詠み口ではあるが、既にここに「おのが身し愛《いとほ》しければかほそ身をあはれがりつゝ飯食《いひを》しにけり」などと現れるのを見れば、作者の自己愛、自己憐憫が、相當根深いものであることを知らされる。

一聯三十五首、これまた巻中屈指の群作ながら、身心の衰へを反映して佳作には乏しい。一聯の後三分の一近くは作者の愛する蟋蟀《こほろぎ》の歌で占められてゐるが、「よひよひの露冷えまさる遠空をこほろぎの子らは死にて行くらむ」と、感傷に墮し、「細り身」とはいかにも卽《つ》き過ぎて弱い。蜩《ひぐらし》はその弱さの、危い均衡の上で鳴いたのだ。茂吉は後の日に『あらたま』でも、「蜩」題の一聯を見せてゐるが「橡《とち》の樹《き》も今《いま》くれかかる曇日《くもりび》の七月《しちぐわつ》八《やう》日《か》ひぐらしは鳴《な》く」「ひぐらしはひとつ鳴《な》きしが空《そら》も地《つち》も暗《くら》くなりつつ二《ふた》たびは鳴《な》かず」など、既にこの「細り身」の面影もない。簡潔で、感傷の影など彈《はじ》き返すやうな強い律調だ。「かなかなかな」とは、けだしうつつの蟬の聲ではなくて、作者が心中に發した「求憐譜《キリエ》」の一節《ひとふし》ではなかつたらうか。それにしてもその歎きは、これまた、とても二十八歳の青年とは考へられぬ、古色蒼然とした、いささか抹香《まつかう》臭い、諦觀と悟りのちらつくのは、やはり幼時の佛教薫染《くんせん》によるものだらうか。

隣室《りんしつ》に人は死ねどもひたぶるに帚《ははき》ぐさの實《み》食ひたかりけり　「分病室」

帚草 Kochia Scoparia, Schrad の實は、食べてさして旨いといふものではない。むしろ利尿劑として親しまれてをり、枯れた莖や柄は草帚《くさばうき》として用ゐるゆゑに、民家の庭には好んで植ゑられてゐたものだ。藜《あかざ》や菠薐草《はうれんさう》の近緣ゆゑ、夏、黃綠の目立たぬ花をつけ、ひそかに結實する。仄《ほの》かに甘酸つぱく、また青臭く、ほつほつとした魚のはらごのやうな舌觸りは、鄕愁を誘ふものである。作者も『童馬漫語』の中に「ぼくが熱を病んだときのことである。病院のベッドのうへに目をつぶりながら、あの魚卵に似たはうき草の實が食べたい食べたいとそのことばかり思つてゐた。親も師も友も、ぼくが死にはしまいかと心配してゐてくれた頃である」と數行を殘してゐる。あるいは彼の養家では、二杯酢の肴などにあしらつて、食膳にも上せてゐたのだらうか。ただ普通に考へるなら、これも桑の實や楤《たら》の芽と共に、あくまでもみちのくの「わぎへの里」と「たらちねの母」にまつはるノスタルジアの味覺であり風物詩でもあらう。

尤もこの歌は望鄕の念などを主題にしてはゐない。人の死、たとへそれが無緣の人の死であつても、それを傍觀しながら、さして悲しみも覺えず、突如として、むやみに帚草の實の食ひたくなる衝動を、あられもなく、あどけなく、大人氣もなく、叫ぶやうに歌ふのだ。「人は死ねども」の「ども」は、みづからが作つた不條理に、斜《しや》に構へて楯《たて》ついてゐる趣だ。この心理の底をさらふなら、帚草の實の食ひたくなるのは、むしろ「人死にしかば」ではあるまいか。一つの不意の缺落が、全く關係のない今一つの充足を促す。ともあれ、この慾望には條理も理窟もあらばこそ、湧けば止るところを知らぬ。樵夫《きこり》が樹上で枝を拂ひつつ、急に色情を催し、僧、看經《かんきん》中に、にはかに投扇興《とうせんきよう》がしたくなるといふのもこのたぐひであらうか。パターンは創るなら忽ち十や二十でき上るが、いづれも、その望みは卽刻には滿たしやうもないゆゑに、なほさら熾烈《しれつ》となるのだ。

作者はあの「蜩《ひぐらし》のかなかなかなと」鳴くのを聞いた後三箇月目に、すなはち十一月に、腸チフス再發、日赤病院隔離《かくり》病室に入れられた。泣面もやうやく和《なご》んだ頃に蜂に刺されたやうなもの、がつくり來たことであらう。このやうな傳染病病棟なら、恐らく死は日常のものであり、ある夕、ある曉、急に隣室に足音が入亂れ、歔欷《すすりなき》が洩れ、耳馴れた咳《せき》の音がそれ以來絶えたといふ例も一再ならずあつたらう。死に對して無感動になつてゐた作者の「死ねども」には、却つて諧謔《かいぎやく》を感じた方がよいのかも知れない。死者には申譯なきことながら、などといふ意が、いささかも混つてゐないのはたしかだ。隣室で何があらうと、時が來れば渴《かわ》き、かつ飢ゑるのが自然の攝理、これは他人とて同樣であらう。「隣室《りんしつ》に人は」の「人」は、ことわるまでもなくその「他人」であつた。それゆゑに、この泣き笑ひに似たをかしみは普遍性を持つ。「父」とか「母」とか、はたまた兄弟姉妹だつたら、たちまち妙な物語性を帶び、ものいひたげな中途半端な歌になつてしまふことだらう。茂吉は後年『あらたま』で、この隣人の死と帚草の實のテーマを、一捻《ひとひね》りして衝撃を内包させたやうな不思議な歌を見せてくれる。「寂しき夏」と呼ぶ、作者には異例のタイトルを附した一聯の終りにある。

墓地《ぼち》かげに機關銃《きくわんじゆう》のおとけたたましすなはち我《われ》は汁《しる》のみにけり

これにもまた例によつて、住ひの近くに第三聯隊があつたとか、「すなはち」は「すぐさま」のことだとか、機關銃の音を歌にしたのは自分を以て嚆矢《かうし》とするとか、愚にもつかぬことを注してゐる。「墓」も「銃」も「死」を暗示し、「汁」を飲む行爲と皮肉な照應を示すそのをかしみなど、神經過敏な連中のひねくれた鑑賞といふことになるのだらう。それはお互に全く勝手であり、掣肘《せいちう》を受ける筋合はない。茂吉の歌には、さういふ不可解な要素が、辭と詞の死角に影をひそめてゐる。鋭敏極まる鈍感さ、澄み切つた溷濁《こんだく》、哄笑《こうせう》を誘ふ悲哀、慟哭《どうこく》を祕めた歡び、かかる兩極併存と矛盾の調和を考へずに、彼の作品を云云するのは無益に近い。否、無意味だ。

この度《たび》は死ぬかも知れずと思《も》ひし玉ゆら氷枕《へうちん》の氷《ひ》は解け居たりけり

熱落ちてわれは日ねもす夜もすがら稚な兒のごと物を思へり

帚草の實を欲したのも、結局は童心に還つただけの話で、何もアンビヴァレンツ談義をする要は無かつたのかも知れぬ。さりながら、その肩すかしも亦、茂吉を讀むことの大きな悅樂のうちに數へておきたい。

跋――茂吉啓明

茂吉の歌は永遠に新しく、かつ萬人を感動させるといふ。はたしてさうだらうか。また、この信仰に近い享受者心理はなにゆゑ生れたのか。私自身、その永遠の中なるひとときに生きて、茂吉の作品の幾つかに、稀なる新しさを認め、作品成立時の特殊事情を抜きにして感動することがある。特に第一歌集『赤光』においてその頻度は高く、その質は、たとへば白秋の『桐の花』、晶子の『みだれ髪』などとは、おのづから異る。勿論それは優劣の差などではなく、うちなる美學に關る問題であらう。

はたして新しいか。茂吉の若書きの歌には、『萬葉集』を髣髴《はうふつ》させながら、しかも古語辭典にも所載のない蒼然たる語彙が頻出し、時の舊派歌人をさへ辟易《へきえき》させた。はたして感動的か。彼の高名な作の幾つかは、神經の異常な緊張と痙攣《けいれん》を誘ふ、超現實的、嗜虐《しぎやく》的な主題と修辭で成り立つてゐる。單に新しく、單に感動的な歌なら、他にいくらも好例があらう。あるにもかかはらず、人人は茂吉の、一見難解で、一讀非情な作品に、いつとは知らず魅せられ、つひにはこれの擒《とりこ》となる。

詩歌とは畢竟《ひつきやう》そのやうなものだ。そして私は今、「そのやうな」不思議を解明してみたいと思つた。從來の、茂吉自身の「寫生」の說に隨順し、ひいては弟子、一門の徒としてひたすら鑽仰《さんぎやう》する「解說」も一つのタイプではあるが、これは一應さておき、私は別の角度から茂吉の歌を照射し、その祕密に肉薄したかつた。それはそのまま、短歌を含めた日本の詩歌のあるべき姿を求め探ることであり、滅びてはならぬ美の典型を記念する道にも繫《つな》がらう。遺された十七歌集中、『赤光』鑑賞はその試みの第一歩である。

異端は正統、正統は異端

解説
島内景二

戦後の歌壇は、前衛短歌を異端、塚本邦雄を異端者と看做《みな》して疑わなかった。疑いを抱いた者がいても、それが「戦後文学」の生命線であることを知ってか知らずか、あえて疑念には気づかぬふりをした。「塚本邦雄＝異端」という弾劾は、「良識」ある文学者が死守すべき生命線であるかのようだった。逆に言えば、前衛短歌と塚本邦雄は、異端であるがゆえに、赫奕《かくやく》とした逆光を身に纏い続けることができた。異端であることの栄光。

それでは、異端とは何か。答えは、簡単。正統にあらざること、である。つまり、ある人物を異端と認定するには、誰しもが正統と認める圧倒的な存在が必要なのだ。光と影の関係である。

近代短歌の世界では、正統とは「アララギ」のことだった。塚本邦雄に「極めつきの異端者」というレッテルを貼るためには、「正統中の正統」としてアララギの巨匠・斎藤茂吉が聳えていなければならなかった。その二人の歌人が、時空を越えて激突したかに見えたのが、塚本邦雄「茂吉秀歌」全五巻だった。その第一巻が、本書『「赤光」百首』である。

「茂吉秀歌」を読み始める以前には、文学観の相容れない二人の、食うか食われるか、斬るか斬られるかの果たし合いが展開されるのだと、予測するだろう。現に、私もそのような先入観を胸に『「赤光」百首』を読み始めた一人である。ところが、意外や意外、二人は何と「同類」だったのである。

斎藤茂吉が正統だとするならば、塚本邦雄も正統である。塚本が異端であるならば、茂吉もまた異端である。いや、塚本にも茂吉にも、正統である側面と、異端である側面が、同じくらい併存している。だから、二人は同類なのだ。

塚本は、「慈母渇仰、悲母愛惜」をテーマとする茂吉の「死にたまふ母」四聯《れん》五十九首への感動を隠さない。都にあって山形の母を思う茂吉に感情移入する塚本は、戦時中に軍事徴用された呉で、郷里の近江で死の床に伏している母を思い涙した自分自身の人生を重ね合わせている。塚本には母へのレクイエムである『薄明母音《はくめいぼいん》』という間奏歌集がある。だから「死にたまふ母」を詠んだ茂吉と一体化できるのだ。

この二人は、戦わない。手を固く結んで、正統でも異端でもない、つまり凡庸でありながら強大な勢力を文学界に誇っている（かつて誇っていた）文学者たちに、共同で戦いを挑むのだ。私は、塚本は死せる斎藤茂吉に替わって、茂吉が果たせなかった「敵討ち」をしているような錯覚にとらわれた。それほど、塚本は茂吉を愛している。それは、若かりし塚本が「盟友」岡井隆に寄せた心情とも重なるだろう。

「アララギ」と聞いたならば、日本人の大多数が条件反射で思い出すであろう言葉がある。「写生」である。正岡子規が提唱し、伊藤左千夫・長塚節・島木赤彦たちが、鍛えに鍛え、磨きに磨いてきた「伝家の宝刀」である。その写生理論を極限にまで突き詰めたのが、茂吉の「実相観入《じっそうかんにゅう》」である。このような文学史が、学校教育の現場でなされるほど強固に確立している。だが、この世に、不壊《ふえ》の思想などは決して存在しない。

教育を通して日本人に広く浸透した「誤解」を解くべく、塚本は敢然と戦いを挑んだ。塚本の敵は茂吉ではなく、「写生」という呪縛なのだ。世の中には、無数の事物が雑多に存在している。その中から何を歌のテーマとして選択し、歌うか。それが詩歌の生命だとすれば、「どう歌うか」という写生理論よりも、「何を歌うか」という選択眼が短歌の本質であることになる。塚本は、そこを突く。

その結果、「アララギ」という結社の中での「茂吉の異端性」が明らかになってくる。近代短歌の最大の巨匠である「斎藤茂吉」を、異端であるという共通点によって、前衛短歌の陣営に呼び入れることができるのではないか。そうすれば、「塚本邦雄＋斎藤茂吉」の連合軍は、自分たちの文学の正統性を主張して、茂吉の脱けた「アララギ」を「異端」

の側に追いやることができるかもしれない。

そのためには、茂吉の遺した作品群を精緻に鑑賞し、茂吉本人や師、朋輩、弟子たちがどのように理解してきたかを踏まえたうえで、まったく新しい視点からの鑑賞を試みる必要がある。

散文の世界では自然主義、短歌の世界では写生。その権威は、それほどまでに絶対だった。強い物には巻かれるしかない。それが、文壇や歌壇で生き残るための知恵だった。権威に対して面従腹背できない者は、例外なく異端のレッテルを貼られて、文学の王国から追放される。せいぜいが「マイナーポエット」という小さな亡命政権を樹立して、ゲリラ作戦に出るしかなかった。

塚本邦雄の野心は、ゲリラ的な抵抗戦術ではなく、文学王国の首都と、その玉座を、一挙に奪還しようとした点にある。それには、近代短歌の玉座に据えられた第一人者斎藤茂吉の内面が、「異端」であることを証明すればよいのだ。マルクス本人がマルクス主義者でなかったように、茂吉は「いわゆる写生」の徒ではなかったのではないか。

塚本のアイデアは、あるいは「前衛短歌」の仕掛け人だった中井英夫に、その萌芽があったかもしれない。中井は、『水葬物語』の作者である塚本邦雄を歌壇や文壇に華々しく売り出す際に、岡井隆とペアを組ませるという秀抜なアイデアを編みだした。岡井は、「アララギ」で土屋文明に師事し、近藤芳美の「未来」に参加した「主流派中の主流派」

だった。なおかつ、その才能は紛れもなかった。

中井の仕掛けた作戦に巻き込まれた岡井が、多大の内面的葛藤に苦しんだであろうことは、容易に想像できる。それに耐えたのは、ひとえに岡井の塚本への友情の結果だっただろう。

中井の目論見は、ずばり的中した。「美学の塚本邦雄」と「思想の岡井隆」は、前衛短歌の両輪として、十全に機能した。二人は大車輪の活躍を続け、前衛短歌は戦後日本社会を突き動かした。その頃の塚本邦雄には、岡井隆が必要だった。

前衛短歌運動が収束した後は、千三百年以上の歴史を持つ「和歌・短歌史」の中に前衛短歌をどのように位置づけるかが、塚本にとって、自らの存在意義をかけての宿命的課題となった。

塚本は、初期の頃には、前衛短歌それ自体が「正統」であることを主張する論陣を張った。曰く、前衛短歌は、西洋の象徴詩やモダニズム詩の遺伝子を、日本語に組み込んだものであり、世界文学の観点からは正統的なものである。曰く、日本文学の中で考えても、『新古今和歌集』の試みを受け継いでおり、これまた正統と言える。曰く、近代文学の中で「正統」と称してきた多数派は、世界文学の観点から見ても、和歌の伝統から見ても、実は「少数派＝異端」だったのである。……

この論法は、三島由紀夫・丸谷才一・中村真一郎・吉田健一たちが用いた論法と、基本的に一致していた。近代の自然主義文学への反撃の一環として、塚本邦雄は自らの前衛短歌を位置づけようとした。

けれども、塚本は、この論法が一本調子で、単調な繰り返しであることに、次第に不満を抱き始めた。それが、「アララギの巨匠」と手を組むという、大胆不敵な戦術を彼に思いつかせたのである。

「茂吉秀歌」全五巻は、文藝春秋から、一九七七年（昭和五十二）・七八年・八一年・八五年・八七年（昭和六十二）と刊行され、十年を費やして完成した。最初の二冊『「赤光」百首』と『「あらたま」百首』で、塚本は茂吉に寄せる存念のあらかたを語り尽くしたという満足感があった。けれども、茂吉の全十七歌集をすべて論じよう、中でも晩年の問題作を批評したいという思いから、全五巻となったのだと想像される。茂吉が『遠遊』『遍歴』で歌った留学中の「茂吉歌枕」を自分の目で確かめるために、飛行機嫌いの塚本が何度も飛行機に乗ってヨーロッパ旅行を繰り返したのも、「茂吉秀歌」完成にかける執念を感じさせた。

「茂吉秀歌」完結の二年後、一九八九年、塚本は近畿大学文芸学部の教授となった。彼が異端から正統へと転ずる、一つの、そして大きな転換点だった。歌集だけでなく、膨大な古典評論集を世に問うているので、塚本の文学的な業績は十分すぎるほどだった。けれども、「茂吉秀歌」全五巻は、彼が大学教授になる学術的資格を、万人に納得させるものだった。近代文学の研究者にとって、塚本の「茂吉秀歌」は無視できぬほどの達成だった。一九九〇年十一月、塚本邦雄は紫綬褒章を受けた。彼が「正統」となりおおせた事実を象徴する出来事だった。その祝宴が、ホテル高輪で開かれた。その際、茂吉の次男である北杜夫からも祝辞が寄せられ、私が代読する大役を担った。

北杜夫は、その二年前、一九八八年一月から、岩波書店『図書』で茂吉論を連載しており、一九九一年に『青年茂吉「赤光」「あらたま」時代』として刊行された。北杜夫の「茂吉評伝」四部作の第一作である。

私が代読した北の祝辞は、マブゼ共和国の国家元首の立場から起草された、ユーモラスな文章だった。行間には、塚本と北との文学者同士の信頼関係が滲み出ていた。

塚本の「茂吉秀歌」は、一九九三年から順次、講談社学術文庫に収められた。多くの読者を獲得するために、単行本の「正字正仮名」表記ではなく、「新字正仮名」表記に改められ、なおかつ、ルビが大量に振られた。ただし、新たに加えられたルビは「正仮名」で振られており、塚本の主張が貫かれていた。学術文庫化に際して、若干の推敲がなされている。その学術文庫版『「赤光」百首』の巻頭には、塚本本人の「『茂吉秀歌』新装再刊の辞」が置かれ、巻末の解説は北杜夫が書いた。

北は、自らの『図書』連載に触れて、「どれほど塚本氏の御著書の恩恵を受けたことであろうか。あまりに氏の御高説を引用し過ぎたので、編集者から注意されたほどであった」と、振り返っている。

ホテル高輪の祝宴の会場でも、私は塚本から北杜夫の祝辞代読をねぎらわれ、しばらく「茂吉秀歌」について話し合った記憶がある。

塚本は、『「赤光」百首』の原稿を、版元の文藝春秋に渡したところ、初校ゲラに、校閲者からの指摘を書き記した付箋紙が山ほど付いて戻ってきたのには驚いたと、苦笑した。「どんな指摘だったのですか」と質問したら、「私の引用ミスの指摘はまことにありがたかったんですけれども、『ここまで厳しく書くと、茂吉のお弟子さんたちから苦情が来ないでしょうか。心配です』というような指摘が、何十箇所も書いてあったので、『論争は望むところです』と答えたんです」ということだった。だからこそ、塚本は北杜夫から受けた高い評価が、うれしかったのだろう。

今般、文芸文庫に収録されるに際しては、単行本を塚本が推敲した学術文庫版を元にするが、本来の「正字正仮名」表記に戻せたのは喜ばしい。ただし、単行本も学術文庫版も、茂吉の一首をぴったり三ページで鑑賞するために、不自然な改行（行の追い込み）がなされているので、それを是正した。また、単行本の際にも、学術文庫版の際にも見逃された校訂ミスを、可能な限り糺した。

あまりにも突出した個性の持ち主だった塚本邦雄は、歌壇では孤独だった。だから、茂吉の孤独を理解できた。茂吉の作風が「芝居に似る」という批判を寄せた師の伊藤左千夫に反発して、茂吉は左千夫の体型が「肥りゐるかも」と反撃した。茂吉は、長塚節たちからも痛烈な批判を受けた。逆に、一部の弟子たちからは、「我が仏《ほとけ》尊し」的な、信仰にも近い称賛を受けた。これらを書き記す塚本には、自らが閲《けみ》してきた毀誉褒貶の数々が、蘇っていただろう。

いつの時代にも、最大の敵は身内にいる。いや、自分の目指す文学に敵対する最大の障壁は、自分自身の心の中に蟠っている「別の表現方法があるのではないか」と誘惑する「もう一人の自分」である。

けれども、塚本にとって茂吉が「分身」であったことを理解するだけでは、不十分だろう。死せる茂吉が、生ける塚本に乗り移って、「戦後日本」を生き、さらなる脱皮を果たした奇蹟を読み取らねばならない。茂吉は、「茂吉秀歌」によって蘇り、新たな生命力を得た。

私は、「茂吉秀歌」を複式夢幻能ではないかと思うことがある。死せる茂吉の霊が塚本の夢に現れ、生ける塚本に、「私の短歌の本質は、こうなのだ。そのことが、世間では知られていない。それを明らかにしてほしい」と頼む。夢覚めた塚本は、茂吉の依頼に応えて「茂吉秀歌」を書き継ぐが、その書き手が塚本なのか茂吉なのかがわからないほど、二人の魂は融合していた。……

二〇二〇年は、塚本邦雄生誕百年に当たっている。二〇〇五年に塚本が亡くなった時、

「反写実の巨匠」という趣旨の追悼文が目立った。このレッテルは、塚本邦雄の真実を伝えているだろうか。写実、あるいは写生とは、何なのか。真実とは何か。

本書を文芸文庫に収めるために、私は何回目かの熟読をした。読んでいるうちに、唐突に、ホテル高輪での会話の記憶が蘇ってきた。塚本邦雄は、極端な早口だった。大切なことを話しているのだが、聞き逃すこともあった。塚本を尊敬する私も、もう少しゆっくり話してほしい、彼が口にする言葉の含蓄を味わいたいと思うことがあった。

だから、北杜夫の祝辞は、一語一語嚙みしめながら、意図的にゆっくりと音読した。私の西九州訛りは消えないので、いかにも訥々としたものだったが、自分ではうまく代読できたという満足感があった。その直後に、塚本は、「いやあ、お見事。速度と言い、抑揚と言い、完璧でした。私もこれから近畿大学の講義で参考にします」と誉めてくれた。私は喜んだ。ずっと、誉められた記憶を「正しい」と思い込んでいた。その三十年前の記憶が、激しく揺らいだ。あの時の真実は、記憶とずれているのではないか。「こういう席では、流れが大切だから、もっと速く読みなさい」という叱責を、塚本は逆説的な「誉め殺し」で告げたのではなかったのか。そう思った瞬間に、どっと冷汗が吹き出してきた。

記憶にリアリティがあるとしたら、記憶の誤謬・誤解もあるだろう。だが、その誤解が、人生に立ち向かう活力となることもある。ならば、誤謬もまた、ある種の「真実」なのかもしれない。

文学者が信ずべき唯一の「真実の存在」。それは、「読者」であろう。斎藤茂吉は、塚本邦雄という空前の読者を得た。その塚本の『「赤光」百首』が、良質の読者に恵まれ、読者の心の中で復活することを、今は亡き塚本邦雄は心から望んでいる。誤読や誤解も大歓迎だろう。二十一世紀に最もふさわしい詩歌の読み方を、『「赤光」百首』の中から発見する読者が現れてくれることを、生誕百年になる塚本は弥勒の世を待つかのように渇望している。塚本邦雄をシテとする複式夢幻能を創作する読者が現れてくれることを。

月落ちてさ夜ほの暗く未だかも彌勒《みろく》は出でず蟲鳴けるかも　　斎藤茂吉『赤光』

本書は、『茂吉秀歌『赤光』百首』（一九九三年六月、講談社学術文庫刊）を底本として使用しましたが、今回の収録にあたり、初出である文藝春秋刊（一九七七年四月）と同様、正字正仮名遣いにあらためました。また引用の不備をただし、ルビを調整し、底本に見られる誤植や、明らかに著者の錯覚によって生じたと思われる誤記を訂正するなどしましたが、原則として底本に従いました。なお、訂正や表記上の変更に際しては、島内景二氏の教示を得ましたことを申し添えます。また底本にある表現で、今日から見れば不適切と思われる言葉がありますが、作品が書かれた時代背景と作品的価値、著者が故人であること等を考慮し、底本のままとしました。よろしくご理解のほどお願いいたします。

茂吉《もきち》秀歌《しゅうか》『赤光《しゃっこう》』百首《ひゃくしゅ》
塚本邦雄《つかもとくにお》

二〇一九年一一月八日第一刷発行

発行者――渡瀬昌彦
発行所――株式会社　講談社
東京都文京区音羽2・12・21　〒112-8001
電話　編集（03）5395・3513
販売（03）5395・5817
業務（03）5395・3615

デザイン――菊地信義
印刷――豊国印刷株式会社
製本――株式会社国宝社
本文データ制作――講談社デジタル製作

定価はカバーに表示してあります。

講談社
文芸文庫

ISBN978-4-06-517874-4

講談社文芸文庫

塚本邦雄

茂吉秀歌『赤光』百首

解説＝島内景二

近代短歌の巨星・斎藤茂吉の第一歌集『赤光』より百首を精選。アララギ派とは一線を画して蛮勇をふるい、歌本来の魅力を縦横に論じた前衛歌人・批評家の真骨頂。

978-4-06-517874-4
つE11

渡辺一夫

ヒューマニズム考 人間であること

解説＝野崎 歓　年譜＝布袋敏博

フランス・ルネサンス文学の泰斗が、ユマニスト(ヒューマニスト)――エラスムス、ラブレー、モンテーニュらを通して、人間らしさの意味と時代を見る眼を問う名著。

978-4-06-517755-6
わA2